Silencios y mentiras

Bethany Campbell

Silencios y mentiras

Titania
ARGENTINA - CHILE - COLOMBIA - ESPAÑA
ESTADOS UNIDOS - MÉXICO - VENEZUELA

Título original: *Whose Little Girl are you?*
Editor original: Bantam Books
Traducción: Isabel de Miquel

Copyright © 2000 by Sally McCluskey Published by arrangement with Bantam Books, an imprint of The Bantam Dell Publishing Group, a division of Random House, Inc.

© de la traducción: 2003 *by* Isabel de Miquel
© 2003 *by* Ediciones Urano, S. A.
   Aribau, 142, pral. - 08036 Barcelona
   www.titania.org
   atencion@titania.org

ISBN: 84-95752-45-X
Depósito legal: B- 17.066 - 2003

Fotocomposición: Ediciones Urano, S. A.
Impreso por Romanyà Valls, S. A. - Verdaguer, 1 - 08786 Capellades (Barcelona)

Impreso en España - *Printed in Spain*

Silencios y mentiras

Para Beazie y Reenie, con amor y gracias por siempre

En medio del camino de la vida
me encontré en una selva oscura
proque la recta vía había perdido

Divina Comedia, III., *Dante Alighieri*

Capítulo 1

Cawdor, Oklahoma, 1968

Incluso muerta, era la chica más guapa que Hollis había visto jamás.

La linterna del doctor la alumbraba fijamente, como si fuera un foco. La chica tenía un ojo abierto. Era de un intenso color azul y se clavaba impávido, sin pestañear, en la oscuridad.

El doctor se inclinó sobre ella y le cerró con mano experta el párpado abierto. Se incorporó, todavía con la linterna enfocando el rostro de la muchacha.

Las largas pestañas arrojaban una quieta sombra sobre sus mejillas. Tenía una nariz pequeña y recta, y sus labios generosos estaban entreabiertos. Hollis veía asomar el blanco de su dentadura superior.

Yacía con la cabeza un poco ladeada, como si tratara de comprender algo. El doctor le puso el pie encima para enderezarle la cabeza. Calzaba Hush Puppies, y la gruesa suela de goma dejó una marca en la mandíbula de la chica. Hollis sintió náuseas.

—Es una lástima —dijo el doctor—. Una maldita pérdida. ¿Habéis traído lo que os pedí?

Hollis asintió.

—Sí, señor —dijo Luther. Su voz no parecía asustada, pero tampoco sonaba normal.

Les habían despertado en mitad de la noche. Les habían entregado dos gruesas mantas bien cosidas para formar una sola pieza y les

9

habían dado instrucciones. Tenían que ir en busca de la yegua medio ciega y llevarla a la puerta del sótano de la clínica sin decir nada a nadie. El doctor les estaría esperando.

Desde el primer momento, Hollis tuvo la horrible sensación de que pasaba algo malo, algo que no haría más que empeorar, y supo que no podría hacer nada por evitarlo. Era como encontrarse en medio de una pesadilla, cuando no se puede escapar de ella, por mucho que se intente.

Cuando llegaron a la clínica, dejaron la yegua amarrada en un bosquecillo de cedros, bien oculta. El doctor abrió la puerta del sótano y les hizo pasar. Dentro estaba oscuro; la única luz salía de la linterna del doctor.

—Tengo una cosa para vosotros. Algo de lo que debéis deshaceros —dijo.

Hollis ya lo había adivinado: «Finalmente ha ocurrido. Hay una persona muerta». Pero no se esperaba una chica tan guapa. Ni tan joven. No aparentaba más de dieciséis años.

Estaba tendida boca arriba, junto al desagüe del sótano. Su cabello era claro, casi rubio, y debía de llegarle más abajo de los hombros, pero ahora lo tenía alborotado y sucio, como si hubiera sudado mucho antes de morir.

Llevaba una especie de vestidito blanco que estaba manchado de sangre. Se le había subido tan arriba que Hollis casi podía ver sus partes íntimas. Esto le hizo sentir vergüenza, de manera que intentó mantener la mirada en el rostro de la chica. Estaba muy pálida, y tenía un cutis liso y perfecto, como el de las modelos que aparecen fotografiadas en las revistas. Hollis se preguntó si siempre había tenido una cara tan blanca o si la muerte la había hecho palidecer.

—Quiero que llevéis esto al bosque, al foso de la antigua destilería, donde se encendían las hogueras —dijo el doctor—. Quiero que lo queméis.

Hollis asintió de nuevo. Pero pensó para sí: «Dios bendito. Hay que quemarla. Hay que prenderle fuego, Dios mío».

—Sí, señor —dijo Luther.

—Os quedáis hasta que se haya quemado del todo —dijo el doctor—. No quiero que quede ni rastro. Nada.

—Sí, señor —volvió a decir Luther.

«Vamos a cometer un pecado. Lo que vamos a hacer es un pecado y un crimen». Hollis tragó saliva con esfuerzo. Estaba convencido de que la chica se le aparecería en sueños para atormentarle y maldecirle.

Envolvieron el cadáver con las gruesas mantas, se internaron con él en la oscuridad y lo cargaron sobre el lomo de la yegua. Cada uno cogió una lata de 45 litros de gasolina.

Para llegar al foso de la antigua destilería había que internarse más de dos kilómetros en el bosque de pinos. A cada paso, Hollis estaba a punto de echarse a llorar como un niño asustado. Pensaba en Dios, en la maldición del infierno, en los demonios, en los espíritus y en los fantasmas. Era una noche sin luna, con pocas estrellas. Estaba muy oscuro. Hollis apenas veía dónde ponía los pies, y se internaba cada vez más en la densa oscuridad.

Luther, sin embargo, diez años mayor que Hollis, conocía el bosque como la palma de su mano, lo mismo que la yegua medio ciega. Esta caminaba despacio pero con seguridad; como llamadas por un destino inexorable, sus pezuñas seguían un camino que Hollis hubiera jurado que no existía.

En un momento dado, Luther le preguntó:

—¿Has follado alguna vez con una chica muerta?

Hollis estuvo a punto de estallar en llanto. «No quiero hacer eso. No quiero que él lo haga», pensó. «Por favor, Dios mío, no permitas que haga eso».

—No —respondió—. Era la primera palabra que pronunciaba desde que salieran de casa.

—Están demasiado quietas —dijo Luther con aire entendido—. No es divertido.

«Dios mío», pensó Hollis. «Ayúdame, por favor, Dios mío». La oscuridad del bosque lo engullía como si fuera la boca del infierno. Aunque el cadáver estaba tumbado sobre el lomo de la yegua, Hollis tenía la sensación de que el pálido espíritu de la chica flotaba sobre su cabeza, como unido a él por una invisible cadenita de plata.

Dicen que no se puede quemar por completo un cuerpo humano si no se dispone del horno adecuado, como los de pompas fúnebres. Dicen que si intentas quemar un cadáver, te llevará días y días, y que soltará un humo negro, grasiento y con un particular olor apestoso que te delatará. Dicen que todo el mundo reconocerá el hedor y el motivo de un fuego que tarda tanto en apagarse. Pero no es cierto.

Hollis y Luther llevaron a la chica a la cueva y la depositaron en el foso, envuelta todavía en las gruesas mantas. Luther apartó un poco las mantas, lo justo para dejar al descubierto la parte superior del cuerpo. Ante la mirada horrorizada de Hollis, sacó un cuchillo y le rebanó el meñique de la mano derecha. Hollis estuvo a punto de vomitar. Le temblaban las rodillas. Se dio media vuelta. Ahora estaba seguro de que iría al infierno por la escena que acababa de presenciar.

—El hueso del dedo de un cadáver tiene poderes mágicos —dijo Luther con gravedad, y frotó el cuchillo contra las mantas para limpiarlo—. Es lo que dice Mamá Leone, que ha vivido en Nueva Orleans y sabe este tipo de cosas.

Hollis se estremeció. En la boca notaba un nauseabundo sabor amargo.

Luther envolvió cuidadosamente el dedo en un trapo azul y se lo metió en el bolsillo trasero. Volvió a cubrir a la chica con las mantas sin demasiada ceremonia, y le dejó la cara medio tapada. Le vació encima una de las latas de gasolina y luego preparó una especie de mecha de acción retardada, para que Hollis y él pudieran salir de la cueva y ponerse a cubierto antes de que prendiera la gasolina. Pero calculó mal el tiempo.

Apenas habían llegado a la entrada de la cueva cuando una especie de explosión llevó a Hollis a mirar atrás. En ese instante, el fuego prendió con tanta violencia que le pareció que el infierno había surgido de las profundidades para llevárselo consigo. El tremendo *vuuuss* con que brotaron las llamas le sacudió las entrañas como si le hubieran propinado un puñetazo. Salió despedido hacia atrás, con el pelo, las cejas y las pestañas chamuscadas. Luther lo arrastró de nuevo hacia la noche. Los dos se tiraron al suelo, a cubierto tras un montículo de piedra caliza. A Hollis le dolía la cara. Se sentía como si le hubieran golpeado en la frente con un hierro candente.

Cuando el fuego se hubo apagado, esperaron a que la cueva se enfriara. Pero seguía caliente como un horno de azufre cuando volvieron. De la chica muerta sólo quedaban unos huesos grises y marchitos sobre los carbones ardientes. La mandíbula inferior, con algunos dientes ennegrecidos, parecía sonreír, pero la parte donde se alojaban los ojos había desaparecido.

—Esto no es suficiente —dijo Luther.

Era lo que Hollis se temía. Tuvieron que reanimar el fuego y alimentarlo, y tuvieron que empujar los huesos que quedaban hacia las llamas. Les llevó trece horas. Cuando acabaron era de día, y el sol ya había hecho la mitad de su recorrido en el cielo. Al final, de la chica sólo quedaron unos puñados de cenizas. Las tiraron al riachuelo, y Hollis las vio flotar y desaparecer.

Si alguien notó la humareda de la noche anterior o la de aquella mañana, nunca dijo nada. Los vecinos de Baird County no hacían este tipo de comentarios. Nadie preguntó. Nadie, en más de treinta años.

Nueva Inglaterra, 1999

Una lengüeta de fuego hirió la noche.

La temperatura había descendido tan bruscamente que la cerradura de la puerta del coche se había congelado. Para estas emergencias invernales, Jaye llevaba siempre consigo un encendedor. Era un encendedor barato, de plástico, pero con una lujosa funda deslizante de oro. Tenía una inscripción grabada:

Para J.
Eres la M-E-J-O-R
Con todo mi cariño,
P.

La temperatura exterior no era nada comparada con el frío que sentía interiormente. Entró en el coche, logró poner el motor en marcha y arrancó. Al principio se sentía incapaz de pensar. Se limitaba a conducir.

La tormenta apareció aquella tarde de forma inesperada, como una maldición. Parecía como si del Atlántico Norte hubieran llegado cientos de brujas que chillaban y giraban enloquecidas, envueltas en sus blanquísimas túnicas de nieve. Los partes meteorológicos no auguraban nada bueno para los conductores, pero ella hizo caso omiso y se adentró en el corazón de la tormenta.

No era precisamente la noche que Jaye Garret esperaba. Ahora mismo debería encontrarse en su ciudad, Boston, en un banquete de entrega de premios publicitarios. Este año, el banquete iba a ser su noche más sonada: le correspondían cinco importantes premios. Había pedido cita en la peluquería, donde la sometieron a una auténtica tortura para hacerle un exquisito moño que iba coronado por una aguja adornada con piedras preciosas, comprada para la ocasión en Tiffany's.

Y es que era una ocasión tan especial, que Jaye se había regalado a sí misma su primer vestido de alta costura: una prenda carísima de color negro, sin mangas y con un discreto escote en la espalda. Pero ahora el vestido colgaba en el armario ropero de su apartamento, todavía metido en su bolsa de plástico. La aguja enjoyada permanecía en su cofrecillo forrado de terciopelo, intacta. Y el rubio cabello de Jaye estaba desmelenado, despeinado por el viento y mojado por la nieve.

Aquella mañana, se había levantado con un deseo de triunfo tan intenso que podía paladearlo; había notado en la lengua su sabor burbujeante como el champán. Pero esta noche ni siquiera pensaba en los estúpidos premios, y en la boca sólo notaba el sabor acre y oscuro del miedo. Su hermano, que vivía en Bélgica, estaba gravemente enfermo. Tan enfermo que podía morir.

«Leucemia». Jaye se quedó atónita cuando se lo dijeron, paralizada, como si le hubieran lanzado una maldición. Patrick no podía estar enfermo. Era joven, fuerte y atlético, y tenía que vivir eternamente, porque Jaye le quería con toda su alma. Además, Patrick era médico. Trabajaba como investigador en una empresa farmacéutica, ayudaba a curar a los demás. Era tan brillante en su trabajo que le habían premiado con un codiciado destino en una sucursal europea. No era posible que sufriera ahora una enfermedad incurable. Si hubiera un Dios justo, no lo permitiría.

Sin embargo, un religioso le comunicó a Jaye la noticia. El hermano Maynard, un monje, la telefoneó a Boston. Era el jefe del departamento de ciencias de la escuela religiosa donde la madre de Jaye trabajaba como secretaria.

—Tu madre necesita que vuelvas a casa inmediatamente —le explicó el hermano Maynard.

—Pero mi hermano… —dijo Jaye temblorosa— ¿está muy grave? Quiero decir, está casado, y esperan un hijo.

—Es grave —respondió el hermano Maynard—. Está recibiendo tratamiento en Bruselas. Pero preferiría no hablar de esto por teléfono.

—¿Cómo dice? —Jaye no se lo podía creer—. ¿Qué no quiere hablar de esto por teléfono?

—Será mejor que nos veamos.

—Quiero hablar con mi madre —dijo Jaye entre dientes—. Quiero hablar con ella ahora mismo.

—Lo siento. Ella no puede hablar ahora. Por eso te he telefoneado.

La imaginación de Jaye se disparó. Por su mente desfilaron escenas de terribles desgracias familiares. Ella y su madre, Nona, habían tenido siempre una relación tirante, que en los últimos años se había convertido en distanciamiento.

Pero ahora Jaye se sentía preocupada por Nona. Imaginó a su madre hundida, al borde del colapso nervioso.

—¿Por qué no puede hablar? —preguntó—. ¿Le ha ocurrido algo?

—No —dijo simplemtente el monje. Y le repitió que debía regresar de inmediato a casa. Cortó la comunicación antes de que Jaye pudiera hacer más preguntas.

Jaye esperaba de pie en el porche de la casa de su madre, azotada por el viento y por la nieve. Había estado golpeando la puerta hasta desollarse los nudillos, pero nadie le había respondido. Sin embargo, el salón se veía brillantemente iluminado. Volvió a llamar, esta vez con más fuerza.

Finalmente, el hermano Maynard le abrió. Inexplicablemente, llevaba puesta una llamativa camisa hawaiana.

Jaye entró en el salón. No había nadie. Estaban los dos solos.

—¿Dónde está mi madre? —preguntó.

—Arriba, en su habitación —dijo el hermano Maynard.

—¿Se encuentra mal? Usted me dijo que no estaba enferma.

—Y no está enferma —dijo el hermano Maynard. Era un hombrecillo de labios muy finos y de pelo gris, que llevaba cortado al rape. Hizo un gesto nervioso para ayudar a Jaye a quitarse el abrigo.

Jaye se apartó de él y se dejó el abrigo puesto, como si así pudiera protegerse de lo que ocurría.

—Tu madre quiere que hable contigo —le dijo el hermano Maynard.

—¿Por qué? ¿Y por qué usted? —Apenas conocía a ese hombre, y no le perdonaba lo brusco que había estado por teléfono.

—Esto no será fácil —dijo él—. Siéntate. Te traeré algo para beber.

Se dirigió al mueble bar de su madre. Delante del mueble había una botella de oporto sin abrir. Se puso manos a la obra con el sacacorchos.

Jaye quería decirle que no necesitaba una copa. Había conducido 80 kilómetros a través de una tormenta de nieve y ahora necesitaba saber la verdad, maldita sea. Se sentía tan alterada por un cúmulo de emociones que no se atrevía a hablar. Se quedó sentada en la vieja y rechoncha butaca, envuelta todavía en su abrigo protector.

El hermano Maynard sirvió el vino y le pasó la copa.

—Toma un trago —le ordenó.

Pero lo que hizo Jaye fue colocar la copa a un lado, en el borde de la mesa, junto a la estatuilla pintada en colores chillones de la Virgen María.

En cualquier otro momento, Jaye hubiera arrugado el ceño al ver esta virgen de yeso. La había pintado ella misma cuando tenía nueve años, y su madre se empeñaba en conservarla. Nona era una sentimental, y adoraba los cachivaches de recuerdo. Todo el salón, la casa entera estaba repleta de objetos así.

Jaye intentó no fijarse en la copa de vino, en la virgen espantosamente pintada, en las fotografías familiares que inundaban todas las paredes. Se quedó mirando al monje con impaciencia, esperando que dijera algo.

—Te iría bien tomar un trago —insistió el hermano Maynard—. Las carreteras están mal. Habrás tenido un viaje… difícil.

—¿Quiere decirme de una maldita vez cómo está mi hermano? —Jaye no aguantó más. No estaba bien que le hablara así a un religioso, y no tenía por qué ser tan brusca. Se sintió culpable, pero siempre había tenido un genio muy vivo y hablaba sin pensar. Además, el hermano Maynard la estaba volviendo loca.

—Tu hermano está muy enfermo —el rostro chupado del monje tenía una expresión sombría, y sus ojos castaños parecían vacilantes y temerosos—. El hospital quiere mandarlo cuanto antes de vuelta a Estados Unidos. Pero todavía no. Los médicos lo mantienen aislado. Quieren empezar a darle un tratamiento de quimioterapia lo antes posible.

Jaye se le quedó mirando, muda de asombro. Los ojos se le llenaron de lágrimas, y los vivos colores de la camisa del hermano Maynard empezaron a ponerse borrosos y a dar brincos y saltitos en una especie de baile alucinado.

«¿Aislado? ¿Quimioterapia?» ¿Cómo podía el monje utilizar palabras tan terribles para referirse a su hermano, y mostrarse tan tranquilo? ¿Y cómo podían los médicos mantener a Patrick en Bélgica, maldita sea? Imposible. No podía ser cierto.

Estupefacta, dejó que su mirada vagara por la habitación. Por todas partes veía la huella de Patrick, su fuerte, vital e invencible hermano.

Había fotografías suyas por todos lados, muchas más que de la propia Jaye. A veces ella le tomaba el pelo por ese motivo, pero la verdad es que nunca le había importado. Patrick era el favorito de la familia, el favorito de su madre y también el de Jaye. Así eran las cosas, y eran justas y comprensibles, simplemente porque él era Patrick.

En la fotografía del día de graduación estaba sonriente, la estampa del clásico chico norteamericano. Según decía su madre, el pelo rojizo y la tez pecosa de Patrick eran una herencia de la sangre irlandesa de su difunto padre. Sus negrísimos ojos y sus pómulos salientes provenían también de la rama paterna, de una abuela sioux. Pero la amplia sonrisa de Patrick, su inconfundible sonrisa, era suya solamente y de nadie más. Eso aseguraba su madre. De los ojos de Jaye brotó un tibio río de lágrimas que emborronó la visión de la sonrisa de su hermano.

El hermano Maynard metió la mano en su bolsillo trasero y sacó de inmediato un pañuelo perfectamente planchado, que le entregó a Jaye.

«Ha venido preparado», pensó ella. Pero de todas formas se secó las lágrimas con alivio y dejó el pañuelo manchado de rímel.

—Tu hermano entró en el hospital de Bruselas con apendicitis —dijo el hermano Maynard—. Había estado todo el invierno afectado de una infección respiratoria. Eso creían.

Jaye hacía lo posible por no llorar. A Patrick no le gustarían sus sollozos. Arrugó el húmedo pañuelo, cerró el puño con firmeza en torno a él y posó la mano sobre el regazo.

—Después de la operación —siguió el monje—, Patrick empezó a tener fiebre y dificultades para respirar. Pensaron que era neumonía, o bronquitis. Pero los análisis de sangre mostraron otro cuadro. Estaba muy bajo de glóbulos rojos, había doblado la cantidad normal de leucocitos y tenía muchos mieloblastos. Era una leucemia mielocítica aguda.

«Palabras, palabras asquerosas, estúpidas, odiosas». Jaye tenía ganas de gritar, de gritar, de arrojar la virgen pintada contra la pared. Pero se quedó sobrecogedoramente quieta, con la mirada fija en los ojos pardos del monje.

—¿Se va a morir? —preguntó con voz temblorosa.

El hermano Maynard desvió la vista. Se dirigió a la ventana y levantó la cortina. Los copos de nieve se habían ido amontonando en el alféizar.

—Sí. Puede morirse —dijo—. Es una posibilidad. Pero hoy día la ciencia consigue cosas espectaculares. Con la ayuda de Dios…

—Dios ayuda a los que se ayudan —interrumpió Jaye en tono casi belicoso—. ¿Pueden hacerle un transplante de médula, no? Esto es lo que he venido pensando todo el camino desde Boston. Es lo que me impedía volverme loca. Un transplante podría ayudarle, ¿no?

El hermano Maynard soltó la cortina, que volvió silenciosamente a su sitio.

—Sí. Si encontramos un donante.

—¿Cómo que si encontramos? —le preguntó desafiante—. ¿No pueden utilizarme a mí? ¿No es eso lo que suele hacerse: utilizar la médula de un hermano o una hermana? Dios mío, si puede tener lo que quiera…

Le extrañó que el hermano Maynard no volviera el rostro hacia ella. Seguía allí, con su chocante camisa de colores, mirando las cortinas corridas.

—¿Para eso me ha hecho venir? —preguntó—. ¿Mi madre quiere saber si yo estoy dispuesta a ser donante de médula? Por supuesto que lo estoy. Si tengo que ir a Bélgica, iré a Bélgica. ¿Es necesario que reserve un billete? Dígame qué tengo que hacer.

—No es tan fácil —dijo el hermano Maynard—. No todo el mundo puede ser donante. Las células tienen que ser totalmente compatibles, si es posible. No se trata únicamente de pertenecer al mismo grupo sanguíneo. Es un asunto más complicado.

Jaye se levantó, fue hasta la ventana, colocó la mano en el brazo del hermano Maynard y le obligó a volverse hacia ella.

—Pero los miembros de una misma familia pueden ser perfectamente compatibles, ¿no es cierto? Por esta razón tu hermano puede donarte un riñón… y todo eso.

La boca del hermano Maynard se torció en una mueca nerviosa. Jaye todavía apoyaba la mano en su brazo, y él le colocó la mano encima como para tranquilizarla. Pero Jaye no se tranquilizó. De hecho, el gesto le pareció totalmente falto de ánimo.

—Un hermano tiene una probabilidad entre cuatro de ser el donante apropiado —dijo.

Jaye inspiró profundamente. Vale, no había muchas probabilidades, pero no era imposible.

—¿Cuándo pueden hacerme un análisis? ¿Y dónde? ¿Pueden hacérmelo aquí, o tengo que volver a Boston?

El monje le apretó la mano. Jaye sintió su piel muy fría.

—Jaye, no hace falta que te hagan un análisis. Vuestros tejidos no serán compatibles.

Ahora ella se sentía totalmente confundida. Lo miró sin entenderle.

—¿Qué quiere decir? Acaba de explicarme que tengo una probabilidad entre cuatro.

—Jaye —dijo él. De repente sus ojos estaban tan fríos como sus manos—. No es tu hermano.

—¿Cómo? —Jaye retiró su mano bruscamente y retrocedió. Comprendió que el monje estaba como un cencerro—. ¿Qué tonterías dice? Por supuesto que somos hermanos...

—No —insistió él—. Es lo que siempre os han dicho, pero no es cierto.

Era la segunda vez que las palabras de aquel hombre le asestaban un mazazo, un golpe tan fuerte que la dejaba sin habla.

Aturdida, se volvió hacia el piano y contempló la foto de la graduación de Patrick, junto a una foto de ella. Se quedó mirando los retratos y, como en un sueño, recordó lo que la gente le había repetido todos estos años: «No parecéis hermanos». El cabello de Patrick era rizado y cobrizo; el de Jaye, abundante, rubio y liso. Patrick tenía los ojos tan oscuros que parecían negros; los de Jaye eran azules como el cielo. Ella era alta; Patrick, sin llegar a ser bajo, no le pasaba en altura. Ella tenía un cuerpo redondeado y era un poco desmañada, mientras que Patrick era musculoso y atlético. «No parecéis hermanos».

Desde luego, no se parecían físicamente, y sin embargo tenían mucho en común. Las personas que los conocían nunca habían dudado de su parentesco. Se asemejaban en su forma de actuar: tenían opiniones análogas y la misma manera de hablar, un poco brusca y entrecortada. Incluso su sentido del humor era curiosamente similar, aunque el de Jaye era más incisivo y el de Patrick más suave.

También había diferencias entre ellos, desde luego. Ella tenía un genio vivo y era más tozuda, mientras que Patrick había sido siempre el elemento contemporizador, indulgente y comprensivo. Pero se complementaban. A Jaye siempre le había gustado pensar que en cierta forma cada uno completaba al otro.

Se sentía mareada. Inspiró profundamente. Estaba a punto de arrojarse al abismo desde lo alto de un precipicio. Vivía una auténtica pesadilla. «Soy yo», pensó. «Mamá siempre ha sentido adoración por él. Yo soy la que la ponía nerviosa, la que la decepcionaba. Ahora lo entiendo. Está claro».

Le pareció que los ojos del hermano Maynard se habían endurecido. Jaye se dio cuenta de que no quería mostrarse frío, sino adoptar cierta distancia respecto a lo que tenía que decirle.

—De acuerdo —dijo—. ¿Cuál de nosotros es el adoptado?

—Los dos. Los dos sois adoptados. Tú y Patrick.

A Jaye se le encogió el estómago. Se dejó caer de golpe en la vieja butaca. Todavía llevaba puesto el abrigo, pero sentía un frío intenso en las entrañas.

Miró perpleja al hermano Maynard, que seguía con su estúpida camisa.

—Y Nona... ¿nos ha mentido todos estos años?

—Sí —respondió—. Y vuestro padre también, por supuesto.

—Mi padre —dijo con voz inexpresiva—. De repente la palabra carecía de significado. Era un hombre al que apenas recordaba. Tenía un carácter obstinado, un rasgo que, según le habían dicho siempre, ella había heredado. Murió cuando Jaye tenía cuatro años y Patrick dos. No, no podía culparle a él de las mentiras de toda una vida.

Los ojos se le volvieron a llenar de lágrimas, pero esta vez eran de rabia.

—¿Cómo ha podido hacernos esto? ¿Cómo? ¿Lo sabe Patrick? —preguntó.

El hermano Maynard asintió.

—Se lo he explicado a su mujer esta mañana, y ella se lo ha dicho.

Una fría oleada de disgusto inundó el cuerpo de Jaye.

—Por Dios, está enfermo, puede morir, ¿y ella le viene con esto?

El hermano Maynard se acercó a la butaca de Jaye y tímidamente le puso la mano en el hombro.

—Él ya sospechaba algo, por los análisis de sangre que le habían hecho. Se lo ha tomado muy bien, pero está preocupado por ti. Confía en que no estés demasiado trastornada.

«¿Demasiado trastornada? Oh, mierda. Claro que no estaba trastornada. En absoluto.» Pero mantuvo los labios bien apretados. Sus problemas no podían compararse con los de Patrick. Tenía que pensar en su hermano. No, no era su hermano. Se corrigió mentalmente. La cabeza le daba vueltas. Pero luego, una obstinada vocecita interior dijo: «Sí, maldita sea. Es mi hermano».

Se tragó las lágrimas, apretó las mandíbulas con determinación y se sonó con fuerza en el arrugado pañuelo del hermano Maynard.

—Si es adoptado, tiene que tener familiares en alguna parte —dijo.

—Es posible.

—Mi madre, quiero decir, Nona, ¿sabe quiénes son?

—No. No tiene ni idea.

—Pero, pero… —Jaye intentó pensar con claridad—. Tendrá familiares en alguna parte. Seguro que los tiene, ¿no?

—Es una posibilidad. Roguemos a Dios para que así sea, y para que podamos encontrarlos.

A Jaye le incomodaba el contacto de la mano del monje sobre su hombro. Pero en esta ocasión no se apartó.

—Si tiene familia, la encontraré. En alguna parte tiene que haber unos archivos.

Se sintió esperanzada al recordar a su amiga Shayna, su compañera en la agencia. Shayna era adoptada, y había intentado dar con su madre biológica, pero los archivos eran secretos y no se podían abrir. Entonces encontró una asociación que le dio su apoyo, llevó el caso a los tribunales y obtuvo una orden judicial para abrir los archivos. Encontrar una solución requeriría arrimar el hombro, pero no era imposible.

—Le pediré a mamá que me lo explique todo —dijo Jaye con convicción—. No encontró a Patrick bajo un puente. Tenía que venir de alguna parte. Contrataré a un agente. Haré lo que sea necesario.

—Jaye —dijo el hermano Maynard con voz débil—. Hay algunas… complicaciones. Esta es en parte la razón por la que tu madre me pidió que hablara contigo.

Se acercó y se puso de rodillas ante ella. Tomó la mano de Jaye con sus manos frías. Habló en voz baja, casi en un susurro.

—Escúchame con atención. Ninguno de vosotros fue legalmente adoptado. Os consiguió con dos años de diferencia de un médico de Cawdor, Oklahoma. Erais bebés en venta. Os compró a los dos.

Capítulo 2

Jaye tenía puesto el abrigo, y a ratos se lo cerraba fuertemente sobre el pecho con la mano izquierda, como protegiéndose una herida.

Y desde luego, estaba herida, se dijo el hermano Maynard. Le incomodaba saber que la herida se la había infligido él. Era un hombre ascético y solitario, un científico poco dado a la expresión de los sentimientos. Le dio a Jaye unas palmaditas en la mano, que yacía inerte entre las suyas.

—Lo siento —dijo. Las palabras le sonaron tan fuera de lugar que sintió náuseas. Parecía que le hubieran estrujado en la boca una esponja empapada en vinagre. Vio que Jaye movía la cabeza, sumida en una especie de estupor. Normalmente se mostraba enérgica y directa, pero ahora era otra. Había perdido aquella vitalidad que a él le produjera un cierto rechazo. Ahora tenía un aspecto extrañamente vulnerable. Lo miraba como si le acabara de asestar un golpe y pudiera volver a golpearla en cualquier momento.

—No —dijo débilmente—. No nos compraron en Cawdor. Nacimos allí.

El hermano Maynard había accedido a llevar a cabo esta misión para ayudar a Nona, que se lo había pedido insistentemente, entre sollozos. Pero evitar que la hija de Nona sufriera no estaba en su mano. Intentó sobreponerse.

—Sí. Nacisteis allí, pero tenéis otros padres.

—No —protestó Jaye—. Tengo fotocopias de nuestros certificados de nacimiento. Conservo una fotocopia extra del certificado de Patrick, por lo que pudiera pasar.

El hermano Maynard se llenó los pulmones de aire y elevó una silenciosa plegaria. «Dios mío. Concédeme la fuerza necesaria para decirle lo que tengo que decirle y dale a ella la fortaleza para escucharlo».

—Los certificados de nacimiento son falsos. El médico falsificó los datos —dijo—. Era parte del trato.

Se quedó esperando su reacción, pero de nuevo ella mostraba un rostro inexpresivo, el de una persona que acaba de recibir un golpe.

—¿Soy adoptada? —preguntó finalmente, con un hilo de voz.

—Sí.

—¿Y Patrick también? —Él asintió—. Entonces, ¿nuestra madre no es realmente nuestra madre?

—Lo es de corazón —se apresuró a responder—. Lo es en su amor y en su preocupación por vosotros. Pero no biológicamente.

Jaye ladeó ligeramente la cabeza, como un niño sorprendido.

—¿Nos compró a los dos?

—Ella deseaba ardientemente tener hijos. Ella y vuestro padre no podían tenerlos, y las agencias de adopción no les sirvieron de ayuda. Lo probaron todo. Finalmente, oyeron hablar de un médico en Cawdor y se pusieron en contacto con él. Un fin de semana les llamaron para que fueran a buscarte. Salieron de Austin…

—No —dijo Jaye con firmeza—. No es cierto. Vivíamos en Cawdor. Mi padre trabajaba allí, en una compañía petrolera.

—No —dijo el hermano Maynard. Era preferible no andarse con rodeos—. Vuestro padre trabajó en una compañía petrolera, pero en Austin. No existía ninguna compañía así en Cawdor.

—Claro que sí —insistió Jaye—. Se llamaba Tahlequah Oil. Se cerró en 1968, y mi padre buscó otro trabajo y nos mudamos…

—Tahlequah Oil no existió —cortó secamente el hermano Maynard—, no ha existido nunca. Tus padres sólo estuvieron en Cawdor para compraros a ti y a Patrick. Es así como fue.

—Pero… —empezó Jaye. Estaba claro que tenía deseos de contradecirle, de refutar sus palabras, pero no parecía saber cómo.

—Entonces, ¿nunca vivimos en Cawdor? —preguntó por fin, entre enfadada y temerosa.

—No —dijo el hermano Maynard—. Nunca.

—¿Mi madre se lo inventó? ¿Es todo un cuento?

—Sí.

—¿Y lo mismo con Tahlequah Oil? ¿Se inventó la empresa?

—Sí.

—Mi padre... —dijo dubitativa—. Le recuerdo vagamente, ¿sabe? Hay fotografías de él, pero, ¿no se lo inventaría también? ¿Estaba allí?

—Sí, estaba.

—¿Y murió de verdad cuando yo tenía cuatro años?

—Sí. Tenía problemas cardiacos. Era mayor que tu madre. Su edad y su estado de salud... fueron los impedimentos para una adopción legal.

Jaye asintió en silencio. Permaneció un buen rato sentada, con los labios apretados, mirando la fotografía del día de graduación de Patrick y su propio retrato, al lado. Tragó saliva.

—Así que, mi hermano y yo —dijo pronunciando lentamente las palabras— hemos estado viviendo una mentira.

—Es una forma muy cruda de expresarlo —el hermano Maynard salió en defensa de Nona, que era una buena mujer—. Tienes que mirarlo con caridad, con compasión...

Jaye retiró bruscamente la mano de entre las del sacerdote. Él no opuso resistencia, y se quedó allí, hincado de rodillas ante ella, como un penitente. Y de hecho, así se sentía.

El color volvió a las mejillas de Jaye. Sus manos se agarraron con fuerza a los brazos del sillón.

—¿Todo en nuestra familia es mentira? ¿Absolutamente todo?

—Ya sé que es esto lo que parece, pero...

—Nada de «peros» —exclamó, repentinamente furiosa—. ¿Es todo una inmensa, tremenda, asquerosa mentira?

El hermano Maynard se estremeció, pero le sostuvo la mirada. De alguna forma, intuyó que debía aguantar, que debía mirarle a la cara, pasara lo que pasara.

—¿Cómo ha podido? —preguntó con voz preñada de dolor y de rabia—. Todos estos años, quiero decir, ¿por qué lo ha hecho?

—¿Cómo podía deciros la verdad? —El hermano Maynard se apresuró a salir en defensa de Nona—. Lo que hizo era ilegal. ¿Cómo le explicas esto a un niño?

—Podía habernos dicho por lo menos que éramos adoptados. Hubiéramos podido asimilarlo… otras familias lo hacen. ¡Pero esto… esto!

El hermano Maynard se sintió impotente ante aquella explosión de dolor e indignación.

—Tu padre y ella tenían intención de decíroslo cuando tuvierais edad para entenderlo. Pero luego él falleció, y a Nona le faltó valor. No se atrevió a deciros nada. No sabía cómo hacerlo.

«No sabía cómo hacerlo». Jaye se cubrió los ojos con una mano y meneó la cabeza. No sabía si reír o llorar. Nona, tan correcta y religiosa, les había estado contando la mayor de las mentiras durante más de treinta años.

«Durante nueve meses te he llevado junto a mi corazón. Darte a luz casi me cuesta la vida. ¿Y así es como me respondes? ¿Es así como me tratas?» Esto le vociferó indignada cuando Jaye, a los veintitrés años, se fue a vivir con Alan Garrett. Y le gritó cosas parecidas cuando Jaye se fugó con Alan. El año anterior, cuando se divorció de él, Nona volvió a decirle: «Tenías que haberme hecho caso a mí, que soy de tu misma sangre. Yo sabía que te engañaría tarde o temprano, sabía que no era un buen hombre. Son cosas que una madre sabe».

«Engaño. Honestidad. Tu misma sangre».

Jaye se levantó de un salto del sillón y caminó hasta el piano. Tomó en la mano la fotografía de Patrick en el día de su graduación y la miró fijamente, como si estuviera perdida y buscara inspiración en el retrato.

El hermano Maynard se levantó también, pero lentamente, como si le dolieran los huesos y le costara moverse.

—Vuestras madres… vuestras madres biológicas —dijo— eran pobres chicas desesperadas que no podían hacerse cargo de un bebé. Pero querían vuestro bien, que tuvierais una vida mejor que la que ellas podían ofreceros.

Jaye seguía con los ojos fijos en la fotografía de su hermano.

—Patrick y yo somos ilegítimos, hijos indeseados.

—Eran otros tiempos —dijo el monje con voz lastimera—. Suponía un tremendo escándalo. Una joven en apuros… —Jaye levantó la mano para hacerle callar.

—Por favor. No me venga con esto. No es el momento para este tipo de discursitos. —Volvió a dejar en su lugar la foto de Patrick. Hacía esfuerzos visibles para dominarse. Tensó la mandíbula—. Lo siento. No quería contestarle mal. Ha sido usted muy… valiente al contármelo todo. Pero creo que ha llegado el momento de que hable del asunto con mi… con Nona.

—Entiendo cómo te sientes… —El monje tragó saliva.

—Perfecto —le interrumpió. No se había derrumbado en llanto, y no tenía intención de llorar delante del hermano Maynard ni de nadie. Se volvió hacia las escaleras que llevaban a las habitaciones—. ¿Está en su cuarto?

—Entiendo cómo te sientes —repitió—. Pero tienes que comprenderla. Ella no quiere verte.

Jaye se giró en redondo y se le quedó mirando.

—¿Cómo?

El monje parecía asustado. Alzó los brazos en un gesto de impotencia.

—No quiere verte… todavía. Ni hablar contigo. Se siente avergonzada.

—Debería estarlo. —Jaye levantó la barbilla.

El hermano Maynard cruzó las manos sobre su estómago, como si le doliera.

—Quiere darte tiempo para pensar sobre todo esto, para que no digas nada que puedas lamentar después. Sabe que eres impulsiva, que puedes…

—Tiene miedo de encontrarse conmigo cara a cara. —Jaye echaba chispas por los ojos.

El hermano Maynard entrelazó más estrechamente las manos sobre el vientre.

—Ya sé que la relación entre vosotras dos no ha sido nunca fácil, y entiendo cómo te sientes. Pero no es el momento de enfadarse. Ahora mismo, no se trata de Nona y de ti, se trata de tu hermano, de Patrick.

—Mi hermano —musitó con voz vacilante.

—Sí. Todo lo demás pasa a un segundo término.

Jaye se irguió.

—Quiero hablar con ella. Ahora mismo.

—Te ha escrito una carta donde te lo explica todo. Quiere que la leas antes de hablar con ella —El hermano Maynard tomó un abultado sobre que estaba sobre la repisa de la chimenea y se lo alargó a Jaye. Ella no lo cogió. Se dio media vuelta y subió las escaleras.

Junto a la puerta del dormitorio de Nona colgaba una vieja fotografía enmarcada de Patrick y Jaye: los dos, de niños, junto al enorme conejo de Pascua de unos grandes almacenes. Cada vez que Jaye llamaba a la puerta con los nudillos, la fotografía se balanceaba como si estuviera a punto de caerse.

—Nona, ábreme —pidió Jaye—. Sé que estás ahí. No puedes esconderte ahora —golpeó la puerta con más fuerza—. Nona, Patrick necesita saber la verdad. Ábreme la puerta o…no sé lo que…

El hermano Maynard le puso la mano sobre la manga del abrigo.

—Jaye, por favor. Tu madre tiene razón; no es el momento…

Jaye se sacudió de encima la mano implorante del monje y aporreó la puerta con más fuerza. La fotografía de los niños con el conejo de Pascua osciló peligrosamente en la pared.

—Maldita sea, Nona. Abre la puerta ahora mismo.

—Jaye —suplicó el hermano Maynard. Demasiado tarde. Se oyó el chasquido del cerrojo y la puerta se entreabrió tímidamente para mostrar a Nona que, con el rostro bañado en lágrimas, miraba a su hija con una mezcla de pena y de temor. Tenía unos sesenta años, el pelo claro y era delgada y menuda

Jaye se debatía interiormente. Conocía el rostro de Nona mejor que nada en el mundo, salvo el de Patrick y el suyo propio. Tenía su imagen grabada en la memoria, y en su misma alma, posiblemente. Sin embargo, se preguntó angustiada: ¿sé quién es realmente esta mujer? Nona era tan bajita y flaca que siempre parecía estar delicada de salud. Pero esta noche, de pie en la puerta de su habitación y con la boca temblorosa, presentaba un aspecto de extrema fragilidad.

Jaye era más alta —le pasaba media cabeza—, de piernas largas y busto abundante. Nona siempre le había dicho: «Te pareces a mi hermana Celeste, que era alta, como mi padre. Yo era la bajita de la familia». Celeste, a quien Jaye debía su altura y su complexión redondeada, había muerto de polio mucho antes de que ella naciera. ¿Pero había existido de verdad, o fue simplemente otra de las invenciones de Nona?

Los ojos de Nona —que ahora la miraban fijamente— eran de un gris verdoso, mientras que los de Jaye eran azules. «Has heredado los ojos irlandeses de la familia de tu padre.» No, pensó Jaye sombríamente ante la mirada cansada de Nona. «No me parezco a ellos. No tengo ni idea de a quién me parezco.»

El cabello de Nona, ahora plateado, había sido de un castaño ceniza. Tanto Jaye como Patrick lo sabían, pero Nona siempre encontró una razón para teñírselo. «Yo era tan rubia como tú», le decía a Jaye. «Tú has heredado mi cabello escandinavo. Lo que ocurre es que se me oscureció cuando os tuve a vosotros». No, pensó Jaye mirando los rizos teñidos de su madre, mi color de pelo no proviene de Nona. Sólo Dios sabía de dónde proviene. La mujer que estaba de pie ante ella formaba parte de su vida, de su propio ser. Pero al mismo tiempo, era una desconocida llena de secretos y misterios.

Nona, que siempre se había mantenido derecha como un palo de escoba, estaba ahora ligeramente encorvada, esperando un golpe. Aunque no era guapa, tenía una cara especialmente agradable y cuidada, un rostro siempre impoluto y elegante. Ahora, los ojos se veían hinchados y enrojecidos por el llanto, y en su cara se adivinaban las señales del dolor. Se la veía tan envejecida que Jaye se sobresaltó y estuvo a punto de perder el equilibrio.

Con un esfuerzo, Nona se irguió ligeramente. Pareció sacar fuerzas de flaqueza para recobrar algo de dignidad, de superioridad incluso.

—Confío en que no harás una escena —dijo.

«Está muy cambiada. Es otra persona.», pensó Jaye. «Y sin embargo, sigue siendo la misma.»

—Si hay una escena, no seré yo la culpable, precisamente —dijo.

Nona se apartó de la puerta abierta y, dándole la espalda a Jaye, entró en su habitación.

—Pasa —le dijo—. Si tienes que hacer una escena, por lo menos que sea en privado.

—Esperaré en el salón, Nona. Si me necesitas, aquí estoy —la voz temblorosa del hermano Maynard sonó a las espaldas de Jaye. Esta volvió la cabeza y le dirigió una mirada llena de recelo. ¿Qué se imaginaba, que Nona necesitaba protección cuando estaba con ella?

El monje estaba pálido, y era evidente que le hubiera gustado escapar de allí cuanto antes. Pero se contuvo y adoptó un aire de cortesía.

—Siempre se ha preocupado por ti —le dijo a Jaye—. No lo olvides. Y ahora, el que importa es tu hermano.

A Jaye le ofendió el consejo. La misma presencia del monje le molestaba. Sin embargo, cuando le vio dar media vuelta y dirigirse rápidamente a la planta inferior con su camisa de vivos colores, sintió un intenso remordimiento. «Tiene razón», pensó. De repente, se preguntó si de verdad tenía ganas de quedarse a solas con Nona. Cerró la puerta tras de sí.

Nona estaba de pie junto a la cama, de espaldas a Jaye. De nuevo se la veía un poco encorvada. El cubrecama de chenille estaba arrugado, y la funda rosa de la almohada tenía aspecto de haber servido para apagar los sollozos y enjugar las lágrimas. A Jaye le costaba respirar en aquella habitación, tan sobrecargada de fotografías y de cachivaches sentimentales como el salón. Era como verse atrapada en un santuario dedicado a la infancia perdida.

—Date la vuelta. Mírame —le dijo—. Nona se volvió hacia ella lentamente. Agarraba un pañuelo de papel entre las manos, unidas en actitud de plegaria, y esta postura le confería un aspecto de conejo asustado. Pero Jaye no quería caer en la compasión.

—¿Es cierto? —preguntó.

—Sí, por supuesto —respondió Nona.

—¿Por supuesto? —Jaye repitió la pregunta con incredulidad—. ¿Qué quiere decir por supuesto?

—No le hubiera pedido al hermano Maynard que dijera mentiras —Nona alzó la barbilla.

—Pues tú no has tenido ningún problema en decirlas —dijo Jaye.

Nona se encogió de hombros con aire de impotencia. Agarró con fuerza el pañuelo de papel y se quedó mirando una fotografía de Patrick en su triciclo.

—Todo lo que he hecho, lo he hecho por amor.

—Nos compraste —dijo Jaye—. Y nos has estado mintiendo todos estos años.

Nona volvió hacia ella el rostro inundado en lágrimas. En sus ojos brillaba el orgullo de haber obrado correctamente.

—Intentamos todos los medios legales de adopción, absolutamente todos. Pero nadie podía ayudarnos. Decían que tu padre era demasiado mayor, que estaba delicado de salud…

—¿Cuánto dinero costamos? Tengo curiosidad por saberlo. ¿Fuimos bebés caros, de precio medio, con descuento?

—La cuestión no era esta. No era el dinero. Aquellas jóvenes querían mantener el asunto en secreto. No podían quedarse con los bebés, no podían mantenerlos, y había un médico que buscaba matrimonios como tu padre y yo para...

—Dime una cosa —Jaye la interrumpió con frialdad—. ¿Pudiste escogernos o nos echaban a suertes?

—...buscaba matrimonios dispuestos a adoptar un niño para darle todo su amor y las mejores...

—¿Era este el principal negocio del médico, vender bebés?

—No, no —le aseguró Nona—. De vez en cuando, una joven se veía en apuros. El doctor no creía en el aborto. Sabía que podía encontrar familias buenas y cariñosas para estos bebés. Primero quiso conocernos. No hubiera entregado a cualquiera...

—Pero no fuimos legalmente adoptados. Fuimos vendidos, como el ganado. Y ahora no hay ningún fichero...

Nona le dirigió una mirada llena de desesperación.

—Era un asunto privado —dijo en tono desafiante— que no le importaba a nadie.

—Nos importaba a nosotros —replicó Jaye—. Nos podías haber dicho por lo menos que no eras nuestra verdadera madre. Enterarse de esta manera...

—Pero es que soy vuestra verdadera madre —interrumpió Nona—. En mi alma y en mi corazón, sois hijos míos y de nadie más.

—¿Por esto nos has mentido? ¿Tantas ganas tenías de creer que eras nuestra madre?

Nona apartó la vista, invadida por la confusión y la tristeza, que parecían cubrirla como un manto.

—Tenía intención de decíroslo cuando fuerais mayores —dijo—. Pero luego John murió, y a mí ya no me quedaba familia. Sólo os tenía a vosotros. Erais mis hijos, y yo era vuestra madre. Todavía soy vuestra madre. —Con un dedo tembloroso, señaló una de las doce fotos enmarcadas que colgaban de la pared cercana. En ella, Jaye, con nueve años, vestida con un trajecito corto de volantes y zapatillas de baile, posaba sin mucha gracia—. ¿Recuerdas este vestido? —El dedo le temblaba—. ¿Recuerdas cuándo te lo hice? Me pasé noches enteras cosiéndotelo. Porque esto es lo que hacen las madres.

Jaye se pasó la mano por los enmarañados cabellos.

—No digo que no, pero...

—Y no es la única ocasión en que pasé noches en blanco por ti —continuó Nona, a la defensiva—. ¿Te acuerdas de cuando te rompiste el brazo en el campamento de chicas? ¿Y de cuando tuviste la varicela? ¿Recuerdas cuando pasaste la gripe y la fiebre te subió a más de cuarenta grados?

Jaye se acordaba de todo eso y de mucho más, pero las solemnes declaraciones de Nona se le antojaban delirantes y dignas de lástima. Siempre había tenido conciencia de que el hecho de ser madre era parte indisociable de la identidad de Nona, y ahora este hecho le parecía teñido de extrañeza.

Nona se había quedado de pie mirándola con atención, con la cabeza ligeramente echada hacia atrás, como si se dispusiera a recitar durante horas sus hazañas maternales. Pero Jaye no estaba de humor para escucharlas.

Con afinado instinto materno, Nona percibió la vacilación de Jaye.

—Deberías quitarte el abrigo —dijo—, o te enfriarás.

Jaye continuó con el abrigo puesto y dirigió la mirada hacia la lamparilla de la mesilla de noche, que tenía una base de cerámica en forma de rana. Era un regalo de Navidad de Patrick, cuando estaba en la escuela superior. «Patrick», pensó. Y un dolor agudo la atravesó como un puñal.

—Y Patrick… ¿ahora lo sabe todo? —preguntó Jaye—. Maldita sea. Has elegido un momento apropiado para decírselo.

—No tenía elección. Le he dicho la verdad porque le quiero.

—Dios mío —Jaye meneó la cabeza—. Dios mío.

—Es por los análisis de sangre —dijo Nona. Y alzó un poco más la barbilla—. Sus tejidos poseen ciertas… peculiaridades. Él y Melinda creían que serían compatibles con los tuyos, pero yo sabía que no era posible.

A Jaye le pareció que el corazón se le aceleraba y luego dejaba de latirle en el pecho.

—¿Peculiaridades?

Nona parpadeó con fuerza para sacudirse las lágrimas. No miraba directamente a Jaye, sino que dirigía la mirada a su reflejo en el espejo.

—Es algo poco común, muy poco común.

—¿Qué quieres decir? —Jaye se puso rígida.

—Será difícil encontrar a alguien compatible.

—¿Cómo de difícil?

Nona se acercó al escritorio y tomó un pequeño corazón de porcelana de color rosa. Jaye y Patrick se lo habían regalado muchos años atrás por san Valentín.

—¿Cómo de difícil? —repitió Jaye.

—Mucho. —La voz de Nona era apenas un susurro. Tenía en la mano el corazón de porcelana y lo movía a la izquierda y a la derecha para observar los cambios de luz en su superficie.

Por un momento, Jaye tuvo la sensación de que la cabeza le daba vueltas. La habitación giraba a su alrededor como una peonza, y le venían imágenes a la mente, decenas de recuerdos de un pasado que ya no era totalmente real. Se sentó en el borde de la cama y apoyó la cabeza en las manos.

—No puedo creerlo —dijo—. Quiero hablar con Patrick, tengo que hablar con él.

—Hoy es demasiado tarde para llamar. En Bélgica es más de medianoche.

Jaye no alzó la vista. Se apretó los dedos contra la frente. Le dolía la cabeza.

—Entonces iré a verle. Iré en el primer vuelo que encuentre.

—No te servirá de nada ir allá corriendo —dijo Nona—. Él no se encuentra bien para recibir visitas, y además está en observación. Sus visitas están estrictamente limitadas.

Jaye levantó la cabeza y miró a Nona con expresión desafiante.

—Quiero verle. Voy a ir.

—No nos quiere allí —dijo Nona secamente—. Melinda se ha mostrado clara al respecto. Patrick ha dicho expresamente que nos ahorremos el tiempo y el dinero de viajar hasta allá.

—Oh, conozco a Patrick —respondió Jaye con impaciencia—. Lo dice para mostrarse noble, pero en un momento así, necesita a su familia. —Y en cuanto pronunció estas palabras, se dio cuenta de la cruel ironía que encerraban. Aturdida por el doloroso descubrimiento, parpadeó y se quedó mirando a Nona como si no la conociera, como si fuera una odiosa impostora que hubiera ocupado de repente el lugar de su madre.

Pero Nona dejó el corazón de porcelana en su sitio y, con expresión esperanzada, dio un paso en dirección a Jaye.

—Eso es —dijo—. Exactamente. Necesita familia. Necesita a sus parientes consanguíneos y nos necesita a nosotras. —Tomó la mano de Jaye y la apretó con tanta fuerza que hubiera sido imposible soltarse sin cierta violencia—. ¿No te das cuenta? —preguntó con vehemencia—. Nosotras somos su verdadera familia, y tenemos que encontrar a su familia biológica, a sus parientes consanguíneos.

Se sentó junto a Jaye y le apretó la mano todavía más.

—Las máximas probabilidades de encontrar el donante apropiado se dan entre hermanos por parte de padre y madre, pero incluso un medio hermano tiene posibilidades.

En la mirada de Nona brillaba una suerte de esperanza frenética. Jaye podía leer en ese brillo treinta años de mentiras, culpa y amor sin límites.

—Las mejores probabilidades para Patrick están en su familia sanguínea —se apresuró a seguir Nona—. Es algo que puedes hacer por él, Jaye, estoy convencida de que puedes. Siempre has sido la más decidida, la que era capaz de superar cualquier obstáculo. Y esto es lo que Patrick necesita ahora de ti, que encuentres a su familia biológica.

Jaye intentó hablar, pero no logró articular palabra.

Nona se llevó a los labios la mano de Jaye y le besó los huesudos nudillos con expresión suplicante.

—Por favor —le rogó—. No lo hagas por mí, hazlo por él. Por favor.

Los besos de Nona le ardían en la mano.

—Yo... yo... haría cualquier cosa por Patrick —tartamudeó—. Ya lo sabes. Pero no sé ni por dónde empezar.

—Puedes empezar en Cawdor —dijo Nona—. Vete allí, donde los dos nacisteis. Es el sitio lógico para empezar.

—Cawdor —repitió Jaye, atontada.

—¿Tienes la carta? ¿Te ha dado la carta el hermano Maynard?

—Todavía no la he leído —dijo Jaye.

—Lo he puesto todo por escrito —dijo Nona—, para asegurarme de que no faltaba nada. Todo lo que sé acerca de vuestro nacimiento está en esa carta. —Levantó una mano y le tocó la mejilla a Jaye—. ¿Irás a Cawdor? —preguntó con voz temblorosa—. ¿Irás? ¿Lo harás por Patrick? ¿Irás?

«Lo que ha ocurrido está mal», hubiera querido responder Jaye, «¿y ahora quieres que lo enderece de alguna manera?» Sin embargo, dijo:

—Sí, iré.

Nona se precipitó llorando en sus brazos. Sin derramar una lágrima, Jaye la abrazó y la acunó, como si ella fuera la madre y Nona la hija.

Nona lloró hasta quedarse dormida, y Jaye la tapó lo mejor que pudo con el cubrecama rosa. Después, todavía aturdida, se sentó a la mesa de la cocina con el hermano Maynard. Sobre la mesa reposaba una taza de café que todavía no había probado y también la carta de Nona: cuatro páginas mecanografiadas a un espacio.

Jaye miraba la carta como si se tratara de una maldición. Se imaginaba que la carta se arrugaba y doblaba hasta convertirse en una especie de monstruo de papel con un pico sediento de sangre.

«Sangre», pensó, «todo esto va de sangre».

—No logro entender este asunto de la médula compatible —le dijo al hermano Maynard—. Usted es un científico. ¿Me lo puede explicar?

El hermano Maynard carraspeó nervioso.

—En cualquier tipo de tejido hay seis antígenos —dijo—, que pueden combinarse de cientos de maneras entre sí. Lo ideal es que la combinación del donante sea igual a la del receptor. —Se movió inquieto en la silla—. Aunque los antígenos de Patrick fueran corrientes, sus probabilidades de encontrar un donante en la población general serían muy bajas.

—¿Cómo de bajas?

—Una probabilidad entre veinte mil.

Jaye tragó saliva. Luego enderezó la espalda y cuadró los hombros.

—Pero su tipo no es habitual. Entonces, ¿qué probabilidades tiene?

—Una entre un millón, tal vez.

«Oh, mierda», pensó Jaye. Se puso el puño en la boca, para evitar que los labios le temblaran.

El hermano Maynard abrió una pequeña libreta y le enseñó una serie de números que para ella no tenían sentido.

—Este es el tipo de tejido de Patrick —dijo—. Estos son los seis antígenos. —Tomó la pluma de la libreta y subrayó el último grupo de caracteres de la lista—. Aquí está el culpable: DR0406. Es muy poco habitual.

«Maldito seas, DR0406», pensó Jaye. «Gilipollas asqueroso». Se mordió el nudillo del pulgar y no dijo nada.

—Los primeros cinco tipos se dan en todas las razas, pero el DR0406 sólo existe en personas de sangre asiática.

Jaye se quedó atónita. Parpadeó y dejó caer el puño sobre la mesa.

—¿Patrick tiene sangre asiática?

El hermano Maynard asintió.

—Sí, en alguna medida. Es imposible saber en qué porcentaje.

—¿Únicamente los asiáticos tienen este tipo?

—Sí.

—Entonces —dijo Jaye esperanzada—, tendríamos que buscar un donante asiático. Así tendría alguna posibilidad... ¿no?

—Sí —dijo el hermano Maynard—. Y sus médicos lo están buscando. Pero no es tan sencillo.

—¿Por qué no?

—La inmensa mayoría de los donantes registrados son de raza blanca, tanto aquí como en Europa.

«Oh, maldita sea», pensó Jaye con amargura.

—¿Y si se busca en Asia? —preguntó.

—No hay muchos centros de donantes en Asia.

—No es justo —protestó Jaye.

—Ya lo sé. Pero es así.

Jaye se levantó y caminó hasta la encimera. Junto a la cocina colgaba un sencillo loro de madera con un gancho en su pico pintado. Del gancho pendía un agarrador. El loro era otro regalo que le había hecho Patrick a Nona unos años atrás. Jaye sintió ganas de llorar.

—Seguirán buscando —dijo el hermano Maynard—. Cada día hay nuevos donantes, y es posible que aparezca el adecuado.

No era suficiente. Jaye sabía que no se podía depender de la suerte. Se acercó al loro de madera y lo tocó suavemente.

—Nona tiene razón —dijo—. Tengo que encontrar a su familia biológica.

El hermano Maynard se quedó largo rato en silencio. Luego habló con dulzura, pero en un tono de advertencia.

—Puede que resulte imposible. He intentado decírselo a Nona. No hay registros oficiales, y se trata de algo que sucedió hace treinta años.

Jaye continuaba con los dedos apoyados sobre el loro de madera. Pensaba en la carta de Nona, que reposaba sobre la mesa de la cocina.

—Sé el nombre del pueblo y el nombre del médico: Roland Hunsinger. Es algo, para empezar.

De nuevo, el hermano Maynard vaciló antes de hablar.

—He telefoneado al servicio de información de Cawdor —dijo—. No tienen ningún Roland Hunsinger. No tienen a nadie con ese apellido.

—Tengo el nombre de la clínica: Sunnyside Medical…

—Tampoco existe ya ningún Sunnyside Medical Center. Lo siento. —repuso el hermano Maynard.

Pero no importaba lo que dijera. Podía haberse ahorrado las palabras. Jaye sabía lo que tenía que hacer. No le quedaba alternativa.

Capítulo 3

«Sorpresa, sorpresa», pensó Jaye: Oklahoma no era llana. Por lo menos, no era llana en su extremo noreste. Las colinas se convertían a lo lejos en tortuosas cadenas separadas entre sí por valles y quebradas. Y todo estaba cubierto de espesos bosques.

Cawdor no se encontraba en las grandes llanuras que eran la marca característica del oeste de Oklahoma, sino en las montañas boscosas del este.

A primera vista, el pueblo parecía dividido en dos partes, muy distintas en tamaño y en riqueza. De hecho, eran dos pueblos distintos, separados por el límite entre Arkansas y Oklahoma. Y cada pueblo se regía según las leyes de su propio condado y de su propio estado.

En la parte de Arkansas estaba Mount Cawdor, más grande, antiguo y próspero. Aquí, las altas torres de las iglesias se alzaban triunfantes sobre los restaurantes, donde no se podían conseguir bebidas alcohólicas, ni en botellas ni en copas. Pero en la línea divisoria, donde Mount Cawdor se unía a su flaco gemelo, el más sencillo Cawdor, en Oklahoma, el panorama cambiaba radicalmente.

Cawdor hacía la función de garito de su muy decente vecino, y los pocos establecimientos que se extendían a lo largo de la autopista eran sobre todo bares y almacenes de bebidas. Y en medio de esta triste zona comercial destacaba un bingo, llevado por Nación Cherokee.

Era con mucho el edificio más grande de Cawdor, y estaba cerrado durante el día.

Jaye metió su coche de alquiler en una plaza vacía del aparcamiento del bingo para orientarse y pensar un poco. Había tenido que tomar una complicada combinación de vuelos para llegar al aeropuerto más cercano a Cawdor, y ahora estaba frente a la valla publicitaria de Nación Cherokee.

«Bingo, aquí estoy», pensó sin emoción. «Bingo». Contempló la carretera, hacia uno y otro lado. No tenía la sensación de haber nacido en Cawdor. No tenía la sensación de haber encontrado su lugar de origen. No sentía nada en absoluto.

«Aquí estoy. ¿Y ahora qué?»

Cuando salió de Boston, por la mañana, la ciudad estaba cubierta por siete centímetros de nieve grisácea y pastosa. En Cawdor, sin embargo, la tarde era cálida y húmeda, sin las más mínima brisa. Sólo se oían los cantos de los pájaros y, de vez en cuando, el rugido de algún camión que pasaba.

Aquí y allá se veían unos cuantos cornejos, con sus flores blancas, y un achaparrado mirto que mostraba capullos rosas. El cielo gris parecía tocar la tierra, y todo daba sensación de silencio y de soledad.

¿Y qué esperabas, Jaye? ¿Una estatua en medio del parque de la ciudad que conmemorara tu nacimiento y el de Patrick? ¿Y en el pedestal de la estatua las direcciones y números de teléfono que os permitieran descubrir la verdad sobre vuestro pasado, acaso?

Jaye no logró distinguir ningún edificio que pudiera haber sido el Sunnyside Medical Center. «Estaba en las afueras del pueblo, hacia el norte», le dijo Nona. «No era un edificio muy grande, pero era de piedra. Es posible que todavía esté en pie.»

«Bueno, pues pregunta», pensó Jaye.

Pero primero se bajó del coche y fue hasta la puerta del bingo. Sacó de la cartera un rollo de cinta adhesiva y uno de los carteles que había encargado en Boston y lo pegó en la puerta del local.

En lo alto del cartel, en letras de molde, se leía: ¿SABE ALGO ACERCA DE LA ADOPCIÓN DE ESTOS DOS NIÑOS? Abajo, las fotografías de Jaye y de Patrick, con sus fechas de nacimiento, su descripción y los pocos datos que tenían de su adopción.

Resultaba extraño tener ante los ojos un cartel con su nombre y su fotografía. A Jaye se le había ocurrido añadirlo con la esperanza de despertar la memoria de alguien, pero lo cierto era que no se sentía preparada para pensar en sus propios padres. Lo que ahora mismo le obsesionaba era encontrar a los padres de Patrick.

El texto central del cartel, en letras de molde, explicaba la inquietante situación de Patrick: ¡ESTE HOMBRE NECESITA URGENTEMENTE UN TRANSPLANTE DE MÉDULA! NECESITAMOS ENCONTRAR A SUS PARIENTES.

Se apartó para admirar su obra de arte. «De algo sirve trabajar en publicidad», musitó.

Tras el mostrador de la tienda de comestibles había una joven hispana que hablaba con un fuerte acento. Su inglés era limitado, aunque bastante mejor que el desastroso español de Jaye. La joven le dejó colocar un cartel en la ventana del establecimiento, pero no había oído hablar de Roland Hunsinger. No sabía nada de la familia Hunsinger, pero la verdad es que sabía nada de los —¿cómo se dice? — *vecinos del pueblo,* de la gente del lugar.

—¿Esto es todo el pueblo? —preguntó Jaye. No sabía cómo hacer la pregunta en español—. ¿Es sólo esto junto a la autopista?

La mujer hizo un gesto negativo con la cabeza mientras buscaba las palabras adecuadas.

—Hay… hay *una escuadra, un barrio comercial* —dijo por fin, con un pequeño gesto de frustración.

Jaye creyó entender: una plaza, un distrito comercial.

—¿Dónde? —preguntó.

La mujer le explicó que ya había pasado el desvío que llevaba al centro del pueblo. Tendría que regresar por donde había venido y girar a la derecha en la intersección.

Jaye estaba asombrada.

—No había ninguna indicación —dijo.

—No hay indicación —respondió la mujer—. *El viento.* El cartel voló, y nadie volvió a ponerlo en su sitio.

Jaye entendía ahora por qué nadie había vuelto a colocar la indicación en su sitio. El centro comercial de Cawdor ya no era comercial ni era un centro. A las cinco y media de la tarde, ya no se veía un alma por la calle. Pocos edificios parecían habitados, y sólo había un local abierto, un pequeño bar con letreros de neón.

«Qué bien», pensó Jaye. «Entraré aquí. No tengo que romperme la cabeza para elegir el lugar más apropiado.» Y entró en el bar.

El interior del estrecho local estaba atiborrado de expositores. Toda la pared trasera, salvo una puerta cerrada donde ponía SÓLO EMPLEADOS, estaba ocupada por refrigeradores llenos de cerveza. Sobre la puerta colgaba un pequeño televisor, de donde salía la monótona voz del presentador anunciando tormenta.

Tras el mostrador, un joven musculoso miraba la televisión. Tenía el pelo castaño y largo, y se lo había recogido en una coleta con una goma. Le dirigió a Jaye una mirada cargada de aburrimiento y de autoridad.

Por un momento, a Jaye le pareció que el interior del local, estrecho y luminoso, se cerraba sobre ella como una prensa. Haciendo un esfuerzo, esbozó una sonrisa.

—Hola —dijo—. Estoy buscando una clínica que había aquí hace unos treinta años.

—Esto es antes de que yo llegara —dijo el hombre, y la miró de arriba abajo sin asomo de emoción.

—Se llamaba Sunnyside Medical Center —dijo Jaye.

—No lo había oído nunca. —El hombre volvió deliberadamente su atención al televisor.

—Era un edificio de piedra —insistió Jaye—. Al norte del pueblo. Puede que hoy se llame de otra manera.

El individuo se encogió de hombros y mantuvo la mirada fija en la pantalla del televisor.

—La clínica la llevaba un tal Hunsinger, el Dr. Ronald Hunsinger. —Jaye volvió a insistir—. ¿Ha oído hablar de él?

Con un movimiento lento, casi sensual, el hombre empezó a rascarse una costra del brazo.

—No.

—¿Conoce a alguien que se llame Hunsinger? Es importante. Cualquier cosa que pueda decirme…

—No puedo decirle nada —dijo. Se dio media vuelta y la miró de nuevo de arriba abajo—. Soy nuevo aquí, sólo llevo un mes.

Jaye reprimió un suspiro. Había sido una conversación inútil desde el principio. Abrió la cartera y extrajo un cartel.

—¿Puedo colocar uno de estos?

—Lo único que puedo hacer es colocarlo fuera.

Jaye le entregó el cartel y una tarjeta, y el hombre la puso en el mostrador sin mirarla, junto a una caja de abrebotellas y sacacorchos.

—¿Todos los hoteles están en la parte de Arkansas? —preguntó Jaye.

—Hmm.

«Porque a nadie en su sano juicio le gustaría quedarse aquí», pensó Jaye, pero se obligó a sonreír.

—Pero seguro que hay por aquí algún sitio donde pasar la noche... ¿no?

El hombre se sacó un resto de comida de la lengua y se lo limpió en los pantalones vaqueros.

—Hay un sitio —dijo.

Sobre el mostrador, entre los Snax de cacahuete y las bolsas de patatas Spud, había un desordenado montón de tarjetas. El hombre las repasó cansinamente y, con un gesto casi despectivo, le entregó una a Jaye. Ponía:

EL FAMOSO
ALOJAMIENTO & DESAYUNO
DE LA CASA DE LA SRTA. DOLL
¡Habitaciones limpias! ¡Precios económicos!
¡Nutritivos desayunos caseros!
¡Gire a la derecha en la Autopista 412!
¡Siga las flechas rosas!

Jaye se mordió el labio inferior y tomó una decisión.

—¿Este lugar no está lejos?

—No. —Había entrecerrado los ojos, como si las preguntas de Jaye le hubieran provocado un sueño irresistible.

—¿A qué distancia?

El tipo se encogió de hombros.

—A un kilómetro y medio o dos. Siga las flechas.

—¿Estará abierto ahora?

Volvió a encogerse de hombros y se concentró en rascarse la costra del brazo.

—Gracias —dijo Jaye con una sonrisa forzada—, ha sido usted de gran ayuda.

El hombre no respondió y volvió a fijar su atención en el parte meteorológico que emitían por televisión. Se rascaba la costra con las uñas: cric, cric, cric...

A Jaye, el nombre de Srta. Doll le sonaba sospechosamente como el de un burdel, pero no le importaba. Una casa de huéspedes donde le dieran alojamiento y desayuno sería un lugar pequeño y mucho más íntimo que un hotel. Con un poco de suerte, era posible que la señorita Doll llevara años viviendo en Cawdor. Tal vez supiera muchas cosas del pueblo y, lo mejor de todo, podía ser una mujer charlatana, con ganas de hablar.

Pero la señorita Doll no estaba en casa. Su nieta era una adolescente malhumorada, con pantalones vaqueros y un blusón premamá. No parecía tener más de dieciséis años. Era pelirroja y se había hecho dos trenzas tan apretadas y tirantes que se le curvaban hacia arriba, como si tuvieran un alambre dentro. Jaye pensó que parecía una Pippi Calzaslargas preñada.

—Mi abuela está en Tulsa jugando a las cartas con sus hermanas —dijo la joven—. Regresará tarde. Pero le puedo enseñar la habitación. Son cuarenta y cinco dólares la noche.

La chica condujo a Jaye por el vestíbulo trasero hasta una habitación con cuarto de baño y un pequeño televisor sobre la cómoda. El dormitorio era una enmarañada selva de encajes, puntillas, gasas y fruncidos. Sobre la cabecera de la cama se apilaba una docena de cojines bordados y adornados con encajes y volantes, y encima de esta montaña se sentaban tres muñecas con caras de porcelana, vestidas con faldas largas y tocadas con sombreros de encaje.

—Es... muy bonita —dijo Jaye. De nuevo se sentía asfixiada, encerrada—. Me la quedaré.

—¿Para cuántos días? He de decírselo a mi abuela.

Jaye vaciló.

—Digamos un par de noches, de momento. Puede que más tiempo.

La chica se encogió de hombros.

—Hay un teléfono en el salón. Las llamadas locales son gratuitas. Las otras llamadas se pagan. —La joven se frotó el vientre. Jaye observó que no llevaba alianza en el dedo.

—Tengo móvil —dijo Jaye.

En los ojos verdes de la chica hubo un destello burlón. La miró como diciéndole «Qué suerte», y se dio media vuelta.

—Espera —dijo Jaye. La petición sonó demasiado ansiosa. Intentó controlarse para ocultar su nerviosismo—. He venido en busca del Dr. Ronald Hunsinger. ¿Lo conoces?

La chica se detuvo y le dirigió una mirada de fastidio.

—No.

—¿Conoces aquí a alguien que se llame Hunsinger?

—No vivo aquí, sólo estoy de visita —dijo la muchacha—. No viviría en un pueblo mierdoso como este por nada del mundo.

—Pero, ¿y tu abuela? ¿Lleva mucho tiempo viviendo aquí? —preguntó Jaye esperanzada.

—No lo sé. Ha vivido en un montón de sitios. Le daré la llave. Es la de la puerta trasera. Y no bloquee la entrada cuando aparque el coche. —Dicho esto, la chica se alejó tranquilamente en dirección al vestíbulo. Iba frotándose el vientre con una mano, y con la otra juguetaba con una de sus tiesas trenzas.

Jaye la siguió con la mirada. Se preguntó si su propia madre, o la de Patrick, había sido así: una jovencita que se sentía atrapada en un pueblo que le resultaba odioso y que esperaba acabar cuanto antes con un embarazo no deseado.

Jaye telefoneó a Nona para decirle que había llegado a Cawdor, pero fue una conversación corta. Nona estaba llorosa porque Melinda le había dicho por teléfono que Patrick estaba peor.

Jaye intentó llamar a Melinda, y al cuarto intento lo dejó estar. La pequeña y cálida habitación parecía hacerse cada vez más pequeña y cálida. Se sofocaba. Necesitaba salir.

Subió al coche y llegó hasta una pequeña cafetería junto a la carretera. Estaba hambrienta, era la hora de cenar y, desde fuera, la cafetería parecía uno de esos locales donde todo el mundo se conoce, un lugar agradable, propicio para la charla y el chismorreo.

Una vez dentro, sin embargo, vio poco ambiente. Además de ella, los únicos clientes eran un camionero y un par de jóvenes mexicanos que hablaban en español muy rápido y en voz baja.

Jaye tomó asiento ante una mesa. Se sentía sola y totalmente fuera de lugar. Al otro lado de la barra, una mujer de aspecto agotado freía una hamburguesa en la plancha. Al ver a Jaye, soltó un suspiro, se limpió las manos en el delantal y se acercó a tomar nota.

—No, no conozco a ningún Dr. Hunsinger —respondió a la pregunta de Jaye. —Se quedó en silencio y empezó a frotarse el hombro, como si le doliera—. Puede que haya alguien en el pueblo con ese nombre, pero yo no lo conozco. No trabajo siempre aquí. Vivo en Watts.

Jaye se sentía frustrada. «¿No hay nadie que viva por aquí?, se preguntó.

—¿Conoce a alguien que pueda sabe algo? —preguntó—. Estoy intentado encontrar información acerca de mi hermano. Es muy imp…

Sonó el teléfono de debajo del mostrador.

—¿Puedo pegar un cartel? —Jaye le señaló a la mujer el tablón de anuncios que había a la entrada.

—Claro —dijo la mujer, y fue a contestar el teléfono. Seguía frotándose el hombro. Jaye se levantó y clavó uno de los carteles en el tablón, que estaba repleto de tarjetas y de anuncios de ventas de terrenos o de personas que se ofrecían para cuidar niños. Junto a su número de teléfono, en el cartel, Jaye garabateó el número de la Srta. Doll. Luego se marchó. Ya no estaba hambrienta.

Detuvo el coche en la estación de servicio, donde había una sola persona: un hombre nervudo, de unos sesenta años. Estaba dentro del garito, ocupado en rociar de líquido limpiador el vidrio de la puerta de entrada. A pesar de que tenía las cejas oscuras, su bigote era blanco, y resaltaba sobre su labio superior como si fuera una oruga albina.

Cuando Jaye le enseñó el cartel, le pareció que ver en el rostro del hombre una sombra de recelo. La oruga blanca sobre el labio vibró como si estuviera a punto de caerse.

—El Dr. Hunsinger y su familia son buenas personas —dijo secamente—, y tienen sus propios problemas. No necesitan que venga gente por aquí desenterrando esas viejas historias.

El pecho de Jaye se infló de esperanza.

—¿Vive todavía el doctor?

El arrugado rostro del hombre adoptó una expresión ceñuda.

—No está bien. Su familia tiene más de una cruz sobre sus hombros. —Apuntó acusadoramente el cartel con una uña ribeteada de negro—. Lo último que necesitan es que venga alguien más a remover las cosas.

—¿Alguien más? —El pulso se le aceleró—. ¿Han venido otras personas preguntando por…?

—El Dr. Hunsinger es de lo mejor que hay —le interrumpió iracundo el hombrecillo—. En este pueblo nadie ha necesitado su ayuda, pero él la ofrecía. Siempre ha actuado honradamente, siempre...

De la puerta trasera salió un hombre alto, de unos cuarenta años. Tenía el pelo rojizo y tan rizado que parecía hecho de nudos. Se secaba las manos en un trapo sucio. Miró a Jaye de arriba abajo y sonrió.

—¿Cuál es el problema?

El bigote del hombrecillo vibraba de indignación.

—Quiere poner un cartel sobre el doctor Hunsinger.

—Veamos —dijo el pelirrojo. Llevaba una camisa gris de uniforme, y sobre el bolsillo tenía bordado su nombre: Dutch. Cogió el cartel de Jaye.

Un coche se acercó a los surtidores de gasolina y, murmurando para sí, el hombrecillo salió a atender al cliente.

El hombre llamado Dutch leyó el cartel con atención. Tenía los brazos musculosos, cubiertos de vello rojizo y salpicados de tatuajes. Adoptó una expresión de tristeza y movió la cabeza.

—Se rumorea que el doctor ayudó a que se realizaran unas cuantas adopciones, pero esto fue hace mucho tiempo. Nadie recuerda los detalles, y es mejor así. Las madres que venían aquí deseaban mantenerlo en secreto para seguir adelante con sus vidas, y el doctor se aseguró de que se respetara su intimidad.

Jaye se lo quedó mirando fijamente mientras intentaba ordenar sus pensamientos. El hombre le tendió una mano fuerte que olía a desinfectante.

—Soy Dutch Holbrook —dijo—, el dueño de esto. También soy pastor auxiliar en la iglesia de Wildwood.

«Un párroco», pensó Jaye. La cabeza le daba vueltas. El hombre tenía que ayudarla, era su deber.

—Si tan sólo pudiera hablar con el doctor Hunsinger —empezó a decir. Pero el hombre la interrumpió moviendo la cabeza con un gesto negativo. Su mirada era amable, pero había algo desconcertante en sus profundos ojos grises.

—No puede hablar con nadie —dijo—. Sufrió un accidente hace unos años. No, ya no puede decir una palabra. Esa parte de su mente ha desaparecido.

—¿Un accidente? —La esperanza de Jaye se deshizo como un puñado de polvo. Ahora se sentía vacía y mareada.

—Un accidente —repitió el hombre, y se quedó mirando al vacío—. Es un misterio por qué Dios deja que ocurran cosas malas a las buenas personas. Perdió a su hijo, y también a su único nieto, y perdió la salud. Su hija, Dios la bendiga, nunca se recobró del golpe. El yerno, bueno, intenta protegerla todo lo que puede. Desde luego, el Señor lo ha puesto a prueba.

Jaye intentó que los problemas de la familia Hunsinger no la afectaran. Ella tenía que pensar en los de su familia.

—Y el yerno —dijo—, ¿cómo se llama?

—Se llama Mowbry, señora, Adon Mowbry. Pero su nombre no aparece en el listín telefónico. Últimamente, la familia no se relaciona apenas.

—Pero usted los conoce —insistió Jaye—. Usted podría conseguirme el número de teléfono. No les molestaría si no fuera por mi hermano. Necesita…

—Señora —Dutch Holbrook se puso la mano sobre el pecho—. No puedo en conciencia darle ese número de teléfono. Ninguna persona del pueblo se lo daría. Respetamos a esta familia y sabemos por lo que están pasando.

—Pero necesito respuestas para mi hermano… —protestó Jaye.

—Señora, nadie tiene esas respuestas salvo Nuestro Señor. Póngase en Sus manos y entréguese a la oración.

Jaye percibió en sus palabras una extraña condescendencia y, por razones demasiado profundas para llegar a entenderlas, supo que no confiaba en él. Instintivamente, dio un paso atrás.

—Mi cartel —dijo—, ¿lo colgará?

—Desde luego —respondió Dutch con una suave sonrisa. Llevó el cartel hasta un pequeño tablón de anuncios y lo colocó junto al papel de una granja en venta. Le otorgaba un lugar preferente, pero su actitud parecía decir: «No servirá de nada».

Jaye tuvo un momento de inspiración, en medio de su desesperanza.

—Si pudiera darme alguna información —dijo—, yo podría… podría hacer un donativo para su iglesia.

El hombre acabó de pegar el cartel y se volvió hacia ella.

—El doctor Hunsinger donó el terreno para la iglesia. —Le sonrió, y en su sonrisa brilló el destello de un diente de oro. Su expresión decía: «Estamos de parte del doctor, no de su parte».

—Bien, muchas gracias, de todas maneras —dijo Jaye—. Estaré un par de días en el pueblo, por si alguien quiere ponerse en contacto conmigo.

El hombre asintió educadamente, pero no contestó. Jaye salió del garito y volvió a meterse en el coche. El hombre del bigote blanco estaba lavando el parabrisas de una camioneta junto al surtidor, y no se dignó a mirarla.

Mientras salía con el coche, Jaye dirigió una mirada al interior del garito de la estación. Vio que el hombre pelirrojo arrancaba el cartel del tablón de anuncios, lo arrugaba y lo tiraba a la papelera.

Se sintió profundamente ofendida, pero no podía hacer nada. Se internó con el vehículo en la noche.

Cuando se encontró de nuevo en su habitación alquilada, Jaye se tumbó en la cama totalmente vestida. Abrazó contra el pecho uno de los cojines bordados y fijó la mirada perdida en el papel pintado de las paredes. Tuvo que morderse el labio inferior para no llorar. Finalmente había conseguido hablar con Melinda en Bélgica, pero la encontró llorosa y asustada. No paraba de preguntar: «¿Qué vamos a hacer? ¿Qué vamos a hacer?»

A Patrick se le habían empezado a llenar los pulmones de líquido, y la fiebre le había subido tanto que deliraba. Creía que era otra vez un niño, y que había vuelto del colegio con varicela. Según Melinda, no hacía más que pedir que Jaye le llevara helado de menta.

Esta imagen de Patrick perseguía a Jaye de forma obsesiva; no podía quitársela de la cabeza. Lo veía sufriendo y alucinando en un hospital, al otro lado del mundo. Apartó a un lado el cojín y apretó los puños tan fuertemente que se clavó las uñas en las palmas de las manos. Apretó con más fuerza.

Alguien llamó suavemente a la puerta. Jaye se sentó sobresaltada en la cama.

—Tiene una llamada de teléfono. —Era la voz de la nieta.

Los pensamientos se agolparon en la mente de Jaye. Estaba asustada y confundida. ¿Era una llamada de Melinda? ¿O de Nona? ¿Sería una de las dos para decirle que Patrick había muerto? «No, Dios mío, que no haya muerto». Abrió la puerta de golpe.

—¿Sí? —Tenía un nudo en la garganta, y la voz le salió temblorosa.

La nieta de la señorita Doll estaba en el vestíbulo, comiendo una barra de regaliz roja. Llevaba un camisón con un osito estampado. Bajo el osito, su prominente barriga sobresalía como un enorme huevo.

—Llamada de teléfono —repitió la chica, y siguió lamiendo su regaliz. Dio media vuelta y se encaminó hacia el fondo del pasillo, haciendo un chancleteo con sus velludas zapatillas amarillas.

—¿Quién es? —preguntó Jaye.

—No sé —respondió la chica sin mirar. Todavía seguía lamiendo su regaliz.

El salón era una profusión de pantallas con lámparas fruncidas, figuritas de ángeles… y muñecas. Había muñecas bebés y muñecas de trapo, había Barbies y muñecas de porcelana vestidas con elaborados trajes y sombreros de la época victoriana. Todas parecían mirar a Jaye como si fuera una intrusa en un territorio que les pertenecía en exclusiva.

La chica le señaló con gesto indolente un teléfono rosa en una mesita esquinera. Luego se metió en la cocina, abrió la puerta de la nevera y se quedó allí, mirando el interior del refrigerador con aire de tristeza.

Jaye miró el auricular, que aguardaba su llegada. «No es Melinda, no es Nona», se dijo. Hizo un esfuerzo por controlarse y pensar con lógica. «Ellas me hubieran llamado al móvil. Tiene que ser otra persona, ¿pero quién?»

Se acordó de los carteles. Por lo menos había colocado una docena de camino a casa de la señorita Doll. ¿Se habría decidido alguien a hablar? Le invadió una oleada de esperanza. Cogió el auricular con cautela.

—¿Hola?

—¿Jaye Garret? —preguntó una voz desconocida. Era una voz de hombre, profunda y un poco ronca.

No tenía ningún acento identificable, pero hablaba con una cadencia suave, casi perezosa.

—Soy como usted —dijo el hombre—, un forastero en tierra extraña. Pero creo que tendríamos que hablar. ¿Conoce el Wagon Wheel Supper Club? Está justo en la frontera, en la parte de Oklahoma.

—Sí —dijo Jaye dudosa. Recordaba el lugar. Le había parecido poco atractivo, pero respetable.

—Sé que es un poco precipitado, ¿pero le importaría que nos viéramos aquí dentro de quince minutos?

Jaye parpadeó. Estaba sorprendida.

—¿Yo? ¿Para qué?

—Porque usted y yo tenemos algo en común —respondió—. Podríamos ayudarnos mutuamente. Los dos andamos buscando a un tal Dr. Ronald Hunsinger. Y los dos necesitamos información acerca de una adopción.

Capítulo 4

El corazón le dio un brinco en el pecho, pero no lo dudó ni un instante.

—¿El Wagon Wheel Supper Club? Allí estaré.

—Bien. Busque a un tipo alto con chaqueta marrón de ante —dijo el hombre—. ¿Cómo la reconoceré a usted?

—Yo… también soy alta. Rubia y con una blusa blanca. Pantalones gris claro.

—Estupendo —dijo—. Nos veremos allí.

—Espere —Jaye se apresuró a hablar antes de que su interlocutor colgara—. Mi hermano… ¿puede ayudarle?

—No adelantemos acontecimientos. Es posible, no se lo puedo garantizar.

—¿Cómo me ha encontrado? ¿Cómo sabe quién soy?

—Dejó una nota en el tablón de anuncios del Sooner Diner, y yo lo leí.

Jaye se llevó la mano a la cabeza y se mesó nerviosamente los cabellos. La explicación, desde luego, tenía su lógica; era bastante creíble.

—Estos asuntos son delicados —dijo el hombre—. Es mejor hablarlos cara a cara. Los dos buscamos lo mismo: ponernos en contacto con Hunsinger.

—Sí —asintió Jaye. Pero el pulso le latía en la garganta como un tambor, y la voz le salió ahogada y débil, casi un susurro.

—Hasta ahora, pues.

Se oyó el clic del teléfono al colgar. Jaye apoyó de nuevo el auricular en el soporte y pensó que quizá no era adecuado ni prudente salir en medio de la noche para encontrarse con un desconocido. Entonces se acordó de Patrick, que en su alucinación febril le pedía helado de menta. «A la mierda con lo adecuado y lo prudente», pensó.

Se encaminó hacia la cocina.

—Voy a salir —dijo, dirigiéndose a la chica preñada—. No sé cuándo estaré de vuelta.

Pero la joven había desaparecido, y la cocina estaba vacía. Nadie la había oído, salvo aquel hatajo de muñecas de mirada fija y afectadas posturas.

Aunque la repentina aparición de la Garrett constituía un golpe de suerte, también resultaba preocupante. Parecía una mujer agresiva, poco metódica e indiscreta: una mala combinación. Habría que manejarla con cuidado.

Turner Gibson se encontraba tomando tranquilamente una copa en el bar. Para pasar el rato, miraba el televisor, colocado sobre una repisa en la pared. Estaban avisando del peligro de tormentas, y se había declarado la alerta ante la llegada de un tornado.

Turner se mantenía ligeramente encorvado. Era un hombre de una estatura notable: 1,92 metros. No era demasiado flaco ni demasiado fornido y, al igual que un actor, sabía expresar con su cuerpo exactamente lo que quería expresar. Aquí, en Cawdor, había decidido hacerse pasar por un hombre corriente, inofensivo, un hombre digno de confianza. Algunas personas hubieran dicho con amargura que no era ninguna de estas cosas.

No era un hombre guapo, pero distaba mucho de ser feo. De cara, aparentaba ser mucho más joven de lo que era, una ventaja que sabía aprovechar. Tenía el pelo castaño y lo llevaba un poco largo y descuidado. En cuanto a su frente, nariz y mandíbula, no eran de corte clásico, sino más bien corriente. Sus ojos eran de un color indeterminado, ni verdes ni castaños, y sus cejas oscuras otorgaban seriedad a su mirada. En aquel momento, la expresión de su boca era absolutamente neutral.

Mientras apuraba su copa, miraba el parte metereológico y escuchaba la voz del presentador, que presagiaba desgracias en un tono suave: «Repetimos, hay alerta de tornado en los siguientes condados de Oklahoma...»

Se abrió la puerta del bar y entró una rubia. Parecía preocupada, y empezó a buscar con la mirada a una persona en el bar: a él. Maldita sea, pensó Turner, era una mujer realmente atractiva. Ya la había visto fotografiada, pero la foto no le hacía justicia.

Turner se irguió y le dirigió una mirada para captar su atención. Mientras la desnudaba mentalmente, le dirigió una sonrisa que decía: «Confía en mí», y «No soy peligroso», y también «Podemos ser amigos».

Ella no correspondió a su sonrisa, aunque su boca esbozó una ligera mueca, como si quisiera sonreír pero no se sintiera con ánimos.

Turner se acercó a ella. Era más bien alta, unos 1,65 metros, calculó Turner. Tenía las espaldas rectas, no era demasiado delgada y lucía las curvas apropiadas en una mujer. Se notaba que iba a una buena peluquería, y el cabello, lacio y dorado, le llegaba casi hasta los hombros. También llevaba ropa elegante, una camisa blanca de seda, de manga larga, y unos pantalones a rayas grises y blancas. Era guapa, pero tenía un aire distraído, casi alucinado, y estaba tremendamente pálida.

Los hombres del bar se fijaron en ella, en especial los que no tenían compañía femenina. Turner percibió las ondas de deseo que de repente inundaron el aire y lo hicieron vibrar, como si se hubiera puesto a sonar una banda de rock.

Se acercó a ella y, con una sonrisa, le puso la mano en el hombro con gesto protector.

—¿Jaye Grady Garrett?

—¿Sí?

A Turner le soprendió la mirada de sus ojos azules, más inteligente y despierta de lo que esperaba, y también llena de aprensión. Tras un frío análisis, pensó que parecía estar un poco grogui, como un boxeador que hubiera recibido demasiados golpes y se mantuviera en pie gracias a un extraordinario esfuerzo de voluntad.

—Turner Gibson. —Se presentó con su voz más tranquilizadora y le dio un tranquilizador apretón de manos. Le notó las manos frías como el hielo.

—¿No se ha puesto una chaqueta? —preguntó preocupado—. Ha empezado a refrescar.

—No me había dado cuenta —contestó, y meneó un poco la cabeza, como si su propia incomodidad le causara sorpresa.

Turner le soltó la mano, hurgó en el bolsillo y le tendió una tarjeta de visita.

—Soy abogado. Trabajo en el bufete de Truhoff, McClarty, McClarty y Gibson.

Jaye leyó la tarjeta con el ceño ligeramente fruncido, y de nuevo le miró con aquellos ojos azules. Turner sintió que le invadía una poderosa oleada de deseo. Maldita sea, pensó otra vez, pero mantuvo una expresión inocente como la de un recién nacido.

—¿Usted también está intentando encontrar al Dr. Hunsinger? —preguntó ella—. ¿A causa de una adopción?

—Vamos a sentarnos y se lo explicaré todo —respondió.

Desde luego, no pensaba contarle toda la verdad. No podía hacerlo aunque quisiera.

Mientras miraba a Turner por encima de su copa de vino, Jaye pensó que parecía un hombre muy agradable. Transmitía una sensación de sinceridad, de pura honestidad.

Aun así, ella no solía fiarse de entrada de los desconocidos, todo lo contrario. Sin embargo, la amabilidad que traslucía Turner le resultaba más reconfortante que la copa de vino. «Ten cuidado», se dijo, «en estos momentos no puedes resistirte a la simpatía».

Era consciente de que no se encontraba en su momento más racional. Su bolsa de viaje estaba atestada de talismanes, tanto religiosos como profanos. Estaba el encendedor de oro que le regaló Patrick y la pata de conejo que le diera cuando eran niños, una medalla de San Judas y un pañuelo que, según le dijo Nona, había sido bañado en una pila de agua bendita en el Vaticano.

Cuando Turner le preguntó por Patrick, Jaye se limitó a contarle los hechos concretos, sin dejarse arrastrar por las emociones.

—Dios mío —exclamó—. ¿Cuándo descubriste todo esto?

—El sábado por la noche.

Turner entrecerró, pensativo, los ojos.

—Hoy es lunes. Has estado muy ocupada estos dos días.

Estaba en lo cierto. Le parecía que habían transcurrido siglos, cientos de años rebosantes de desesperación y de locura, repletos de preparativos y de improvisación.

Jaye no quería recordarlo, sólo de pensarlo le dolía la cabeza.

—Me dijiste que podíamos ayudarnos mutuamente. ¿Cómo?

Turner le sostuvo la mirada. No era un adonis, pero a Jaye le gustaba precisamente por eso. Desde su ex marido, ya no confiaba en los hombres demasiado guapos.

—Podemos ser colaboradores —dijo Turner sin apartar su mirada de la de Jaye—, formar una asociación de información. Tengo un cliente en Filadelfia, al que llamaré Sr. D.

—¿Sr. D? —repitió Jaye con cautela.

Turner adoptó una expresión meditabunda.

—Es un hombre…. muy rico. Estamos dispuestos a pagar por la información pero, dadas las circunstancias, no queremos ser víctimas de la extorsión.

Jaye asintió, pero no hizo ningún comentario.

—Lo que voy a decirte es confidencial, por supuesto.

—Desde luego —dijo Jaye. El corazón le brincaba alocadamente en el pecho.

—Hace cuarenta y dos años, mi cliente tuvo un hijo fuera del matrimonio. El niño nació aquí, en Cawdor, y fue dado en adopción a través del Dr. Hunsinger.

«Otro niño que fue vendido, además de mí y de Patrick», pensó Jaye en un arrebato de amargura. Por supuesto, ya sabía que había habido otros. El hombre de la estación de servicio le había venido a decir lo mismo. Pero hasta el momento los otros habían sido sólo una vaga idea, una abstracción.

Turner parecía entristecido por lo que tenía que contar.

—Mi cliente no ha visto nunca a su hijo, y quiere conocerlo a toda costa. Lamento decir que no se encuentra bien, no está bien en absoluto.

A Jaye se le encogió el corazón.

—Lo siento —dijo.

—Estoy intentando localizar a su hijo —dijo Turner—. Creemos que es un niño, un varón.

—Este tal Sr. D., ¿acaso no lo sabe?

Turner hizo un gesto de disculpa.

—Fue una aventura de verano, en Maine. Los padres de la chica se interpusieron. Había diferencias religiosas… y de otro tipo. La chica tenía sólo quince años, y él tenía diecinueve. Le dijeron que no volviera a verla nunca más o le denunciarían por violación.

Jaye se estremeció.

—Él volvió a Filadelfia —continuó explicando Turner—, y ella regresó con sus padres a Little Rock. Al cabo de un tiempo, se enteró de que la chica había sido traída aquí, a Cawdor. Por eso estoy aquí, para averiguar lo que pueda acerca de su hijo.

Jaye arrugó el ceño.

—Este tal Sr. D... —dijo.

—¿Sí?

—¿Ha esperado todo ese tiempo para saber algo?

—No —respondió Turner—. Ha intentado durante años encontrar a la madre. Se llamaba Julia, Julia Tritt. Y también quería averiguar lo que había sido del niño.

Jaye le miró con expresión interrogativa.

—¿Y?

—Ella murió —dijo simplemente Turner—. Hace treinta años que murió en un accidente de coche. Tenía tan sólo veinte años cuando ocurrió, y estaba prometida a otro hombre.

Se quedó en silencio, sopesando el efecto de sus palabras.

—Mi cliente nunca logró olvidarla totalmente. Se casó, pero no fue especialmente feliz en su matrimonio. No tuvieron hijos. Y ahora su mujer ha muerto y él quiere que yo encuentre a su hijo.

—¿Eres una especie de abogado de familia?

—Podrías llamarlo así.

—¿Has hecho este tipo de trabajo antes?

—No exactamente. Pero es un antiguo cliente, de hace muchos años.

—Es curioso, ¿no crees? —le lanzó Jaye— ¿Esto de que tú y yo aparezcamos aquí al mismo tiempo?

—No es tan extraño. Ya verás.

Jaye alzó una ceja en un gesto de sorpresa.

—Lo que importa es que el caso de mi cliente es similar al de tu hermano. —Guardó silencio un momento—. Tanto para uno como para otro, hay poco tiempo.

Jaye notó que los músculos se le tensaban. «Hay poco tiempo», era una expresión de un enorme peso.

—Tenemos que hablar con Hunsinger, si es posible. —dijo Turner.

—He oído que no puede hablar. —Los ojos de Jaye miraban ausentes el pálido vino de su copa—. Me han dicho que resultó herido en un accidente, y que no está en posesión de todas sus… facultades.

Turner se la quedó mirando un instante antes de responder.

—Puede hablar perfectamente.

—¿Cómo? —La sorpresa y la esperanza invadieron a Jaye entrelazadas. No sabía qué sentimiento predominaba.

—Mentalmente está muy bien. Sé dónde vive, en un rancho de caballos, justo en las afueras del pueblo.

Jaye miró a Turner como si lo viera por primera vez. Sus ojos no eran castaños ni verdes; no sabría decir de qué color eran exactamente, y la verdad es que no le importaba. Porque de repente, cuando clavó la mirada en las profundidades de aquel misterioso color, le pareció ver la salvación.

Turner la vio cambiar de cara, vio cómo la esperanza iluminaba su rostro igual que una antorcha.

No había mentido del todo acerca de DelVechio. Se había limitado a adaptar un poco la verdad, a recortarla y moldearla hasta darle la forma deseada. Y ahora Jaye le miraba como si fuera su héroe salvador. De hecho, era una mirada que le gustaba, le despertaba pensamientos carnales.

Hizo lo posible por esconder sus pensamientos y le dedicó a Jaye una sonrisa fraternal.

—Hunsinger es un hombre mayor. Tiene más de ochenta años. Vive con su hija y con el marido de esta; Barbara y Adon Mowbry. He hablado con Mowbry.

A Jaye Garrett le empezaron a temblar las manos, y estuvo a punto de tirar su copa de vino al suelo, pero Turner la agarró al vuelo, rápido como un gato. Luego puso su mano, cálida y firme, sobre la de Jaye, que estaba fría como el hielo.

—Cuidado —dijo—. No abrigues demasiadas esperanzas.

—Pero… pero… —Jaye empezó a tartamudear.

Turner le apretó la mano un poco más.

—No quieren hablar con gente como tú y yo.

—Pero tienen que hablar —protestó Jaye.

—No —se acercó a ella—. Por lo que a ellos concierne, estas adopciones nunca tuvieron lugar.

—Pero yo sé que sucedieron, y tú también lo sabes.

—El yerno dice que nunca se hizo nada ilegal. Y si se hizo, él no sabe nada.

—Pero tengo pruebas —insistió Jaye—. Tengo la carta de mi madre, bueno… de Nona. Allí lo explica todo.

Turner cubrió con sus manos la mano de Jaye, pero ella no pareció darse cuenta.

—Shhh —le dijo con suavidad—. No levantes la voz. Escúchame. Lo que se hizo aquí va contra la ley. Adon Mowbry no lo admitirá. Él es la ley aquí, es el fiscal del condado desde hace años.

—Tendrá que admitirlo o ya verá lo que pasa —Jaye hablaba acaloradamente—. Ya me encargaré yo.

—Shhhh… —repitió Turner, y le apretó la mano un poco más—. Debes tener cuidado. Estamos en su territorio. Y la gente de por aquí se muestra muy protectora con los Hunsinger, ¿no te has dado cuenta?

Jaye tragó saliva con esfuerzo.

—Sí —reconoció—, ya me he dado cuenta.

—Llevo aquí tres días —explicó Turner—. Lo suficiente para que la gente sepa para qué he venido, aunque he sido discreto. Pero tú no has sido tan discreta. Es muy posible que nos estén vigilando.

Jaye lanzó una mirada de incredulidad a su alrededor.

—¿Vigilarme? ¿A mí? Pero si he llegado hoy mismo…

—¿Y cuánto te imaginas que he tardado en encontrarte? —le preguntó Turner.

Jaye palideció de nuevo. Se estaba imaginando que una docena de ojos la observaban en secreto. Pero acto seguido cuadró los hombros.

—Aquí lo que importa es mi hermano. ¿Qué clase de médico es este Hunsinger? ¿No hizo el juramento hipocrático que le obliga a proteger la vida? Le demandaré al colegio de médicos si no habla. Lo llevaré a los…

—Hunsinger se retiró hace años. Y su familia asegurará que no está en condiciones de hablar.

—Pero dijiste que sí podía…

—Me enteré por un antiguo empleado suyo que está enfadado con él. Y me costó lo mío sacarle la información. Al parecer, tuvo un accidente y salió malparado. No sé exactamente cómo. Ahora está siempre en casa. Hace años que no se le ve en público.

—Oh, maldita sea, maldita sea, maldita sea —murmuró Jaye.

Bajó la mirada y, por primera vez, pareció apercibirse de que Turner le cogía la mano. Con cuidado, la retiró y la colocó en el regazo.

—¿Y su hija? —preguntó—. Es posible que sepa algo. Puede que haya archivos…

—La hija tampoco habla con nadie. Según se dice en el pueblo, tiene problemas.

Jaye se acordó de Nona, que estaba enferma de preocupación por Patrick.

—Sí… he oído que perdió a su hijo.

—A su hijo y a su hermano, Rollie junior. En el mismo accidente en el que resultó herido su padre. Ella es la única que salió ilesa. Supongo que eso supone un inmenso dolor, y también el sentimiento de culpa del superviviente. El marido tiene ya suficientes problemas. No quiere tratar con personas como nosotros. Y es lo bastante poderoso como para no tener que hacerlo si no quiere.

—Pero su familia ha sufrido mucho… Debería tener un poco de compasión, ¿no?

Turner fijó en Jaye una mirada llena de intención.

—He dicho que es poderoso. Hunsinger posee una parte de esa granja avícola que hay fuera del límite del pueblo. Tiene también sus garras metidas en el local de juego cherokee. ¿Y qué pasa con la mayoría de los bares y garitos que hay en esta franja junto a la autopista? También son suyos.

—¿Este también? —Jaye lanzó una mirada inquieta al restaurante donde estaban.

—Sí —dijo Turner con una sonrisa irónica—. Incluso este lugar. —Apuró su bebida—. Ahora es Mowbry quien lo lleva todo.

Jaye se quedó en silencio, con la mirada fija en su copa. Sus labios se estrecharon hasta formar una fina línea.

—Así que tiene secretos de familia que guardar —dijo finalmente.

—Sí —dijo Turner—, los tiene. Y a la hija le afecta mucho que se hable de las actividades ilegales de su padre. Prefiere creer que el doctor Hunsinger es un encantador anciano, el benefactor del pueblo.

Jaye hizo un gesto de frustración.

—Y entonces, ¿dónde encontraremos lo que buscamos?

—Ante todo —dijo Turner—, hemos de ser discretos.

—No tengo tiempo para ser discreta.

—Además, trabajamos juntos. Hemos de compartir la información.

Por el rostro de Jaye pasó una recelosa sonrisa.

—¿Tú y yo? ¿Juntos?

—Tú y yo... y los demás.

Jaye frunció el ceño.

—¿Quiénes son los demás?

Turner esbozó la sonrisa más amable posible.

—Ya sabes que Hunsinger no os vendió únicamente a ti y a tu hermano.

Jaye se encogió de hombros con impaciencia.

—Bueno, claro. Está tu cliente, que busca a su hijo.

—¿Y los otros?

—Yo... yo no he pensado demasiado en ellos. He pensado sobre todo en Patrick.

—Sabemos que esta venta de bebés se remonta por lo menos a 1957 —dijo Turner—. La clínica funcionó durante más de veinte años. Es posible que la venta de niños durara todo este tiempo.

—¿Veinte años? —repitió Jaye, incrédula.

—Es posible. Y también es posible que se vendieran muchísimos bebés, no únicamente dos o tres, o media docena.

Jaye le miró fijamente.

—¿Cuántos?

—Tal vez más de cien.

Jaye sintió que perdía pie. Lo que Turner acababa de contarle le parecía casi inimaginable.

—¿Pero...cómo lo sabes? —preguntó.

—Porque hay algunos como tú y como yo —respondió con suavidad—. Algunos han venido aquí y han hecho preguntas. Tú no eres la primera, y yo tampoco. Está empezando a salir a la luz la verdad de lo que sucedió en este pueblo.

Muda de asombro, Jaye parpadeó.

—Y Mowbry no quiere que esto salga a la luz. Hay muchas personas que no quieren. No nos echarán una mano, no se atreven. Así que tú y yo debemos ayudarnos mutuamente.

«No nos ayudarán».

«No se atreven».

Jaye se sentía mareada y aturdida, no se encontraba bien. Se tocó la frente con los dedos y cerró los ojos.

—¿Te encuentras bien? —La voz de Turner sonaba preocupada.

—Quiero salir de aquí —dijo con voz tensa—. Este lugar me está sofocando. —Sintió que Turner se le acercaba y le ponía una mano en el hombro.

—¿Adónde quieres ir?

Jaye se frotó la frente. Estaba agotada, y lo único que quería era saber dónde había empezado todo este embrollo de mentiras, vida y muerte.

—El Sunnyside Medical Center. Quiero saber dónde está —dijo—. Si no ha desaparecido.

Turner le dio un apretón en el hombro.

—No ha desaparecido, pero ha cambiado. Hunsinger lo vendió hace años, cuando se compró el rancho. Ahora es un asilo de ancianos, Pleasant Valley.

Un asilo de ancianos. Qué macabra ironía, pensó Jaye. El edificio había pasado de ser una puerta a la vida a ser la entrada a la muerte.

—¿De verdad quieres ir? —le preguntó Turner.

Jaye asintió. Tuvo que hacer un esfuerzo para no morderse el labio inferior.

—Te llevaré.

Cuando Jaye se levantó del asiento, Turner le puso la mano en la espalda, a la altura de la cintura, para conducirla hasta la puerta. No era un gesto sexual sino de caballero, y a Jaye le llegó al alma esta muestra espontánea de consideración. Sin más preguntas, se internó con él en la ventosa noche.

Sobre el canapé blanco de damasco, Barbara Mowbry dormía con las piernas encogidas. Junto a sus pies, calzados con zapatillas, abierta pero intacta, estaba la caja de chocolates Godiva que le había comprado Adon.

El televisor emitía un vídeo de *The Sound of Music,* la película favorita de Barbara. Adon no se atrevía a apagarlo por miedo a que el cambio interrumpiera el frágil descanso de su mujer. Pero estaba seguro de que sonaría el teléfono, y así fue. Se levantó rápidamente para contestar.

—Hola —dijo en voz baja, y comprobó la identidad del que llamaba. En la pantallita apareció el nombre: WAGON WHEEL SUPPER CLUB.

—Acaban de marcharse —dijo una voz.

Will LaBonny era el sheriff en funciones, y esta noche era la tercera vez que llamaba a Adon. LaBonny tenía una voz especialmente suave, casi dulce, pero era una dulzura engañosa. A Adon le recordaba a un perro guardián medio lobo o medio chacal. Tenía un fondo salvaje, y por eso le resultaba útil y, por lo mismo, era un tipo peligroso.

—El barman dice que los dos han estado hablando de asuntos tormentosos.

«Asuntos tormentosos», pensó Adon con sensación de cansancio. Fuera, el viento soplaba con intensa furia, y los arbustos en flor golpeaban sus ramas contra la ventana.

Adon salió con el teléfono al pasillo, desde donde podía seguir viendo a Barbara pero sin temor a despertarla con su conversación.

Adon Mowbry era un hombre alto. Había sido fuerte y ágil, pero ahora, a los cincuenta y tres años, ya estaba un poco encorvado de hombros a causa de los problemas de su familia, que le pesaban como un saco lleno de piedras. Con la edad, había engordado y le dolían continuamente las rodillas debido a las lesiones sufridas cuando jugaba al fútbol. Cuando más le dolían era en noches húmedas y frescas como esta.

—¿Me has oído? —preguntó LaBonny—. He dicho que se han marchado juntos, Gibson y la mujer.

Adon suspiró y se frotó el puente de la nariz. Había deseado con toda su alma que Gibson abandonara el pueblo, joder, había estado suspirando por eso.

Y sus deseos estaban a punto de cumplirse. Gibson había reservado un billete de avión para mañana por la tarde, de Tulsa a Filadelfia. Era lo que le habían asegurado a Adon sus informadores, y él empezó a respirar tranquilo.

Y ahora, aparecía esa maldita rubia. Y Gibson había dado con ella. ¿Cómo no iba a enterarse de su llegada? La tía se había paseado por todo Cawdor colocando sus mierdas de carteles. Dos personas le habían llevado ya carteles a Adon, y una tercera se lo había mandado por fax.

Adon le enseñó un cartel al viejo, y a este casi le dio un ataque cuando vio las fotos y los nombres.

«¡Para esto! Páralo, páralo». Se había puesto a gritar como un niño mimado. Estaba rabioso, especialmente con la mujer, que era quien más le preocupaba. «Podría traernos la ruina», decía.

Barbara estaba en la ducha, y Adon confió en que no oyera las pestes que salían de la boca de su padre. Afortunadamente, pareció no haberse enterado. Los ojos azul claro de Adon adquirían una frialdad letal cuando veía sufrir a Barbara. En esta ocasión consiguió apaciguar al viejo pero, por enésima vez, tuvo ganas de estrangularlo.

—¿Adon? —De nuevo la suave voz de LaBonny.

—Este asunto no me gusta —dijo Adon en un tono que expresaba cansancio y disgusto.

—Se han marchado en el coche de Gibson —dijo LaBonny—. Se dirigían hacia el norte, probablemente hacia la vieja clínica. Intentaré seguirlos. Él tiene que regresar, porque la mujer tiene aquí el coche. —Se detuvo y soltó una carcajada extrañamente suave—. A menos que hayan decidido pasar la noche juntos.

Era una idea desoladora. Desde el pasillo, Adon dirigió una mirada a su mujer, que seguía durmiendo. Barbara se movió y se acurrucó todavía más, como un niño enfermo. Adon la contempló con tristeza y sentimiento de protección, y el brillo de sus ojos se tornó más frío.

—Adon, ¿qué dice el doctor? —preguntó LaBonny.

Adon dirigió su mirada hacia la enorme ventana panorámica del salón, por donde se adivinaba la luna tapada por las nubes. Se oía el ulular del viento y el dulce cantar de los niños en la televisión.

Adon pensó de nuevo en la reacción del viejo.

—Preferiría no tener que tratar con los dos —dijo.

—¿Quieres que le diga a ella que no se meta donde no la llaman? —preguntó LaBonny—. ¿Quieres que les diga a los dos que saquen sus narices de aquí?

Adon habló con cautela, porque siempre hablaba con cautela de estos asuntos. Temía que la policía estatal pinchara su teléfono, y sobre todo tenía miedo del oficial Allen Twin Bears, de la unidad contra el crimen organizado. Tanto su suegro como LaBonny se reían de estas precauciones. También comprarían a Twin Bears, decían, todo el mundo podía comprarse. Pero Adon seguía tomando precauciones.

—Preferiría no tener que tratar con los dos —repitió—. Esto no es bueno para Barbara. No es bueno para el doctor. —Guardó silencio un momento, para que las palabras surtieran su efecto—. No es bueno para ti.

—Quieres decir que…

—Era sólo una observación, nada más.

—Hay cosas que se pueden hacer. Todo es cuestión de...

—He dicho lo que tenía que decir. No te digo lo que tienes que hacer, pero no quiero que me vengas con problemas. Lo que no quiero de ninguna manera son problemas, de ningún tipo, bajo ninguna circunstancia. Mañana he de tomar un avión a Dallas, y no quiero preocuparme por lo que ocurre aquí.

—Les podemos dar a entender claramente que no son bienvenidos en el pueblo. Podemos...

—Ya te he explicado lo que quiero. Y te he explicado lo que no quiero. Barbara tiene derecho a un poco de tranquilidad. Todos tenemos derecho, por Dios.

Se hizo un largo silencio.

—Entiendo —dijo finalmente LaBonny—.

—Bien —dijo Adon. Esperaba que así fuera—. Pues ya está todo dicho.

Cortó la comunicación. Llevó el teléfono al salón y apoyó el auricular en la horquilla. Estaba demasiado hastiado para pensar en La-Bonny. Era el perro guardián, ¿no? Pues que hiciera su trabajo. Se volvió otra vez hacia Barbara. La luz de la lámpara iluminaba su dorada cabellera. En la televisión, los niños cantaban una canción sobre despedidas y *Auf Wiedersehen*, sobre hasta siempre y adiós.

Capítulo 5

Unos gruesos nubarrones grises se desplazaban rápidamente sobre el disco lunar. Semejaban gnomos que caminaran a trompicones. De vez en cuando, la blanca luz de la luna se asomaba tímidamente e iluminaba el paisaje, y de nuevo los gnomos trotaban sobre ella.

El viento se ensañaba con los árboles; agitaba sus ramas, arrancaba las hojas recientes y las arrastraba revoloteando hasta la carretera, delante de los faros iluminados del coche en el que viajaban Turner y Jaye. Cuando el coche pasó junto a unos ciruelos silvestres en flor, Jaye vio un remolino de pétalos blancos que destacaban en la noche como si fueran copos de nieve.

Las luces del tablero de mandos iluminaban levemente el perfil de Turner. Tenía el pelo muy grueso y rizado. El viento se lo había despeinado y ahora le caía en desorden sobre la frente, como a Patrick, pensó Jaye. Este levísimo parecido entre los dos le provocó el sentimiento, totalmente infundado, de que conocía a Turner mejor de lo que en realidad le conocía.

—¿Te encuentras mejor? —preguntó Turner.

—Sí —mintió Jaye. Y al cabo de un momento añadió—: Cuéntame algo sobre los demás, los que fueron dados en adopción... por favor.

Turner cerró los dedos sobre el volante.

—De acuerdo. Hace cinco años, dos hermanas llegaron al pueblo y preguntaron por Hunsinger. Dijeron que sus padres siempre les habían explicado que eran adoptadas, y que venían de esta clínica. Pero Hunsinger se negó a hablar con ellas. Nadie les dio información, y tuvieron que regresar a su hogar, en Austin.

Jaye sintió que un estremecimiento le recorría el cuerpo.

—¿Austin? Allí es donde mi padre y mi madre… es donde vivían cuando nos adoptaron.

Turner hizo un gesto de asentimiento.

—Exacto. Sin embargo, el incidente afectó mucho a Barbara Mowbry, la hija de Hunsinger. Su único hijo había nacido con una lesión cerebral. Es posible que los rumores sobre su padre desencadenaran algún trastorno psicológico, ¿quién sabe? Según he oído, ha vivido siempre muy protegida.

—¿Y después? —reclamó Jaye.

—Y después, dos años más tarde, llegó otra persona. Esta vez era un hombre, Robert Messina, también de Austin. Para entonces, sin embargo, Hunsinger se había recluido en casa a causa del accidente. La familia se cerró en banda contra Messina, y también el pueblo. Para la mayoría de la gente, Hunsinger es casi un santo. Fuere lo que fuere que hubiera hecho, lo había hecho por el bien de todos.

—El bien de todos —repitió Jaye con indredulidad—. ¿Cómo es posible que vender niños se considere algo bueno, por Dios bendito?

—Eran otros tiempos —dijo Hunsinger—. Una joven soltera que se quedara embarazada no podía quedarse con el niño. Era algo que no se hacía. O bien abortaba —lo que era ilegal y resultaba peligroso— o bien daba a luz y entregaba el bebé en adopción. Y si daba a luz, tenía que hacerlo lo más discretamente posible. Un embarazo fuera del matrimonio podía arruinar su reputación, toda su vida.

Jaye se removió incómoda en el asiento. Se preguntó si era eso lo que había sentido su propia madre biológica, que el nacimiento de un bebé podía destrozar su vida entera.

—Las personas que están dispuestas a hablar, dicen que gracias a Hunsinger los bebés salvaban la vida. Y el secreto de la madre se ocultaba lo mejor posible, así que ella también se salvaba.

Le dirigió a Jaye una mirada cargada de seriedad.

—Y las parejas como tus padres, que pensaban que nunca podrían tener hijos, los tenían.

«Y vivieron felices para siempre jamás», pensó Jaye. «O casi.»

Turner redujo la velocidad y giró hacia el oeste, por una autopista de dos carriles que atravesaba suavemente una región de boscosas colinas. En lo alto, las nubes se deslizaban rápidamente por el cielo, cambiando de forma continuamente.

—Después de Messina —continuó explicando Turner—, llegaron dos nuevos adoptados, cada uno por su cuenta. El año pasado, una mujer de Fredricksburg, Texas. Y el pasado mes de diciembre, otro hombre, un profesor de instituto.

—¿También de Austin? —preguntó Jaye con aprensión.

—No. Había crecido en Chicago. Parece que se rompe la pauta, pero no es así. En realidad, no.

A Jaye le dio un vuelco el corazón.

—¿Qué quieres decir? —preguntó recelosa.

—El padre de este hombre trabajaba en la Lone Star Petroleum. Este es el verdadero común denominador. Casi todas las familias de adopción están de alguna forma conectadas con la Lone Star.

—¿Lone Star? ¿Pero por qué?

—Hunsinger debía de tener allí un contacto que le conseguía clientes, una especie de agente.

—Dios mío, ¿un agente de bebés?

—Exacto. Y este agente vivía en Austin, y tenía relación con la Lone Star.

Jaye movió la cabeza en un gesto de impotencia.

—Nona dice que una mujer de Austin le habló de Hunsinger. La señora Forstetter, Addy Forstetter. Pero al parecer murió hace años.

—El rastro casi se ha borrado. Muchos de los que dejaron sus huellas han fallecido.

La mención de la muerte llenó a Jaye de aprensión supersticiosa. Se estremeció, y tuvo que resistirse al impulso de abrazarse a sí misma.

—Casi hemos llegado —dijo Turner—. Está después de la próxima cuesta.

Jaye estrechó fuertemente las manos sobre el regazo y miró fijamente la carretera. El viento arrastraba las hojas secas, y las hojas más tiernas, que habían sido arrancadas de sus ramas nada más nacer, revoloteaban también con ellas.

La carretera subía por una colina y volvía a descender, pero entonces, en lo alto de la cuesta apareció un edificio. Salía luz de unas pocas ventanas, que destacaban como cuadrados de oro en la oscuridad.

Turner redujo la velocidad y aparcó el coche junto a la autopista, al lado del desvío que llevaba al edificio.

—Aquí estamos —dijo.

«Aquí es donde nací, donde nació Patrick», pensó Jaye. Pero las palabras no parecían significar nada, estaban desprovistas de emoción.

Lo único que podía pensar era que se trataba de un edificio muy vulgar; vulgar y solitario, en medio de aquellas deshabitadas colinas. Frente al coche había un enorme letrero de madera que anunciaba el nombre del lugar. RESIDENCIA GERIÁTRICA DE PLEASANT VALLEY. Estaba acribillado de agujeritos y necesitaba con urgencia una mano de pintura.

El edificio en sí quedaba bastante apartado de la carretera. Era de planta cuadrada, de dos pisos, y estaba hecho de una piedra clara que parecía lanzar vagos destellos cuando la luna, a través de las nubes, llegaba a iluminarlo. Era más pequeño de lo que Jaye se había imaginado, y tenía un aspecto viejo y destartalado.

Le habían colocado un porche con columnas en uno de los lados, de forma que la planta estaba descompensada, y el techo parecía inclinarse hacia un lado, como un chulesco sombrero. De la hilera de árboles que en otro tiempo ocultara el edificio, sólo quedaban unos cuantos tocones aquí y allá, tumores que brotaban del suelo.

—No es muy bonito —consiguió decir Jaye.

—No, no lo es. —Turner apagó las luces del coche.

Los dos permanecieron sentados en silencio, en la oscuridad. Jaye intentó imaginar cómo debió de sentirse su madre cuando vio por primera vez este lugar solitario, escondido entre las desoladas colinas. No podía hacerse una idea.

—¿Quieres salir? —le preguntó Turner—. ¿Quieres echar una ojeada?

«No quiero acercarme», pensó Jaye. «Ni siquiera tengo ganas de pisar el suelo de este lugar.» Sin embargo, hizo un gesto de asentimiento, porque tenía la impresión de que cualquier otra reacción supondría un acto de cobardía.

Turner paró el motor. Bajó del coche y se acercó al lado de Jaye, le abrió la puerta y le tendió la mano para ayudarla a bajar.

Jaye le tomó la mano con cautela, aceptó su gesto de ayuda. Turner no le retuvo la mano más de lo necesario. Se quedó de pie junto a

Jaye, y durante unos instantes los dos se quedaron mirando en silencio el achaparrado edificio.

—No siento nada —dijo Jaye al final—. Parece malo no sentir nada.

—No hay nada malo en eso —dijo Turner—. Uno siente lo que siente.

Todavía soplaba un fuerte viento, y el aire era frío y cortante. Jaye inspiró profundamente. Estaba temblando. El olor a podrido de las hojas secas y húmedas se mezclaba con las primeras y todavía tímidas fragancias de la primavera.

Turner se le acercó.

—Estás helada —dijo.

Jaye notó el cálido aliento de Turner en sus frías mejillas.

—No es nada —mintió.

—Ponte mi chaqueta.

Antes de que Jaye tuviera tiempo de protestar, se quitó la chaqueta y le envolvió el cuerpo con ella.

—Venga —le rogó—. Mete los brazos en las mangas.

La prenda conservaba el calor del cuerpo de Turner, y el forro de seda despedía el olor de su loción para después del afeitado. Turner trabó los dientes de la cremallera y deslizó la abrazadera hasta la barbilla de Jaye. Ella pudo percibir la calidez de su mano.

—¿Mejor?

—Mejor —dijo Jaye con alivio—. ¿Pero no tendrás frío?

Turner la miró a los ojos y enarcó una oscura ceja.

—No, no tengo frío en absoluto.

No se apartó de su lado. Se quedaron los dos casi inmóviles, y entre ellos se estableció un silencio cargado de significado. De repente, Turner ya no le parecía a Jaye nada fraternal. Consternada, se dio cuenta de que entre los dos se había producido una química sexual. «No, ahora no», pensó. «Y por el amor de Dios, en cualquier sitio menos este.» Apartó la mirada de Turner. El edificio se vislumbraba a lo lejos como un mausoleo para las locas pasiones. Jaye se separó de Turner. Le avergonzaba lo impropio de aquel brote de deseo.

Turner pareció sentir lo mismo. Dejó caer la mano y dio un paso atrás. Llevaba una camisa blanca que refulgía con luz fantasmal en la oscuridad. Se metió un pulgar en el cinturón y, con la mano libre, señaló a la derecha del edificio.

—Antes había una casa allá arriba. Allí vivía Hunsinger.

Jaye contempló el espacio vacío. No pudo ver ningún resto de edificación, nada.

—¿Qué ocurrió?

—Se quemó en 1975. Justo después de jubilarse, Hunsinger puso la clínica en venta. No hubo daños personales. Él y su familia estaban fuera en el momento del incendio. También había una casa de acogida para las futuras madres. La derribaron.

—¿Una casa de acogida?

—Por cuestiones de intimidad, para que nadie las viera. No salían de aquí. Estaban escondidas.

Jaye se sintió asqueada.

—Suena como estar en una prisión.

—Probablemente lo era. En aquellos tiempos no había mucha elección.

Jaye se quedó mirando el espacio vacío. Trató de imaginarse a las chicas como su madre y la de Patrick. Se las representó como seres fantasmales que seguían todavía en el lugar, y que llevaban en su seno pequeños fantasmas de los niños por nacer.

No, se corrigió, no eran fantasmas ni espíritus descarnados. Ella era real y también lo era Patrick. Eran de carne y hueso, y la sangre les corría por las venas, pero su sangre estaba sana y la de Patrick estaba enferma. Y por eso había llegado ella hasta allí, para intentar desenterrar el pasado, para salvar a Patrick.

Apartó la vista del siniestro edificio y de la casa fantasmal.

—Me parece que tengo ganas de regresar.

Pero Turner no se movió.

—Me gustaría que vieras el lugar donde estaba la casa. Cuando Hunsinger cerró su consulta, se llevó los archivos a una oficina que instaló en su casa. Han desaparecido, por supuesto.

Jaye se detuvo y se volvió de nuevo a mirarle.

—¿Sus archivos? ¿Todos?

—Sí.

Por primera vez desde su encuentro con Turner, Jaye fue incapaz de impedir que le brotaran las lágrimas.

—Si no hay archivos y... si él no puede hablar, y... si nadie más va a hablar con nosotros, ¿cómo vamos a descubrir lo que pasó aquí?

—Tranquila —dijo Turner, y le puso las manos sobre los hombros—. Para empezar, él no hubiera archivado papeles que le incriminaran. Pero el incendio le fue muy bien. Le permitió quedar completamente limpio.

Jaye parpadeó para secarse los ojos. Aguardó a que siguiera.

—Y hay algunas personas dispuestas a hablar —dijo Turner—. He encontrado algunas, y encontraré más.

—¿Cómo?

—Tengo mis métodos —dijo Turner con un gesto de indiferencia—. Mientras tanto, te ayudaré en lo que pueda. Pero hay algo que quiero a cambio.

Un nuevo golpe de viento le desordenó a Jaye el cabello y se lo envió sobre la cara. Intentó apartárselo, pero era inútil: cada vez que se echaba el pelo hacia atrás, le volvía a caer como un velo sobre los ojos.

—¿Algo a cambio? ¿Y qué puedo hacer yo?

Turner se acercó a ella.

—Yo te daré toda la información que tenga. Todo lo concerniente a los adoptados, la clínica, Hunsinger y su familia, y el caso de mi cliente. Tendrás acceso a todo.

—¿Y yo qué te doy?

—A cambio, me das tu información, incluyendo una copia de la carta de tu madre.

—Por supuesto, encantada.

—Hay otra cosa más difícil de pedir —dijo Turner—, pero es necesaria.

—¿Qué es?

—Preferiría hacer este trabajo solo. Tengo mis propios métodos. Sería mucho mejor que no... bueno, que no te vieras implicada en esto.

Jaye no daba crédito a sus oídos.

—¿Me estás diciendo que no quieres que esté aquí?

—Puedo hacer la investigación en nombre de los dos —dijo Turner—. Puedo hacerlo y es lo que haré.

La calma con la que hablaba, que tan tranquilizadora le había resultado a Jaye al principio, de repente le pareció odiosa.

—Yo he venido por mi hermano, no a causa de un cliente. Se trata de mi hermano.

—Entiendo. Y preguntaré por tu hermano. Lo convertiré en la prioridad número uno.

—Perdóname —dijo Jaye ofendida—, pero para mí no se trata de una «prioridad número uno». Es la única prioridad. Y no voy a poner este asunto en manos de una especie de… voluntario al que apenas conozco. He venido aquí con una misión, y tengo intención de cumplirla.

—Pero no sabrás cómo hacerlo —argumentó Turner—. Pondrás en todo mucho sentimiento, pero…

—Puede que mi sentimiento constituya mi fuerza —replicó Jaye—. Nadie lo va a intentar con más ahínco que yo. Nadie. ¿Y quién eres tú para decirme…?

—¿Lo ves? Ya estás cayendo en lo emocional. Yo tengo más experiencia en este tipo de trabajos. Y más recursos. Sinceramente, creo que será mejor para ti que…

Se interrumpió y miró la carretera por donde habían venido.

Jaye siguió su mirada y vio el brillo de unos faros que se acercaban por la cuesta. En lo alto de la colina apareció una camioneta. De repente, se apagaron los faros, pero por el ruido del motor, Jaye entendió que el vehículo aceleraba y se dirigía a toda velocidad hacia ellos. No sabía qué pensar, pero resultaba inquietante.

—Pero, ¿qué…? —empezó a decir.

Turner agarró a Jaye del hombro y trató de hacerla subir al coche, pero apenas había acabado de abrir la puerta cuando la camioneta llegó hasta ellos y redujo la velocidad. De repente, una llamarada hendió la oscuridad y el ruido de un disparo atronó la noche. Turner se lanzó sobre Jaye, la tiró al suelo y se echó a rodar, arrastrándola con él. Así rodaron los dos juntos hacia una zanja de desagüe y cayeron por la suave pendiente. Turner se echó encima de Jaye; el corazón le latía a toda velocidad.

«Mierda», pensó, «mierda». No tenían escapatoria en aquel terreno llano, no había ningún refugio, salvo el edificio a lo lejos, al otro lado del prado.

La camioneta volvió a acelerar y se marchó. Turner permaneció echado sobre el cuerpo de Jaye hasta que el ruido del motor se alejó y se perdió en la distancia.

Cuando comprobó que los únicos sonidos que oía eran el silbido del viento y el retumbar del pulso en los oídos, se apartó de Jaye, que yacía boca abajo y gemía con la cara aplastada sobre el suelo. Le dio la vuelta lo más suavemente que pudo. Jaye tenía la cara sucia y sangre en la frente.

—¿Estás bien?

—Nos han disparado —exclamó asombrada. Se apartó el pelo de la cara—. ¿Por qué?

—No lo sé, pero será mejor que salgamos de aquí a toda prisa, antes de que vuelvan a intentarlo. ¿Puedes levantarte?

—No lo sé.

Turner se puso en pie y quiso ayudarla a levantarse, pero a Jaye le temblaban demasiado las rodillas para sostenerse. Cayó sobre Turner como un peso muerto, y él la sostuvo.

—¿Te han dado? —le preguntó, y se apartó un poco para verle la cara—. ¿Te han herido?

Jaye intentó mantenerse en pie.

—Ha sido sólo un golpe de viento —bromeó. Pero otra vez se le aflojaron las rodillas y se derrumbó.

Turner la levantó en brazos antes de que cayera al suelo y la llevó junto al coche. Contempló con temor la carretera, que estaba otra vez totalmente vacía. Jaye hundió el rostro en su cuello.

—Lo siento —dijo Turner. Tenía la boca junto a los cabellos de Jaye. Entonces advirtió que el coche estaba ladeado. Uno de los disparos había alcanzado una rueda.

—Oh, mierda —murmuró, y estrechó a Jaye entre sus brazos.

—¿Qué ocurre? —preguntó Jaye con voz ahogada.

—Le han dado a la rueda —contestó. «Y desde luego no voy a quedarme aquí al descubierto para cambiarla», pensó, mirando la carretera desierta. No había rastro de la camioneta, pero el corazón seguía latiéndole enloquecido, y había una mujer a la que tenía que poner a salvo.

—Creo… creo que me he hecho daño en la mano —dijo Jaye, todavía con el rostro enterrado en el cuello de Turner. Él pudo percibir el dolor que se desprendía de la voz de Jaye.

—Voy a subirte al coche —dijo—, y vamos a ir hasta el edificio. El coche puede llegar hasta allí. Te acompañaré dentro, a lo mejor alguien puede curarte.

La puerta del coche estaba abierta. Con infinito cuidado, Turner depositó a Jaye en el asiento junto al conductor. Jaye gimió y se acurrucó en el asiento y, agarrándose la mano herida, que parecía dolerle mucho, empezó a balancearse adelante y atrás.

Turner se apresuró a entrar en el coche. Tenía ganas de salir cuanto antes de aquella autopista.

—¿Estás bien?

Jaye asintió con la cabeza y se mordió el labio. Luego se cayó hacia un lado, contra la puerta. Había sufrido un desmayo.

«Mierda. Puede que le haya alcanzado un disparo y no se haya dado cuenta. Puede que se esté muriendo», pensó Turner. Arrancó el coche con las luces apagadas y condujo a la mayor velocidad posible dadas las circunstancias. La rueda pinchada hacía un ruido sordo contra el asfalto, y el coche avanzaba dando tumbos y bandazos, como si lo condujera un derviche borracho.

Turner frenó bruscamente con un chirrido, salió del coche, abrió la puerta de Jaye y la cargó en sus brazos. Con ella a cuestas, subió las escaleras del porche de dos en dos y empezó a patear la puerta de entrada como si quisiera tirarla abajo.

A oídos de Jaye llegó el confuso ruido de unas patadas. Al principio era un sonido curioso y lejano, una molesta intrusión de otro mundo. Pero el ruido fue en aumento y, a pesar de su debilidad y de su dolor, consiguió sacarla de la oscuridad en la que estaba sumida.

Percibió que se abría una puerta, vio luz y oyó confusamente unas voces. Se dio cuenta vagamente de que Turner la llevaba en brazos, pero sobre todo sentía un dolor punzante como un cuchillo en su mano derecha. Entonces comprendió que se encontraban en un interior, en una especie de vestíbulo mal iluminado, un lugar que le pareció un tanto tenebroso y destartalado.

Cuando consiguió levantar la cabeza, vio a un hombre pálido y flaco de unos cincuenta años, de lustroso cabello blanco. Llevaba un uniforme blanco y gafas de montura metálica. La tenue luz se reflejaba en los cristales, de forma que parecía que tuviera dos brillantes discos ovalados en el lugar de los ojos. Jaye lo miró con estupor.

—Hay una habitación con una cama. Sígame —dijo el pálido hombrecillo.

Jaye oyó que Turner murmuraba algo en respuesta y sintió que sus brazos la estrechaban con más fuerza. Luego se sintió transportada a toda velocidad por un oscuro pasillo. De repente, una luz potente en el techo y se vio colocada sobre el desnudo colchón de una cama. Se puso de costado. Con la mano izquierda se sostenía torpemente la mano herida sobre el pecho.

—¿Jaye?, ¿Jaye? —le decía Turner una y otra vez.

Con un gesto de sorprendente dulzura, el hombre del uniforme le apartó el pelo de la cara.

—¿Qué ha ocurrido aquí?

—Alguien nos ha disparado —dijo Turner.

Jaye cerró los ojos con fuerza y agitó la cabeza en un gesto negativo.

—No me han disparado —dijo, aturdida.

—Es su mano —dijo el hombre pálido. Con dedos ágiles y milagrosamente suaves, tocó la mano de Jaye—. Oh, nos hemos roto el dedo, eso es, nos hemos roto el meñique. Déjame ver, querida, déjame ver.

—Mierda —dijo Turner—. ¿Hay alguna enfermera, aquí?

—Yo soy la enfermera —dijo el hombre pálido—. En todo caso, soy el único enfermero de verdad. Oh, vaya, esta mano no tendrá tan mal aspecto cuando hayamos limpiado la sangre. Pero desde luego es un corte profundo.

Turner sacó el móvil que llevaba enganchado en el cinturón, lo abrió y lanzó un juramento cuando comprobó que se había roto.

—¿Dónde está el teléfono? Necesitamos una ambulancia.

—Yo no necesito ninguna ambulancia —dijo Jaye, con toda la energía que fue capaz de reunir.

—Te has desmayado. Puede que hayas sufrido una conmoción.

—Estaba mareada, eso es todo.

—Tienes sangre en la frente.

—Es una herida superficial —dijo el hombre en tono tranquilizador—. En un momento la curaremos.

—No necesito una ambulancia —insistió Jaye. Pero cuando trató sentarse en el colchón, un doloroso pinchazo en la frente la obligó a tumbarse de nuevo.

—Vamos a ver —Turner estaba impaciente—, ¿hay algún teléfono en el vestíbulo? Quiero llamar a la ambulancia y a la policía. Nos han disparado, maldita sea.

Jaye cerró los ojos para no quedar deslumbrada por la luz que le daba en la cara.

—¿Turner? ¿Por qué nos habrían disparado?

—No lo sé.

—Shhh —el hombre pedía silencio mientras examinaba con detenimiento la mano de Jaye—. Vaya, vaya. Parece que nos hemos pegado un buen tortazo contra el suelo de grava, ¿no?

—¿Ha oído los disparos? —Turner se dirigió al hombre—. Tiene que haberlos oído. Es usted un testigo.

El hombre se encogió levemente de hombros y siguió palpando tranquilamente la clavícula de Jaye.

—Claro que los he oído. Y he pensado: vaya por Dios.

—¿Vaya por Dios? —repitió incrédulo Turner. Estaba furioso.

—Sí —dijo el hombre sin alterarse. Ahora le palpaba las costillas—. He pensado, ¿otra vez? La gente viene continuamente por aquí para disparar contra el cartel. Por eso está tan destrozado. No vale la pena darle una mano de pintura.

—¿Me está diciendo que no nos disparaban a nosotros sino al cartel?

—Bueno, —dijo el hombre con un leve encogimiento de hombros—, es lo que siempre hacen. Al parecer, lo encuentran divertido.

Turner soltó otra maldición.

—Voy a buscar un teléfono.

Jaye lo oyó alejarse con fuertes zancadas.

—Ahora lo comprobará —dijo el hombre adoptando un tonillo confidencial—. Al departamento del sheriff le da exactamente igual que disparen contra el cartel. No digo que esté bien, pero es así.

Jaye no entendía nada de lo que le decían y, aunque tenía los ojos cerrados, la intensa luz del techo le daba dolor de cabeza. Se tapó los ojos con la mano.

—Estoy convencido de que no querían disparar contra ti, querida —dijo el hombre como un sonsonete—. Probablemente sólo pretendían asustarte, eso es todo. No debes inquietarte. No es nada personal.

«Alguien abre fuego contra nosotros y me veo arrojada a una zanja», quería decirle Jaye. «¿Y resulta que no debo inquietarme? ¿No es nada personal? Jesús, María y José.» Pero no pudo reunir las fuerzas necesarias para decírselo.

—Estás temblando —dijo el enfermero—. Sacaré una sábana del cajón.

Jaye le oyó moverse por la habitación, oyó el rudio que hacía el cajón al deslizarse sobre las guías metálicas y el crujdo de una sábana que se abría. El enfermero le levantó cuidadosamente el brazo, la tapó y le colocó la mano sobre la sábana. Luego volvió a acariciarle el pelo.

—Voy a buscar vendas y antiséptico, querida. Y te traeré también una manta. Te dejaré un momento sola. ¿Estarás bien?

—Hmmm —fue todo lo que Jaye alcanzó a decir. Se mordió el labio y se cubrió mejor los ojos con la mano.

—¿Te molesta la luz? ¿Quieres que la apague?

—Hmmmmm. Sí, por favor.

—Dejaré encendida la luz nocturna. Y estaré de vuelta en menos que canta un gallo.

Apagó la molesta luz del techo y encendió una lamparita junto a la cama.

—Descansa un momento, ¿vale? —Se alejó silenciosamente con sus zapatillas.

Jaye se quedó acostada. Sentía el sordo batir del pulso y agudos pinchazos de dolor en el dedo y en el corte que tenía junto a la palma de la mano. Antes de abrir los ojos, apartó lentamente la mano con la que se los cubría.

El techo de la habitación era alto y estaba envuelto en sombras. Con esfuerzo, Jaye se apoyó en un codo para incorporarse. Todavía estaba desorientada y temblorosa.

Se encontraba en una habitación triste y fría, de feas paredes. La ventana tenía persiana pero carecía de cortinas. La cajonera metálica estaba vacía, no había cuadros en las paredes, y en la mesa de metal junto a la cama sólo había una vieja lámpara de brazo flexible que parecía de hospital.

«¿Dónde estoy?», pensó Jaye con inquietud. «¿En el hotel de Norman Bates?» Entonces recordó que Turner la había llevado a un edificio, y que este edificio era, ¿qué?, un asilo de ancianos. Esto explicaba que el hombre del pelo blanco que había visto sólo a medias fuera un enfermero.

«Esto es la residencia geriátrica de Pleasant Valley», se dijo, en un intento de orientarse. Y habían venido a hasta aquí porque este centro había sido tiempo atrás el Sunnyside Medical Center, y…

—¡Dios mío! —Jaye tomó aire y se dejó caer de nuevo en el colchón. El corazón empezó a latirle con furiosa desesperación.

«Yo nací aquí», pensó, «en este edificio. En esta misma habitación, a lo mejor. Aquí fui vendida, y también Patrick».

De nuevo cerró los ojos. Intentó asimilar el hecho de que su vida había empezado en ese mismo lugar, así como la de Patrick. Pero la mente le jugaba malas pasadas; empezaba a pensar una cosa, y luego otra, hasta que se mareaba y no podía pensar nada en absoluto.

Le pareció oír unos pasos que se acercaban. Esperaba que fuera Turner. Esperaba que fuera la policía. Incluso aquel extraño enfermero afeminado sería bienvenido.

Pero fuera quien fuera, venía arrastrando los pies. Pareció dudar y se detuvo junto a la puerta. Jaye notó que alguien la miraba, pero nadie se movió. Oyó una respiración rápida y superficial.

Le invadió un sentimiento de temor, porque estaba sola y totalmente indefensa. Hizo un intento de apoyarse de nuevo sobre el codo y abrió los ojos.

Durante un instante, vio a un hombre de pie en la penumbra de la puerta. Tenía el pelo largo, casi hasta los hombros, y era alto pero ligeramente encorvado. No iba de uniforme, sino que llevaba unos pantalones vaqueros y una camisa muy holgada, metida por dentro del pantalón. Jaye no le pudo ver la cara, pero oyó su respiración entrecortada y una exclamación ahogada.

Luego desapareció. Sus pasos, al alejarse, eran más rápidos que cuando Jaye le oyó llegar, pero el ritmo era irregular, como si cojeara.

Jaye se dejó caer de nuevo sobre el colchón y cerró los ojos. La visita la había perturbado. Quería salir de aquí. Era un lugar horrible, un lugar embrujado. Entonces oyó la voz del enfermero, que de repente hablaba en un tono muy severo.

—¿Qué te pasa? ¿Me lo quieres decir, por favor? Te estoy hablando. Escucha, un momento… párate un momento. ¿Me has oído?

No hubo respuesta.

Al momento, el enfermero entró en la habitación de Jaye.

—No entiendo qué mosca le ha picado —gruñó. Luego, con voz mucho más suave y cantarina, casi como un gorjeo, se dirigió a Jaye—. ¿Nos encontramos mejor, querida, o todavía queremos que venga nuestra mamá?

«Mamá», pensó Jaye y, tapándose los ojos, se puso a llorar en silencio.

Cuando Hollis se encontró de vuelta en su cubículo junto al cuarto de las calderas, cerró la puerta y echó el cerrojo con manos temblorosas. El pulso le retumbaba en los oídos, y sentía como si el corazón, que latía enloquecido, le fuera a estallar de un momento a otro.

Se abrió paso hasta su estrecha cama plegable, y se sentó allí, con los codos apoyados en las rodillas y la cabeza entre las manos.

Sus peores temores se habían cumplido: ella había venido a buscarle. Allí estaba, con una cara tan pálida como la sábana que la cubría y el rubio cabello enmarañado enmarcándole el rostro. Era la muchacha más guapa que había visto jamás, y todavía se le notaba la marca que le dejó el doctor al ponerle la bota encima.

Y, lo peor de todo, sobre la sábana reposaba inmóvil su mano derecha, con sangre junto a la palma, allá donde Luther le había cortado el dedo. Entonces no le había salido sangre, pero ahora estaba sangrando, porque la joven estaba volviendo a la vida, y había venido en su busca, para arrastrarlo al infierno.

Lo sabía porque ella había levantado la cabeza y le había mirado. Con sus ojos azules como el cielo había escrutado su alma condenada. Hollis ahogó un sollozo de terror y se derrumbó completamente. Abatido, se inclinó, hundió la cabeza todavía más entre las manos y empezó a sollozar como un niño.

Capítulo 6

Aquella fue para Jaye una noche repleta de sucesos inesperados, imprevisible y cambiante como las figuras de un caleidoscopio que girara a toda velocidad.

Davy, el enfermero, la trató con tanto mimo que Jaye se sintió incómoda. Le detuvo la hemorragia en la mano, le entablilló el dedo roto y le dio un calmante para el dolor. Jaye se sentía avergonzada por haberse mostrado tan débil y llorosa. No quería recibir más cuidados.

Se sentó en la cama y empezó a explicar que no necesitaba una ambulancia, y entonces la asustó el tremendo ulular de una sirena. La ambulancia llegó, y aparecieron dos sanitarios llenos de ímpetu. Actuaban como si fueran los flamantes héroes que llegan al lugar de la tragedia para salvar a la damisela de una muerte cierta.

Querían atarla a una camilla, transportarla así hasta la ambulancia y conducirla a toda velocidad a la sala de urgencias de Mount Cawdor. Jaye se estremeció sólo de pensarlo. Todo aquel jaleo había acabado por despertar a los residentes del asilo; los pasillos resonaban con sus timbres pidiendo ayuda y con sus gritos de alarma, y Davy tuvo que salir a toda prisa para atenderlos.

Pero cuanto más exageraban los sanitarios, más insistía Jaye en que no quería una ambulancia. No necesitaba subirse a ninguna ambulancia, y por Dios que no subiría. El jefe de los dos sanitarios se enfureció; con los ojos lanzando chispas, le dijo a Jaye que se diera prisa, porque no tenían toda la noche por delante.

—Entonces, váyanse —dijo tozuda Jaye—, porque no voy a irme con ustedes. Iré a mi propio médico.

Finalmente, el sanitario se dio por vencido y emprendió la retirada con ofendidos aires de tragedia, seguido de cerca por su ayudante, que iba murmurando. Jaye se quedó un poco temblorosa. De momento, había ganado. Pero fue sólo un momento.

En cuanto se marchó la ambulancia, apareció el ayudante de la oficina del sheriff. Si los sanitarios de la ambulancia habían tratado la situación como un drama, el ayudante del sheriff adoptó una actitud de aburrimiento que rayaba el desprecio.

Se llamaba Elton Delray, y era un individuo de hombros caídos y de cara agradable, con lentes bifocales y una incipiente barriga. Bajo la tenue luz verdosa de la lamparilla junto a la cama, su piel tenía un brillo extraño, como de las profundidades marinas.

Tras escuchar el relato que Turner hizo de lo ocurrido, Delray se encogió de hombros.

—Siempre están disparando contra ese letrero —dijo, como quien no quiere la cosa.

Jaye se sintió de nuevo indignada. No lo podía creer.

—Pero nosotros estábamos allí, junto al letrero. Nos podían haber dado.

Delray no se inmutó.

—Son chicos de Arkansas —dijo—. Beben unas copas de más, pasan a Oklahoma, buscan un coche desocupado y lo utilizan para hacer prácticas de tiro.

—No era un coche desocupado —cortó Jaye—. Estábamos a punto de meternos dentro.

—Probablemente no los vieron.

—Tuvieron que vernos. Las luces interiores se encendieron en cuanto abrimos la puerta del coche.

—Seguramente los vieron cuando era demasiado tarde.

—¿Demasiado tarde? Nos podían haber matado, por Dios bendito.

—Usted no ha resultado seriamente herida —dijo Delray sin alterarse—. Ni siquiera quiere ir a urgencias. Mount Cawdor mandó una ambulancia hasta aquí para nada, porque usted ni siquiera quiso utilizarla.

Era un hombre bajito y delgado, y no tenía media bofetada, pero su mirada era fría e inconmovible. De repente, a Jaye le pareció que aquellos ojos le resultaban familiares. La mirada de aquel hombre tenía un brillo cruel e implacable que le recordaba a la morena del acuario de Boston.

—Entonces —dijo, y eligió con cuidado las palabras—, ¿usted piensa que los disparos han sido sólo una... gamberrada?

Tras las gafas, los ojos predadores de la morena la observaron como si se tratara de una presa despreciable.

—¿Tiene alguna razón para pensar otra cosa?

«No, por supuesto que no», pensó Jaye. «Sí, tal vez. No, en realidad no».

No supo qué contestar.

Turner enarcó las oscuras cejas, como si no acabara de comprender.

—¿Y cuál es su opinión, agente?

Delray se volvió hacia él con rostro inexpresivo.

—¿Han dado motivos a alguien para que les dispararan?

Turner sonrió con inocencia.

—Desde luego que no. Soy un hombre pacífico.

—Nos hemos limitado a hacer algunas preguntas, eso es todo —dijo Jaye, alzando la barbilla en gesto de desafío—. ¿Por qué iba a molestar esto a alguien?

El ayudante del sheriff inclinó la cabeza, y la parte superior de su rostro quedó en sombras bajo el ala del sombrero.

—Depende. ¿Sobre qué han estado preguntando?

Turner cruzó los brazos sobre el pecho. Se había ensuciado las mangas de la camisa, y tenía un desgarrón a la altura del codo, pero por lo demás parecía absolutamente tranquilo y sereno, como si no le importara lo ocurrido. Le dirigió a Delray una mirada afable, cargada de simpatía. Jaye estaba asombrada.

—Asuntos de familia —dijo.

—El doctor Hunsinger —soltó Jaye, incapaz de contenerse—. Los dos hemos estado preguntando acerca de Roland Hunsinger. ¿Puede molestar esto a alguien?

Delray le dirigió una mirada cargada de desprecio.

—Lo dudo. El doctor Hunsinger no tiene secretos. Su vida es un libro abierto.

Era una mentira tan descarada, que Jaye estuvo a punto de contestar alguna impertinencia, pero entonces Turner le apoyó la mano en el hombro.

—Estás cansada —dijo con ternura. Pero su tono amable no se correspondía con el fuerte apretón que le dio en el hombro. «Cierra la boca», significaba el doloroso estrujón. «Por el amor de Dios, cierra el pico».

Algo molesta, Jaye alzó la vista hacia Turner, y este le dirigió una sonrisa benevolente y le estrujó con más fuerza el brazo. Jaye intentó disimular su dolor y se fijó en la expresión de Turner. A primera vista parecía sólo un poco preocupado, pero en sus ojos Jaye pudo leer una advertencia muy clara. Así que mantuvo la boca cerrada.

—Supongo que hemos tenido suerte de que no haya sido nada serio —dijo Turner, quitando importancia al incidente. Y Jaye asintió para seguirle la corriente. Todavía notaba en el hombro su poderoso garrote.

—En efecto. —Delray se mostró de acuerdo con las sabias palabras de Turner—. Han sido ustedes afortunados.

«Esto es una asquerosa mentira», pensó Jaye. Sin embargo, se esforzó por guardar la compostura.

—Hemos sido afortunados —Turner habló sin sombra de ironía—. Así es como nos lo hemos de tomar.

El ayudante del sheriff introdujo los pulgares bajo el cinturón y adoptó la postura de un esmirriado pistolero del Oeste.

—Sólo es un coche de alquiler, y nadie ha resultado seriamente herido. No hay duda de que han tenido mucha suerte. —Por primera vez, sonrió. Tenía una boca como la ranura de un buzón.

—Lo tendré en cuenta —dijo Turner.

—También yo —dijo Jaye con forzada dulzura. Le pareció que se le llenaba la boca de ceniza al decirlo.

Delray le dirigió a Jaye un gesto de asentimiento, como diciéndole: «Sí, chica de ciudad. Desde luego que lo tendrás en cuenta. No te quepa ninguna duda».

El coche de alquiler los llevó de regreso a la ciudad, dando tumbos a causa de la rueda pinchada. En cada sacudida que daba el coche en aquella accidentada carretera, Jaye sentía un doloroso pinchazo en la mano, pero hizo lo posible porque no se le notara.

Se dedicó a estudiar el perfil de Turner. Durante lo ocurrido en la habitación, había visto cómo se endurecía su mirada. Se dio cuenta de que era un hombre que ocultaba una parte de su personalidad, y la ocultaba muy bien. Todavía le dolía el hombro a causa del apretón recibido.

—¿Por qué me has aplicado este doloroso tratamiento cuando estábamos con el ayudante del sheriff? ¿No podías ser más sutil?

—Un tratamiento sutil no hubiera tenido efecto en aquel momento —respondió. No parecía afectado, y siguió conduciendo como si nada.

—Me puso furiosa.

—Con estos tipos no sirve de nada enfurecerse.

—Bueno, pero tú no decías nada —respondió Jaye en tono acusador—. Te limitabas a sonreír y a quitar hierro al asunto.

—Sonreír y quitar hierro al asunto puede ser una excelente estrategia en ocasiones.

—No es mi estilo.

—Es evidente —dijo Turner con un tonillo irónico.

Se acercaban a Cawdor, que con sus escasas luces producía un pobre efecto en la distancia. A sus espaldas, en cambio, Mount Cawdor era un amasijo de luces brillantes, la viva imagen de la prosperidad.

—El tipo estaba… quitando importancia a lo ocurrido. Se empeñaba en presentarlo como una tontería —protestó Jaye.

—Es cierto.

—Y no fue una tontería. Fue peligroso, maldita sea.

—Nos dispararon, y él actuaba como si hubiera sido una chiquillada, algo para pasar el rato, una travesura.

—Tienes toda la razón, desde luego.

—Entonces, ¿por qué no protestaste?

—No hubiera servido de nada —respondió Turner con una calma que a Jaye le atacó los nervios.

—¿Y quieres decirme por qué? —le exigió—. ¿Acaso no está haciendo… abandono de su deber, o algo por el estilo? ¿No deberías haber elevado una queja? ¿No tendría que haber hecho él un parte detallado, haber dado una orden de busca o una orden de arresto? ¿No tendría que haber hecho algo, cualquier cosa?

Turner esbozó una irónica sonrisa como para sus adentros.

—No.

—¿Quieres decir que eso es todo? —preguntó Jaye—. Así que él hace su informe y dice que unos vándalos hicieron una gamberrada y nos dieron un susto.

—Eso es.

—¿Y la policía no hace nada?

—Es lo más probable.

—¿Y eso no te enfurece?

—Enfurecerse no sirve de nada en estos casos.

—¿Y qué hay que hacer?

—Interpretar el mensaje —dijo Turner.

—Estupendo. Deja que consulte mi nuevo descodificador de mensajes del agente 007. ¿Quieres explicarme a qué te refieres?

—De ninguna manera. —dijo Turner. Movió la cabeza como para relajar la tensión—. Lo que ibas a decirle a nuestro amigo Delray…

—Era un tipo repugnante —dijo Jaye—. Tenía ojos de anguila, o de morena.

Turner la miró por primera vez desde que subieran al coche, y esbozó una leve sonrisa.

—Tienes razón. Sabía que su cara me resultaba familiar, como si la hubiera visto en alguna parte. El acuario, claro. Eres muy observadora, maldita sea.

—Y acerca de lo que estuve a punto de contarle… —recordó Jaye.

—Lo que estuviste a punto de contarle a nuestro amigo Delray la morena es lo siguiente: Hemos estado preguntando acerca de Hunsinger. Estábamos frente a lo que era su antigua clínica cuando un coche se acercó y nos dispararon. Ibas a preguntarle «¿Y no es un poco raro? ¿No parece demasiada coincidencia?» Esto es lo que ibas a decirle a ese individuo que parecía una morena.

A Jaye se le encogió el estómago. El miedo cobró vida en su interior, y sintió cómo le recorría el cuerpo con movimientos sinuosos.

—Bueno, sí. Me pasó por la cabeza. Y da… mucho miedo.

—Es justamente lo que pretendían. Este era el primer mensaje: Hay alguien a quien no le gustan estas preguntas. No querían matarnos, sólo era una advertencia. Y, forastera, nos quieren ver fuera de este pueblo cuanto antes.

—Pues yo no pienso irme. Me quedaré aquí, pase lo que pase. —Lo dijo como lanzando un reto, pero volvió a sentir un encogimiento del estómago.

—Enseguida llegaremos a este punto —dijo Turner—. El primer mensaje era: No nos gustan estas preguntas. Y el segundo: Os podemos hacer daño. Y el tercer mensaje es: Los representantes de la ley no moverán un dedo. No os protegerán.

—Pero esto es corrupción policial —protestó débilmente Jaye.

Turner la miró de reojo.

—¿De verdad? ¿Corrupción policial? —dijo—. Perdona, pero yo soy un pobre chico de Fildelfia, y nunca he oído hablar de esto.

Jaye exhaló un suspiro y se hundió más profundamente en el asiento. Movió la cabeza.

—Esto no cuadra. ¿Todavía no llevo aquí ni veinticuatro horas y alguien empieza a dispararme? ¿Y a la policía no le importa? No puede ser, es demasiado teatral, demasiado exagerado.

—Es cierto —asintió Turner—. Y resulta interesante, sobre todo si piensas que yo llevo aquí tres días, y el peor trato que he recibido es una cierta frialdad. Luego apareces tú y de repente se desatan los infiernos.

Jaye le dirigió una mirada inquisitiva, pero Turner no intentaba ser mordaz; su mirada era franca e imperturbable.

—¿Yo? —Jaye se mostró incrédula—. ¿No querrás decirme que esto es algo personal?

Turner se encogió de hombros.

—Podría ser. Y es otra de las razones por las que deberías marcharte a casa y dejarme hacer el trabajo sucio.

Jaye alzó la barbilla con ademán rebelde.

—¿Y si el agente morena está en lo cierto? ¿Y si sólo era la gamberrada de un grupo de amiguetes? Quiero decir que… bueno, Davy también dijo que los gamberros acostumbraban a disparar contra el letrero. Es lo que nos contó antes de que llegara Delray.

Turner alzó la mano, pidiendo silencio.

—Hace un momento dijiste que los disparos no podían ser una coincidencia, y que Delray era un policía corrupto.

—Bueno, pero también lo contrario es posible. Es posible que los disparos hayan sido casuales, que haya ocurrido otras veces, y que Delray no quiera alterarse por eso.

—No puedes sacar las dos conclusiones al mismo tiempo —dijo Turner. Empezaba a mostrarse irritado.

—Tú eres abogado —replicó Jaye—. Se supone que puedes defender dos posturas enfrentadas. Incluso es posible que todo esto sea una puesta en escena, que hayas estado intentado asustarme para que me vaya a casa. A lo mejor estás fomentando el melodrama.

—¿Estoy fomentando el melodrama? —repitió Turner, incrédulo.

—Sí. Quieres que desapareza, Dios sabe por qué, así que me lo pintas todo mucho más grave de lo que es.

Turner le dirigió una mirada burlona.

—Personalmente, siempre encuentro grave que me disparen. Oh, puede que me consideres alarmista…

—Mira —replicó Jaye—, quienquiera que nos disparara, apagó las luces del coche en cuanto llegó a lo alto de la colina. A lo mejor, realmente no nos vieron junto al coche, o nos vieron demasiado tarde.

—Por favor, por favor —dijo Turner, levantando los ojos al cielo, como si implorara clemencia.

—Sólo le dieron al coche —dijo Jaye—. Yo resulté herida, pero fue porque tú me tiraste al suelo y te caíste encima de mí.

Turner soltó una maldición.

—No me lo puedo creer. ¿De dónde has sacado este talento para la lógica? ¿Del país de las maravillas, de Marte?

—Estoy intentando ser objetiva —argumentó Jaye.

—Pues déjalo estar. No es lo tuyo.

—Bueno, pues mi explicación tiene sentido —dijo Jaye con determinación. Intentó cruzar los brazos sobre el pecho para demostrar que no estaba dispuesta a seguir discutiendo, pero se dio sin querer en el dedo y tuvo que reprimir un grito de dolor.

—¿Estás bien? —El tono de preocupación de Turner parecía tan sincero, que Jaye se quedó asombrada.

—Estoy perfectamente —mintió Jaye. Agarró la mano herida por la muñeca y se la puso en el regazo.

—Deberías haber ido a urgencias —le dijo Turner tras observar su gesto.

—No es tan grave —insistió Jaye, y se cogió la muñeca con más fuerza—. Sólo me he hecho daño en el meñique. Me hubiera sentido como una idiota en una ambulancia.

Ya se encontraban en Cawdor. La carretera principal estaba desierta, ya que la mayoría de los establecimientos y las estaciones de servicio cerraban durante la noche.

Sólo los bares permanecían abiertos, y sus luces intermitentes de neón lanzaban destellos de resignada desolación.

En el aparcamiento del Wagon Wheel se veían todavía algunos coches y camionetas. Turner aparcó junto al coche alquilado de Jaye, y volvió el rostro hacia ella. A la luz intermitente del letrero esmeralda del bar, sus ojos parecían más verdosos que castaños.

—Quiero que mañana vayas al médico. Tienes un dedo roto, y podrías tener también una costilla cascada.

Ahora volvía a comportarse como un tipo encantador, y la verdad es que era muy bueno en este papel, lo hacía de maravilla, pensó Jaye. Sin embargo, esta capacidad suya le parecía inquietante.

—Davy me ha dicho que no me pasaba nada.

—Davy no es médico.

—Pero tiene mucha experiencia —subrayó Jaye—. Ha sido enfermero en Vietnam durante mucho tiempo. Sabe lo que son las heridas.

—No quiero que lo pases mal, eso es todo —Turner se acercó a ella y le apartó el cabello de la mejilla. Le tocó la gasa de la frente con tanta suavidad que Jaye se estremeció—. Siento haberte hablado tan bruscamente —dijo.

Su preocupación resultaba seductora. Jaye se apartó un poco y volvió la cara hacia otro lado.

—Estoy bien, no soy una chiquilla.

—No —dijo Turner con voz ronca—, desde luego que no. Siento haber sido tan mandón. Me preocupa tu seguridad, eso es todo.

—Eso es muy amable de tu parte, pero no voy a regresar a Boston —Jaye cerró la boca con determinación. Hizo ademán de abrir la cremallera de la chaqueta, pero Turner la interrumpió tocándole la mano sana.

—Hace frío —dijo—, y tú estás temblando. Quédatela de momento.

Jaye, que tenía las manos heladas y hacía un gran esfuerzo para no temblar, notó la calidez y la firmeza de la mano de Turner. Hubiera debido apartarse de su contacto, pero no fue capaz.

Turner le apartó los dedos de la cremallera y se la subió hasta la barbilla. Luego, apartó la mano lentamente. La luz de neón color esmeralda se encendía y se apagaba, se encendía y se apagaba, y otorgaba a la escena una apariencia irreal, de otro mundo.

—No pienso volver a casa —repitió Jaye con obstinación, pero su propia voz no le sonó decidida. Puso la mano sana en la manilla de la puerta para salir del coche, pero el seguro automático estaba echado.

—Ya lo hablaremos mañana —dijo Turner. Salió del coche y abrió la puerta con su mando a distancia. La ayudó a salir del coche y se quedó junto a ella mientras abría su propio coche alquilado.

«Por qué tiene que mostrarse tan condenadamente protector», pensó incómoda Jaye. Era una paradoja que la altura de Turner la hiciera sentirse protegida y vulnerable a un tiempo.

—¿Qué te parece si nos vemos mañana para desayunar? —preguntó Turner antes de cerrar la puerta del coche de Jaye—. Hay un pequeño café en la plaza de Mount Cawdor. Tengo información que darte... ¿te acuerdas?

Jaye apretó los labios con firmeza y asintió.

—Y tú tienes que pasarme información.

Jaye hizo una profunda inspiración.

—Sí.

—Y luego hablaremos de... lo otro.

«Lo otro» se refería a su regreso a Boston. De nuevo, Jaye guardó silencio.

—Te seguiré con el coche, y luego te acompañaré hasta la puerta.

—No es necesario que... —protestó Jaye. Pero Turner ya había cerrado la puerta y se dirigía rápidamente a su propio coche. Era una curiosa figura, tan alto y con su camisa blanca rota, y se movía con agilidad y precisión.

Tal como le prometió, la siguió hasta la casa de La señorita Doll y la acompañó hasta la puerta de atrás. De nuevo, se negó a que Jaye le devolviera la chaqueta.

—No —dijo—. Espera a estar dentro. Quítatela con cuidado, para no hacerte daño en la mano.

Luego metió la mano en el bolsillo de su pantalón, extrajo unos objetos y se los tendió a Jaye.

—Mira —dijo—, encontré estas cosas junto al coche cuando cambié la rueda. Seguramente se te han caído del bolso.

En la palma abierta tenía el encendedor de Jaye, una barra de pintalabios y la medalla de San Judas que le había dado Nona.

—Oh —dijo Jaye, y cogió los objetos que le tendía Turner. Sus manos se rozaron. Jaye lo metió todo en su bolso y sacó la llave.

Turner se quedó esperando junto a ella, decidido a no marcharse hasta ponerla a salvo. Jaye simulaba no percatarse de su presencia mientras intentaba abrir la puerta, pero volvió a tener conciencia de la altura de aquel hombre. De nuevo se vio acometida por temblores, maldita sea. Sin decir palabra, Turner le quitó la llave de la mano y le abrió la puerta.

—Que duermas bien —le dijo—. Nos veremos por la mañana, ¿qué te parece a las diez?

—De acuerdo —dijo Jaye.

—Buenas noches —Le abrió la puerta para que entrara.

—Buenas noches.

Jaye se deslizó dentro y Turner cerró la puerta a sus espaldas. La cocina estaba tenuemente iluminada por una pequeña luz encima del horno. Jaye comprobó que la puerta estuviera cerrada y echado el cerrojo. Tenía la inquietante sensación de que se había olvidado de algo.

«Oh, dioses», pensó disgustada. Aquel tipo se había empeñado en deshacerse de ella… ¿y ella deseaba que la besara? El golpe que se había dado en la cabeza había sido más fuerte de lo que pensaba.

Sin embargo, recordó también cómo la había protegido de los disparos con su propio cuerpo, cómo la había llevado en brazos hasta el asilo, subiendo las escaleras de dos en dos, como Rhett Butler en *Lo que el viento se llevó*. Algo aleteó en su estómago.

«Olvídalo», pensó. «No hay tiempo para este tipo de cosas.» Pensó en Patrick y le invadió un infinito cansancio y una gran tristeza. Llegó hasta su cuarto y se arrojó sobre la cama sin abrir siquiera el cobertor. Se quedó dormida de inmediato, con la chaqueta de Turner cerrada hasta la barbilla, entre las mudas muñecas y los cojines con volantes.

Una vez dentro del coche, Turner puso el seguro y se dirigió al teléfono público más cercano. Se había comportado como un perfecto idiota, pensó. Había perdido la paciencia con Jaye Garrett, que era una luchadora y no daba nunca su brazo a torcer.

Y, al darle aquel apretón en el hombro, se había descubierto; también lamentaba esto. Confiaba en que, después de una noche tan caótica, Jaye no volviera a recordar los detalles. Pero ella era lista, más lista de lo que había imaginado, más lista de lo que resultaba conveniente.

Era necesario que se marchara.

Pese a su inteligencia, Jaye se estaba dejando llevar por el corazón. No sabía dónde se metía, sobre todo cuando iba por ahí enganchando sus malditos pósters por todo Cawdor. Había estado hablando demasiado desde su llegada al pueblo, y se había mostrado demasiado combativa con Delray. Se estaba buscando problemas.

Turner aparcó el coche junto al teléfono público y miró a su alrededor para comprobar si le habían seguido. Suponía que le seguían, pero la carretera estaba vacía, y los campos parecían inmensos espacios solitarios, como sucede cuando los pueblos son pequeños y se encuentran alejados unos de otros.

Bajó la ventanilla e introdujo la tarjeta en la ranura del teléfono. Había estado usando teléfonos públicos desde su llegada a Cawdor porque no quería que nadie interceptara la señal de su móvil y no se fiaba del teléfono que tenía en su habitación del hotel. Y si esto era ser paranoico, pues vale. Algunos de sus clientes se mantenían vivos gracias a la paranoia.

Marcó el número privado de DelVechio y miró el reloj. En Filadelfia eran casi las once de la noche, demasiado tarde para que el viejo estuviera levantado. Sin embargo, el propio DelVechio contestó al tercer timbrazo. Seguramente, el dolor no le dejaba dormir.

—Hola —dijo DelVechio. Para un hombre de su tamaño, tenía una voz sorprendentemente aguda, y en el último año se le había vuelto un poco cascada—. ¿Quién es? Es tarde.

—Soy Gibson. Me he encontrado con un par de problemas.

Hubo un silencio. A Turner le pareció oír la sibilante respiración del viejo.

—¿Sigues todavía en ese pueblucho, como se llame, en Oklahoma?

—Sí —dijo Turner mirando los campos desiertos—. Todavía estoy aquí.

—¿Y cuándo regresas? ¿Mañana? ¿Dentro de un par de días? ¿Qué me dices?

—Todavía no. Espero nuevos acontecimientos.

—Me hablaste de una mujer —dijo DelVechio con su voz temblorosa—. Le dijiste a Anna que te quedabas a causa de una mujer. ¿A causa de una mujer, por qué?

Anna era la enfermera de DelVechio, pero el viejo le había advertido a Turner que no le contara nada. DelVechio la consideraba una tirana y sospechaba que hacía de espía para su hermano.

Turner le explicó el caso de Jaye Garrett y su hermano enfermo. Luego aguardó una respuesta, escuchando en silencio la rasposa respiración del viejo en Filadelfia.

—Averíguame algo más sobre estas personas, ¿vale? —dijo el viejo.

—Sí —dijo Turner—. Ya la estoy investigando. Mañana pediré información sobre su hermano y su madre.

—Esta mujer —dijo lentamente DelVechio— es, para ti…

—Un obstáculo, un problema. Una complicación.

—Ahhhh —DelVechio soltó un larguísimo suspiro, un poco tembloroso.

—No sabe hacer las cosas. Habla demasiado. No es discreta.

—La indiscreción es mala cosa.

—Exactamente. Pero está preocupada por su hermano, ¿lo entiende?

—Claro, la familia. Yo lo entiendo, y tú también.

«Demonios si lo entiendo», pensó Turner. Pero no dijo nada, sino que le explicó que pretendía sonsacarle información a la mujer, pero también librarse de ella.

DelVechio se quedó unos instantes en silencio, respirando con dificultad. Cuando habló, su voz crujió como un gozne sin engrasar.

—*Fare che cosa e voi debe*. Haz lo que tengas que hacer. Soy un viejo que necesito ayuda. ¿Cómo voy a negarme a hacer un favor?

—Hay algo más —dijo Turner. Echó un vistazo al espejo retrovisor, pero sólo vio la carretera desierta que conducía a Cawdor, tan desolada como si llevara a una civilización perdida—. Esta noche he acompañado a la mujer a la antigua clínica de Hunsinger.

Brevemente, le habló a DelVechio de los disparos y de la advertencia que le había parecido detectar en las palabras y el comportamiento de Delray.

—No sé por qué ha ocurrido esto ahora precisamente. No sé si tiene que ver con ella —concluyó.

Otra vez oyó el sonido sibilante.

—Ahhh. Entonces es absolutamente necesario averiguar algo más acerca de esta mujer. Y mientras tanto, ¿procurarás tener cuidado?

—Estoy bien —dijo Turner.

—Puedo proporcionarte ayuda en este sentido —dijo DelVechio con diplomacia.

—Es posible que necesite ayuda. Ya se lo haré saber. Como le he dicho, no confío en las autoridades locales. Usted me dijo que, en caso necesario, me daría nombres de personas de confianza.

—Policía estatal —resolló DelVechio—. Allen Twin Bears. Wayne Ramirez.

Turner garabateó los nombres en su libreta.

—Bien.

—Y en cuanto a mi hijo —comentó el viejo—, ¿todavía no tienes nada?

—Cuando sepa lo que la mujer sabe, es posible que hagamos progresos.

—Dios lo quiera.

DelVechio había descubierto la religión en la vejez, y se había vuelto más adicto a ella que a los analgésicos.

—Rezaré a San Antonio —dijo—. Es el santo patrón que ayuda a encontrar lo que se ha perdido. Cada día le rezo.

«Estupendo», pensó Turner. «Vamos a necesitar toda la ayuda que podamos conseguir.»

—También le rezo a San José, a San Judas y a la Virgen María.

—Me parece muy bien —dijo Turner. Sabía por experiencia que había muchos pecadores, pero no daba demasiado crédito a los santos, ni siquiera a la bondad de los mortales.

—También rezo por ti —dijo DelVechio con voz cascada—. Rezo porque estés a salvo y porque tengas éxito.

«Es usted todo corazón, Del Vechio», pensó Turner.

—Muchas gracias. Cuídese y esté al tanto con Anna. Le mantendré informado.

—Anna —dijo el hombre con infinito disgusto—. Llámame mañana. Llámame cuando puedas. Si el cielo es bueno con nosotros, tendrás noticias para mí.

—Llamaré —prometió Turner, y colgó. No creía en el cielo ni en el infierno. No creía en nada que sus sentidos no pudieran corroborar.

Se frotó el codo, en carne viva a causa de su caída sobre la gravilla. Puso el coche en marcha y se dirigió hacia la frontera de Arkansas. Mientras tanto, iba pensando en Jaye Garrett. Se preguntó si era rubia por todas partes. Mentalmente, la desnudó y se la imaginó de las dos maneras: totalmente rubia, y no.

Recordó cómo la había tocado en la mano y en el rostro, al final de la noche. Había querido manipularla y derribar sus defensas, pero había sentido un repentino acceso de deseo, algo que no esperaba, o que no esperaba sentir con tanta fuerza.

«Es mejor que esta damisela se marche cuanto antes del pueblo, demonios», pensó.

En todos los años que Hollis llevaba viviendo en aquella habitación, no había dejado entrar a nadie. Y nadie debía entrar jamás.

Todas las cosas sagradas y mágicas de Hollis estaban aquí, en un altar dentro del armario. Todo, menos una cosa, la más importante, y esta se encontraba en el Lugar Seguro.

Pero ahora Hollis sabía que el Lugar Seguro había dejado de ser seguro. Había sido una noche terrible, como si todas las plagas de Egipto se hubieran juntado en una, y le había parecido oír la voz de Luther, que le murmuraba al oído: «Márchate». Tenía que recoger sus cosas, todas sus cosas, y escapar.

Todas las señales, todos los portentos se habían manifestado esta noche. Y su significado estaba tan claro como si una espada de fuego hubiera rasgado el cielo y, con su afilada punta, hubiera señalado directamente el edificio maldito.

La muchacha muerta había vuelto, y sabía dónde encontrarle. Le había mirado a los ojos, y Hollis había sentido que el infierno, como una red de fuego, intentaba cerrarse a su alrededor. Debía huir, si quería salvar su alma inmortal. Las centenares de cosas que había hecho en su habitación no habían sido suficientes. Tenía que hacer algo más para expiar sus culpas. Se tiraría a los caminos, como un peregrino, como el mismo Jesucristo, y construiría una iglesia.

Hollis esperó hasta la madrugada, cuando todo era silencio y en el edificio sólo se oía el golpeteo de una persiana suelta que se agitaba con el viento. Entonces fregó el suelo, aseó la habitación, se lavó y se cambió de ropa, recogió sus cosas y las colocó en la maleta que Luther le había regalado muchos años atrás.

De nuevo le pareció oír la voz de Luther: «Márchate. Construye una iglesia.»

El corazón le latía con fuerza cuando salió sigilosamente de su habitación. Para no pasar cerca de Davy, que seguramente leía en el vestíbulo, salió por la puerta de atrás. Una vez en el patio, pasó por lo que antes era el jardín de rosas de la señora Hunsinger.

Hollis todavía cuidaba de los rosales, aunque Davy solía chasquear la lengua y decirle que estaba perdiendo el tiempo; que mejor haría en plantar tomates, que tenían propiedades curativas. Las rosas no le gustaban a nadie excepto a Hollis, pero hacía años que no florecían; se habían convertido en estériles tallos leñosos.

A la luz de una luna menguante, Hollis se arrodilló sobre el suelo y empezó a cavar la tierra con los dedos. El viento levantaba las hojas muertas a su alrededor, y ululaba como un fantasma en sus oídos: «Ve», le decía, «y construye una iglesia.»

Capítulo 7

El timbrazo del teléfono despertó a Jaye. Al principio no sabía dónde se encontraba, y le dolía todo el cuerpo como si hubiera rodado por una pendiente metida en un tonel lleno de pedruscos.

Abrió un ojo y se encontró con la fría mirada de cristal azul de una muñeca de carita de porcelana y sombrero de encaje. Volvió a sonar el teléfono, y Jaye se esforzó en abrir los dos ojos. Estaba echada en una cama llena de cojines adornados de volantes.

Un nuevo campanillazo del teléfono. «Estoy en casa de la señorita Doll», pensó Jaye atontada. «Estoy en Oklahoma, en casa de la señorita Doll, porque tengo que ayudar a Patrick».

El recuerdo de Patrick le produjo una sacudida. De repente, su brazo salió disparado hacia el teléfono móvil. El brusco movimiento le causó un agudo dolor en el dedo y avivó los pinchazos de su cuerpo. ¿Por qué le dolía todo? ¿Por qué tenía el dedo entablillado? ¿Y por qué llevaba puesta una cazadora de ante, abrochada hasta el cuello?

Empezó a recordar. Primero fue un destello de reconocimiento, y luego los recuerdos empezaron a fluir, uno detrás de otro. Se había encontrado con Turner Gibson y habían ido a la antigua clínica, y él le había dicho que quería que ella regresara a Boston. Entonces les habían disparado…

El teléfono volvió a sonar con un agudo timbrazo. Jaye descolgó.

—¿Diga? —«Nos dispararon», pensó, «pero en realidad fue una especie de accidente. Fue una gamberrada, nada más.»

—¿Hola? —Era la voz de Nona, y parecía ahogada en lágrimas.

—¿Qué pasa? —Jaye se alarmó—. ¿Ha empeorado Patrick?

—No —dijo Nona, haciendo un puchero—. Está mejor. Le ha bajado mucho la temperatura, y ahora está a 39°c.

Los dolores de Jaye se esfumaron. De repente se sentía ligera y llena de esperanza, y flotaba fuera de su cuerpo.

—¿Ya no delira?

—No, pero está muy, muy débil. Está agotado. Le duelen terriblemente las articulaciones y tiene náuseas. Lo están hinchando a medicación. Oh, pobre Patrick.

—Pero, está mejor, ¿no? —Jaye quería reafirmar su esperanza.

—Sí, p-pero apenas puede hablar. Todavía lo mantienen aislado, ni siquiera puede tener flores en su habitación. Sólo le dejan recibir unas pocas visitas, y eso si se lavan a fondo y se ponen ropas desinfectadas. Es como el ni-niño que vivía en la burbuja, en aquella historia de la televisión. Y aquel niño murió. —Empezó a sollozar silenciosamente.

—Nona, cálmate —rogó Jaye—. Vamos a hacer todo lo que podamos por Patrick. He conocido a una persona que podría ayudarnos.

—¿En serio? —Nona parecía una niña que buscara consuelo desesperadamente—. ¿Lo dices en serio?

—Sí —afirmó Jaye con seguridad. Y empezó a describirle a Turner Gibson como una combinación de San Francisco de Asís, sir Lancelot y Jesucristo. En su deseo de tranquilizar a Nona, embelleció descaradamente su descripción de Turner.

—¿Y este hombre nos ayudará? —Nona seguía hablando entre sollozos, como una niña pequeña.

—Nos ayudará —aseguró Jaye—. Esta mañana he quedado con él. Quiere que le enseñe tu carta, si no te importa.

—Claro, desde luego. —Nona guardó silencio un instante—. ¿Y realmente desea colaborar con nosotras?

—Sí —Jaye mintió abiertamente. No le contó a Nona que Turner no deseaba tenerla en Cawdor y que quería que regresara a Boston. Tampoco mencionó que les habían disparado y que estaba herida. Hizo lo que había estado haciendo toda su vida: contarle a Nona sólo las buenas noticias.

Jaye se dio un baño en el cuarto de baño de color rosa para huéspedes. No había ducha, y las cañerías vibraban y rechinaban cada vez que Jaye abría el grifo. Le hubiera gustado poner su dolorido cuerpo un buen rato en remojo, pero estaba demasiado inquieta.

Observó que tenía el lado izquierdo de la caja torácica lleno de golpes y moratones, y que sus manos presentaban un terrible aspecto, con las palmas totalmente rascadas y arañadas por la gravilla.

Envuelta en una toalla rosa, se situó frente al espejo empañado y lo secó con una manopla rosa. «Que los niños no salgan a la calle», pensó al verse reflejada en el espejo. «Hay una bruja en el pueblo.»

Tenía el pelo enmarañado y la cara blanca como el papel. La gasa y el esparadrapo de la frente no lograban tapar totalmente la herida. El dedo meñique entablillado, totalmente tieso, sobresalía como un palo; parecía una persona muy afectada tomando el té.

Enchufó su rizador de pelo, abrió su caja de maquillaje y elevó una oración al espíritu de Max Factor. Veinte minutos más tarde, abrió la puerta de su habitación y aspiró el delicioso aroma del café.

La nieta preñada se acercaba silenciosamente por el pasillo con un cesto vacío de ropa sucia. Todavía llevaba sus peludas chanclas amarillas y el camisón con el osito en el pecho. Se quedó mirando con evidente interés el dedo entablillado de Jaye, pero lo único que dijo fue:

—La abuela está preparando el desayuno.

—Gracias —dijo airosa, como si la noticia le produjera gran satisfacción, y se encaminó a la cocina.

No tenía ganas de desayunar —el olor a comida le provocaba náuseas—, pero quería conocer a la señorita Doll.

Era una mujer gruesa y de pelo blanco. Llevaba una bata rosa con dibujitos de danzarines perritos blancos. Estaba de espaldas a Jaye, inclinada sobre los hornillos de la cocina. Pero debió de haber oído los pasos de Jaye, porque se volvió inmediatamente hacia ella con una radiante sonrisa de sorpresa.

Su abundante cabello plateado, bien peinado y tan reluciente como la nieve recién caída, enmarcaba un rostro donde se adivinaba la edad, pero que todavía era hermoso y lleno de vida. Sus ojos, azules como los nomeolvides, expresaban candor. Dejó apoyada la espátula y le dio a Jaye un cálido apretón de manos.

—Hola, querida —dijo—, tú debes de ser la señorita Garrett. Yo soy la señorita Doll. Bright me ha hablado de ti.

—¿Bright? —dijo Jaye sin comprender.

—Bright-Ann, mi joven nieta. —La mujer acercó una silla cromada de cocina—. Me lo ha contado todo sobre ti. Siéntate, querida, siéntate, siéntate.

Obediente, Jaye tomó asiento, y Doll agarró con mano rápida una cafetera y vertió el líquido en una taza de café de color azul pastel.

—¿Azúcar? ¿Leche? ¿Sacarina? ¿Leche descremada? ¿O tomas el café solo?

Jaye se sintió aturdida ante aquella agresiva hospitalidad.

—Solo —dijo.

La señorita Doll abrió el horno y sacó una bandeja de galletas de un perfecto tono dorado. Colocó las galletas en un plato de cristal y las puso junto al platito de cristal de la mantequilla, una colección de tarros de mermelada y un bote de miel en forma de dorado panal. Luego se colocó las manos en las caderas.

—Tengo mi tarta del oeste en el horno, casi a punto. ¿Quieres un zumo, mientras tanto? ¿Copos de avena? ¿Unas deliciosas uvas?

—Sólo una galleta —dijo Jaye—. No tengo mucha hambre.

La señorita Doll soltó un alegre resoplido.

—Querida, has hecho un largo viaje. Tienes que reponer fuerzas. He preparado una tarta que te devolverá el buen color. Estará lista en un periquete.

—En serio, no se moleste…

—No es ninguna molestia —La señorita Doll se puso a rebuscar en el refrigerador y sacó una jarra de zumo de naranja y un cartón de leche.

—No hace falta, de verdad… —Jaye insistió, pero la mujer hizo un gesto para acallar su protesta.

—Me encanta cuidar de la gente. La vida consiste en esto, ¿no? En que unos y otros nos cuidemos mutuamente.

Jaye asintió con una sonrisa y tomó un sorbo de café. Confiaba en que le despejaría la cabeza. Era un café excelente. Cogió una galleta y la abrió. Era ligera y hojaldrada, y la dorada mantequilla se derretía sobre ella. Por primera vez desde que llegara a Cawdor, se dio cuenta de que tenía un hambre voraz.

Doll le ofreció con insistencia zumo de naranja y cereales y, aunque Jaye se negó, le llenó un vaso de zumo. Luego se apoyó en el mostrador y le dedicó una amistosa sonrisita con sus labios cuidadosamente pintados del mismo tono de rosa que su bata.

—Me han dicho que tuviste un mal encuentro anoche con esos mexicanos —le dijo en tono confidencial.

Jaye miró a la mujer. Sus enormes ojos azules tenían una mirada inocente y preocupada.

—¿Mexicanos? —preguntó.

La mujer movió con energía su plateada cabeza en gesto de asentimiento.

—Este pueblo está lleno de mexicanos. Vinieron aquí a trabajar cuando abrió la planta procesadora de pollos.

Jaye se quedó paralizada, con la taza de café a pocos centímetros de la boca. Davy no había hablado de mexicanos, ni tampoco el ayudante del sheriff. Le dirigió una mirada inquisitiva.

La señorita Doll levantó todavía más sus cejas cuidadosamente perfiladas.

—Hay unos cuantos también al otro lado de la frontera, en Arkansas —dijo en voz baja—. Mexicanos, salvadoreños, guatemaltecos. Dios mío, no los distingo. Los jóvenes están siempre enzarzados en peleas.

Apoyó sobre el pecho sus dedos con las uñas primorosamente pintadas de color rosa.

—Hay un grupo de estos que viene por aquí para disparar contra cosas, pero es la primera vez que disparan contra alguien. Lo siento mucho, querida. ¿Qué vas a pensar de nosotros?

Jaye depositó sobre la mesa su taza de café.

—¿Y cómo… —dijo sin dejar traslucir su emoción—, cómo se ha enterado de lo que me ocurrió?

—Es un pueblo pequeño —dijo la señorita Doll con una esquiva sonrisa. Se volvió hacia el horno, abrió la puerta y echó un vistazo dentro con mirada crítica.

—No —dijo Jaye—. Quiero decir, exctamente, ¿cómo ha sabido lo que me ocurrió? ¿Quién se lo ha contado? ¿Y cómo se ha enterado la persona que se lo dijo?

La mujer se puso en pie ante Jaye y redondeó los labios en una inocente «O».

—Pero querida, lo oí esta mañana en la tienda de Stop 'n' Shop.

Me preocupaba no tener huevos para el desayuno. Y allí todo el mundo hablaba de lo mismo. Lo siento... ¿acaso no es cierto?

—Alguien disparó contra el coche desde una camioneta —admitió Jaye a regañadientes—. No sé quién pudo ser.

—¿Y es así como te hiciste daño en tu pobre mano?

—Sí, pero desde luego no pretendían dispararme. Fue un accidente...

—Bueno, pero puedes estar segura de que eran hispanos —dijo la mujer, enfatizando la «S» de «hispanos» —. Sí, ya lo creo que puedes estar segura. A ver, señorita, un poco más de café.

Jaye quiso negarse, pero la mujer ya estaba vertiendo el café caliente en su taza.

—He oído que has venido al pueblo a preguntar por tu hermano. ¿Está enfermo? —La señorita Doll chasqueó la lengua para expresar su conmiseración—. ¿Has venido directamente de Boston para intentar ayudar a tu hermano?

Jaye se puso tensa, y luego se relajó. Era cierto que había colocado carteles por todo Cawdor, y también le había contado a la chica pelirroja las razones por las que se encontraba aquí. Intentó ver de qué pie cojeaba Doll.

—Mi hermano es adoptado, y está enfermo. Tenemos que encontrar a su familia biológica. Fue adoptado a través del Dr. Hunsinger, cuando todavía tenía la clínica.

La señorita Doll la miró con compasión.

—Oh, querida —suspiró, y meneó la cabeza con pena—. Eso fue hace mucho tiempo. Y ahora el Dr. Hunsinger tiene la enfermedad de Alzheimer, ya sabes. —Se dio unos golpecitos en la cabeza—. No puede explicarle nada a nadie.

Jaye simuló estar concentrada en mover su taza de café de un lado a otro sobre el mantel.

—Me dijeron que había tenido un accidente.

La señorita Doll hizo un mohín de disgusto.

—Oh, no. Tiene Alzheimer, y su mente está tan en blanco como la de un recién nacido.

—Pero había otras personas trabajando en la clínica. Tiene que haber alguien por aquí que recuerde...

La mujer levantó las manos con las palmas abiertas, en un gesto teatral de desamparo.

—Todos se han desperdigado. Este pueblo ha atravesado tiempos difíciles. Antes teníamos fábricas de conservas: espinacas, tomates, mermelada, zumo de uva… Pero todas cerraron. Y la gente se marchó.

—No todos —dijo Jaye.

—Pero querida, ¿has visto el centro del pueblo? ¿O lo que se consideraba el centro? Antes vivían aquí mil doscientas personas, y ahora somos cuatrocientos vecinos, y la mitad de ellos no saben hablar inglés. Nos habríamos muerto de hambre y de asco si no hubieran puesto la planta procesadora de pollo.

—¿Cuándo abrió?

—Hace cuatro o cinco años —dijo—. Ha dado trabajo, es cierto, pero no el tipo de trabajo que la gente busca. Por eso se han traído a todos esos mexicanos. Pero bueno, supongo que ya has tenido suficiente trato con ellos.

Jaye se sentía incapaz de seguir aguantando los prejuicios racistas de la señorita Doll, así que intentó reconducir la conversación.

—¿Y usted? ¿Vivía aquí en los tiempos en que el Dr. Hunsinger tenía la clínica?

La señorita Doll hizo rodar los ojos en un gesto cómico y espantó con su mano la sugerencia.

—¿Yo? Dios bendito, no. Llegué aquí hace quince años. Mi marido había heredado esta casa, y se gastó todos nuestros ahorros arreglándola. Luego enfermó y murió, y todo costó una fortuna. ¿Y qué otra cosa tenía yo aparte de esta casa? Pero no sirve de nada remover esas cosas. Hay que aprovechar el momento al máximo, ese es mi lema.

—Lo siento —dijo Jaye—. ¿Conoce a alguien que viviera aquí cuando el Dr. Hunsinger dirigía la clínica? ¿Alguien que quisiera hablar conmigo?

—Oh, querida —canturreó la señorita Doll, y le puso otra galleta en el plato—, la gente no quiere hablar sobre ese asunto de las adopciones.

Jaye tomó la galleta y la puso de nuevo sobre la fuente de cristal.

—¿Por qué? —preguntó.

La mujer suspiró con resignación.

—Es agua pasada.

—No, para mi hermano no lo es. Tengo que encontrar a su madre biológica… y tengo que averiguar todo lo que pueda de su familia.

La señorita Doll apoyó una mano grande, cálida y fuerte en el brazo de Jaye.

—Querida, ¿no has pensado que las mamás de esos niños tal vez no quieran ser encontradas? Por eso precisamente vinieron aquí, porque querían mantener el asunto en secreto.

La nieta de Doll, Brigth, entró tranquilamente en la cocina. Se había deshecho las trenzas de Pippi Calzaslargas y se había recogido todo el pelo en una apretada coleta rematada con un clip de Mickey Mouse. En lugar del camisón llevaba ahora unos pantalones vaqueros y una blusita premamá de escote cuadrado.

—¿Está el desayuno? —preguntó malhumorada.

—Ya casi está, guapa. Siéntate y bebe un poco de leche, es muy buena para los huesos de tu bebé.

—Me importan muy poco sus huesos —dijo Bright. Sin embargo, tomó asiento y miró a Jaye con recelo.

—Bright, sin ir más lejos, está embarazada —dijo la señorita Doll a modo de ejemplo.

Bight lanzó una mirada de resentimiento a su abuela, pero esta no se dio por aludida y se limitó a abrir alegremente el horno y a sacar la tarta humeante, que estaba perfecta, tierna y esponjosa.

Bright miró de nuevo a Jaye.

—Sí —dijo, dándose un golpe en la tripa—. Bright está embarazada, aunque nadie lo diría. ¡Yuuupi!

—¿Para cuándo es el nacimiento? —preguntó Jaye sin entusiasmo.

—No lo bastante pronto —dijo Bright.

La señorita Doll puso la tarta a enfriar sobre la encimera de la cocina y se acercó a Bright. Colocó sus grandes manos sobre los hombros de Bright y empezó a darle un masaje.

—Bright —le dijo—, Miss Garrett no parece entender a las madres solteras. No comprende que pueden querer dar a luz y seguir con su vida. Pero así es, ¿no, querida?

—Es lo peor que me ha ocurrido nunca —dijo Bright con determinación—. Lo odio. Es una mierda.

—Pero no odias al bebé —se apresuró a decir Doll—. Tú lo quieres y deseas que viva lo mejor posible. Por eso lo darás en adopción.

—No lo quiero —dijo Bright, a punto de echarse a llorar—. Es un monstruo que crece en mi interior y se alimenta a través de mí, como aquella cosa de *Alien*. ¡Puaj!

—Vamos, vamos —dijo la señorita Doll mientras seguía masajeando los hombros de su nieta. Pero sus ojos azules miraron a Jaye con expresión satisfecha, como diciendo: «¿Lo ves? ¿Entiendes ahora lo que te decía?»

Jaye oyó que sonaba el teléfono en su habitación y aprovechó con alivio la ocasión para escapar.

—Me parece que no quiero comer más —dijo levantándose de la mesa—. De todas formas, muchas gracias.

Atravesó rápidamente el vestíbulo en dirección a su cuarto, mientras seguía oyendo el eco de las desgraciadas palabras de Bright: «Es un monstruo que crece en mi interior y se alimenta a través de mí, como aquella cosa de *Alien*.»

¿Se había sentido así la madre de Patrick? ¿Y su propia madre? Entró en el cuarto y cerró cuidadosamente la puerta a sus espaldas, como si así dejara fuera aquel inquietante pensamiento. Descolgó el teléfono.

—Miss Garrett. —La voz de una mujer susurró su nombre con voz vacilante.

—¿Sí?

—He...he oído que ha estado usted preguntando en el pueblo acerca de lo que ocurrió con Hunsinger. Bueno, a lo mejor le puedo contar algo.

—¿Sí? —Jaye tuvo que emplear todas sus fuerzas para que no le temblara la voz—. Dígame, dígame, por favor.

El Yoo Hoo Café se encontraba en el centro de Mount Cawdor, en Arkansas, junto a unas vías férreas por las que ya no pasaba ningún tren. Era un edificio de ladrillos, tan pequeño y cuadrado que semejaba una pieza de construcción para niños.

Dentro, las paredes estaban adornadas con una extraña mezcla de trofeos deportivos y muestras de punto de cruz. «Cuidado: puerco asesino», rezaba un cartel que mostraba un furioso jabalí. Y al lado, para compensar, otro cartel decía: «Como en casa, no se está en ninguna parte».

En lugar de compartimentos, el bar estaba amueblado con robustas mesas y banquetas de secuoya. Turner Gibson, sentado de cara a la puerta, bebía un café de dudosa calidad en una sencilla taza blanca. Llevaba una americana azul y una camisa azul pálido con el cuello desabrochado, sin corbata. Con aquel sencillo atuendo, podía parecer un joven ejecutivo que se estuviera tomando un café a media mañana, pero una mirada más atenta revelaba la calidad del corte de su ropa.

Tenía previsto encontrarse con Jaye para comprobar si estaba bien y para obtener de ella lo que necesitaba. Luego le desearía buena suerte y conseguiría que se marchara cuanto antes del pueblo. Tenía que ocuparse de los asuntos de DelVechio. Desde el principio había sido un asunto complicado, y ahora empezaba a resultar peligroso. No quería ver a Jaye metida en esto.

Estaba seguro de que ella llegaría antes de tiempo, y así fue. Entró por la puerta exactamente a las diez menos cinco, trayendo consigo una fría vaharada del aire matinal y un olor a perfume caro.

Estaba pálida, pero llevaba la cabeza muy alta, con un aire casi altanero. No mostraba en absoluto el aspecto ni el comportamiento de una persona que, sólo unas horas antes, se había visto arrojada a una zanja en medio de un tiroteo. Al verla, se diría que lo más arriesgado que había hecho la noche anterior era tomar un baño de espuma y limarse las uñas.

Turner tuvo que admitir a su pesar que era muy hábil disimulando. No habría ningún problema. Él era aún mejor.

—Hola, —dijo Jaye en tono jovial, y se sentó frente a Turner. Llevaba pantalones, un jersey azul pálido de cuello alto y una chaqueta de tweed. No era un atuendo provocativo, pero tenía tan buen aspecto así vestida, que Turner pensó soñadoramente qué aspecto tendría desnuda.

«Algún día le haré una visita en Boston», se prometió. «Mientras tanto, me limitaré a coquetear con ella.»

—Hola —le dijo. Procuró que su voz sonara cálida y amistosa pero sin comprometerse a nada más—. ¿Cómo te encuentras?

—Mejor que nunca —contestó Jaye animada—. Un poco dolorida, pero nada más. ¿Y tú?

—Perfectamente —mintió él. Lo cierto era que el codo le dolía endemoniadamente y se había fastidiado la rodilla.

—Qué bien. Magnífico. —Jaye esbozó una sonrisa demasiado alegre. Esto inquietó a Turner, convencido como estaba de que tenía que estar más dolorida que él.

Se había hecho un peinado al estilo Veronica Lake, de forma que un dorado flequillo ocultara su herida en la frente, y se había atado una cinta azul en el dedo entablillado.

—¿Quieres café? —le preguntó—. ¿Algo para comer?

—No, gracias. La señorita Doll me ha preparado el desayuno.

Turner señaló con un gesto de cabeza el dedo entablillado de Jaye.

—¿Por qué te has puesto la cinta? ¿Estás siguiendo una moda?

La sonrisa se borró del rostro de Jaye, y sus ojos azules clavaron en Turner una mirada helada.

—Es para recordar a mi hermano, mi primera y única preocupación. ¿Me has traído la información que según tú puede serle de ayuda?

Turner se inclinó hacia la banqueta que tenía a su lado, tomó una carpeta de cuero y la levantó como para demostrar el peso de su contenido.

—Aquí la tienes. Está todo: los nombres y las procedencias de las demás personas que han venido al pueblo para intentar desentrañar sus procesos de adopción. Y también una serie de asociaciones que trabajan para poner en contacto a los adoptados con sus padres biológicos. ¿Has registrado a tu hermano en alguna de estas asociaciones?

Por primera vez, la energía de Jaye pareció agotarse.

—Sí —dijo tragando saliva—, antes de salir de Boston. Me puse en contacto con un abogado en Boston que está especializado en procesos de adopción y le encargué que apuntara a Patrick en todos los grupos y me mantuviera informada.

—Estuviste tremendamente ocupada antes de venir.

—Cierto.

«Eres un auténtico torbellino cuando te pones en marcha, ¿no es cierto, bostoniana? Eres un imparable torbellino alto y rubio.»

—Si su madre biológica se ha registrado en alguna parte, hay posibilidades de que sea la donante apropiada... algún día.

Jaye apretó los labios y asintió en silencio.

—Por otra parte —continuó Turner—, es posible que no esté registrada. Tal vez no quiera que la localicen.

—Soy consciente de eso —dijo Jaye con voz débil—. De hecho, mi casera me demostró este punto durante el desayuno.

—Es algo que debes tener en cuenta —dijo Turner lo más amablemente que pudo.

Jaye alzó la mirada hacia la muestra de punto de cruz sobre el hogar. Luego apartó la mirada.

—Te he traído la carta de mi madre —dijo, y abrió su bolso. Le lanzó a Turner una mirada de cautela—. Es una fotocopia que he hecho en el banco.

—Está bien —dijo Turner. Depositó sobre la mesa la carpeta de cuero y tomó los papeles que Jaye le tendía. Al rozar su mano, la acarició seductoramente con la punta de los dedos. «Sí», pensó. «Desde luego que nos veremos en Boston. Y entonces no me limitaré a tocarte la mano.»

Jaye cogió la carpeta, la abrió y empezó a leer ávidamente, con expresión concentrada y el ceño fruncido.

—Deberías tomarte tu tiempo. Léelo con mucha atención. Puedes leerlo en el avión, en el viaje de vuelta.

Jaye alzó inmediatamente la cabeza. Su rostro tenía una expresión extraña que Turner no supo identificar.

—No voy a volver a casa —dijo. Y su tono denotaba total seguridad.

—Sí. Tienes que marcharte. Es lo mejor.

Jaye siguió mostrando una absoluta calma y seguridad.

—No puedo irme, y no me iré.

Turner sintió deseos de apretar los dientes, pero en lugar de eso esbozó la mejor de sus sonrisas.

—Tenemos una propuesta para ti… yo y el Sr. D. Una buena oferta. No podrás resistirte a ella.

La boca de Jaye se torció en una mueca nerviosa.

—¿Me vas a hacer una oferta a la que no podré negarme?

La pregunta no sonó precisamente amable, pero Turner se mantuvo sonriente.

—Bueno, puedes ponerlo así.

Jaye se le quedó mirando fijamente. No parecía en absoluto convencida.

—El Sr. D., pese a sus muchos problemas, es un hombre compasivo —dijo Turner—. Entiende tu situación y quiere ayudarte.

Jaye alzó un poco la barbilla, pero no dijo nada.

—Además, es un hombre generoso. Y muy rico. Mientras que tú, probablemente no eres rica. ¿O sí?

Jaye se quedó pensativa, como si meditara con cuidado lo que iba a decir. Así que Turner sabía que no era rica. En otra carpeta, en el maletero del coche, tendría un informe financiero sobre ella, conocería sus deudas y ganancias hasta el último penique.

—No soy rica, pero aquí no se trata de dinero.

—No —dijo él suavemente—. Se trata de información. Y con dinero se compra información, se compra una gran cantidad de fuentes y de recursos.

Jaye levantó una ceja.

—¿Y tú eres uno de esos recursos?

—Uno de ellos —respondió con modestia—. Y estoy a tu disposición, completa y absolutamente.

Jaye asumió una expresión de sorpresa.

—¿De qué me estás hablando?

—Te hablo de la conversación que tuve anoche con el Sr. D. Está dispuesto a respaldar la búsqueda de los padres de tu hermano. Está dispuesto a pagarla.

El cuerpo de Jaye se tensó de repente, como el de una marioneta a la que hubieran estirado de los hilos.

—¿Qué?

—Mi cliente está dispuesto a ampliar la búsqueda de su hijo y a incluir en ella información sobre tu hermano. Al fin y al cabo, los dos casos son parte de un mismo problema.

Jaye meneó la cabeza y le dirigió una media sonrisa que indicaba que todo aquello le parecía inaceptable.

—Lo que lleguemos a saber sobre tu hermano —explicó Turner— podría arrojar luz sobre lo ocurrido con el hijo de mi cliente. Y viceversa.

—Es posible que sí —asintió Jaye—, y es posible que no.

—Haré cuanto esté en mi mano para descubrir la verdad sobre tu caso.

—¿Y a cambio?

Turner levantó la taza de café y tomó un sorbo en actitud pensativa.

—A cambio —dijo dulcemente—, te vas a casa.

Jaye mantuvo una expresión de frialdad.

—¿Por qué es tan importante que me vaya?

—Trabajaré más rápido y seré más eficiente si estoy solo. A la larga, eso te beneficia.

—No. Digas lo que digas, tu lealtad principal estará siempre con tu precioso cliente. Mi hermano será un caso de caridad, siempre en segundo término. No voy a consentirlo.

Turner tomó aliento y preparó mentalmente su nueva artillería de argumentos, pero no tuvo ocasión de utilizarlos.

—No hay ninguna posibilidad de que me vaya —dijo, con un aplomo que Turner nunca le habría supuesto—. Puedes colaborar conmigo o no, pero no me marcharé.

«Ha llegado el momento de utilizar el cuchillo», pensó. «Hay que deslizarle la hoja entre las costillas, pero suavemente, para que no se aperciba de lo afilada que está.»

—Bueno, es difícil decirte esto... —Turner hizo ver que vacilaba porque era un caballero.

Jaye no parpadeó siquiera.

—Suéltalo.

«Suéltalo». Vaya no era precisamente la expresión de una dama. Le gustó. Levantó un hombro como diciendo: Vale, allá va.

—De acuerdo. No estás preparada para una búsqueda así. No sabes cómo interrogar a la gente. Eres demasiado... precipitada.

La sonrisita se borró de su cara.

—Así que piensas que fastidiaré tu investigación.

—Lo que temo es que fastidies las dos.

—Y quieres comprarme.

—No. Quiero que te retires, y a cambio te ofrezco una deliciosa oferta.

Jaye se agarró con ambas manos al borde de la mesa, y el dedo entablillado, con la cinta azul pálido, destacaba entre los demás dedos.

—Coge tu deliciosa oferta y métetela donde te quepa —dijo sin alzar la voz.

—También eres irritable. Demasiado irritable.

—No soy demasiado irritable. De hecho, ahora mismo me controlo más de lo que parece.

—Claro, porque estás furiosa. Estás llena de emociones... en erupción.

—Crees que soy una pesada, ¿no?

«Exactamente», pensó, pero no hubiera sido apropiado decirlo.

—También está la cuestión de tu seguridad.

—No seas ridículo.

Lo dijo en tono tan despectivo que Turner se sintió hervir de indignación.

—Ayer noche nos dispararon —le recordó.

—Aquello fue una gamberrada cualquiera —dijo—. Ha ocurrido otras veces. Nos lo que dijo el agente y nos lo dijo Davy. Y la señorita Doll también dijo lo mismo.

A Turner se le estaba agotando la paciencia.

—Ahora estás cerrando los ojos a la evidencia.

—No es cierto.

—Niegas que cierras los ojos a la evidencia.

—Y tú estás haciendo lo posible por asustarme.

Turner dejó su taza sobre la mesa y juntó las manos en actitud de oración.

—Eres tú la que lleva un dedo entablillado.

Jaye se inclinó hacia él por encima de la mesa.

—No vas a poder comprarme, y no vas a poder asustarme. Es mejor que te hagas a la idea.

—No lo entiendes —dijo pronunciando lentamente las palabras, como si le hablara a un niño especialmente tozudo—. Estás obstaculizando la causa de tu hermano. Quieres jugar, pero no pones nada sobre la mesa. Si trajeras algo, estaría encantado de colaborar contigo. Estaría feliz.

Jaye ladeó la cabeza y le miró con sarcasmo.

—¿De verdad? ¿Estás seguro?

—Sí.

—Es curioso que me digas esto, porque esta mañana he recibido una llamada de teléfono muy interesante.

Turner sintió una punzada de alarma, pero no cambió de expresión.

—¡Vaya! ¿De quién provenía?

—Mmmmm —miró otra vez las muestras de punto de cruz—. Has dicho «provenía». Me gustan los hombres que tienen un vocabulario amplio.

«Qué hija de puta. Está jugando conmigo», pensó con admiración Turner.

—¿Quién realizó la llamada? —preguntó—. ¿Era una persona que pudiera interesarme? ¿A quién o a qué se refería?

Jaye entrelazó las manos sobre la mesa. De no ser por el dedo entablillado, el gesto hubiera parecido totalmente profesional.

—Era una mujer. No me quiso dar su nombre. Dice que tiene información sobre Hunsinger y que quiere verme.

Estas palabras alertaron a Turner y pusieron en marcha su instinto investigador.

—¿Dónde? ¿Cuándo?

—Te lo contaré todo después de que nos hayamos visto —dijo Jaye—. Mientras tanto, puedes quedarte sentado repasando todas tus fuentes y recursos.

—¡Qué demonios…! —exclamó irritado. Pero Jaye le interrumpió.

—Salvo que prefieras que me vaya a casita y te olvides de este asunto, por supuesto.

Se puso en pie con la carpeta bajo el brazo y le dirigió una mirada desafiante.

—He venido a la mesa de juego, pero no precisamente con las manos vacías. Y he venido a jugar, créeme.

Y con una mirada de triunfo, dio media vuelta y se marchó.

«Maldita sea», pensó él.

Capítulo 8

No quiero que nos veamos en el pueblo —le dijo a Jaye la mujer sin nombre—. Vaya a Kender, Arkansas, a unos cuarenta minutos de aquí, y espéreme en el vestíbulo del Smithly Medical Annex.

—¿Cómo la reconoceré? —preguntó incómoda Jaye.

—No se preocupe. Yo sabré quién es usted. —La mujer respondió con una seguridad aplastante.

—Pero... ¿cómo? —insistió Jaye.

—Lo sabré y punto. Preséntese allí si quiere saber más sobre Hunsinger.

Ahora Jaye esperaba sentada en un banco en el vestíbulo, llena de agitación. Eran casi las dos menos diez, y llevaba allí desde el mediodía.

Descubrió que Kender era una ciudad pequeña y sorprendentemente activa que disponía de un hospital inusitadamente grande. Junto al hospital se encontraba el edificio anexo, el más alto de Kender. Tenía nueve plantas y se elevaba como una torre de control por encima del resto del pueblo.

Desde el principio le había parecido un lugar extraño para una cita, pero la mujer anónima se mostró muy tajante por teléfono: en el Smithly Medical Annex a las doce en punto.

La minutera cromada del reloj negro que había sobre los ascensores avanzó un paso más. Jaye llevaba una hora y cincuenta minutos esperando, y nadie se le había acercado. Tenía la angustiosa sensación de que no vendría nadie. Estaba a punto de llorar de frustración.

A lo mejor, se dijo, la mujer había cambiado de idea. O había ocurrido algo, cualquier cosa —un accidente, una crisis, hasta un pequeño contratiempo— que le había impedido venir. Podía haber un montón de razones. O quizá nunca había tenido la intención de acudir a la cita. Era posible que aquella llamada no hubiera sido más que una broma de mal gusto.

Salió de aquel vestíbulo impersonal y espacioso con sus bancos simétricamente colocados y sus macetas de plantas que parecían abrillantadas. Cruzó la calle hasta el garaje de varios niveles donde tenía el coche estacionado y tomó el ascensor hasta la segunda planta. Le habían dado instrucciones precisas de que aparcara en la segunda planta del garaje, no en el estacionamiento de fuera. Esto, supuso con amargura, debía formar parte de la sádica broma que le habían gastado.

Al acercarse a su coche alquilado, sin embargo, vio que en el parabrisas le habían puesto un papelito doblado bajo la varilla. Al principio pensó que era un papel publicitario, pero luego leyó su nombre escrito en letras mayúsculas: Jaye Grady Garrett.

El corazón se le puso a cien por hora y se le aceleró el pulso. Arancó el papel de debajo del limpiaparabrisas y lo desdobló. El mensaje, escrito a mano, rezaba:

Se lo que ocurrió en la clinica de Hunsinger. Tengo una lista de las mugeres que atendio, madres solteras. Le bendere esta lista por 25.000$, y lo quiero en metalico y en billetes pequeños. Valla esta tarde a las siete al telefono publico que hay delante de la tienda Shop 'n' Store de Cawdor. La telefoneo y le digo la ropa que tiene que ponerse.
Tenga cuidado. Pueden espiarla y saber con quien abla.

Jaye le esperaba sentada ante una mesa para picnic en el pequeño parque que había en la plaza central de Mount Cawdor, Arkansas. Turner había decidido que este era el lugar más seguro, fuera del territorio bajo la influencia de Hunsinger.

Estaba sentada con la espalda muy recta y las manos modosamente entrelazadas sobre la mesa, pero en su rostro se leía una expresión de emoción contenida. Se había negado a contarle por teléfono lo que había descubierto en Kender.

Turner acomodó su largo cuerpo sobre el banco para picnic. La miró directamente a los ojos, procurando no pensar en lo hermosa que estaba, ni en lo contradictoria que le parecía.

—¿Y bien? —preguntó.

—Puedo conseguir una lista de las madres que acudieron a Hunsinger. —Hablaba en voz baja y tensa—. Necesito 25.000 dólares en metálico. ¿Me los puedes dar? —Consiguió decir esto sin que su rostro revelara emoción alguna.

Turner reflexionó un instante.

—Estás bromeando, ¿no?

—No —dijo. Y le tendió la arrugada nota—. Léelo tú mismo.

Turner desdobló el papel y lo leyó. Volvió a leerlo y luego miró a Jaye con los ojos entrecerrados.

—¿Cómo sabes que esta lista existe realmente? —preguntó—. No puedes entregar así por las buenas veinticinco de los grandes.

Jaye se inclinó hacia él con rostro anhelante. Se agarraba con las manos al borde de la mesa, y el dedo con la cinta azul le salía disparado hacia lo alto.

—Me dijiste que el Sr. D. era rico.

—Y lo es.

—¿Y no pagaría cualquier precio para encontrar a su hijo?

—Para encontrar a su hijo, sí; pero no para subvencionar un rumor.

Jaye le sostuvo la mirada.

—Pero si la información fuera buena… ¿podrías conseguir el dinero?

—Siempre que la información fuera buena.

Jaye suspiró. La brisa primaveral la había despeinado. Se pasó la mano sana por los cabellos para colocarlos en su lugar.

—Piensas que me están timando, que esto es un plan para desplumarme.

—Es posible —respondió—. Debes tenerlo en cuenta.

Jaye negó con la cabeza.

—No me limitaría a entregar todo este dinero, ¿sabes? Primero miraría lo que estoy comprando.

—¿Y cómo ibas a saberlo? —objetó él—. Podrían darte una lista de nombres que luego no tuvieran ningún sentido.

—Me aseguraré de que la lista es buena.

—¿Cómo?

—Le haré preguntas cuando me telefonee.

Turner se quedó pensando. Hoy no había descubierto nada. Las personas que unos días atrás parecían dispuestas a decirle algo a cambio de dinero, habían enmudecido. Tenía la sensación de que lo habían dejado fuera, de ser un apestado.

—De acuerdo —dijo sin entusiasmo—. Por lo menos podemos escuchar lo que tiene que decirnos. Espero que hable mejor de lo que escribe.

—Bien —dijo Jaye. Pero su rostro había adquirido una expresión de preocupación. Detrás de ella había una estatua de piedra sobre un pedestal. Era un severo oficial confederado que escrutaba impasible el aire de abril. Dos pequeños cornejos en flor, con capullos de un delicado tono rosado, flanqueaban la estatua de granito.

El cielo del atardecer era totalmente azul, de un azul igual al de los ojos de Jaye. «Estos ojos podrían causar muchos problemas a un hombre», pensó Turner. «Una montaña de problemas, ya lo creo.»

—Esta advertencia sobre que te están vigilando —dijo—, ¿es la razón por la que has querido que quedáramos en el parque?

Jaye asintió con los labios apretados.

—Ya te dije que me preocupaba tu seguridad. ¿Te convence esto de que tenía razón? —Hizo crujir el papel en la mano para subrayar sus palabras.

Jaye se limitó a encogerse de hombros y se quedó mirando la cinta azul que llevaba en el dedo.

—Esa persona que se puso en contacto contigo, esa mujer, puede que esté asustada. Esto explicaría que jugara al escondite.

—Creo que por eso eligió el anexo —dijo Jaye—, porque está junto al garaje. Así ella tenía la posibilidad de entrar y salir sin que nadie la viera. Puedes entrar en coche y salir andando, puedes entrar desde la calle o por las escaleras desde el mismo anexo.

—Exacto —dijo él—. Y estos lugares pueden ser peligrosos.

Jaye no parecía preocupada.

—Tuve cuidado.

Se quedaron un rato en silencio. Turner contemplaba cómo la brisa agitaba su cabello rubio. El aire trajo unos cuantos pétalos de las flores de cornejo, y uno de ellos revoloteó sobre la mesa hasta po-

sarse sobre la manga de Jaye. Turner resistió la tentación de sacudir-
lo de ahí.

—Si quedas con ella —dijo—, no quiero que vayas sola. No estoy
seguro de querer que hagas esto. Déjamelo hacer a mí.

Jaye meneó la cabeza con energía, como si ya no tuviera nada que
perder, y el gesto hizo que a Turner se le encogiera el corazón.

—Se ha puesto en contacto conmigo, no contigo.

—Ya veremos —dijo, y puso la mano sobre la mano buena de
Jaye. En sus ojos se leyó la sorpresa que le produjo el gesto, pero no
opuso resistencia.

—Me pregunto —dijo lentamente—, por qué me ha llamado a mí
y no a ti.

—Yo también me lo pregunto. —Y de hecho, era una idea que le
preocupaba más de lo que se atrevía a decir. Llevaba más tiempo en el
pueblo que Jaye, había hecho más preguntas que ella, había repartido
más dinero y había anunciado claramente que estaba dispuesto a comprar información. Entonces, ¿por qué le ofrecían información a ella?
No le gustaba nada.

—¿Crees que han estado escuchando nuestras llamadas? —preguntó Jaye.

Turner le acariciaba lentamente el suave dorso de la mano con el
pulgar.

—Es una posibilidad que siempre me ha preocupado.

Los ojos de Jaye se iluminaron con una súbita comprensión.

—¿Por eso llamaste al teléfono de la señorita Doll para ponerte
en contacto conmigo? ¿No querías arriesgarte a llamarme al móvil?

Turner le dirigió una sonrisa irónica. Era condenadamente lista, y
uno de los rasgos que más le gustaban de ella. Siguió acariciándole el
dorso de la mano con el pulgar, arriba y abajo.

—Cuando me telefoneaste, fue desde un teléfono público, ¿no?

—Sí. Quienquiera que me haya dejado la nota… tienes razón.
Está asustada.

—¿Y tú no lo estás?

Jaye le miró directamente a los ojos, y esto le produjo a Turner
una extraña sensación, como si el estómago le subiera a la garganta.

—¿Y qué importa eso?

—Así no respondes a mi pregunta.

—Estoy asustada por mi hermano.

Turner le seguía acariciando la mano.

—Siempre hablas de tu hermano. ¿Y qué hay de ti?

—¿Y qué hay de mí? —repitió, como si ella no importara.

Había otro asunto que no dejaba de rondar por la cabeza de Turner.

—Si esta mujer tiene una lista de las madres… —dijo.

—¿Sí?

—Es posible que tu madre esté en ella. ¿Y entonces?

Vio que Jaye se ponía tensa; percibió la rigidez que de repente recorrió su cuerpo.

—No lo sé. No es eso para lo que he venido.

—Pero tienes que haber pensado en ello. —Le apretó la mano con más fuerza.

Jaye se mordió el labio y desvió la mirada. Se quedó mirando un pequeño arriate de junquillos que se agitaban levemente en la brisa del atardecer.

—He tenido otras cosas en las que pensar.

—¿Pero qué sientes? —insistió—. ¿Quieres saber quién es tu madre… o prefieres no saberlo?

Jaye ladeó la cabeza, como quitando importancia a la cuestión.

—Nona es mi madre, en todos los sentidos y en todos los aspectos.

—No parece que eso te haga muy feliz.

—Yo no siempre la he hecho feliz. No he sido la hija que ella habría deseado.

—Déjame que adivine por qué. ¿Eres demasiado independiente? ¿Demasiado franca y directa?

Jaye le dirigió una levísima sonrisa que era casi lastimera.

—Apuesto a que de pequeña eras un auténtico diablillo.

Jaye no respondió, pero la sonrisa se borró de su rostro.

—Y apuesto a que luchabas con uñas y dientes contra cualquiera que se metiera con tu hermano. ¿No es cierto?

—Así es.

Apartó su mano de la de Turner y se puso en pie. Se arrebujó en la chaqueta de tweed. El sol se estaba poniendo, y la tarde empezaba a ser fresca.

—Si necesito los veinticinco mil dólares, ¿me los darás?

Turner la miró, con el dorado cabello agitándose y revoloteando en la brisa, y la deseó.

—Encontraremos la manera de arreglarlo —dijo.

. . .

Eran las siete menos cinco. Jaye contuvo el aliento mientras Turner entraba en el aparcamiento del Stop 'n' Shop y estacionaba el coche. Luego fueron juntos hasta el teléfono público, y Jaye hizo ademán de mirar a través de la cabina telefónica que estaba sujeta al poste metálico.

Jaye comprobó la hora en su reloj. Faltaban dos minutos para las siete.

—Si te quedas mi lado me da la impresión de que llamamos la atención —murmuró—. No dejo de pensar que alguien puede estar vigilando.

—Podría ser —dijo él con un aire de indiferencia que Jaye encontró irritante.

Ella se sentía cualquier cosa menos indiferente. Echó un vistazo al terreno alrededor. Cuando llegaron, había dos coches estacionados frente a la tienda, y un hispano con una gorra le estaba poniendo gasolina a un viejo Chevrolet.

En la carretera, el tráfico era fluido y todo parecía normal. No es que Jaye pensara realmente que les habían seguido, pero tenía la incómoda sensación de que tal vez se equivocaba. ¿Qué sabía ella de esas cosas, a fin de cuentas?

Al otro lado de la carretera había un bar cuyo aparcamiento estaba repleto de coches y camionetas. A través de las ventanas del bar se veían los anuncios luminosos de cerveza del interior. Se imaginó que alguien podía estar vigilándolos desde allí a través de las ventanas.

La tarde caía rápidamente, y el aparcamiento del Stop 'n' Shop se estaba transformando en una pequeña y vacilante isla de luz en medio de las crecientes sombras. El teléfono soltó un timbrazo que la atravesó como un cuchillo.

Descolgó el receptor y se esforzó en que no le temblara la voz ni el pulso.

—¿Diga? ¿Sí?

Turner se acercó más a ella para escuchar.

—¿Jaye Garrett? —Era una voz de mujer, la misma que le había pedido que acudiera al Smithly Medical Annex en Kender.

—Estuve esperándola en el anexo —dijo Jaye con voz ahogada—, pero usted no se presentó.

—Encontró la nota. —Era una afirmación, no una pregunta.

—Sí.

—¿Puede conseguir el dinero, los veinticinco mil?

Jaye intercambió una intensa mirada con Turner, y él le puso la mano en el hombro y le dio un apretón, como diciendo «tranquila».

Hizo una profunda inspiración y dijo:

—Podría conseguirlo, pero he de saber lo que compro. ¿Cómo sé que usted tiene lo que me dice?

—Tiene que mantener esto en secreto. No puede contárselo a la gente, a nadie.

—¿Quién es usted? —Jaye rogó al cielo que la mujer colaborara, por lo menos un poco—. ¿Cómo es que tiene información sobre Hunsinger?

—Mi madre trabajaba en la clínica. Era una enfermera auxiliar.

—¿Cuándo?

—De 1961 a 1968.

Jaye sintió un nudo en el estómago, y de repente las piernas dejaron de sostenerle. Ese periodo comprendía su nacimiento y el de Patrick, pero no el del hijo del Sr. D.

La mano de Turner le apretó el hombro con más fuerza.

—Y su madre ¿estaría dispuesta a hablar conmigo? —preguntó Jaye.

—Ha muerto. Pero sabía nombres y había escrito una lista. La tengo yo.

—¿Cuántos nombres? —Notaba el martilleo del corazón en la garganta.

—Cinco.

—¿Sólo cinco? Tuvo que haber más.

—Hubo más, pero yo sólo tengo cinco. —En su tono se adivinaba la obstinación—. Esto es lo que yo sé y lo que puedo venderle.

Turner le dio un nuevo apretón en el brazo.

—Deme alguna prueba que me demuestre que la información es fiable.

La mujer pareció dudar.

—Dos de las chicas vinieron de Little Rock, una de Fort Smith y las otras dos de Oklahoma. Todas eran de buena familia. Gente elegante, bien relacionada. Cuando una chica así tenía problemas, acudía al Dr. Hunsinger. Las familias estaban dispuestas a pagar.

—Más —le dijo Turner al oído.

—Tiene que darme más detalles. Veinticinco mil dólares es mucho dinero.

La mujer se quedó unos instantes en silencio, y Jaye estuvo a punto de perder las esperanzas. «Va a colgar, cielo santo. Por favor, que no cuelgue, Dios mío. Por favor.»

—La mayoría de los bebés iban a parar a Texas —dijo la mujer—. El Dr. Hunsinger no quería venderlos en Oklahoma. Mi madre decía que era a causa de algo relacionado con la jurisdicción. Con dos jurisdicciones diferentes sería más difícil que lo acusaran, y esas cosas.

Turner asintió con la cabeza, como si supiera a qué se refería. Pero otra vez le susurró a Jaye al oído:

—Más.

—Esto es algo —dijo Jaye—. Cuénteme más.

—Los matrimonios que los compraban pagaban precios muy altos por esos bebés. Ya ve, eran bebés de clase alta. Si uno compraba un bebé al Dr. Hunsinger, sabía que estaba comprando calidad.

«Dios santo, como si fuéramos zapatos, botellas de vino o perros de exposición», pensó Jaye apretando los dientes.

—Estoy tratando de encontrar a la madre de mi hermano. ¿Alguna de estas chicas tuvo un hijo varón en 1968?

—¿En 1968? Sí, una de ellas tuvo un hijo varón. Es lo que pone aquí.

A Jaye le temblaron las rodillas. Turner le pasó un brazo por la cintura para ayudarle a mantenerse en pie.

—Esa chica… —consiguió decir finalmente— ¿era oriental? ¿Sabe si tenía sangre oriental?

—No —dijo tajante—. El Dr. Hunsinger no se habría ocupado de un asunto así. Sólo se ocupaba de bebés blancos.

«No pasa nada», se dijo Jaye. «Puede que ella esté equivocada, o puede que el Dr. Hunsinger no supiera la verdad. La chica podría tener un antepasado remoto oriental. El hermano Maynard dijo que bastaba con una relación lejana.»

—Fechas —le murmuró Turner al oído—. Que te dé fechas.

—Deme algunas fechas. Dígame la fecha de nacimiento de 1968.

—No. Eso tendrá que comprarlo. Si me entrega el dinero, le daré toda la lista.

—¿Me contará más cosas si le entrego el dinero?

—La información es la lista. Yo le diré dónde quedamos. Tiene que venir sola. No traiga a ese abogado. Ya sé que va por ahí con un abogado, pero déjelo fuera de esto.

Turner meneó la cabeza.

Jaye tenía miedo de forzar su suerte, pero se arriesgó:

—Sin él no puedo conseguir el dinero.

—No me fío de los abogados.

—Es muy discreto. No ha venido para causar problemas a nadie.

—Quiero que mañana vaya a Arkansas, a Fayetteville. Nos encontraremos en el centro comercial a las once y cuarto. En el baño de señoras, que está al lado del departamento de crédito de Sears. Traiga un bolso grande con el dinero dentro. Cuando me entregue el dinero, le daré la lista.

—¿Hablará por lo menos conmigo? —imploró Jaye—. Usted tiene que saber más cosas de las que me ha dicho. Por veinticinco mil, podría al menos…

—Veinticinco mil es poco dinero —dijo la mujer convencida—. Podría haber pedido cuatro veces más, diez veces más. Sabe que es cierto.

—Sí, ya lo sé, pero…

—Mañana a las once menos cuarto en el baño de señoras, tal como le he dicho. Espero que acuda.

Turner le susurró suavemente:

—Inténtalo.

Jaye se sentía aturdida, todo le daba vueltas.

—¿Estaría usted dispuesta a hablar con nosotros dos por *treinta mil* dólares? —Se sentía como un temerario jugador subiendo su apuesta. Pero la idea había sido de Turner, así que pensó: «demonios, sólo es dinero».

—¿Cómo dice? —La mujer estaba realmente sorprendida.

—Usted ha dicho que podría pedir más dinero, y yo… tengo autorización para ofrecerle más si está dispuesta a hablar con nosotros dos.

La mujer permaneció largo rato en silencio. Jaye, temblorosa, aspiró hondo. Turner la agarró con más fuerza.

Finalmente, la mujer habló:

—No tiene ni idea de dónde se está metiendo.

—¿Cómo? —preguntó Jaye asustada. No era la respuesta que esperaba.

—No sabe dónde se está metiendo. Esta gente puede ser peligrosa.

—¿Qué gente? —quiso saber Jaye— ¿A quién se refiere?

—Los amigos de Hunsinger. Lo controlan todo. Y hay cosas que prefieren mantener ocultas.

—¿Qué cosas?

—Cosas —dijo la mujer con irritante vaguedad—. No quiero que me vean con ustedes. No quiero correr riesgos.

Turner miró a Jaye a los ojos y pronunció en silencio: «Treinta y cinco mil».

—Puedo hacerle una última oferta —dijo desesperada Jaye—. Hable con nosotros y le pagaré treinta y cinco mil dólares. Es lo máximo que puedo ofrecerle.

De nuevo hubo un largo silencio.

—Treinta y cinco mil dólares —repitió Jaye—. Es mucho dinero. Sólo tiene que hablar con nosotros cara a cara.

—Cuarenta mil —lanzó la mujer desafiante. Parecía no creer su buena suerte.

Jaye meneó la cabeza. Imposible.

—No puedo subir tanto el precio. Pero treinta y cinco mil en metálico...

—Cuarenta mil —dijo la mujer, esta vez con más aplomo.

—No estoy autorizada a ofrecerle más de...

—Cuarenta mil —dijo con convicción.

Jaye miró a Turner, y este hizo un gesto de asentimiento.

—De acuerdo —después de tanta tensión, tenía la sensación de flotar—, cuarenta mil. ¿Dónde nos encontraremos?

—No... no quiero que nos veamos por aquí. Hay otro sitio en Arkansas, en las montañas. Eureka Springs, es un pueblo turístico y siempre está lleno de gente.

Turner asintió pero levantó una ceja en ademám interrogativo. Jaye comprendió.

—¿A qué distancia está?

—A una hora y media, más o menos. Hay unos pequeños trolebuses verdes. Pueden aparcar el coche abajo, en el pueblo, y tomar uno de esos trolebuses. Arriba hay un hotel muy grande, en lo alto de la montaña. Se llama Crescent. Nos veremos en el tejado.

—¿En el tejado?

—Hay mesas allá arriba, y telescopios y eso. Y también hay un bar. Nos vemos allí a las once y veinte mañana por la mañana. Traigan todo el dinero. Y nada de jugarretas.

—Nada de jugarretas —prometió Jaye.

Se oyó un ruido seco cuando se cortó la comunicación, y luego el tono indiferente del teléfono.

Jaye colgó y tuvo deseos de volverse hacia Turner y apoyar la cabeza sobre su pecho, para que la abrazara un momento. En cambio, se apartó de él. Turner no permitió que se apartara totalmente, sin embargo. La cogió por los hombros y le miró directamente a la cara con semblante serio y ceñudo.

—¿Te encuentras bien?

Jaye meneó la cabeza.

—Nunca en mi vida había hecho algo así.

—Lo has hecho muy bien. Has estado magnífica.

Levantó la mirada hacia él. Confiaba en que el deseo que sentía no se leyera abiertamente en su rostro.

—Dios mío. ¿Y si ese chico, el nacido en 1968, es Patrick? ¿Y si el nombre de su madre está en la lista? ¿Y si es así?

—Puede que así sea —respondió él, pero sus ojos castaño-verdosos expresaban una preocupación que Jaye nunca le había visto. «Y puede que no», decían.

—Tengo que llamar a Nona. —Jaye hurgó en el bolso en busca de su tarjeta de teléfono.

—Espera —dijo él—. Primero tienes que calmarte. Es mejor que no parezcas demasiado emocionada. No querrás que se haga demasiadas ilusiones.

Jaye forzó una sonrisa, pero sólo consiguió esbozar una temblorosa mueca con los labios.

—O que yo me haga demasiadas ilusiones, esto es lo que me quieres decir, ¿no?

Se la quedó mirando en silencio.

—Pues sí —dijo finalmente—. Esto es lo que te quiero decir, por tu propio bien.

Turner levantó la mano y, con un suave movimiento, le peinó los cabellos que el viento había desordenado. Le apartó el pelo de la cara y le acarició con cuidado la herida de la frente.

—No quiero pensar en que puedas hacerte daño —dijo.

Jaye tuvo que apartar la mirada y separarse de él. Se sentía emocionalmente tan agitada y vulnerable que un gesto de ternura podía desarmarla totalmente. Se encaminó hacia el coche y le miró por encima del hombro.

—Vamos —dijo en tono malhumorado—. Te invito a un trago.

—Por cuarenta mil dólares, espero que sea un buen trago.

«Dios te bendiga, Turner Gibson», pensó Jaye. Y en esta ocasión, gracias a él, consiguió sonreír.

Adon no regresó de Dallas hasta la noche. Cuando llegó a casa, encontró una nota de Barbara encima de la mesa de la cocina. En ella le decía que se había tomado un somnífero y se había ido pronto a la cama.

Esto le preocupó, porque quería decir que alguna cosa la había inquietado, pero Adon no tenía idea de lo que podía ser. Felix, el hombre que llevaba la casa, no estaba allí para contárselo, y Adon ignoraba dónde podía encontrarlo.

A través de la ventana de la cocina, vio que el pequeño apartamento de Felix, frente al garaje, estaba oscuro. Cuando le telefoneó, no contestó al teléfono. Pero la camioneta de Felix estaba estacionada en el lugar de costumbre, así que debía de encontrarse en algún lugar del rancho.

Salió de la casa y paseó hasta el principio del prado. Se apoyó en la cerca, cruzando los brazos sobre la hendida barandilla. Los pocos caballos que Adon conservaba para su suegro se encontraban ya en el establo y no saldrían hasta la mañana siguiente. El viejo, desde luego, ya no podía montar, pero le gustaba mirar los caballos, aunque ya no le sirvieran de nada. Y todo lo que le gustaba al viejo enternecía el corazón de Barbara.

«Joder, joder, joder», pensó Adon. Le enfurecía que ese maldito asunto de la adopción hubiera resurgido para atormentarle. Era como un vampiro, un cadáver que se resistía a pudrirse totalmente. Tendría que encomendar a LaBonny la tarea de clavarle una estaca en el corazón.

LaBonny, por otra parte, también le inquietaba mucho. Últimamente, le miraba como sopesando sus fuerzas; parecía un cortesano intrigante y ambicioso contemplando a un rey que se estuviera debilitando y perdiendo poder.

«Aquél que porta la corona nunca puede dormir tranquilo», pensó con amargura, y se frotó los ojos con el dorso de la mano. LaBonny ambicionaba el poder de Adon, y estaba empezando a pensar que tenía un derecho sobre él, que le correspondía hacerse con el mando.

LaBonny era despiadado, pero su inteligencia era la de un matón medianamente despierto. No tenía idea de la energía, la inagotable astucia y el cuidado por el detalle que se requerían para dirigir el imperio de Adon.

Y sin embargo, pensó Adon, era un imperio bien triste y pequeño, no más grande que este pobre condado de Oklahoma que ya había dicho adiós a sus días de gloria. Aun así, tenía que defender su reino de los ataques que le llovían desde todos los frentes, tanto dentro como fuera de la ley.

En realidad, Adon tenía poder únicamente gracias al viejo; sus riquezas también le venían del viejo. Estaban los caballos, los coches, la avioneta y el propio rancho. Estaba la casa de Eleuthera, en el Caribe, así como las cuentas bancarias en Las Bahamas, en las islas Caimán y en Lausanne.

A veces Adon deseaba poder marcharse para siempre del condado. Y si LaBonny quería dirigir este triste y asqueroso lugar, pues allá él. Adon se iría a Eleuthera, a la casa de la playa, y viviría el resto de sus días junto a aquel mar de un azul imposible.

El problema era que Barbara no se marcharía nunca. Jamás se iría de Cawdor. Aquí estaban sus muertos. Hacía muchos años que su hermosa madre, fallecida demasiado joven, reposaba en el cementerio familiar. Ahora también yacía allí el único hermano de Barbara. Y el niño, su único hijo.

Adon vio acercarse la figura de un hombre a través de las sombras. A la luz de la luna, su camisa blanca parecía teñida de un luminoso azul. Era Felix, con un rifle sobre el hombro.

Esperó a que se le acercara más. Felix era bajo y fornido. La piel cobriza y el pelo negro como el azabache delataban su sangre cherokee. Era sólo un criado, y apenas había recibido educación, pero era el único hombre de todo el condado en quien Adon confiaba plenamente. Era también un tipo de carácter, duro como un pedernal, pero tenía una vena de gentileza tan genuina como sorprendente.

—He visto llegar a la avioneta —dijo Felix.

Adon asintió con la cabeza. Había volado hasta Dallas en su avioneta privada para reunirse con los representantes de los traficantes de droga del condado. Utilizaban los camiones de la planta avícola para transportar la mercancía, y querían ampliar el negocio, aunque ya era peligroso tal como estaba. Pero siempre querían más.

—¿Para qué es el rifle? —preguntó Adon.

—Conchita pensaba que había un perro salvaje rondando por el establo. Estaba cogiendo huevos y lo vio deslizarse bajo el edificio arrastrando consigo un pollo muerto. Era un animal delgado pero con el vientre hinchado, como si estuviera a punto de criar.

—¿Y lo has encontrado?

—Sí. Una fea perra blanca, y a punto de parir.

—¿La has matado?

—Sí. He esperado a que la señorita se metiera en la cama. No quería que se enterara.

Felix siempre llamaba a Barbara «la señorita», y se mostraba muy protector con ella. Sabía que no podía soportar la crueldad hacia los animales.

—Muy bien —dijo Adon.

—He llevado el cadáver al bosque para que no se pudra bajo el establo y lo apeste todo. De allá vengo.

«El bosque. Allá es donde se llevan siempre los cadáveres», pensó Adon. Pero mostró su aprobación con un movimiento de cabeza.

Felix dio unos golpecitos en el cañón del rifle con la mano abierta.

—He utilizado el silenciador. No quería correr el riesgo de despertar a la señorita. No le gusta ni siquiera que mate a una rata vieja.

Adon pensó en Barbara, que tenía un sueño ligero como una pluma, incluso cuando tomaba somníferos. Con cautela, preguntó:

—La señorita no me ha esperado despierta. ¿Sabes por qué?

—¡Uf! —exlamó Felix con desprecio—. Ese maldito Hollis se ha escapado y no lo pueden encontrar. Esto la ha puesto nerviosa. Ya sabe que siempre ha sentido debilidad por él.

—¿Hollis? —Para Adon fue una sorpresa desagradable.

Hollis Raven era otro de los legados del viejo, otra pieza de la inmensa carga que arrastraba del pasado. Hollis vivía en el asilo, donde trabajaba como portero. Cada sábado por la mañana, temprano, Felix lo recogía con el coche y lo llevaba al rancho, donde se pasaba el día trabajando en los jardines de flores de Barbara, al igual que había hecho para su madre.

Hollis no estaba muy bien de la cabeza, y no tenía más educación que un gato salvaje, pero poseía una mano especial para las plantas. Sabía cómo hacerlas crecer y florecer mejor que nadie.

—¿Se ha escapado? —preguntó Adon frunciendo el entrecejo—. ¿Por qué?

Felix le contó el suceso de los disparos de la noche anterior. Y le dijo que Hollis había mirado a la mujer y había salido corriendo aterrorizado.

—Se encerró en su cuarto —explicó—, y Davy pensó que se le pasaría. Davy estaba entonces muy ocupado llevando a los pacientes a sus habitaciones, porque la sirena los había asustado. Pero más tarde, dice, cuando todo volvió a quedar en calma, tuvo esa *sensación*... ¿me entiende?

Adon no entendía nada. El corazón le latía a toda prisa, y sentía una opresión en el pecho.

—Davy fue al patio trasero a echar un vistazo. Dice que vio a Hollis arrodillado a la luz de la luna y escarbando en el suelo como un perro.

Felix hizo una pausa.

—Así que Davy le gritó. Le dijo: «Hollis, ¿qué estás haciendo?». Pero Hollis tenía algo, algo que parecía relucir a la luz de la luna.

—¿Algo que relucía? ¿Qué era?

—Davy no pudo verlo. Dijo que era algo así como un tarro de mermelada. Hollis se puso en pie y se guardó esa cosa bajo la camisa, con aire culpable, dice Davy. Davy volvió a gritarle y Hollis se metió corriendo en el bosque. Llevaba una maleta.

—Una maleta —dijo Adon—. Joder.

—Primero Davy pensó que volvería. Pero no volvió. Cuando esta mañana, a la hora del desayuno, Hollis no apareció, Davy cogió la llave maestra y entró en el cuarto de Hollis. Y está vacío. Se lo ha llevado todo.

Adon se quitó bruscamente las gafas con gesto airado.

—¿Disparos? ¿Luego Hollis se escapa? ¿Se lo ha llevado todo?

—Casi todo —dijo Felix—. No tenía gran cosa. Davy encontró algo metido en el armario, al final de un estante. Un dibujo. A lápiz. Davy avisó a LaBonny y se lo entregó. LaBonny quiere que usted le llame.

—¿Un dibujo? —Adon sintió algo parecido al pánico. Hollis, que apenas sabía escribir, dibujaba sorprendentemente bien. Aunque toscos y primitivos, sus dibujos poseían una fuerza especial—. ¿De qué era el dibujo?

—LaBonny no me lo quiso explicar. Pero Davy me lo dijo. Dice que es una mujer rubia, que parece muerta. Está toda envuelta en una sábana blanca y tiene velas, ángeles y cruces a su alrededor.

—¿Lo sabe el doctor? ¿Ha visto el dibujo?

—No. Y tampoco le he dicho que Hollis ha desaparecido. Ya sabe lo que dicen de Hollis y el doctor.

Adon lo sabía, y esos rumores le asqueaban. Alzó sus pálidos ojos hacia el segundo piso de la casa. El viejo tenía allí sus habitaciones, y acechaba escondido en su guarida, como una especie de fantasma de la ópera. No salía de allí salvo para ir a alguna clínica privada fuera del estado, y los únicos que podían visitarle eran Barbara y Felix, y a veces Adon.

Felix siguió la mirada que Adon posaba en la oscura ventana, en cuyo vidrio se reflejaba la luz de la luna.

—Está enfadado porque la señorita se acostó pronto y no fue a verle. Ha cerrado la puerta con llave y dice que no quiere ver a nadie de todos modos. Dice que se acuesta pronto y que no quiere que le despierten.

«Qué bonito sería que no despertara nunca más», pensó Adon. Sin embargo, todavía necesitaba la experiencia y la astucia del viejo. Sin su ayuda, sucumbiría a las maquinaciones de sus rivales y enemigos. Y Barbara adoraba a su padre. Si lo perdiera podía derrumbarse totalmente.

Felix ladeó la cabeza comprensivo.

—¿Ha ido bien el viaje a Dallas?

—Sin problemas —dijo Adon con poco entusiasmo.

—Estos días tiene muchos problemas —dijo Felix con actitud comprensiva—. Una mujer enferma. Un suegro enfermo. Lleva fuera de casa desde el amanecer. Entre y le prepararé algo de beber.

Adon asintió y volvió a suspirar. Levantó la mirada hacia las estrellas.

—No quiero que Barbara se inquiete por Hollis. Ni su padre tampoco.

—Entiendo lo que quiere decir —dijo Felix.

Los dos hombres se miraron, bañados por la luz de la luna. Ninguno de ellos sonrió.

«El viejo se equivocó», pensó Adon. «Teníamos que haber matado a Hollis hace tiempo, cuando matamos a Luther.»

Sabía que Felix estaba de acuerdo con él. Y sabía lo que el otro pensaba: «Todavía estamos a tiempo.» Pero por supuesto, tendrían que encontrar la forma de que no se enterara Barbara, su dulce, delicada y bondadosa señorita.

Capítulo 9

Era de noche. Turner insistió en acompañar a Jaye hasta la puerta de la casa de la señorita Doll. Por una parte, A Jaye le parecía que se estaba mostrando exageradamente cauto, pero por otro lado, en un rincón de su mente, más desconfiado, no dejaban de resonar las palabras de aquella nota:

Tenga cuidado. Pueden espiarla y saber con quien abla.

No le comunicó este pensamiento a Turner, ni siquiera se atrevía a pensarlo abiertamente. Pero estaba convencida de que también él percibía esa vaga sensación de amenaza que flotaba en el aire como una llovizna fría y persistente.

Turner abrió la cancela trasera de la señorita Doll. Cuando le pasó la mano alrededor de la cintura, Jaye no opuso resistencia. Tenía ganas de sentir el sostén de un brazo fuerte.

El entorno no inspiraba ningún temor. Lo cierto era que el barrio de la señorita Doll poseía la deliciosa tranquilidad de un pueblito. Una media luna colgaba pesadamente sobre el cornejo florido, y en las cercanías, una rana arborícola entonaba su amorosa canción de primavera.

El porche trasero estaba pintado de blanco y adornado con panes de gengibre y otros motivos ornamentales. En cada peldaño había dos macetones rebosantes de hermosos pensamientos.

De la puerta trasera colgaba un elaborado ramillete de flores artificiales tachonado de golondrinas y petirrojos de plástico. En el suelo, una alfombrilla que mostraba una niña que regaba las flores tocada con un sombrero daba la bienvenida al visitante.

Jaye se apartó a su pesar del amago de abrazo de Turner para buscar las llaves en el bolso.

—Puedo seguir sola desde aquí —dijo lo más secamente que pudo—. Muchas gracias.

Era una señal para que se dijeran adiós. Pero él continuó a su lado, tan cerca que Jaye se sintió a un tiempo incómoda y confortada.

En aquel momento, dos juegos de campanillas repicaron dulcemente al ser agitados por la brisa nocturna. Turner alzó la mirada hacia el sonido y sonrió con ironía.

—La señorita Doll tiene un gusto tirando a cursi. ¿El interior de la casa es también tan terrible?

—Mucho peor —dijo ella—. Duermo rodeada de muñecas.

—Mmmm. Pues yo diría que son muy afortunadas.

Jaye encontró finalmente la llave y la introdujo en la cerradura, pero Turner no le dejó abrir; le tomó la mano y la retiró de la puerta. Luego le dio media vuelta, obligándola a mirarle.

—Esta casa parece que tiene las medidas de seguridad de una cajita de bombones. ¿Te sientes segura aquí?

A Jaye empezó a latirle el corazón a toda velocidad. Se sintió invadida por una emoción demasiado placentera. «No es el momento adecuado para esto», pensó, e intentó ahuyentar la emoción de su pecho. Pero no lo consiguió. Hizo la prueba dejando escapar, con un comentario ligero:

—Ningún ladrón que se precie se atreverá a entrar aquí. Moriría aplastado entre bibelots y figuritas.

Turner la agarró suavemente por las solapas de la chaqueta.

—Preferiría que estuvieras en un lugar realmente seguro.

«¿Cómo el tuyo?», pensó Jaye.

—Como el mío —dijo él con voz ronca.

—Estoy bien aquí —dijo Jaye. Parecía que le faltaba el aire.

—Creo que estarías más segura conmigo.

«Estaré más segura aquí, mucho más.»

—Este es el lugar que he elegido, y aquí me quedaré.

Pero no se sentía tan segura. De su interior brotaba un deseo irresistible que le susurraba mensajes tentadores. De pronto, se encendió una chispa. Fue como si su propio deseo se hubiera abierto paso, saltándose todos los controles, para acudir a la llamada de Turner. Incapaz de contenerse, le lanzó los brazos al cuello, y sus bocas se encontraron. Turner emitió un gruñido de placer y deslizó las manos bajo la chaqueta de Jaye.

La puerta trasera se abrió de repente, y Bright, la nieta de Doll, apareció allí, mirándoles. Llevaba nuevamente el camisón con el osito, y otra vez se había hecho aquellas apretadas trenzas. Apoyaba todo el peso del cuerpo en una sola pierna, de manera que su barriga sobresalía todavía más. Con ademán posesivo, se colocó una mano sobre el vientre.

—Me había parecido oíros aquí fuera —dijo.

Un poco avergonzada y sin saber qué hacer, Jaye miraba alernativamente a Bright y a Turner, cuya boca estaba generosamente manchada de lápiz de labios.

—Oh —dijo dirigiéndose a él—. Bueno… pues buenas noches. Tengo que… hacer algunas llamadas. Mi madre, ya sabes. —El corazón le brincaba en el pecho.

—Claro —dijo él con aplomo—. Dale recuerdos de mi parte.

—Creí que a lo mejor no te funcionaba la llave —dijo Bright muy digna—. Así que he venido a ver lo que pasaba para que la abuela no tuviera que levantarse.

Jaye estaba perpleja, pero no así Turner. Se inclinó y, como si tal cosa, le dio un beso en la mejilla, breve pero no demasiado.

—Te veré mañana por la mañana.

—De acuerdo —dijo Jaye, y trató de arreglarse el pelo. Sacó la llave de la cerradura y se metió rápidamente en la casa.

—Vaya, siento haber interrumpido —dijo Bright en cuanto Jaye cerró la puerta. Pero su semblante ostentaba un aire de satisfacción por la molestia causada.

Jaye no hizo comentarios.

—¿Ha habido alguna llamada para mí?

—Es mono —dijo con descaro, señalando con un ademán hacia la puerta—. ¿Vas a follar con él?

Jaye se sintió ofendida.

—No deberías hablar de esta manera.

Bright soltó una carcajada.

—¿Y crees que las *palabras* pueden hacerme algún daño ahora?

Se quedaron un instante mirándose en silencio, la mujer con la pintura de labios estropeada frente a la chica con la vida estropeada.

—¿Sabes una cosa? —dijo Jaye en voz baja—. No eres tan dura como te imaginas.

Bright levantó la barbilla. Su boca se endureció, y pareció que iba a responder una impertinencia. Pero luego, para sorpresa de Jaye, sus ojos se llenaron de lágrimas. Se dio media vuelta y se lanzó a correr por el pasillo, ligera como la niña que realmente era.

Adon Mowbry estaba furioso, y eso debería intimidar a LaBonny. Mas no era así. Últimamente, LaBonny podía oler la debilidad de Mowbry. Era una debilidad que siempre había existido, y ahora crecía y se extendía como un cáncer.

Adon no se había ganado nunca el poder, se había casado con él. Podía fanfarronear cuanto quisiera, pero nunca actuaba. Nunca había actuado, siempre era LaBonny quien actuaba por él. El viejo, el doctor, estaba hecho de otra pasta, pero el doctor no viviría eternamente. Se estaba acercando a la tumba, paso a paso, y todo el mundo lo sabía.

LaBonny no dejaba traslucir el desprecio que sentía por Adon. Trazaba líneas en la grava con el tacón de su bota y mantenía la mirada en el suelo.

—Acabo de llegar del pueblo —dijo Adon entre dientes—. Llego a casa confiando en que el problema estará resuelto, acabado. Me han contado lo que ocurrió. Ha sido una imprudencia, una estupidez. Ha sido una *extravagancia*.

LaBonny trazó lentamente con el pie una línea paralela a la anterior sobre la grava. Los disparos habían sido necesarios, pero no era necesario aguantar la bronca de Adon.

—Fue Bobby Midus el que disparó. Estaba solo. La responsabilidad es suya.

—¿Y en qué mierda estaba pensando?

LaBonny se encogió de hombros.

—Supongo que consideró que era una forma de dejar un mensaje. —No pudo evitar que sus palabras tuvieran un tonillo sarcástico.

Adon emitió una exclamación de repugnancia.

—El mensaje es que es un idiota.

LaBonny alzó la mirada y contempló los pálidos ojos azules de Adon. Él tenía los ojos del mismo azul pálido, porque sus dos familias estaban emparentadas. La de LaBonny siempre había sido la familia pobre.

Las semejanzas entre los dos acababan en los ojos, sin embargo. Adon era grueso y ahora iba de camino a la gordura, mientras que La-Bonny era alto y extraordinariamente flaco. Tenía el cuello largo como el de una serpiente, y su rostro también se asemejaba al de un reptil, con una boca grande, de labios finos, pómulos altos y unas cejas tan rubias que parecían inexistentes.

—Bobby es joven —dijo.

—Bah —dijo Adon.

—Está aprendiendo —dijo LaBonny sin alterarse.

—Bah —dijo Adon con más desdén que antes.

Se encontraban los dos de pie junto a la furgoneta de LaBonny, que estaba estacionada en una curva del largo sendero que llevaba a la casa del rancho de Adon. El sendero estaba bordeado por altos pinos que crecían junto a los pastos. Las hileras de pinos bordeaban todo el sendero y lo ocultaban a la vista, tanto desde la casa como desde la carretera.

El jeep negro de Adon estaba parado junto a la carretera, frente a la camioneta de LaBonny. La única luz provenía de la media luna que brillaba encima de los pinos. Adon, con su raleante pelo rubio, tenía un aspecto envejecido a la luz de la luna, y junto a la boca se le marcaban profundas arrugas de desaprobación.

—Así que Gibson y la mujer Garrett todavía están aquí —dijo, meneando la cabeza.

LaBonny se encogió de hombros.

—Y siguen haciendo preguntas.

—Así parece.

—Joder. —Adon se colocó la mano sobre la frente, como para aliviarse el dolor de cabeza.

—Está pasando algo —dijo LaBonny. Dio la noticia en voz clara y precisa. Parecía un experto cirujano haciendo un corte limpio con el escalpelo.

La mano de Adon cayó a un costado y se cerró en un puño.

—¿Qué quieres decir?

LaBonny levantó ligeramente su largo cuello y ladeó la cabeza.

—La tal Garrett recibió una llamada esta mañana. Era una persona, una mujer, que le ofrecía información.

Adon se puso rígido.

—¿Quién era? ¿Qué tipo de información?

—Era sobre el doctor. La mujer no dijo su nombre. Quería verse con la tal Garrett en alguna parte.

—¿Y dónde, maldita sea? —inquirió Adon. Le temblaban las mandíbulas. A la luz de la luna, el semblante se le veía pálido y azulado, como el de una persona que hubiera muerto enfadada.

—Esa parte no pude oírla —dijo LaBonny como si tal cosa.

Adon lanzó un juramento. Impulsó el brazo hacia atrás y golpeó con el puño la puerta de la camioneta de LaBonny. El golpe fue tan fuerte que la puerta tableteó. Era una camioneta casi nueva, azul metalizado con una banda blanca pintada especialmente para LaBonny, la camioneta favorita de su colección de vehículos. LaBonny no podía soportar que nadie la tocara, y Adon lo sabía perfectamente, el muy cerdo.

Pero LaBonny permaneció imperturbable.

—Hace tiempo que te dije que necesitábamos un escáner de más calidad.

Adon lo miró iracundo.

—Me he gastado una fortuna en tus juguetes de James Bond.

LaBonny hizo caso omiso de la pulla y levantó la mirada hacia la luna. Adon era un chico rico y un universitario; no sabía casi nada del mundo real. Toda aquella educación fantasiosa le había llenado la cabeza de tonterías. Cada cual se llenaba de lo que comía. Quería que le hicieran de espías, pero no tenía puñetera idea de lo que esto costaba, ni del esfuerzo que requería.

—Tenemos que estar a la altura de los tiempos —dijo suavemente LaBonny.

—Esa conversación —dijo Adon—, ¿quién la oyó?

—Yo —dijo LaBonny en el mismo tono suave—. Luego un par de gilipollas en la autopista empezaron a hablar por sus radios y hubo interferencias. Mala suerte. Deberíamos tener un escáner mejor.

—¿Y después? —preguntó intencionadamente Adon—. Supongo que todavía tienes ojos, maldita sea.

LaBonny cruzó los brazos sobre el pecho.

—Bueno. Ella fue al Yoo Hoo Café y estuvo hablando con el

abogado. Luego se marchó del pueblo. Sola. Se fue directamente a Kender.

—¿Quién la siguió, por el amor de Dios?

—Yo no. Bobby Midus.

—Bien, ¿y con quién se encontró, joder?

—No me lo pudo decir. Le perdió la pista.

—¿Qué le *perdió* la pista? —rugió Adon—. Por todos los demonios del infierno, ¿cómo es posible que le *perdiera* la jodida pista?

—No pudo seguirla de cerca. Cuando llegaron a la ciudad, se quedó parado en un semáforo. No está acostumbrado a la ciudad.

Adon volvió a lanzar su puño contra la puerta de la camioneta, no una, sino dos veces. LaBonny contempló la escena sin inmutarse, pero sus finos labios se convirtieron en una estrecha línea.

—Debería cortarle los huevos y arrojárselos a los cerdos —exclamó rabioso Adon—. Mierda, mierda, mierda.

LaBonny levantó un hombro, quitando importancia al asunto. Él también estaba furioso con Bobby Midus, pero se sentía protector con el chico, casi posesivo. Era un sentimiento extraño; le hacía sentirse placenteramente poderoso, pero también furioso en ocasiones.

—Le di su merecido en cuanto llegó a casa. No te preocupes.

Adon le respondió con una iracunda mirada.

—Cuando la Garrett regresó —continuó LaBonny—, se encontró con el abogado en Mount Cawdor, en la plaza. Está empezando a actuar como si pensara que la están vigilando.

Adon no dijo nada. Su respiración era agitada.

—Luego fueron los dos al aparcamiento del Stop 'n' Shop y esperaron junto al teléfono público. Tuvieron una llamada. Ella parecía nerviosa. Estuvieron hablando unos cuatro o cinco minutos. Creo que concertaron otra cita.

—Eso *crees* —dijo Adon con sarcasmo.

—He notado que hoy faltaba alguien en el pueblo —dijo lacónico LaBonny—. Una persona que podría tener algunas razones para marcharse.

Adon le miraba desafiante. Le temblaban las ventanillas de la nariz.

—Judy Sevenstar —dijo LaBonny con satisfacción. Recogió una hila de su inmaculada camisa de corte vaquero—. La vi marcharse en coche esta mañana, hacia las diez y cuarto. No es su hora de ir a trabajar. Y fue justo antes de que se marchara la Garrett. Luego comprobé que Judy no había acudido al trabajo. Telefoneó diciendo que estaba enferma. Y sumé dos y dos.

LaBonny se apoyó calmoso en el capó de su camioneta y esperó a que Adon asimilara la información. Judy Sevenstar era una mujer cherokee, gorda y de edad mediana. Vivía en Cawdor, en una caravana, y trabajaba en la cafetería del instituto de Mount Cawdor. Su madre había sido enfermera en la clínica de Hunsinger; había visto muchas cosas en aquel tiempo. Y Judy Sevenstar era prima de Hollis Raven.

—Judy Sevenstar —dijo con rabia Adon—. Esto es otra cosa... Hollis se ha marchado...

—Ya lo sé —dijo LaBonny sin dejarle acabar la frase.

—No seas insolente. ¿Y qué tiene que ver Judy Sevenstar con el abogado y la Garrett?

—Davy la telefoneó esta mañana, preguntando por Hollis —dijo LaBonny—. Alrededor de las siete. Dice que ella se alteró y que le juró que no sabía dónde se podía haber metido. Luego ella se marcha del pueblo. Todavía no ha regresado.

Adon le miraba fijamente, con los ojos brillantes.

LaBonny se ladeó la gorra para darse un aire interesante y cruzó de nuevo los brazos sobre el pecho.

—¿Sabes qué? No creo que Judy regrese. Uno de sus vecinos me contó que llevaba dos maletas cuando se metió en el coche. Y también hizo una cosa extraña.

—¿Qué? —preguntó Adon con incredulidad.

—Judy tenía un pajarito en una jaula: Cuando hacía buen tiempo colgaba la jaula en el porche. El vecino dice que Judy salió con la jaula, la abrió y dejó que el pájaro escapara volando. Luego tiró la jaula al cubo de basura. Sí señor, actuaba como si fuera a estar mucho tiempo ausente.

LaBonny siguió apoyado contra el coche mientras miraba reflexionar a Adon. Dijo:

—Me imagino que teme que le haya pasado algo a Hollis.

Adon le dirigió una mirada furibunda.

—¿Y bien? ¿Qué significa esta historia de la huida?

LaBonny esbozó una fina sonrisa.

—Me huele que Hollis se ha asustado. Ver a esa mujer le asustó. Imagínate. Está asustado de una mujer.

Adon pareció encogerse de pronto, lleno de aprensión.

—¿Y por qué? ¿Por qué se llevó todas sus cosas? ¿Por qué dejó solamente un dibujo? ¿Qué dibujo es?

LaBonny se metió la mano en el bolsillo de la camisa y sacó una fotocopia doblada en cuatro. Se la entregó a Adon y se quedó mirando cómo este la desdoblaba.

—Se parece a ella —dijo con aire suficiente—. Se parece a la Garrett.

Adon se quedó mirando el tosco dibujo con aire alucinado. Mostraba una bonita chica rubia en un ataúd. Estaba rodeada de velas y crucifijos. Sobre ella revoloteaba una pareja de ángeles que se ponían la mano sobre el corazón, como si estuvieran muy apenados.

—Enséñaselo al doctor —dijo LaBonny—. Pregúntale si le recuerda a alguien que conozca.

Adon no dijo nada. Parecía haberse quedado sin habla, lo que a LaBonny le resultó divertido. Le gustó. Cuando habló, no pudo reprimir un tonillo de satisfacción:

—Siempre pensé que Hollis sabía demasiado, y Judy también. Te lo dije hace cuatro años, y no quisiste hacerme caso. Ahora, los dos se han escapado, y cualquiera sabe dónde están.

—¿Crees que estarán juntos? —preguntó Adon con expresión de angustia. No podía apartar los ojos del dibujo.

LaBonny negó con la cabeza.

—No. Deduzco que Judy piensa que nos lo hemos cargado o algo así. Por eso ha huido. Pero necesita dinero. Y ese abogado tiene mucha pasta. Supongo que es esto lo que ha ocurrido.

«Esto es lo que me imagino, chico de universidad. No te enseñaron a pensar así en la escuela, ¿a que no?».

—Dios santo —siseó Adon, exhalando el aire a través de los dientes.

—Tengo a una persona detrás del abogado y de la mujer. Si se les ocurre ir a alguna parte para encontrarse con alguien… con Judy, pongamos por caso…

Adon inspiró profundamente.

—Sería conveniente que los siguiéramos. Pero no ese tonto de Midus, sino tú, tú mismo…

—Está hecho —dijo LaBonny.

Sonrió y se llevó la mano a la visera del sombrero, haciendo un saludo de respeto. Pero LaBonny no sentía respeto en absoluto. El poder de Adon se estaba desmoronando. Era como una fruta madura a punto de caer en las manos fuertes y capaces de LaBonny, unas manos mucho más merecedoras de conservarlo.

La mañana de abril derramaba su tierna luz sobre el bosque, iluminando las hojas nuevas y las blancas flores de los cornejos y ciruelos silvestres.

—Es un paisaje muy bonito —dijo Jaye pensativa—. Un hermoso país en verdad.

Habían dejado atrás las colinas y se internaban entre verdaderas montañas que se elevaban y descendían vertiginosamente hasta los valles boscosos.

—Puedes quedártelo —dijo Turner mientras echaba un vistazo al espejo retrovisor—. La verdad es que soy un hombre de ciudad.

Cuanto más se acercaban a Eureka Springs, más empinadas eran las montañas y más tortuosa la carretera, que parecía trazada bajo los efectos del LSD. Era como si un gigante hubiera tomado una cinta de asfalto y se hubiera dedicado a enredarla y enmarañarla como un poseso.

En ocasiones, la carretera discurría peligrosamente junto a un precipicio, y a menudo no había espacio libre para adelantar ni para ser adelantado. Junto a la carretera, unos frágiles pretiles pretendían ofrecer sensación de seguridad, como si pudieran evitar que un vehículo saltara al precipicio y cayera a plomo en el abismo.

Era una carretera peligrosa. Para Turner, acostumbrado a conducir un Porsche, con su carrocería de carreras y su suave dirección, el vehículo de alquiler se le antojaba torpe y pesado. Era como pretender guiar un penco por un estrecho sendero de cabras.

Sin embargo, el tráfico era inusitadamente denso. La mayoría de los conductores eran turistas jubilados de las tierras llanas, hombres de cierta edad tocados con gorritas y acompañados por sus robustas esposas, pacientemente sentadas en el asiento de al lado. Parecían no tener prisa, y tomaban las estrechas curvas a paso de tortuga. Eran tan prudentes que Turner se volvía loco de impaciencia.

A través del espejo retrovisor, comprobó que todavía les seguía la camioneta blanca, tres vehículos más atrás. Era una Chevrolet, con los cristales ahumados y sin matrícula delantera.

En Oklahoma y Arkansas había cincuenta mil camionetas blancas Chevrolet como esta, pensó. Ese era el problema. Unos kilómetros antes, en las colinas, donde los espacios eran más abiertos, se había preguntado en un par de ocasiones si la camioneta les seguía. En las dos ocasiones, la camioneta había acabado por desaparecer, y él había intentado convencerse de que no había por qué preocuparse. Ahora ya no se sentía tan seguro, pero no le dijo nada a Jaye, que ya estaba suficientemente tensa.

Jaye había hablado esa mañana con su madre, y el estado de su hermano seguía siendo el mismo. Durante el viaje apenas pronunció palabra y se mantuvo estoicamente inexpresiva. Pero Turner sabía que estaba tremendamente preocupada por el encuentro que iban a mantener en Eureka Springs.

Decidió que haría algo para distraerla. Señaló con un movimiento de cabeza el coche que iba delante, que rodaba pesadamente a paso lento.

—Si llega el día en que conduzca así cuando sea viejo —dijo irónicamente—, espero que alguien me saque del coche, me ponga contra una pared y me fusile.

Sólo consiguió una desmayada sonrisa. ¡Cómo le hubiera gustado poder borrar de su rostro aquella sombra de preocupación! Se imaginó a Jaye realmente feliz, su rostro iluminado como una estrella, brillando con luz propia. «Un día, cuando todo esto acabe, iré a verte a Boston», pensó. «Te haré reír y sonreír, te haré hacer un montón de cosas agradables.»

Echó otro vistazo al espejo retrovisor. La camioneta blanca seguía detrás de ellos. Su parabrisas ahumado relucía al sol como la hoja de un cuchillo. Turner señaló con un gesto el coche de delante.

—Míralo —dijo—. En cada curva, este individuo reduce la velocidad a diez por hora. Hace cosa de tres kilómetros, nos adelantó una tortuga. Era una de esas tortugas grandes de tierra, y se apoyaba en unas muletas.

Jaye no respondió; esbozó una sonrisa y se le dibujó un hoyuelo en la mejilla. Pero la sonrisa se borró al momento.

Turner hizo una mueca al conductor de delante.

—Cuando ve una señal que avisa del peligro de desprendimientos, el tipo va todavía más despacio. ¿Es así como piensa que se evitan los desprendimientos? ¿Intentando pasar desapercibido?

—Es mejor que te dediques a disfrutar del paisaje —dijo Jaye filosóficamente—. Tenemos tiempo de sobras.

Turner miró el retrovisor. La camioneta blanca con los cristales ahumados seguía allí. Estaba empezando a ponerle realmente nervioso. Pero en cambio dijo:

—El único paisaje del que podría disfrutar eres tú. Un árbol es un árbol. Pero una rubia con un jersey rosa... Bueno, eso es siempre algo lleno de encanto y hermosura.

—Oh, basta —dijo Jaye; por un instante, apareció en su mejilla un hoyuelo.

—No, de verdad —dijo él—. Esta mañana estás muy guapa.

«Guapa» no era la palabra adecuada. Llevaba un conjunto de chaqueta y pantalón de color vino y un jersey rosa pálido. Como entendido, Turner sabía que no eran prendas caras, pero Jaye conseguía que parecieran de diseño.

Se había vuelto a peinar de manera que el pelo le tapara una parte del rostro, seguramente para ocultar la herida de su frente. Las únicas joyas que llevaba eran el reloj de pulsera y dos botones de oro en las orejas. Todavía lucía un lazo azul en el dedo entablillado.

—Gracias —dijo.

—No, lo digo en serio —dijo Turner—. Este color te sienta muy bien. Te realza los ojos.

—No —dijo ella—. Te doy gracias por intentar animarme. Porque eso es lo que estás intentando, ¿no?

—No. —Sonó tan sincero que casi se convenció a sí mismo—. Claro que no.

—Sí, claro que sí —le rebatió ella—. Y es cierto que estoy preocupada por Patrick. ¿Y si no estuviera en la lista? ¿Qué pasará entonces?

—Puede que alguien que esté en la lista nos pueda dar una pista. Las cosas a veces suceden así.

Jaye tragó saliva y se pasó los dedos por entre los cabellos.

—No es sólo eso.

—Ya te entiendo —dijo él, y desde luego que la entendía—. Tu propia madre podría estar en la lista. Esto te da qué pensar.

—No es eso. No estoy pensando en eso.

144

—Escucha. Ya sé que es difícil enfrentarse a esto, pero…

—No —insististió Jaye, meneando la cabeza—. No es eso. No quiero asustarte, pero creo que nos pueden estar siguiendo.

«Joder», pensó Turner dando un respingo. «¿Es que no se le escapa nada?»

—¿A qué te refieres? —Intentó que su voz sonara natural y tranquila.

—Antes de que llegáramos a las montañas —dijo ella—, me refiero a las montañas de verdad, me fijé en que llevábamos una camioneta blanca detrás. Y ahora vuelvo a ver una camioneta blanca. Puede que sea la misma.

—Oh —exclamó aparentado indiferencia—. Te refieres a eso.

Jaye enarcó las cejas.

—Sí, pues *eso*. ¿Tú también te habías percatado?

«Mierda», pensó Turner. «Seguro que ha estado mirando el retrovisor extrerior junto a su puerta. Y yo que pensaba que había ido todo el viaje mirando el paisaje por la ventanilla, absorta en sus pensamientos.»

—Si nos estuviera siguiendo, si no fuera una coincidencia, ¿actuaría con tanto descaro?

Turner se encogió de hombros.

—No tendría más remedio.

Cuando se encontraban a campo abierto, donde el tráfico era más escaso, la camioneta no podía seguirlos sin que la vieran. Y aquí, en esta estrecha carretera de curvas cerradas y con tantos coches, no le quedaba más remedio que ir detrás de ellos.

Jaye asintió con un gesto de cabeza, como si le hubiera leído el pensamiento.

—Cuando lleguemos a Eureka Springs y salgamos del coche, ¿crees que nos seguirá a pie?

—Podría intentarlo.

En el entrecejo de Jaye apareció una arruga que denotaba preocupación.

—A lo mejor no deberíamos haber convencido a esa mujer de que hablara con nosotros —dijo—. Puede que la estemos poniendo en peligro.

—Es ella la que concertó una cita —dijo Turner—. Si el tipo nos sigue, es porque le llevamos hasta ella.

En realidad. a Turner no le inspiraba ninguna simpatía aquella soplona anónima que traficaba con la información. Él tenía que cuidar de Jaye, y también de sí mismo.

—Tal vez tendríamos que haber venido en dos coches —dijo Jaye echando una ojeada al espejo retrovisor.

—No. Es mejor así.

—Puede que estén conchabados, que sea una trampa —le dijo llena de angustia—. ¿Lo has pensado?

Turner ya lo había pensado. Llevaban una suma importante de dinero encima.

—Si lo que quieren es el dinero, pues se lo damos. Pertenece al Sr. D., y él se lo puede permitir.

Habían empezado a aparecer un montón de carteles junto a la carretera que cantaban las excelencias de Eureka Springs. Vieron primero un hotel, y luego otro y otro, y más carteles. El tráfico redujo la velocidad hasta quedarse casi parado.

Llegaron a una intersección de carreteras. Una llevaba al centro de Eureka Springs y otra en dirección este, hacia otras ciudades más formales y decorosas. Turner viró a la derecha y se unió al desfile de coches que entraban lentamente en el pueblo. Volvió a echar un vistazo al retrovisor. La camioneta blanca seguía ahí.

Jaye también se dio cuenta, de eso estaba seguro. Pero ella se limitó a decir:

—Probablemente es una casualidad.

Asintió con una convicción que no sentía.

—Probablemente.

Jaye se estremeció y cruzó los brazos sobre el pecho, como si tuviera frío.

—Pero es que de repente me asaltan esos pensamientos de tragedia inminente —dijo—. Me gustaría que tuvieras un arma.

Turner mantuvo la vista en la carretera con expresión indiferente.

—¿Y cómo sabes que no la tengo?

Jaye le miró con asombro.

—¿Una pistola?

Estaba descargada, debajo del asiento. Sin embargo, a Turner le confortaba notar la solidez de la pistolera bajo su chaqueta de ante. Sabía que en cualquier momento podía cargar el arma y meterla en su funda.

—Sí.

—¿Y sabes usarla?

—En caso necesario.

Jaye guardó silencio.

—Es una habilidad que no te suponía —dijo finalmente.

Turner le sonrió abiertamente.

—Poseo otras muchas habilidades que todavía no conoces —dijo.

Capítulo 10

¿Y sabes de verdad usar un arma? —insistió Jaye. Estaba horrorizada, pero a pesar de todo la noticia la había impresionado.

Turner encogió un hombro en un gesto de indiferencia.

—Mi padre era una especie de tirador. Él me enseñó. Y luego, en la universidad, formé parte del equipo de tiro.

Era una explicación plausible e inocente. Casi demasiado apropiada. Jaye le dirigió una atenta mirada, pero no detectó ningún signo sospechoso. Turner tenía los ojos puestos en el denso tráfico delante de ellos. Meneó la cabeza.

—Es sorprendente. Mira esto.

—Así que estabas en el equipo de tiro —dijo Jaye—. ¿En qué universidad?

—Cornell.

—Esos fueron tus años de tarambana universitario. Pero *ahora*, ¿para qué quieres una pistola?

—Cuando se lleva encima cuarenta mil pavos, no está de más.

—¿Y dio la casualidad de que te habías traído el arma de Filadelfia?

—El Sr. D. me la envió con el dinero. En realidad, fue una idea suya. Y me pareció prudente, así que la cogí.

Jaye apretó los labios y miró por el espejo retrovisor. La camioneta con los cristales ahumados estaba todavía detrás de ellos. «Es una coincidencia», se dijo. Pero por mucho que intentara convencerse, el corazón, incrédulo, le latía más rápido de lo normal.

Todavía no le había preguntado a Turner acerca del dinero. Ahora era el momento.

—¿Dices que el Sr. D. *envió* el dinero?

—Sí.

—¿Y cómo pudo hacértelo llegar tan rápidamente? Quiero decir que se lo tuviste que pedir la noche anterior. Ni siquiera con correo urgente...

—Cuando el Sr. D. quiere que algo llegue rápidamente, llega. No espera al correo urgente. En eso consiste ser rico.

—¿Quieres decir que te lo trajo un *mensajero*?

—Sí, así es.

Jaye frunció el ceño.

—Pero tiene que haberlo transportado en... un avión. ¿Eso no es ilegal?

—Ayúdame a encontrar un sitio donde estacionar.

—Te he preguntado —dijo Jaye entre dientes—, si conseguiste la pistola de forma legal.

—Sí —respondió Turner—. Yo soy abogado, así que tengo que saberlo.

—¿Tienes licencia de armas?

—Sí. El Sr. D. puede ocuparse de este tipo de cosas. Dios mío, cómo está el tráfico. Tendremos que dejar el coche en un aparcamiento. Cuando lo hagamos, no le quites ojo a la camioneta.

Jaye estaba nerviosa y desorientada, y aquella ciudad construida sobre la empinada ladera de una montaña aumentaba su sensación de descontrol. Las calles eran tortuosas, y los edificios desafiaban la ley de la gravedad y se agarraban a la montaña para no caer. Era un lugar pintoresco, abarrotado y ruidoso. Jaye se esforzó en prescindir del bullicio para seguir con lo que le había dicho Turner sobre la pistola y el dinero.

—Y ese mensajero —dijo incómoda—, ¿apareció simplemente en medio de la noche como el ratoncito Pérez? ¿Dónde se encuentra ahora?

—Me duele que digas esto —dijo Turner—. No permitiría que los ratoncitos Pérez entraran en mi habitación. El mensajero se ha marchado, ha vuelto a la civilización. ¡Dios mío! Estos aparcamientos se están llenando ya. ¡Ja!

Había localizado un espacio libre en uno de los aparcamientos y viró de repente, sin poner el intermitente. Fue una maniobra tan brusca que resultó casi violenta. Jaye contuvo el aliento, esperando ver aparecer la camioneta blanca. El vehículo redujo un momento la velocidad. Luego aceleró y desapareció al girar por una de las estrafalarias esquinas de la ciudad.

—Ha seguido adelante —dijo Jaye con alivio. Pero su alivio se desvaneció de inmediato cuando vio que Turner le quitaba el seguro a su automática y la introducía en la pistolera.

—Vamos —le dijo. Y antes de que ella pudiera recuperar el aliento, salió del coche, le abrió la puerta y le tendió la mano para ayudarla a salir. Jaye se quedó junto a él mientras metía unos dólares en una especie de anticuado parquímetro. Llevar el dinero en un sobre dentro de su bolso la estaba poniendo muy nerviosa. Se apretó el bolso contra el pecho y miró recelosa a su alrededor. El corazón le latía aceleradamente.

Luego Turner la cogió del brazo y la condujo hacia una acera atestada de gente.

—¿Dónde...? —empezó a preguntar Jaye.

—A la parada del trolebús. Acabamos de pasar una a mano derecha, antes del aparcamiento. Vamos. Ya viene uno.

Jaye tuvo que apretar el paso para ponerse a su altura. No parecía que nadie les siguiera, pero había tanta gente pululando por las calles y las aceras que no podía estar segura.

Mientras esperaban el trolebús en la pequeña estación de ladrillo, Jaye se sintió expuesta y vulnerable. Turner preguntó a una joven pareja de afroamericanos si estaban en la parada adecuada para ir al hotel Crescent.

—Sí —dijo la mujer—. Esta es la última parada. Aquí llega.

Jaye vio aproximarse el trolebús verde y oyó el sonido de su campana. Le pareció que tardaba una eternidad en llegar. Pensó que se sentiría más segura a bordo del trolebús, pero no fue así.

El trolebús iba lleno, y Jaye se mantuvo todo lo cerca de Turner que le fue posible, con el bolso apretado entre los dos. Turner le pasó el brazo por encima.

Echó un vistazo a los pasajeros. Parecían un grupo inofensivo: matrimonios sexagenarios; mujeres de mediana edad a las que el hecho de ir de comprar llenaba de ilusión; y un grupo de sonrientes mujeres más jóvenes, todas vestidas con camisetas con una frase que rezaba: «Si sabes leer esto, da gracias a tu profesora».

El trolebús estuvo largo tiempo en la parada, porque había un anciano con andador que necesitó ayuda para subir, y luego hubo un reposicionamiento de los pasajeros dentro del trolebús cuando uno de ellos se levantó a ofrecerle el asiento.

«Vamos, vamos», rogaba Jaye.

Ninguno de los pasajeros parecía amenazante en lo más mínimo, pero Jaye notaba que Turner, con su largo cuerpo apretado contra ella, también estaba en tensión. Cuando el trolebús arrancó con una sacudida, Turner se le acercó todavía más, y Jaye no hizo nada por evitarlo. Notaba el duro bulto de la pistola que Turner llevaba bajo la chaqueta. Era una sensación a un tiempo alarmante y reconfortante.

Eureka Springs era un pueblo que, por lógica, no tenía que haber existido. Nunca se hubiera levantado un pueblo en aquel lugar imposible de no ser por las fuentes termales que le dieron el nombre. Había florecido largo tiempo atrás como balneario de aguas curativas, pero ahora las aguas estaban contaminadas, las casas de baños se habían convertido en hoteles y galerías y el pueblo vivía del turismo, cuanto más frenético mejor.

Y por encima de toda aquella furiosa actividad, a una cierta distancia, se elevaba el majestuoso hotel Crescent, un edificio sólido y un tanto tenebroso. Los otros edificios no tenían jardín, o tan sólo un pedacito de hierba, pero el Crescent era un palacio. No sólo contaba con un prado, sino que tenía un amplio terreno; prácticamente toda la zona de lo alto de la montaña era propiedad del hotel.

Rodeado de aquellos terrenos boscosos y ajardinados, el Crescent quedaba aislado de otras edificaciones. Era una mansión inmensa de piedra y ladrillo, con pilares, torreones y amplias escalinatas en la entrada.

La mujer afroamericana que estaba junto a Jaye en el abarrotado trolebús le sonrió y señaló el hotel con un gesto de la cabeza. Luego se acercó a ella para susurrarle algo en tono confidencial.

—Dicen que está encantado.

A Jaye no le costaba creerlo.

El trolebús se paró con una sacudida, y entonces comenzó el largo proceso de descarga. El anciano que iba con andador tuvo que recibir ayuda para salir. Los matrimonios de jubilados se tomaron todo el tiempo del mundo para bajar, y los turistas que habían ido de compras tuvieron problemas con sus abultadas bolsas.

Jaye y Turner consiguieron finalmente poner los pies en la acera. Miraron hacia la fachada de piedra del Crescent. Jaye apretó contra su pecho el bolso con el dinero. El hotel tenía un aspecto regio, majestuoso. Pero también daba un poco de miedo.

Los demás pasajeros se estaban dispersando; unos se fueron directos hacia el hotel, otros se encaminaron hacia los jardines, y el resto se marchó montaña abajo, en dirección al edificio más cercano, una pequeña iglesia de aspecto gótico.

—¿Es cierto que Stephen King situó aquí una de sus novelas? —preguntó secamente Turner.

—Si no lo ha hecho, debería hacerlo —dijo Jaye.

El vestíbulo del hotel era inmenso, de techo alto, con artesonados de madera. Los muebles eran antiguos, tapizados en seda y terciopelo, y el hogar de piedra blanca estaba adornado con columnas, arcos e incrustaciones labradas. Había unas cuantas personas sentadas, leyendo tranquilamente el periódico. Casi todos eran de edad avanzada, y nadie tenía aspecto de espía, matón o asaltador.

Un altivo recepcionista rubio con una chaqueta negra y una camisa blanca perfectamente almidonada les daba la espalda cuando llegaron. Luego se dio la vuelta, y Jaye observó que el joven se había teñido un mechón de pelo de un azul eléctrico y llevaba dos anillos dorados en las ventanillas de la nariz.

—¿Puedo ayudarles, señores? —preguntó con estudiada educación, y juntó las palmas de las manos como si rogara al cielo para serles de alguna utilidad.

—Queremos ver la azotea, donde nos han dicho que hay un observatorio —dijo Turner—. ¿Cómo podemos subir?

—Los ascensores están por allí. —El recepcionista señaló un amplio pasillo con un dedo perfectamente cuidado.

Jaye esbozó una débil sonrisa de agradecimiento y apretó el bolso contra el pecho. Se mantuvo bien pegada a Turner mientras atravesaban el vestíbulo. Había dos ascensores, y Turner pulsó el botón de llamada. Finalmente, una de las puertas se abrió con un gruñido y salieron dos mujeres elegantemente vestidas que charlaban emocionadas en español.

Jaye y Turner entraron en el ascensor, que era viejo y tenía un cierto aire de decadencia. No entró nadie más. La pesada puerta se cerró lentamente. Turner pulsó el botón de la azotea y la pequeña estructura tembló, se agitó y empezó a subir.

Era un ascensor viejo y lento, y todos los cables rechinaban y crujían, pero no se detuvo en ninguna otra planta, y los llevó a tembloroso pero sin interrupciones hasta la azotea.

La puerta se abrió con tanta ceremonia como se había cerrado. Jaye miró a Turner con expresión interrogativa y este le dirigió una tranquila sonrisa. Pero no logró en absoluto tranquilizarla.

Desde la terraza se divisaba un panorama de montañas solitarias y boscosas que se extendían hasta la línea azul del horizonte. Lo único que estropeaba el paisaje era una inmensa estatua de color gris que se elevaba sobre el pico de una montaña. Pretendía representar a Cristo con los brazos extendidos en actitud de otorgar su bendición. Pero la cabeza era desproporcionadamente grande y el cuerpo demasiado pequeño, con lo que la figura adquiría una fea forma de T, como un tosco avioncito de juguete.

—Jesús —masculló Turner. Su tonó no sonó reverente.

—Sí —dijo a su lado una mujer de rostro redondo—. Es el Cristo de los Ozarks. Allá hay todo un parque temático dedicado a la Tierra Santa. También se representa la Pasión. Cada noche, crucifican a Jesús y él vuelve a levantarse.

—Qué espectáculo —dijo Turner, que no quería ni imaginárselo.

La mujer se volvió hacia sus dos hijos, que se peleaban por mirar a través del telescopio que funcionaba con monedas.

—Parad de una vez —les ordenó—. Ahora iremos a buscar a papá para visitar el safari de la naturaleza salvaje.

Los niños, que habían heredado el rostro redondo de su madre, gimotearon. Cuando la madre se dio la vuelta, el niño aprovechó para propinarle a su hermana una patada en la espinilla, y esta le aporreó la cabeza con su bolsito de plástico de Winnie The Pooh.

La madre giró en redondo y agarró a los dos niños por el brazo.

—¡Robbie! ¡Gwyneth! ¡Delante del Cristo de los Ozarks! Él puede ver todo lo que hacéis… debería daros vergüenza.

Les dio una sacudida a cada uno y se los llevó. Jaye y Turner se quedaron solos en la azotea. Jaye miró marcharse a los niños con cara de preocupación, pero Turner sabía que no eran ellos quienes la preocupaban.

—Hemos llegado antes de tiempo —dijo con toda la amabilidad de la que fue capaz. Y era cierto. Faltaban cinco minutos para su cita.

Jaye apretó los labios y asintió en silencio. Se quedó mirando atentamente la puerta de la azotea, que continuaba cerrada.

La terraza se extendía a su alrededor, grande y vacía. Había unas cuantas mesas blancas de estilo hispano y sillas a juego. Sobre una de las mesas reposaba un vaso abandonado, medio lleno de zumo de naranja, y un bollo a medio comer sobre una servilleta de papel. Un gorrión picoteaba el bollo, y la brisa levantaba suavemente el extremo de la servilleta.

Turner le pasó a Jaye el brazo por los hombros. Se dijo que era para darle ánimos, pero tuvo que reconocer que le gustaba pasarle el brazo por encima. Un hombre se acostumbra a esas cosas.

—Mi hermano y yo nunca fuimos así —dijo Jaye, mirando todavía la puerta de entrada a la terraza—. Nunca nos peleábamos así.

—Tuvisteis suerte —dijo Turner, mientras miraba cómo la brisa agitaba el cabello de Jaye. Tuvo que resistir el impulso de acariciarle y peinarle el cabello.

—¿Y tú? —preguntó Jaye sin mirarle—. ¿Tienes hermanos o hermanas?

—Un hermano —y añadió, para que no le hiciera más preguntas— que murió.

Jaye se volvió hacia él. Sus ojos eran tan azules como el cielo sobre sus cabezas.

—Oh —dijo consternada—. ¡Cómo lo siento!

—Fue hace tiempo —dijo Turner. Parecía mucho tiempo, pero en realidad sólo habían pasado cinco años. Su hermano, Sonny, había aparecido muerto por sobredosis de heroína en una habitación de alquiler de South Philly, con la aguja todavía colgándole del brazo. El cuerpo estaba ya hinchado y empezaba a oler. Sonny llevaba dos días muerto cuando le encontraron, según dijo el médico forense.

—¿Y por eso me estás ayudando? —preguntó ella escudriñando su rostro— ¿Es porque tuviste un hermano y sabes lo que se siente?

—Sí —dijo, lo que era a un tiempo la verdad y una mentira—. No —corrigió, pero también esto era a un tiempo mentira y verdad. Se encogió de hombros. No quería hablar de Sonny. Se había pasado los últimos cinco años sin hablar de él. Mencionaba a su familia lo menos posible, y pocas veces contaba la verdad sobre ella.

—Lo siento —dijo Jaye, y le acarició suavemente la cara con la mano herida, pero el ruido de la puerta al abrirse la dejó paralizada.

Jaye volvió la cabeza con expresión a la vez asustada y llena de esperanza. Pero sólo era un individuo apergaminado con pantalones cortos de color negro y una camiseta blanca demasiado ancha donde ponía: FRED. Llevaba una bandeja vacía de plástico. Se acercó a toda prisa a la mesa sucia, retiró el vaso con el zumo de naranja, el bollo y la servilleta y recogió las migas.

Luego alzó la cabeza y los miró a través de unas grafas de gruesos cristales que hacían que sus ojos parecieran extraordinariamente grandes. En su rostro arrugado se dibujó una sonrisa.

—El bar acaba de abrir —dijo afablemente—. ¿Quieren que les traiga algo?

—¿Quieres una copa? —preguntó Turner. A él no le vendría mal un trago.

Pero Jaye meneó la cabeza.

—No, gracias —le dijo Turner al hombrecillo.

El camarero sonrió de nuevo y se marchó a toda prisa, cerrando la puerta tras él. Jaye, la tensión pintada en el semblante, lo miró marcharse. Turner apretó los dientes. Todavía tenía el brazo sobre los hombros de Jaye y, por primera vez en su vida, no sabía qué decir.

El gorrión, que se había quedado sin migas, permanecía posado en el muro de la terraza. El Cristo de piedra parecía mirarlos desde lejos con ojos inexpresivos.

A las once y treinta y cinco volvió a abrirse la puerta y apareció una mujer morena. Se quedó allí, como si dudara, mirando a Jaye. De repente, Jaye tuvo la absoluta certeza de que era ella. Hizo una inspiración tan brusca y tan profunda que le resultó dolorosa.

La mujer se dirigió hacia ellos. Vestía pantalones vaqueros y una sudadera oscura bajo una cazadora azul marino. Llevaba en la mano un bolso grande de plástico rojo y azul con cremallera, y del hombro le colgaba un viejo bolsito de cuero.

Echó una ojeada a la desierta terraza y luego volvió a mirar a Jaye. A Turner no le hizo ningún caso.

—Vamos —dijo—. Hay un lavabo de señoras al fondo del pasillo.

Nos meteremos allí. Usted me da lo que lleva en su bolso y yo le entrego lo que hay en el mío.

—Me dijo que podríamos hablar —dijo Jaye.

—Hablaremos después —dijo la mujer con firmeza, casi desafiante. Su rostro, sin embargo, no expresaba tanta seguridad. Era una mujer poco atractiva, de edad mediana y algo gruesa. No iba maquillada. Por sus pómulos altos y su pelo negro se adivinaba que tenía sangre de india americana.

—Hablaremos ahora —dijo Turner. Su voz sonó cargada con una autoridad y una dureza que Jaye nunca le había oído.

Turner miró fijamente a la mujer, y ella le sostuvo la mirada. Era una clara lucha entre dos voluntades, y no fue un combate fácil. Turner no dijo nada, pero la mujer leyó algo en su rostro que le llevó a ser la primera en rendirse y apartar la mirada. Se quedó con la vista fija en el suelo.

—¿Quiere que hablemos aquí —preguntó Turner con la misma dureza—. ¿O conoce un sitio mejor?

La mujer, malhumorada, se encogió de hombros.

—No hay mucha gente por aquí en esta época del año. —Señaló con un gesto el rincón que quedaba más alejado de la puerta. Metió las manos en los bolsillos de su cazadora y, con la cabeza gacha y los hombros hundidos, se encaminó hacia allá. Luego se detuvo junto al muro que rodeaba la terraza y se quedó mirando las montañas.

Turner se acercó a ella, acompañado de Jaye.

—¿Ha venido sola? —preguntó.

La mujer soltó una amarga carcajada.

—Por supuesto que he venido sola.

—¿Ha traído la lista?

—Cuando antes me paguen, antes la tendrán —dijo—. Hablen rápido. Acabemos con esto cuanto antes.

Levantó los ojos y volvió a mirar a Jaye. A Turner seguía sin hacerle caso. Jaye se sobresaltó al comprender que la mujer no estaba simplemente nerviosa; estaba aterrorizada.

Turner también debió comprenderlo, porque su tono se hizo más amable.

—¿Cómo se llama usted?

—Mi nombre no importa —dijo ella—. Ustedes lo que quieren son los nombres de la lista.

—¿Cómo se llamaba su madre? —insistió Turner—. ¿Cómo sé que trabajaba en la clínica?

La mujer seguía sin mirarle. Metió la mano en el bolso y sacó un monedero negro. Lo abrió y extrajo una vieja fotografía de colores desvaídos.

Jaye contempló la foto. Mostraba a tres enfermeras de uniforme junto a un hombre rubio y sonriente. Una de ellas apoyaba las manos sobre los hombros de una robusta niña de pelo negro. Estaban todos en el porche del edificio que ahora era el asilo. Encima de ellos, un letrero de madera colgaba de unas cadenas. Ponía en letras negras: SUNNYSIDE MEDICAL CENTER.

—Esta es mi madre —dijo la mujer señalando a una enfermera de pelo negro. Luego señaló a la niña—. Y esta soy yo.

Jaye la creyó. Madre e hija se parecían mucho. Las dos tenían una complexión robusta y la misma cara cuadrada y seria. La hija era ahora la viva estampa de su madre, como si los años hubieran querido demostrar que tenían efectivamente la misma sangre.

La mujer señaló el hombre rubio de la foto.

—Y este es él —comentó con voz llena de resentimiento—. Hunsinger.

Jaye parpadeó sorprendida. No se había imaginado a Hunsinger como un individuo capaz de sonreír y de tener amigos. En realidad apenas podía representárselo como humano. Pero era un hombre alto y guapo, aunque demasiado suave y remilgado para su gusto.

La fotografía era un tipo de instantánea que ya no se hacía, pensó Jaye. Tenía un reborde blanco donde estaba impresa la fecha del revelado: 5 de junio de 1968.

Jaye tragó saliva. Patrick había nacido en marzo de 1968, en aquel mismo edificio, rodeado de aquella gente. Ese hombre rubio lo había traído al mundo, y tal vez esas mismas mujeres lo habían cuidado y lo habían tenido en sus brazos.

Alargó la mano hacia la foto, pero la mujer la agarró con fuerza y la retiró.

—No —dijo.

—Aguarde —rogó Jaye—. ¿Dice que su madre está muerta?

—Sí —dijo la mujer sin emoción.

—¿Cuánto tiempo hace que murió? —preguntó Turner.

La mujer lo miró con antipatía.

—Un año.

—¿Y dónde están las otras mujeres de la foto?

Jaye contuvo la respiración.

La mujer apretó los labios y miró la fotografía.

—La del pelo blanco murió también. La otra, se marchó del pueblo y se casó... De eso hace mucho tiempo, veinticinco o treinta años.

—¿Cómo se llamaba? —quiso saber Turner.

—No me acuerdo.

—¿A dónde se marchó?

—No me acuerdo.

—¿Con quién se casó?

—No tengo ni idea.

—¿Quién más trabajaba allí?

—No lo sé. Unos llegaban y otros se marchaban. Yo era una niña entonces, no prestaba atención a esas cosas.

—¿Sabía algo de los bebés?

Los ojos de la mujer se llenaron de recelo. Sacudió con energía la cabeza como si quisiera olvidar.

—Claro que oía cosas. Todo el mundo oía rumores.

—¿Su madre le habló alguna vez de la venta de bebés?

—Decía que los bebés estarían mejor así, que era lo mejor para todos.

—¿Qué más le decía?

—Que no hiciera preguntas.

—¿Por qué?

La mujer volvió a guardar la foto en el monedero y metió este en el bolso. Se quedó mirando al vacío.

—Me dijo que un niño nació en la clínica en 1968. ¿Era en marzo? ¿O en el día de San Patricio? ¿Tiene la fecha?

—La fecha está en la lista —dijo tozuda la mujer—. La verá cuando me pague.

Jaye le dirigió a Turner una mirada implorante. «Por favor», quería decirle, «por lo que más quieras. Démosle el dinero. Así no iremos a ninguna parte.» Pero Turner no se dio por aludido. Sus ojos tenían un brillo implacable.

—Sólo hay cinco mujeres en esta lista, cinco fechas de nacimiento. ¿*Sólo* cinco en ocho años? No me parece que funcionara así aquella clínica. No es esta la impresión que tengo.

La mujer adoptó una expresión desafiante, casi amenazadora.

—La lista tiene cinco nombres. Lo toman o lo dejan.

—Su madre, ¿por qué tenía esta lista?

—Pregúnteselo a ella.

—¿Por qué la tiene usted?

Los ojos de la mujer brillaron.

—Me la entregó antes de morir.

—¿Por qué?

—¿Y qué otra cosa podía darme?

Turner se acercó a ella y le habló en voz baja y en un tono peligrosamente suave:

—¿Sabe que es ilegal ocultar las pruebas de un delito? Esto la convierte en cómplice. Y la venta de niños es eso… un delito.

La mujer se volvió bruscamente hacia Jaye.

—¿Lo ve? —Estaba furiosa, y los ojos se le llenaron de lágrimas—. Le dije que no quería ningún maldito abogado. Le he hecho una propuesta honesta. Quería ayudarla, maldita sea. Pero él está intentando echarme las culpas y convertirme en una delincuente. Sabía que sería así.

—No —protestó Jaye—, yo no quería…

Pero Turner se interpuso y acorraló a la mujer en el rincón.

—Lo que usted hace es chantaje —masculló entre dientes—. Dicho en otras palabras, es una forma de extorsión. ¿Quiere que le explique lo que es la extorsión?

La mujer miró desesperada a su alrededor. Sólo la anchura del muro la separaba del vacío, y estaban a una altura de cinco pisos. Empujó con las manos a Turner para intentar apartarlo de su camino. Pero Turner la agarró por las muñecas y le cerró el paso.

—Si contesta a nuestras preguntas, conseguirá el dinero. En caso contrario, acudiremos a la policía.

A Jaye se le encogió el estómago. Tenía miedo; Turner no le había advertido de que se iba a comportar así. La mujer estaba todavía más aterrorizada, y se echó a llorar.

—No —suplicó, intentando liberar sus manos de la tenaza de Turner—. A la policía no, por favor. Están todos comprados. Me matarán.

—¿Quién tiene a la policía comprada?

—Hunsinger y su familia… Adon Mowbry. Tienen de su parte a la ley en el condado. Suélteme, me hace daño.

Jaye, horrorizada por la escena, le tiró del brazo.

—Turner, por favor...

Pero él no le hizo caso alguno. Se acercó todavía más a la mujer.

—¿Y por qué habrían de matarla?

La mujer sacudió la cabeza tan enérgicamente que los cabellos le azotaron el rostro.

—Sé demasiado.

—¿Acerca de la lista?

—No, no —gimió ella.

Jaye intentó en vano apartar los brazos de Turner.

—¿Y si aparece alguien? Por el amor de Dios...

—¿Qué es lo que sabe? —Turner apretó más su tenaza—. Dígamelo, por todos los demonios.

—Turner... —suplicó Jaye—. Por favor...

Entonces la mujer dejó de debatirse. Inclinó la cabeza y las lágrimas le rodaron por las mejillas.

—Una murió —dijo.

A Jaye se le secó la boca. Todavía tenía la mano sobre el brazo de Turner.

—¿Quién murió? —preguntó Turner.

—Una chica. Una de las que vinieron a la clínica —dijo la mujer—. Él lo tapó.

—¿Quién lo tapó?

—Hunsinger. No sé si la mató accidentalmente o a propósito. No sé lo que ocurrió. Pero lo tapó.

—¿Cómo?

—No lo sé, no lo sé —sollozó—. Mis primos tuvieron algo que ver con esto. Luther lo sabía todo. Joder, no lo sé. Yo sólo era una niña.

Turner se inclinó, de modo que su rostro quedaba a la altura del de la mujer.

—¿Dónde está Luther? ¿Dónde puedo encontrarle?

—¡Está muerto! —chilló la mujer—. Sabía demasiado y amenazó con contarlo todo, y lo mataron. Mi otro primo ha desaparecido... y a mí pueden matarme también. Entréguenme el dinero, maldita sea. Lo único que deseo es *marcharme* lejos de aquí. Alejarme de *ellos*.

Turner se acercó todavía más a ella.

—¿Por qué nadie ve nunca a Hunsinger? ¿Qué le ocurrió?

—Nadie lo sabe con seguridad —dijo entre sollozos—. Tuvo un accidente y no quedó bien. No sé exactamente qué le ocurre.

—Dice que tiene de su parte a la justicia del condado. ¿Cómo?

—La tiene de su parte, eso es todo. Ganó un montón dinero. No sólo se dedicaba a la venta de bebés. También estaban los abortos, muchos abortos.

Jaye se quedó helada. Hasta el momento, los defensores de Hunsinger habían alegado que él ayudaba a vivir a los niños ilegítimos. Nadie había insinuado siquiera que pudiera practicar abortos.

—¿Los abortos eran un negocio suplementario? —inquirió Turner.

—Sí… sí, y a las chicas blancas se los cobraba caros. Pero para las que no eran blancas tenía precios más baratos. Creía que matar bebés que no eran blancos suponía una maldita labor social. —El llanto se intensificó—. Por favor… por favor. Les entregaré la lista, pero dénme el dinero para que pueda marcharme.

Jaye no pudo soportarlo más. Agarró a Turner por el brazo y lo sacudió con fuerza.

—Suéltala.

El semblante de Turner adoptó una máscara de tranquilidad. Liberó su tenaza y dio un paso atrás. Metió la mano en el bolsillo y le ofreció a la mujer un pañuelo limpio.

—Séquese los ojos —le dijo casi amablemente.

La mujer se frotó con el pañuelo la cara bañada en lágrimas.

—Mierda de abogado —murmuró, pero lo dijo sin rabia, con la voz ahogada por el llanto.

—Sería mejor que fuera al lavabo —dijo Turner—. Vaya a lavarse la cara. Jaye puede acompañarla.

Jaye le miraba sin comprender. De repente era tan amable y caballeroso como la primera noche, cuando se conocieron. Pero entendió lo que pretendía. Había que hacer el intercambio: la lista a cambio del dinero. Le tendió una mano a la mujer, pero esta no le hizo caso.

—¿Por dónde se va al lavabo de señoras? —preguntó con suavidad.

La mujer no respondió. Se limitó a sorber por las narices. Agarró con una mano el bolso azul y rojo mientras con la otra le entregaba a Turner el arrugado pañuelo. Lo miró con ojos llenos de odio y luego levantó la barbilla y emprendió la marcha.

Jaye la siguió. Sin decirse nada, caminaron por un largo pasillo tenuemente iluminado y pasaron por delante del bar, ocupado por dos mujeres que tomaban unas coloridas bebidas con sombrillitas de papel.

La mujer abrió de un empujón la puerta del lavabo de señoras. Tenía azulejos hexagonales, blancos y negros, y las instalaciones se veían viejas. No había nadie. Las puertas de los dos inodoros, cada una provista de un gancho para colgar el bolso, estaban abiertas.

La mujer abrió la cremallera de su bolso azul y rojo y lo colgó de uno de los ganchos.

—Entre y cierre la puerta. Ponga el dinero dentro del bolso y deje el bolso detrás del inodoro. Cuando usted salga, yo entro y cuento el dinero. Si está todo, le daré la lista.

—Puede confiar en mí —dijo Jaye.

—Y usted en mí —dijo ella con aspereza. Nuevamente tenía los ojos brillantes de ira—. Pero no puede confiar en él, en ese abogado. Tenga cuidado con él, es un mal bicho.

Jaye entró en la caseta del inodoro y corrió el cerrojo de la vieja puerta, que estaba llena de arañazos. El corazón le latía aceleradamente. El dinero estaba en su bolso, envuelto en paquetitos, todos metidos dentro de un sobre grande de papel manila. Extrajo el sobre y lo metió en el bolso rojo y azul, y lo colocó detrás del inodoro. Luego abrió la puerta y salió. La mujer se metió entonces en la caseta del inodoro y cerró la puerta.

Jaye notaba el pulso en las sienes, y el corazón golpeándole en el pecho como un tambor. Apoyó las manos en el lavabo, cerró los ojos y procuró respirar acompasadamente. Tenía los pulmones cerrados, le costaba tomar aire. Tuvo una terrorífica sensación de ahogo, como si las paredes del cuarto de baño se cerraran sobre ella.

La mujer salió de la caseta con el viejo bolsito de cuero colgándole del hombro. En la mano llevaba el bolso azul y rojo.

—¿Está todo? —preguntó Jaye. Hasta el momento no le había pasado por la cabeza que podía faltar una parte del dinero.

—Está todo —dijo la mujer—. Tenga. Se metió la mano en el bolsillo de la cazadora y le entregó a Jaye un pequeño sobre cuadrado.

Jaye lo tomó y lo abrió. Los nombres y las fechas le bailaron ante los ojos.

Madre	Viene de	Bebé	Fecha
Shirley Markleson	Little Rock	niño	10 oct. 1961
Cyndy Lou Holz	Tulsa	niña	23 nov. 1963
Janet Ann Banner	Little Rock	niña	30 ago. 1966
Diane Englund	Fort Smith	niño	12 ene. 1967
Donna Jean Zweitec	Oklahoma City	niño	18 dic. 1968

Las rodillas le temblaron y se negaron a sostenerla. Jaye tuvo que apoyarse en el borde del lavabo para no caerse. Miró con espanto a la mujer, que permanecía impasible.

—La fecha de nacimiento de mi hermano —dijo con voz ahogada—, no está aquí.

La mujer no cambió de expresión.

—Mala suerte —dijo—. Se recolocó el bolso en el hombro y salió por la puerta.

Capítulo *11*

Turner, por supuesto, la esperaba fuera. La agarró del brazo.

—No tan deprisa —dijo amablemente—. Quiero asegurarme de que mi amiga está bien.

—Ya me estás quitando las manos de encima, cabrón, —le dijo ella, lanzándole una mirada furibunda.

Por su expresión, se diría que le hubiera gustado arrancarle el corazón y comérselo crudo, pero Turner se limitó a dirigirle una sonrisita. La mujer hizo ademán de desprenderse de Turner para salir corriendo, pero de repente se quedó clavada en el sitio. Las dos mujeres habían salido del bar y estaban en el pasillo, estudiando la nota de su consumición y parloteando sobre si habían pagado cada una lo suyo.

A través de la puerta del bar, que había quedado abierta, Turner vislumbró el arrugado rostro de un camarero que limpiaba una de las mesas. Detrás de él, un grueso barman preparaba un martini para un ejecutivo de semblante aburrido.

Turner no creía que su anónima amiga se atreviera a armar un escándalo delante de todas aquellas personas y con cuarenta mil dólares pesándole tentadoramente en el bolso.

La puerta del lavabo se abrió y salió Jaye, más pálida de lo normal. Turner la interrgó con la mirada y apretó el brazo de la mujer. Jaye negó con la cabeza. Parecía muy abatida, como si le acabaran de notificar la muerte de un ser querido.

—¿Está tu hermano, su fecha de nacimiento? ¿La has visto?

—No —dijo pesarosa—. Ni siquiera una fecha que se aproxime.

La mujer intentó zafarse discretamente de Turner, pero él, sin apartar los ojos de Jaye, la mantuvo fuertemente agarrada. ¿Habría visto su propia fecha de nacimiento en la lista? ¿Era por eso por lo que parecía tan desesperada? Señaló la lista con un movimiento de cabeza. Jaye agarraba el papel con tanta fuerza que tenía los nudillos de un blanco azulado.

—¿Y tú? —preguntó—. ¿Estás tú en la lista?

—No. Ninguno de los dos.

Turner se volvió hacia la mujer y le habló entre dientes.

—Tiene que haber más nombres. ¿Dónde están?

—Le he entregado todo lo que tengo —saltó ella—. No puedo decirle lo que no sé.

—¿Y entonces quién lo sabe?

—Hunsinger —le chilló—. Hunsinger y Dios. Si yo lo supiera, se lo habría dicho. ¿Qué más me da?

—Dinero —le dijo Turner mirándola con frialdad—. Lo que le da es dinero.

—Pues sí. —Y esta vez fue ella la que sonrió—. Así es.

Finalmente, a Turner no le quedó otra opción que dejarla marchar. Ella les dijo que quería una ventaja de media hora. Entró en el ascensor junto con las dos mujeres tocadas con sombrero, y evitó mirar a Jaye y a Turner a los ojos. Se quedó mirando el techo del ascensor, con el bolso fuertemente apretado contra el pecho.

Jaye estaba sentada frente a una mesa de la terraza repasando la lista. Sobre la mesa reposaba un gin tonic a medio acabar. Jaye sacudió la cabeza desconsolada.

Turner la miraba mientras bebía su whisky.

—Mira —le dijo—, esta lista no parece gran cosa, pero es un comienzo. Buscaremos a estas mujeres. Alguna de ellas puede darnos una pista que nos lleve a lo que necesitamos. Es posible que nos lleve hasta tu hermano, o hasta el hijo de mi cliente.

—Ninguna de las fechas coincide con el nacimiento del hijo de tu cliente —dijo ella—. Tú mismo lo has dicho.

—Y también te he dicho que cuando una puerta se cierra, otra se abre. Una respuesta lleva a otra.

Jaye negó con la cabeza.

—Esto no abre ninguna puerta. No da respuesta alguna.

Turner enarcó una ceja.

—Todavía no.

—Quiero decir que ya tenemos noticia de ocho bebés nacidos aquí. Está Patrick, estoy yo y también el hijo del Sr. D., además de las personas que han venido hasta Cawdor en busca de información. Sabemos sus fechas de nacimiento, menos la del hijo del Sr. D., pero seguramente nació en marzo de 1957.

—Conocemos las fechas *aproximadas* de nacimiento —le corrigió Turner—. Es posible que Hunsinger las haya falseado un poco.

—De acuerdo. —Jaye agitó la lista que tenía en la mano—. Y aquí tenemos los nombres de cinco madres y las fechas *aproximadas* en que dieron a luz. Pero nada concuerda. Ninguno de los niños que buscamos coincide con estas fechas de nacimiento. Ninguno de ellos se aproxima siquiera.

—No —dijo él—. Es cierto.

—Así que esta lista ni siquiera tiene por qué ser auténtica. No concuerda con los datos que tenemos.

Turner se encogió de hombros.

—Es posible que concuerde con datos que no tenemos… todavía.

—Y es posible que no —argumentó ella—. Si realmente hubo muchas más mujeres que dieron a luz, ¿por qué se quedaría la enfermera sólo con estos nombres? No tiene sentido.

Turner se reclinó contra el respaldo de la silla y cruzó los brazos sobre el pecho.

—Eres demasiado honrada. Piensa en términos delictivos.

Jaye frunció el entrecejo, sin comprender.

—No veo lo que quieres decir.

—Puede que tuviera intenciones de hacer chantaje.

Jaye hizo un gesto de repugnancia.

—¿Chantaje?

—No quiero decir que lo hiciera —explicó Turner con voz suave—. Puede que pensara que estas eran las mejores candidatas para un chantaje y se guardara los nombres por si acaso los necesitaba. —Levantó un hombro con indiferencia, como si estuviera simplemente pensando en voz alta—. Por otro lado, también es posible que no *conociera* los nombres de todas las chicas. No olvides que el asunto se llevaba en secreto. Pero tal vez dio con los nombres de estas chicas y se los guardó por razones que no conocemos.

En la terraza empezó a soplar una fresca brisa. Jaye se estremeció y se apartó los cabellos que el viento le empujaba sobre la cara. No parecía convencida.

—¿Pero por qué?

Turner meneó la cabeza.

—Tal vez quisiera usar la lista contra Hunsinger. Pero no se atrevió. Y luego, cuando estos niños se hicieron mayores y empezaron a rondar por Cawdor, es posible que ella se diera cuenta de que la lista podía darle dinero de otra forma.

—Entonces, ¿por qué no se la ofreció a alguien? —quiso saber Jaye.

—Todavía tenía miedo —dijo Turner—. Pero era consciente de que los nombres valían dinero y no se deshizo de ellos. Finalmente se los entregó a su hija. Ella también está asustada, pero quiere marcharse de aquí.

Jaye movió inquieta su vaso sobre la mesa.

—Esto es muy fantasioso. Y la hija monta todo este numerito de película de misterio para escapar del malvado Darth Hunsinger y del imperio del mal. No. Tiene que haber una respuesta más sencilla.

—¿Ah sí? —preguntó burlón Turner, ladeando la cabeza.

—Pues sí —dijo Jaye asqueada—. Esta lista es una basura, y se la acabamos de comprar a esa… esa actriz de mierda por cuarenta mil dólares. La mataría.

—En primer lugar —dijo Turner—, no es nuestro dinero. Es el del Sr. D.

—Un detalle sin importancia —murmuró Jaye.

—En segundo lugar —siguió él—, no deberías ensuciar tu alma inmortal con esas ideas de matarla. Es precisamente lo que ella teme que hagan los sicarios de Hunsinger.

Jaye le dirigió una mirada cargada de incredulidad.

—Esto sería puro teatro, un montaje para que la creyéramos.

—Parecía realmente asustada.

—Tú la asustaste —le dijo acusadora—. Estuviste bastante rudo con ella, ¿sabes?

—Bueno —Turner se encogió de hombros—. Como tú misma has señalado, estaban en juego los cuarenta mil dólares de *mi* cliente.

¿Pretendías que me portara como un perrito obediente y le entregara el dinero sin más?

—Por supuesto que no —replicó—. Sólo estoy cuestionando tus técnicas, eso es todo.

—Mis técnicas se basan en el honorable y tradicional funcionamiento de los tribunales. Ella contesta con evasivas y yo la presiono. Es así como se hace. Pero si me preguntas si creo que está realmente asustada de los amigos de Hunsiger, te diré que sí.

—A lo mejor sufre manía persecutoria —dijo Jaye, que prefería rechazar la idea.

—Tú también estabas bastante paranoica esta mañana —le recordó él—. Los dos lo estábamos. ¿Recuerdas cómo te apretabas contra mí en el trolebús?

—Yo no me apretaba contra ti —protestó Jaye—. Y no parece que nadie nos estuviera siguiendo, porque aquí estamos, a la vista de todos, y nadie ha venido a molestarnos.

—Hasta ahora —dijo Turner con aire entendido.

—No lo compliques todo con problemas imaginarios —le advirtió Jaye—. La cuestión es… ¿es válida esta lista? Y en tal caso, ¿qué utilidad tiene?

—Hay una fecha que resulta interesante —señaló Turner.

Jaye le miró dubitativa, casi burlona.

—¿Qué fecha?

Turner descruzó los brazos y, con aire de experto, señaló el cuarto nombre de la lista.

—Ésta.

| Diane Englund | Fort Smith | niño | 12 ene. 1967 |

—Esta es una fecha aproximada —dijo.

—No lo es —protestó Jaye—. Ninguno de los niños que buscamos nació en enero de 1967. ¿En quién estás pensando?

Turner la miró fijamente.

—En ti.

—No —dijo Jaye con impaciencia—. Este es un niño. Y yo nací en 1966.

«Piénsalo bien», le decía la mirada de Turner.

Jaye sacudió la cabeza. Conocía los hechos. Ella había nacido justo antes de Navidad, el 22 de diciembre de 1966. Recordaba las fotos del álbum donde se recogía su llegada... su padre debió de hacer montones de fotos. El árbol de Navidad estaba en pie y Nona sonreía feliz, era una radiante estampa del instinto maternal satisfecho. Jaye estaba toda arropada en blanco y tocada con un gorrito de encaje. Era apenas una personita, un bichito arrugado y colorado...

22 de diciembre de 1966

12 de enero de 1967

La comprensión le llegó de repente, como la luz de un brillante relámpago. Había menos de un mes entre las dos fechas.

«Las chicas se quedaban con Hunsinger antes de dar a luz, para que la gente no las viera embarazadas».

¿Durante cuánto tiempo se mantenían ocultas? ¿Dos o tres meses? Algunos embarazos podían coincidir en el tiempo.

«Y en ese caso, las chicas se conocerían».

Notó un súbito renacimiento de la esperanza, como un aleteo interno.

—Dios mío —le susurró a Turner—. ¿Quieres decir que mi madre y Diane Englund pudieron conocerse?

—Es posible.

—Entonces —dijo Jaye, cada vez más emocionada—, cada una de las chicas de esta lista pudo conocer a otras que estaban con Hunsinger.

—Eso es lo que tenemos que averiguar.

Jaye vislumbró un sinnúmero de hermosas posibilidades.

—Un nombre llevaría a otro, y este a otro más.

—Si tenemos suerte —dijo él.

Pero el optimismo de Jaye resultó ser demasiado frágil. Carecía de aguante. Se había levantado, y ahora, como una avioneta estropeada, estaba haciendo piruetas y cayendo en picado.

—Pero esto ocurrió hace más de treinta años. —Tocó la lista con aprensión—. ¿Cómo encontraremos el rastro de estas mujeres?

Turner le tocó la mano.

—Yo puedo hacerlo.

Jaye lo miró. Sin saber por qué, le creía. La idea le aceleró el pulso.

—Pero tengo que hacerlo solo —añadió él.

«No». Cada latido de su corazón le gritaba lo mismo: «No. No. No».

—Has hecho tu parte —le dijo Turner—. Y la gente de Hunsinger es peligrosa. Quiero que te vayas a casa. A partir de aquí, sólo me estorbarías.

Jaye volvió a mirar la lista y la estudió detenidamente punto por punto: cada nombre, cada lugar, cada una de las fechas.

—Deja que lo piense —dijo al fin.

—No —dijo Turner con voz amable. Le acarició los nudillos con el dedo pulgar—. Me lo debes. Yo conseguí el dinero. A cambio, quiero que regreses a Boston lo antes posible. Esta noche.

Jaye tragó saliva y continuó estudiando la lista. Se mordió el labio inferior.

Turner siguió hablando en tono amable.

—Me quedaré con la lista. Es mía. La he comprado.

Jaye se puso de pie y cuadró los hombros. Sin decir palabra, tomó la lista, se acercó al murete de la terraza y la rompió en pedazos.

Turner se puso en pie de un salto.

—¿Estás loca? —gritó. Era demasiado tarde. Los papelitos volaban ya en el vacío; llevados por la brisa, se habían separado unos de otros y caían suavemente, como copos de nieve.

Turner se acercó a Jaye y la agarró por los hombros con tanta fuerza que le clavó los dedos en la carne.

—¿Te has vuelto loca, maldita sea? —le gritó furioso.

A Jaye no le importaba. Tampoco le importó que le hiciera daño en los hombros. Lo miró con calma, levantó la mano izquierda y se dio unos golpecitos en la frente con su dedo entablillado y adornado con la cinta.

—La lista que has comprado —le dijo— está aquí, en mi cabeza.

Turner la miraba como si se hubiera vuelto realmente loca.

«A lo mejor lo estoy», pensó Jaye. Sin embargo, le sostuvo tranquilamente la mirada. Sabía que había ganado. Por lo menos de momento.

Judy Sevenstar se dirigió al sótano del hotel y se metió en el lavabo de señoras del bar para recontar el dinero, no una sino cuatro veces. El tacto de los billetes le producía una increíble sensación de poder y de miedo. Y ya había empezado a hacer planes.

Conocía el Crescent, sus entradas y salidas. En su juventud, había trabajado allí una temporada como camarera. Saldría por la puerta trasera de servicio y pasaría desapercibida.

Su furgoneta estaba estacionada en el último rincón del aparcamiento más alejado del Crescent. Se había arriesgado dejándola allí, pero corrió ese riesgo porque no quería caminar mucho con el dinero encima y pretendía encontrarse a salvo y en un lugar despejado cuando subiera al coche. Eureka estaba repleto de rincones, caminitos y escondites donde resultaba sencillo sorprender a una persona. Así que Judy pensaba subir al coche a plena luz del día, tomar la carretera más directa para llegar al pueblo y desde allí seguir hacia Harrison.

En Harrison, planeaba comprar un pasaje de avión para Dallas, que tenía un aeropuerto inmenso, un verdadero centro de comunicaciones desde donde se podía llegar a cualquier destino imaginable. Una vez en Dallas sería libre, *libre*, con suficiente dinero para marcharse a donde quisiera.

Y tenía pensado marcharse a El Paso. Desde El Paso, le resultaría fácil cruzar la frontera a México. Allá, en el maldito México, tendría dinero suficiente para vivir como una jodida reina.

Cerró otra vez la cremallera de su bolso azul y rojo y salió del lavabo de señoras con la cabeza gacha, mientras el corazón le latía como un tambor en el pecho. Recorrió el mal iluminado pasillo hasta la puerta de servicio. No había nadie a la vista.

Se escabulló por la puerta, atravesó el pequeño solar trasero y tomó el sendero que llevaba a los terrenos de aparcamiento. El dinero resultaba sorprendentemente pesado, y la mano con la que asía el bolso estaba sudorosa.

Echó un vistazo a sus espaldas para comprobar si la seguía alguien. No vio a nadie y apresuró el paso. Se iba repitiendo: Harrison, Dallas, El Paso, Juarez, como una cancioncita, un mantra que resonaba en su mente. Harrison, Dallas, El Paso, Juarez.

Su camioneta estaba sola, no había coches aparcados junto a ella. Una vez dentro, Judy estaría a salvo. Echaría el seguro a las puertas y quedaría encerrada dentro, como si estuviera en un útero de metal. Y desde allí renacería. Cawdor quedaría atrás para siempre, se convertiría en algo perteneciente al pasado.

«Harrison, Dallas, El Paso, Juarez».

La camioneta destacaba por su aspecto sucio y descuidado. Cuando llegara a Harrison la vendería, y así añadiría unos cuantos cientos de dólares a su alijo. En la parte trasera llevaba las maletas y nada más. Había dejado el resto de sus pobres pertenencias en la caravana.

Abrió la puerta de la camioneta, arrojó el bolso rojo y azul sobre el asiento junto al conductor y subió al vehículo. Puso el seguro, que se cerró con un clic tranquilizador, y se sintió muy aliviada. Empezaba a sentirse ebria de euforia.

De repente, un objeto frío y metálico se clavó en su nuca, justo en la base del cráneo. Desde el asiento trasero le llegó el sonido de una voz familiar.

—Hola, Judy.

El corazón estuvo a punto de salírsele del pecho, y un frío helador le atenazó los huesos.

—Esto es una pistola —canturreó la voz suave y casi seductora de LaBonny—. Y ahora harás todo lo que yo te diga.

Las profesoras con la camiseta a juego aparecieron charlando y riendo en la terraza, provistas de bebidas y bolsas de patatas fritas. Eran cinco. Tres de ellas se sentaron alrededor de una mesa y las otras dos se acercaron al murete y empezaron a señalar y a lanzar exclamaciones de admiración.

Una de las mujeres sentadas frente a la mesa dirigió una mirada de curiosidad a Turner y a Jaye. A Turner le temblaban las ventanillas de la nariz, pero intentó que su postura, con las manos sobre los hombros de Jaye, pareciera más romántica que enfadada. Se inclinó sobre Jaye, como si le dijera palabras cariñosas al oído.

—Esto que has hecho ha sido una tremenda estupidez —murmuró entre dientes.

Jaye le dedicó una sonrisa dulce como la miel.

—No pienso regresar a Boston. Me necesitas.

«Tanto como un dolor de muelas», pensó él.

—No —dijo con dulzura—. Lo único que necesito es la información que había en la lista. Escríbela ahora mismo.

—Ni lo sueñes —respondió Jaye—. Si no me quitas inmediatamente las manos de encima, me pondré a gritar y asustaré a estas encantadoras señoritas.

—Eres una jodida cabezota —murmuró Turner—. La soltó, pero antes, para seguir con su representación, le dio un beso en la mejilla, que estaba fría y suave como el mármol.

La contempló de arriba abajo. Mierda, pensó, realmente era una mujer tremendamente obstinada, pero también muy lista y con arrestos. Viéndola así ante él, con ese aspecto modoso que escondía una voluntad desafiante, Turner sintió que se le encogía el corazón.

Jaye estaba más pálida de lo habitual, pero en sus ojos azules brillaba un fuego provocativo. El viento azotaba y agitaba su cabello dorado, que ardía como una llama contra el cielo. Turner volvió a sentir un pinchazo en el corazón.

—De manera que todo lo que quiero y necesito lo tengo aquí delante —dijo secamente.

—Puedes contemplarlo así, si quieres —dijo ella.

—Eres una pequeña arca del tesoro que contiene todos los datos importantes.

—Así es. Soy tu estimado tesoro escondido.

Turner cruzó los brazos y le dirigió una mirada de reconocimiento.

—Todo está en tu bonita cabeza. Pero, ¿y si alguien te vuela esa cabecita?

Jaye sonrió de nuevo.

—No estoy asustada.

—Y esto lo resuelve todo, claro —dijo él con sarcasmo—. ¿Y si te ocurre algo? ¿Quién ayudará a tu hermano entonces? Será mejor que escribas la lista ahora mismo, rubia.

La sonrisa de Jaye se desvaneció.

—Me aseguraré de que la información esté a salvo. No voy a correr riesgos.

—¿Y cómo piensas hacer eso?

—Simplemente lo haré.

Turner hizo un gesto de impaciencia. Estaba convencido de que ella llevaría a cabo su propósito.

—He de encontrar a la Englund, esa mujer. Y también a las demás —dijo—. Para eso se necesita dinero. Se necesitan contactos.

—Lo conseguiré —dijo Jaye.

—No sabes *cómo* hacerlo —le espetó él.

—Mi abogado sabrá —respondió.

—No te lo puedes permitir.

—Ampliaré el crédito de mis tarjetas. Utilizaré todos los recursos a mi alcance. Y te juro por Dios, que si es necesario te lo pediré a ti.

—¿A mí? —Turner no daba crédito a sus oídos.

—Si no consigo dinero, me lo tendrás que dar tú —repuso, muy segura de sí misma—. De otra forma, tampoco tú conseguirás nada, ¿no?

«Joder», pensó Turner entrecerrando los ojos. «Eres realmente todo un personaje, ¿sabes?» Verla tan decidida le dejaba atónito, pero también lleno de curiosidad. Metió las manos en los bolsillos y se encogió de hombros. Luego suspiró y miró a Jaye con resignación.

—De acuerdo. Tú ganas. Tienes todas las cartas.

—Pues sí —dijo ella con la cabeza bien alta. Pero bajo sus altivas palabras se adivinaba un ligero temblor de incertidumbre.

Cuando percibía inseguridad en los demás, Turner acostumbraba a estudiar la situación y a idear alguna forma de sacarle partido. Y aquí dedujo que Jaye no sabía realmente lo que hacía. Estaba improvisando, y lo hacía bien, pero no pasaba de ser una aficionada.

«Ya veremos cuánto camino eres capaz de recorrer antes de tener un tropiezo», pensó. «Entonces me entregarás el mando de nuevo». Frunció el ceño, como si intentara leer su pensamiento.

—Tú tienes las cartas. ¿Qué carta pondrás primero sobre el tapete?

La mirada de Jaye era franca y decidida.

—Llamaré a mi abogado y le daré estos nombres y estas fechas. Le diré que contrate a un detective para que averigüe todo lo posible sobre estas personas.

Turner asintió con un gesto. De momento, el procedimiento era correcto. Pero tenía que serlo, porque la idea se le había ocurrido primero a él.

—¿Desde dónde piensas telefonear?

La expresión de Jaye se tornó recelosa.

—Desde un teléfono público, aquí mismo, ahora. Para empezar lo antes posible.

—Bien —la miró inquisitivo, como si fuera un severo profesor poniendo a prueba a una alumna que no se hubiera examinado todavía—. ¿Y luego qué? —preguntó.

—Luego no quiero servicios de información. Yo misma empezaré a buscar a estas mujeres.

—¿Por dónde empezarás?

Jaye, nerviosa, tragó saliva.

—Por la tal Englund. Puede que viva todavía en Fort Smith. Si vive allí, es posible que quiera hablar.

—¿Y si está dispuesta a hablar?

Jaye le dio la espalda.

—Entonces iremos a verla.

Turner se acercó a ella. Percibía el calor de su cuerpo, y se preguntó si ella notaría lo mismo.

—Deberíamos actuar juntos en esto —le dijo—. Yo estoy acostumbrado a interrogar a la gente sobre temas personales. Y algunas de estas cuestiones podrían resultar demasiado… emotivas para ti.

Jaye seguía dándole la espalda.

—Puedo controlar perfectamente mis emociones.

¿Realmente podría?, se preguntó Turner. Le puso las manos sobre los brazos, y Jaye no se movió ni opuso resistencia.

—Tendremos que viajar juntos —dijo.

—Esto no me importa —respondió.

«Pues a mí sí me importará», pensó, y trató de que su expresión no revelara la tensión que notaba en la ingle.

—Confío en que vayamos a Fort Smith —le murmuró al oído—. O a Little Rock o a Oklahoma City. No me gusta la idea de llevarte de regreso a Cawdor.

Jaye se dio media vuelta. La brisa le agitaba los cabellos y dejaba ver su herida en la frente. Tenía los ojos puestos en Turner, y él se dijo que ojalá su mirada fuera de afecto o de ternura, aunque resultara una emoción pasajera. Pero en realidad, estaba claro que la atención de Jaye se encontraba muy lejos de allí. Turner todavía tenía las manos puestas sobre sus brazos; estaba tan cerca que hubiera podido besarla. Sin embargo, adivinó que Jaye no pensaba en él; pensaba en su hermano.

Jaye se apartó de él sin mirarle, como si no se hubiera dado cuenta de lo cerca que habían estado el uno del otro.

—Tengo que encontrar un teléfono —dijo, como si hablara para sí misma.

LaBonny conducía la camioneta de Judy. El vehículo iba dando tumbos y sacudidas por la carretera secundaria que llevaba a Kings River.

Sonrió despectivamente ante el mal estado del vehículo.

—Esta camioneta está hecha una mierda. ¿Cómo la aguantas? —Luego miró a Judy con sus ojos claros y repitió aquella imitación de Cary Grant que acostumbraba a hacer cuando iba detrás de ella en los tiempos del instituto—. Oh Judy, Judy, Judy.

Ella estaba tan aterrorizada que se orinó encima cuando se metieron en el camino de tierra. A LaBonny le pareció repugnante, pero

Cody J. Farragut, que iba en el asiento trasero, lo encontró divertidísimo. Era un tipo de la misma edad que LaBonny, treinta y tantos, y tenía un rostro amable y pecoso. Llevaba una gorra de béisbol ladeada sobre la cabeza, como un muchacho, y apoyaba el cañón de la pistola en la nuca de Judy.

Cody J. olía a sudor y a goma de mascar con sabor a menta, igual que cuando era un chaval. Ahora estaba más gordo y tenía canas en las sienes, pero su rostro mostraba aquella expresión de atolondrado nerviosismo que siempre adoptaba cuando las cosas iban a ponerse violentas.

Detrás de la camioneta de Judy iba un tercer hombre, Bobby Midus, conduciendo el coche blanco de LaBonny por la sinuosa carretera. Bobby Midus era la única persona a la que LaBonny dejaba tocar su vehículo, por más que sabía que este privilegio hería los sentimientos de Cody J. Y es que Cody J. era el que había estado más tiempo con LaBonny, desde que eran unos críos fanfarrones. También entonces, en una ocasión se habían llevado a Judy en coche.

Precisamente en eso estaba pensando Cody J. en aquel momento.

—Eh, Judy —dijo—. Como en los viejos tiempos. —Emitió una risa histérica—. Es como una reunión de compañeros de clase, ¿no? A lo mejor tendríamos que cantar el himno de la escuela.

LaBonny sonrió.

Judy, encogida y con los hombros caídos, era la viva imagen de la desesperación, pero a pesar de todo reunió las fuerzas necesarias para lanzarle a LaBonny una hosca mirada.

—Que os jodan a los dos —dijo. Pero tenía los ojos bañados en llanto, y las lágrimas le resbalaban por las mejillas, dibujando torcidos surcos en su rostro.

LaBonny meneó la cabeza y pretendió entristecerse.

—Oh, Judy, Judy, Judy —dijo, de nuevo imitando a Cary Grant.

Cody J. se acercó un poco más al asiento delantero.

—No deberías pronunciar palabras como «jodan», Judy —le dijo—. Esto podría dar malas ideas a un hombre. ¿Te acuerdas?

—Me acuerdo —respondió ella con amargura.

—¿Y quién se la tiraría? —preguntó LaBonny—. Se ha meado encima.

—Un coño mojado es un coño mojado —dijo Cody J.—, y soltó una risotada nerviosa—. Ya lo creo que sí.

Judy estaba esposada con las propias esposas de Cody J. de la Oficina del Sheriff del Condado. LaBonny la repasó de arriba abajo con la mirada.

—Pareces un perro callejero encadenado y sentado en su propia orina después de una paliza —dijo—. Y a pesar de todo todavía tienes una mirada mezquina. A lo mejor tengo que darte una zurra para curarte de esto.

Cody J. acarició la nuca de Judy con el cañón de su pistola.

—Hay cosas más divertidas que una zurra. Eh, Judy, pasaste un buen rato con nosotros aquella noche cuando íbamos al instituto. ¿A que sí? —bromeó.

—Sí —respondió Judy con voz cargada de odio—. Un rato estupendo.

Cody J. se movió en el asiento y se acercó más a ella, de manera que sus labios rozaban la oreja de Judy.

—¿Quién de nosotros era el padre, eh? ¿No saben las mujeres intuitivamente este tipo de cosas? ¿De quién era el bebé? ¿LaBonny? ¿Delray? —Le dio un suave mordisco en la oreja—. ¿Era *mío*, acaso?

—Ruego a Dios que no fuera tuyo —masculló Judy. Y le dirigió una mirada de desprecio a LaBonny—. Ni *tuyo*.

—Me hubiera gustado ver al pequeño bastardo correteando por el pueblo. Siempre que se pareciera a mí y no a ti —dijo Cody J.

Judy se volvió hacia él y su boca se torció en una mueca de repugnancia.

—Cierra el pico.

Cody J. le dio unas palmaditas en el hombro.

—No te lo tomes a mal, Judy. En realidad no pasó nada, el viejo Hunsinger se ocupó de ti.

—Sí —dijo en tono sombrío—. Desde luego que se ocupó de mí.

Cody J. soltó una carcajada.

—Si no fuera por el doctor, el condado estaría lleno de bastardos medio indios. Nos quitó las castañas del fuego a muchos chicos como LaBonny y yo mismo. ¿Eh, semental? —Y le dio a LaBonny una palmada en la espalda.

«Semental». El corazón de LaBonny se inundó de fría cólera. Le repugnaba que Cody J. sintiera deseo por esa mujer que no valía para nada y apestaba a orín. Si empezaba, era posible que Bobby también se la quisiera tirar, y este solo pensamiento le revolvía las tripas y le enfurecía. Hubo un tiempo en que a LaBonny también le gustaba participar en cosas así, en vandalismos consistentes en violar a chicas como Judy. Pero ya no. Apretó los labios hasta convertirlos en una fina línea, y no dijo nada.

La carretera se fue estrechando hasta convertirse en un sendero trillado que iba a parar junto al río. Ya se oía el chapoteo del agua, aunque el río no estaba a la vista. Luego la camioneta traqueteó en la última curva y llegó a un claro entre los arbustos.

Allá estaba el río, ancho y rebosante de agua marronosa a causa de las últimas lluvias.

—¡Qué mierda! —exclamó Cody J. —. El río está a punto de desbordarse.

—Por aquí ha llovido más —dijo impasible LaBonny, y estacionó la camioneta junto a la orilla repleta de barro rojizo y pedruscos. Era un camino muy poco concurrido. Los únicos que lo utilizaban eran los aficionados al remo, cuando querían acceder al río. El aire primaveral era todavía fresco para practicar el remo, y el agua estaba demasiado fría y revuelta. LaBonny no esperaba encontrarse con nadie en esta época del año.

Se volvió a mirar a Judy. Sacó su navaja plegable de policía y se puso a abrirla y cerrarla con aire pensativo.

—¿Por qué has quedado en encontrarte con estas personas, Judy? ¿Por qué te han dado cuarenta mil dólares? ¿Qué les has contado?

—Mentiras —respondió ella, pero LaBonny percibió el miedo en sus ojos oscuros—. Les he contado un montón de mentiras. Me han creído y me han entregado el dinero.

LaBonny se quitó el sombrero blanco y lo depositó con cuidado en el asiento trasero junto a Cody J. Luego se volvió de nuevo a la mujer y continuó con su meditabunda operación de abrir y cerrar la navaja.

—Judy —dijo con voz suave—. Por favor, no nos cuentes mentiras. No me mientas, por favor. —Le dio una bofetada tan fuerte con el revés de la mano que notó cómo el hueso de la nariz de Judy se quebraba bajo el pedrusco de su elegante anillo. Judy cayó contra la portezuela de la camioneta gimiendo como un animal herido. De las dos ventanillas de la nariz le brotaba sangre.

—Joder —dijo Cody J. — Vas a poner todo el interior de la camioneta perdido de sangre.

—La camioneta no es mía —dijo LaBonny. Echó un vistazo a su sombrero para comprobar que no le hubiera llegado ninguna salpicadura de sangre. Bajó la visera de la camioneta y se miró atentamente en el espejo. Sólo tenía una gotita roja en el terso pómulo. Humedeció con saliva la punta del dedo índice y se limpió la mancha con cuidado. Luego se examinó la mano.

—Me he arañado el nudillo —se lamentó, y lo lamió tiernamente.

Judy estaba apoyada en la portezuela, con el cuerpo encogido. Sollozaba quedamente y sostenía junto a la nariz el arrugado dobladillo de su cazadora para detener la sangre que le salía a borbotones.

LaBonny le dirigió una mirada de tristeza.

—Tú te lo has buscado. Y duele. Sé que duele. Carajo, incluso me duele a mí.

Examinó pesaroso su nudillo y luego volvió a prestarle atención a Judy.

—Bueno, encanto. Ahora cuéntame por qué estas personas te han pagado cuarenta mil dólares. ¿Qué les has dado a cambio, exactamente?

Bobby Midus acababa de llegar y había estacionado la camioneta blanca de LaBonny de manera que bloqueara el paso a cualquier otro vehículo, sólo por si a algún estúpido se le ocurría acercarse por allí. Judy seguía sollozando.

Bobby salió del vehículo y Cody J. bajó el cristal de su ventanilla.

—Eh —dijo Bobby alegremente—. ¿Vamos a violarla?

«Joder», pensó LaBonny. «Estos dos piensan con su picha». Pero no le hizo caso.

—Cody J. —dijo con hastío—. Dame tu cuchillo, es más grande.

—¡No! —gritó Judy. Tenía la boca llena de sangre y de mocos—. ¡No!

Pero LaBonny alargó la mano y Cody J. le puso el cuchillo en la palma. Era un cuchillo SEAL de marinero, con una hoja que medía más de 17 centímetros de largo. LaBonny la cogió y se puso a estudiarla con mirada apreciativa mientras le pasaba el dedo por el filo.

—Judy —dijo en tono caballeroso—. Te he hecho una pregunta. Será mejor que me contestes si quieres conservar tu nariz y tus orejas. Si no colaboras, muchacha, voy a empezar a cortarte pedazo a pedazo.

Judy agachó la cabeza. Sólo se oyó un ahogado sollozo.

LaBonny suspiró.

—Cody J. —dijo—, sujétala.

Cody J. exhaló un suspiro, pero sus gordezuelas y pecosas manos se apoyaron en los hombros de Judy mientras LaBonny la agarraba por el pelo y le tiraba con tanta fuerza que la obligaba a levantar la cara. Entonces acercó el cuchillo un lado de su cabeza y lo colocó con precisión de cirujano en el punto donde la oreja se une al cráneo.

—Te lo advierto, Judy —dijo con voz cavernosa—. Esto te va a doler como un demonio.

—Yo...yo tenía una lista —tartamudeó Judy, intentando apartarse de LaBonny.

—¿Qué clase de lista? —preguntó LaBonny, y deslizó la hoja del cuchillo hasta un punto bajo la oreja de Judy. Allí apretó el cuchillo, hasta que brotó una gota de sangre que le rodó por el cuello.

—¡No lo hagas! —suplicó Judy—. Mi madre tenía una lista de chicas que vinieron a la clínica. No era una lista larga, sólo tenía cinco nombres.

—¿Y por qué hizo esto tu mamá? Ya sabía que el doctor no quería que nada quedara registrado.

—Yo no sé por qué. Lo juro —balbuceó Judy—. A lo mejor pensó que esto un día valdría dinero.

—¿Pero no la usó?

—No —dijo Judy suplicante—. Lo juro por Dios.

—¿Y por qué no? ¿Tenía miedo de que le pasara lo mismo que a Luther?

—Sí —dijo Judy—. Aparta el cuchillo, por favor. Puedes quedarte con el dinero, pero no me hagas más cortes, por favor.

LaBonny rió suavemente.

—Shhh. Serías una mujer muy estúpida si no te hubieras guardado una copia de esa lista. ¿Dónde está? —Movió el cuchillo hasta el rabillo del ojo de Judy—. Tienes unos ojos muy negros, negros como la noche. ¿Ves bien con ellos? Se supone que los indios tienen buena vista.

Judy no se atrevía a moverse un milímetro; el cuchillo estaba suspendido en el aire justo frente a su pupila. Susurró:

—Hay una copia en la guantera.

—Gracias —dijo LaBonny. Se volvió y abrió la guantera. Dentro había un sobre de color rosa chillón—. ¿Eso es todo?

—Eso es todo, lo juro por Dios, lo juro sobre la tumba de mi madre.

LaBonny se aproximó a ella.

—¿Lo juras por tus ojos?

—Sí —gritó—. Por favor...

LaBonny agitó el papel y lo hizo crujir.

—¿Qué sabes de estas mujeres?

—Nada —sollozó Judy—. No sé si están vivas o muertas.

—¿Esta es toda la información que les has dado? ¿Te pagaron cuarenta mil dólares por esto? ¿Por esta pequeña lista donde no pone casi nada?

—Así es —contestó. Son ricos. Se ve que son ricos.

—Mierda, Judy —dijo LaBonny con una levísima sonrisa—, tenías que haberles pedido más. ¿Y qué pensabas hacer con este dinero? ¿Escaparte?

—Sí. Eso es todo. No quería hacer daño a nadie. Sólo pretendía irme.

—¿Por qué? ¿No te gusta nuestro pueblo? ¿No te trae buenos recuerdos?

Cody J. se rió con disimulo.

—Seguro que tienes buenos recuerdos de mí, Judy. Un hombre rudo siempre es agradable.

—¿Por qué querías dejarnos, Judy? —preguntó LaBonny—. ¿Te acordaste de Luther y tuviste miedo?

Judy no respondió. Se oía su respiración jadeante y entrecortada.

—Pero bueno, tú no has hecho lo mismo que Luther —dijo LaBonny en tono tranquilizador—. ¿Sabes lo que hizo Luther?

Por la mirada de Judy, se veía que sí lo sabía, pero con el cuchillo tan cerca no se atrevió a asentir con la cabeza.

—Intentó hacer chantaje al doctor —comentó Luther con tristeza—. Pero tú nunca harías algo así, ¿verdad que no?

—N...no —susurró Judy.

—Luther sabía demasiado, ya lo creo. —LaBonny empezó a acariciar la mejilla de Judy con el filo del cuchillo. Era un movimiento lento, casi amoroso, de un lado a otro—. Tú no contarías nunca a la gente, a gente que no fuera del pueblo, lo que vio Luther, ¿no? Ni siquiera a cambio de dinero.

—No —jadeó Judy—. Nunca.

—Lo que Luther y Hollis vieron es nuestro secreto, ¿no?

—Sí —dijo Judy. Tragó saliva y soltó una especie de carcajada—. Sí.

—¿Y qué pasa con Hollis? —preguntó LaBonny—. ¿Ibas a ayudar a Hollis con ese dinero? ¿Dónde está? ¿Sabes dónde está Hollis?

—Le… le habéis hecho algo —dijo Judy con lágrimas en los ojos—. Lo sé. Pero no se lo diré a nadie. Lo juro.

—Bien —dijo LaBonny—, eso está muy bien.

—Escuchad —dijo Judy—. Podéis tener todo el sexo que queráis. Todo lo que os dé la gana. Tú, Cody J., y también Bobby…

LaBonny la miró directamente a los ojos. Por su rostro pasó algo que no era exactamente una sonrisa, y acto seguido le rebanó a Judy la garganta de oreja a oreja.

—Joder —exclamó Cody J. sobresaltado—. No pensé que te la fueras a cargar dentro de la camioneta. Pensé que te estabas preparando para tirártela.

—Sabía demasiado —LaBonny se limpió la sagre que tenía en la mano con un pañuelo limpio mientras su labio superior se levantaba en una mueca de repugnancia—. Seguro que había hablado demasiado también. Lo he leído en sus ojos.

—Joder —dijo Cody—, esto es un montón de sangre. Es como degollar a un cerdo.

—Deshazte de ella —dijo LaBonny—. Que Bobby te ayude. Ocupaos también de la camioneta, ya sabéis cómo. Yo voy a lavarme.

LaBonny salió de la camioneta, se acercó a la orilla del río y comenzó a lavarse las manos y los brazos. La camisa le había quedado empapada de sangre, así que se la quitó y se puso una camiseta de manga corta. Tomó la camisa ensangrentada, la rompió en jirones y contempló tranquilamente cómo se los llevaba el río.

Luego se levantó y regresó al lugar donde estaban sus hombres.

Cody J. y Bobby habían sacado a Judy del vehículo y la estaban arrastrando por los pies hasta la orilla del río. Cody J. parecía un poco mareado, y a Bobby se le veía apagado, casi malhumorado. El chico siempre decía que había nacido empalmado. Resultaba una imagen interesante, pero el chico tenía que ser más perspicaz.

—¿Y qué haremos ahora con el abogado y con esa mujer? —preguntó Cody J. con cierta inquietud—. ¿Vamos a seguirlos? ¿Qué haremos?

—Cada cosa a su tiempo —dijo LaBonny. Le devolvió el cuchillo a Cody J. y señaló con un gesto de la cabeza el cadáver de Judy—. Ábrela —dijo— para que se hunda.

LaBonny se quedó de pie contemplando cómo Cody J. abría a Judy en dos, como si fuera un ciervo acabado de cazar—. Llénala de pedruscos. Esto hará que se vaya al fondo.

—Joder —dijo Cody J. —. Nunca había hecho esto con una mujer. Me parece un desperdicio.

Por la mirada que le lanzó a LaBonny, Bobby estaba de acuerdo con eso. Luego el chico apartó resueltamente sus ojos azules del cuerpo de Judy y se puso a mirar un punto en la distancia, más allá del río. Su hermoso rostro estaba más pálido de lo normal.

Mejor que se sorprendan con mis decisiones, se dijo LaBonny. Pensó que era preferible que le tuvieran miedo. Así los mantendría a raya y los pillaría siempre con la guardia baja.

Bajó la mirada hacia el cadáver de Judy y sacudió la cabeza con satisfacción. Parecía decir «tuve que hacerlo». Ahora ella ya no tenía poder sobre nadie, ni a través del sexo ni a través de los conocimientos.

Otra vez la miró a los ojos, que ahora estaban ciegos, fijos e inmóviles. Por tercera vez, tuvo que hacer su imitación burlona de Cary Grant:

—Oh, Judy, Judy, Judy.

Capítulo 12

Fort Smith era una ciudad repleta, rebosante, de personas que se apellidaban Englund. Probablemente fueron los fundadores y los principales colonizadores, y los hijos de puta más prolíficos que imaginarse pueda; al parecer, todos se enamoraron de aquella ciudad y ninguno de ellos la abandonó jamás. También compartían otras peculiaridades: no les gustaba contestar al teléfono, y los pocos que contestaban no solían aportar ninguna información de utilidad.

Turner había llamado al servicio de información de Fort Smith para localizar a todos los malditos Englund, en tanto que Jaye se había puesto en contacto con su abogado para hablarle de la lista. Después, se repartieron los teléfonos de los Englund, como si fueran soldados de fortuna repartiéndose el botín, y empezaron con su maratoniana ronda de malditas llamadas.

El Crescent Hotel tenía unas cuantas cabinas telefónicas anticuadas a lo largo de la pared oeste del vestíbulo. Había tres bonitas cabinas de cristal y de reluciente madera de roble. Jaye y Turner se pasaron más de una hora encerrados cada uno en su cabina, haciendo una llamada detrás de otra.

De repente, Jaye colgó el auricular con aire resuelto, como si ya hubiera acabado su tarea y golpeó con los nudillos en la pared de cristal que la separaba de Turner. «Tiene algo», pensó Turner, y sus sentidos se pusieron alerta.

Jaye se colocó su bolígrafo dorado sobre la oreja, abrió de golpe la puerta de su cabina y se acercó a la de Turner. Asintió con la cabeza con expresión tensa y emocionada.

—Gracias de todas formas —dijo Turner a su interlocutor telefónico, y colgó el auricular. Aunque mientras trabajaban había simulado que no le hacía caso, lo cierto era que había estado observando a Jaye atentamente. Comprobó que utilizaba el teléfono como una profesional; se concentraba en lo que le decían y garabateaba rápidamente notas con aire experto.

Turner abrió la puerta de su cabina.

—¿Y bien? —preguntó.

Jaye respiraba agitadamente. Bajo la chaqueta, su pecho se movía arriba y abajo de una forma encantadora.

—He encontrado a una pariente de Diane Englund. Es prima suya, y está dispuesta a hablar con nosotros.

Turner enarcó las cejas. Estaba sorprendido, impresionado y un poco irritado, también. «Rubia, has tenido una suerte de narices», pensó.

—¿Vive en Fort Smith? —preguntó. No podía creerlo.

—En Oxford, un pequeño pueblo de Mississippi —dijo ella—. A unas seis horas de aquí.

—Oxford —repitió él sin entusiasmo.

—He hablado con un hermano que vive en Fort Smith. Dice que él no se acuerda mucho de Diane, pero que su hermana sí. Me ha dado su número de teléfono en Oxford. Ella se llama Rita Walsh.

Viendo el entusiasmo que irradiaba Jaye, Turner se preguntó si sus esperanzas volverían a verse destruidas.

—¿Y Diane está viva? ¿Sabe esta mujer dónde vive su prima?

Jaye asintió con la cabeza y tragó saliva.

—Sí, pero dice que esto es algo de lo que tenemos que hablar en persona, y no por teléfono.

Turner frunció ligeramente el entrecejo.

—¿Le has explicado de qué va todo esto?

—Le he hablado de Patrick… tenía que hacerlo. No quería hablar conmigo, y es normal.

Turner sacudió la cabeza con aire resignado. Estas cosas era mejor tratarlas paso a paso, con mucho tiento, pero por supuesto Jaye había ido a pecho descubierto. Seguramente era así como actuaba siempre. Bueno, ya no había remedio y además, qué carajo, una pista era una pista.

—¿Y cuándo te ha dicho que podemos verla?

—Mañana a primera hora, antes de que empiece el colegio. Es maestra.

—Mañana a primera hora —repitió Turner—. Y entonces, ¿cuándo quieres que salgamos para Oxford?

La respuesta de Jaye fue exactamente la que él esperaba.

—Ahora —dijo sin pensarlo dos veces.

La miró de arriba abajo.

—No llegaremos allí hasta entrada la noche.

—No me importa.

—Tendremos que pasar la noche allí.

Jaye sacudió bruscamente la melena con aire de rebeldía.

—Eso tampoco me importa.

—Tienes todas tus cosas en casa de la señorita Doll. ¿Quieres que pasemos a buscarlas?

—No. Eso nos retrasaría. No necesito demasiado para pasar una noche.

Turner la miró a los ojos.

—Yo tampoco.

Entre ellos pasó una corriente eléctrica, y el aire pareció crujir y espesarse a su alrededor. Turner tuvo de repente la certeza de que algo había ocurrido, y era una convicción íntima e inmediata, una inyección en vena que cantaba una canción: «Te deseo». Por fin, su mirada le transmitía a Jaye este mensaje.

Por un momento, pensó que ella sentía lo mismo, pero entonces vio que el semblante de Jaye asumía una expresión ausente y que su mirada se desviaba hacia el hogar de piedra.

—Patrick es lo único que me importa —dijo—. Quiero estar allí antes de que esa mujer cambie de idea.

Turner asintió y realizó un esfuerzo para calmar su alterada libido y devolverla al estado normal.

—Podemos pararnos por el camino y comprar lo que necesites —dijo.

—Claro —dijo ella con la mirada puesta en las elaboradas curvas y en los ángulos del hogar de piedra—. Supongo que sería mejor que telefoneara a la señorita Doll para decirle que no se deshaga de mis cosas.

Turner la miró nuevamente de arriba abajo, intentando apagar el deseo que sentía por ella.

—Supongo que sí. Pero no le digas a dónde te diriges.

La boca de Jaye se curvó en una media sonrisa.

—Le diré que estaré de vuelta en un par de días.

—Estupendo —dijo él, y cerró la boca con firmeza.

Jaye miró con interés su reloj de pulsera. Seguía haciendo lo posible por evitar la mirada de Turner.

—También tengo que telefonear a Bélgica… Dios mío, ahora ya son las siete allí.

Turner asintió de nuevo.

—Es posible que hoy se encuentre mejor —dijo, y la voz se le quebró un poco—. Tal vez hoy sea capaz de hablar.

—Espero que sí —dijo Turner. Él mismo se sorprendió al notar la sinceridad con que lo decía. Se quedó realmente asombrado.

Jaye le lanzó una extraña mirada, como pidiéndole perdón.

—Y tengo que hablar con mi madre. Estará preocupada por mí.

Qué formal sonaba eso, pensó Turner. Qué anticuado. Y sin embargo, en las presentes circunstancias parecía un apropiado destello de humor negro: «Tengo que hablar con mi madre».

—Claro —dijo.

—No te preocupes. Intentaré no darle demasiadas esperanzas. —Ladeó la cabeza, como si quisiera convencerse de que ella misma tampoco debía dejarse llevar por el entusiasmo.

—Es una buena idea —dijo él.

—A lo mejor podemos parar un momento en el centro comercial Wal-Mart de camino al pueblo —murmuró Jaye—. He visto uno, y he de comprar un cepillo de dientes, una muda de ropa interior y este tipo de cosas.

—De acuerdo —dijo Turner.

Jaye se dio media vuelta y se metió de nuevo en una cabina de teléfono.

Turner se metió las manos en los bolsillos y se quedó mirando una esquina del techo del vestíbulo. Pensó en las palabras «muda de ropa interior». Se imaginó a Jaye en ropa interior, y luego despojada de toda prenda. «Esto se está convirtiendo en un auténtico padecimiento», pensó.

LaBonny conducía su Chevrolet blanco de vuelta a Cawdor. La camioneta siempre había tenido una conducción fácil y suave como la seda, y ahora volaba sobre la autopista como si sus ruedas no tocaran el firme.

Bobby Midus, que había estado de guardia la noche anterior, se había quedado dormido, con su rubia cabeza apoyada contra la ventanilla de la portezuela derecha.

Cody J., repantingado en medio de los dos, se mordisqueaba el pulgar y miraba las montañas con expresión ausente. LaBonny pensó que estaba perdiendo valor, últimamente, pero todavía podía serle de utilidad en algún momento.

—¿Adon no se pondrá como una furia cuando vea que hemos dejado escapar a los otros dos? —preguntó inquieto Cody J.

LaBonny se encogió de hombros.

—No podíamos estar en dos sitios al mismo tiempo.

Cody J. se quedó pensativo, mirando por la ventana y modisqueándose el pulgar.

—Bueno, eso ya lo sé —dijo al fin—. ¿Pero no se pondrá furioso, tío? ¿No le cabreará que los hayamos dejado escapar y todo eso?

—¿Y qué querías que hiciéramos? —preguntó sarcástico LaBonny—. ¿Pretendías que entráramos en el Crescent en pleno día y lo hiciéramos pedazos? Además, el verdadero problema era Judy, y no ellos.

Cody J. se removió inquieto en el asiento y se bajó la visera de la gorra de béisbol.

—Bueno —dijo con voz malhumorada—, si ella les entregó la lista, eso quiere decir que ahora también habrá problemas, ¿no?

LaBonny sonrió y sacudió la cabeza ante la estupidez de aquella afirmación.

—Eso dependerá de lo peligroso que sea que ellos tengan esos nombres, Cody J. Y eso es algo que no sabemos ni tú ni yo. Es *posible* que haya problemas, pero esto lo decidirá Adon. Y entonces ya veremos lo que hacemos.

Cody J. no se quedó tranquilo con la explicación.

—Bueno, pues lo más probable es que se ponga como una furia, tío. ¿Y si esta gente no vuelve a Cawdor? ¿Y si se se van directamente tras los nombres de la lista?

—La rubia tiene todas sus cosas aquí —dijo LaBonny. Lo sabía porque Doll le había comunicado la noticia por teléfono a Adon a primera hora de la mañana—. También tiene el coche aquí. Los dos volverán, antes o después.

—Me hubiera gustado tirarme a Judy una última vez —dijo el otro, casi entristecido—. Sólo por los viejos tiempos. Hacía muchos años que la conocía. Qué jodienda. Este trabajo a veces no es nada divertido.

—Tampoco lo es la cámara de gas —dijo LaBonny con voz melosa.

—Eso dicen —dijo con resignación Cody J. Se metió la mano en el bolsillo de sus pantalones, sacó un pedazo de goma de mascar y se dispuso a desenvolverlo.

—No uses goma de mascar en mi coche —ordenó LaBonny. De repente, su voz sonaba dura e inflexible.

—Oye, tío —dijo Cody J. ofendido—. Es sólo *goma de mascar*, tío.

—En mi camioneta no se masca goma, no se fuma, no se come ni se bebe.

—¿Y cómo va a ensuciar tu camioneta la goma de mascar, tío?

—No quiero encontrarme tus papelitos y tus porquerías en mi cenicero.

—Lo tiraré por la ventanilla, tío.

—No se masca goma en mi camioneta.

Cody J. suspiró como si se sintiera herido en lo más profundo. Volvió a meterse el pedazo de goma de mascar en el bolsillo y cruzó los gruesos brazos sobre el pecho. Luego se puso a mirar por la ventana con cara de malas pulgas.

Al cabo de unos kilómetros, volvió a exhalar un suspiro y habló en tono conciliador:

—Joder. Vaya con el maldito Eureka Springs. Judy tuvo que ir a elegir Eureka. No sabía que fuera tan lista. Me hizo pasar un mal rato allí.

LaBonny sonrió para su capote. Él no pensaba que Judy hubiera sido tan lista. Sólo había tenido que seguir al Buick hasta el aparcamiento, y en cuanto el Chevrolet dobló la esquina, dejó salir a Cody J. y este vio enseguida que la mujer y el abogado se subían a un trolebús. No había que ser una lumbrera para extraer la conclusión de que se dirigían al Crescent. Era la última parada, y además Judy había trabajado allí, con lo cual el hotel era territorio conocido para ella.

Y Judy había sido tan estúpida que había estacionado aquel viejo cacharro que tenía en una de las áreas de aparcamiento del hotel. Mejor aún, como si quisiera que la atraparan, lo había dejado en el lugar más solitario del aparcamiento. Abrir la furgoneta había sido un juego de niños. Lo hicieron con tal rapidez y tan limpiamente que a ojos de cualquier observador no hubiera parecido en absoluto un acto sospechoso.

Cody J. se rascó el codo y meneó la cabeza.

—¿No crees posible que alguien encuentre el cadáver?

LaBonny le dedicó una de sus casi imperceptibles sonrisas. No lo creía posible. La habían llenado de pedruscos, y el río iba muy lleno.

—No creo que lo encuentren en mucho tiempo —dijo.

—Bueno —insistió Cody J. —, pero ¿y si lo encuentran?

—Lo más probable es que los peces hayan empezado ya a comerle la cara —dijo LaBonny.

—¿Y la camioneta? —objetó Cody J. —¿Qué pasa si la encuentran y la identifican?

—Cody J. —dijo LaBonny—, te preocupas demasiado. Eso no te conviene.

Cody J. pareció comprender y cerró la boca. No acostumbraba a mostrarse tan charlatán, y LaBonny dedujo que era la primera vez que mataba a una mujer. También había sido la primera vez para él, pero le había causado una curiosa satisfacción. Y no había habido en ello nada sexual... más bien al contrario. Matarla le había gustado precisamente porque suponía negar el sencillo poder que las mujeres ejercían sobre los hombres. Los apetitos de LaBonny ya estaban muy lejos de la sencillez, y Judy suponía en sí misma un insulto para sus nuevos gustos.

Además, se merecía que la mataran. Siempre había sabido demasiado, y había estado demasiado próxima a Luther como para que su muerte no la preocupara. Hubieran debido matarla tiempo atrás, cuando se cargaron a Luther.

Pero fue necesario que vinieran el abogado y aquella puta de Boston para levantar la liebre de Judy y forzar la mano de Adon. Aquel estaba siempre pendiente de su flaca esposa; la mayoría de las veces actuaba como un blandengue, y siempre había dejado que el sentimiento hacia su mujer lo dominara. Ni siquiera Adon entendía que algunas cosas había que hacerlas, y punto. Claro que él no hubiera sido capaz de llevarlas a cabo, pero LaBonny sí.

Sólo había otra persona de la que tenían que deshacerse, y Adon estaba a punto de tomar esa decisión, después de tanto tiempo. Era aquel maldito idiota de Hollis. Y entonces todos irían al infierno, de donde no tenían que haber salido: Luther, Judy y Hollis.

Sí, pensó LaBonny, ya iba siendo hora.

Barbara Mowbry estaba sentada en el porche de la mansión del rancho, mirando al exterior. Hacía poco que había llovido, una lluvia torrencial de primavera que duró unos pocos minutos solamente. Ahora, un delicado y pálido arcoiris resplandecía trémulo en el cielo de poniente. El cielo estaba otra vez azul y despejado, con sólo unos jirones de nubes que lucían un reborde plateado contra la luz de la tarde.

Adon se detuvo en el umbral del porche. Se preguntaba entristecido cómo era posible que Barbara fuera a un tiempo tan frágil y tan hermosa. A la luz del atardecer, la piel de Barbara parecía luminosa, era como si su alma estuviera incandescente y fuera a disolver la carne de un momento a otro.

Cuando se dio cuenta de la presencia de Adon, Barbara habló con voz queda:

—Mira el cielo. ¿No te parece sacado de un cuento de hadas?

Sentada en el sofá blanco de mimbre, con las piernas dobladas bajo sus posaderas, como una niña pequeña, alzaba el rostro hacia el cielo. Adon se acercó a ella y puso sobre la mesa el combinado que le había preparado, con muy poco alcohol. En la mano sostenía su propia copa, mucho más fuerte, con doble ración de alcohol.

Adon miró otra vez hacia el cielo, pero lo cierto era que no lo encontraba hermoso. El arcoiris era únicamente un resultado de las leyes de la física, algo relacionado con la humedad y los prismas, y el azul del cielo era simplemente un efecto de la distancia. Las nubes no eran más que partículas de agua. Barbara, sin embargo, parecía estar embelesada.

—Deberías pintar un cuadro de esto —dijo Adon—. A ti te gustaba mucho pintar.

El semblante de Barbara, hasta el momento lleno de gozo, se nubló de golpe y adoptó una expresión ausente.

—Oh, no —dijo—. Ya no podría pintar. Ya no tengo ganas.

Adon intentó convencerla con palabras cariñosas.

—Pero eras muy buena, todo el mundo lo decía.

—Qué va, no era buena —dijo—. Podía copiar, eso es todo. Pero no podía crear. En realidad, no soy… creativa. —Parecía profundamente entristecida.

Adon sintió de repente un gusto a ceniza en la boca. Había vuelto a hacerlo, pensó avergonzado. Como siempre, había intentado animarla y había conseguido todo lo contrario.

—Hollis siempre supo dibujar mucho mejor que yo —dijo Barbara—. ¿Dónde crees que estará? ¿Crees que estará bien?

Cuando Barbara era una niña, Hollis vivía cerca de ella, la cuidaba y jugaba con ella. Barbara le tenía mucho cariño, como sentía cariño por todos los seres débiles o enfermos. Cuando Adon se enteró de que el cocinero le había dado Barbara la noticia de la desaparición de Hollis, estuvo a punto de matarlo.

—Seguro que está bien —mintió Adon—. Pero tendremos que mandarle a algún sitio donde esté vigilado. Es por su bien. No me gusta nada la idea, pero no puede escaparse de esta manera. Es demasiado peligroso para él.

—Pobre Hollis —dijo Barbara—. Siempre fue bueno conmigo. Entonces hablaba conmigo. Si volviera a hablar… eso le ayudaría.

Adon asintió, pero sabía perfectamente que si Hollis había salvado el pellejo, era gracias a su mutismo. No es que Hollis no pudiera hablar. Un día, cuando era poco más que un muchacho, sencillamente dejó de hablar, y desde entonces sólo dejaba oír su voz a sus parientes más cercanos. Desde que Luther había muerto, ya no hablaba con nadie, y esto había sido su salvación hasta que cometió la tontería de huir.

Barbara alargó el brazo hasta el vaso y jugueteó con él, pero no se lo llevó a los labios. La mano volvió a reposar vacía en su regazo.

—Bebe un par de sorbos —rogó Adon—. Te abrirá el apetito.

—Mmmm —dijo ella—, y siguió contemplando el arcoiris, que palidecía en el cielo.

Adon se sentó junto a ella en el sofá. Le puso cariñosamente la mano en el muslo. Podía notar el hueso. «Joder, joder, Barbara. ¿Qué demonios te estás haciendo?»

Sin embargo, el médico de Barbara decía que no había que hacerle reproches, que lo que necesitaba era comprensión. Adon quería a su mujer, la quería con toda su alma, pero por más que lo intentaba no conseguía entender la profundidad de su pena ni sabía cómo ayudarla.

—¿Y cómo está mi chica? —preguntó con fingida alegría, mientras le frotaba el muslo—. He venido a ver en qué estabas pensando con tanta concentración.

—Había salido a proyectar los trabajos del jardín —dijo ella—. Pero luego vi el cielo y me paré a contemplarlo.

—Ah, el jardín —dijo Adon con el mismo entusiasmo. En realidad se preguntaba si la conversación no estaba tomando unos derroteros peligrosos. En la mente de Barbara, el jardín estaba siempre asociado a Hollis.

—Los tulipanes no están saliendo bien —dijo ella muy seria—. Me tienen preocupada. El invierno ha sido muy frío, y a veces hay cosas que no consiguen salvarse. Son… demasiado débiles.

—Te conseguiremos unos nuevos tulipanes, unos más fuertes —dijo Adon—. Podemos sustituirlos.

—Las cosas no siempre pueden sustituirse —dijo ella.

Adon le tomó la mano. Le inquietó lo frágil y pequeña que parecía junto a la suya, más grande y gruesa.

—Sabes que, si se trata de dinero, puedes tener todo cuanto te haga feliz. Ya lo sabes.

—Lo sé —dijo ella sin mirarle—. Esto mismo decía siempre papá.

Y, ante la consternación de Adon, los ojos de Barbara se llenaron de lágrimas.

—Barbara —dijo asustado.

—Pero lo que yo quiero es… —dijo Barbara— lo que yo quiero es que todo sea como antes. Quiero que papá vuelva a estar bien. Y quiero a mi hermano. Quiero que estemos todos juntos y felices. Oh, Adon, quiero tener a mi bebé conmigo otra vez.

Escondió el rostro entre las manos y se puso a llorar silenciosamente.

Adon la estrechó entre sus brazos y trató desesperadamente de consolarla.

—Amor mío —le dijo angustiado—. ¿Te has acordado de todo esto a causa de Hollis?

—Supongo —dijo ella con voz débil

—Todo irá bien —le prometió—, y no dejaré que nadie vuelva a hacerte daño otra vez. Nunca más. Te lo juro.

«Haré cualquier cosa para protegerte», pensó con furia. «Y mataré a todo aquel que te hiera o te amenace de alguna manera. Juro que lo haré.»

• • •

Turner estaba al volante, y contemplaba cómo cambiaba el paisaje y el ambiente que les rodeaba. Él y Jaye habían dejado atrás las montañas y, mientras el sol bajaba en el horizonte, atravesaron las llanuras del delta de Arkansas, con sus kilómetros de campos de algodón, todavía desnudos en aquella época del año.

Cuando cayó la noche, pasaron junto a las luces desparramadas que señalaban la ciudad de Memphis, la ciudad habitada por el fantasma de Elvis. Cruzaron la frontera, y el estado de Mississippi pareció cerrarse sobre ellos como un oscuro puño de tercipelo.

El cielo era negro como el carbón y la tierra era llana, pero no estaba vacía como el delta; más bien parecía vestida con la secreta espesura de los bosques de pinos. El aire era caliente y estaba cargado de una pesada humedad.

La pequeña ciudad de Oxford tenía un aire más amable. Allí se encontraba la más importante universidad del estado, que recibía el nombre de «la vieja señora». La ciudad estaba rodeada por los habituales moteles y restaurantes de comida rápida, pero pronto llegaron al verdadero centro, que era el de una población del Viejo Sur.

En la plaza del pueblo, cada piedra y cada ladrillo parecían empapados de historia. El edificio principal de la plaza era el juzgado, una mansión de aspecto amenazador, a un tiempo sólida y fantasmal. No parecía imposible que estuviera llena de fantasmas, provenientes, tal vez, de su complicado pasado confederado.

A pesar de eso, las tiendas y los restaurantes estaban intensamente iluminados y llenos de gente, y las calles bullían de estudiantes blancos y negros. La puerta abierta de una librería, cuyo escaparate estaba abarrotado de expositores, invitaba a entrar a los paseantes curiosos.

—¿Tienes hambre? —le preguntó Turner a Jaye—. ¿Quieres comer algo?

—No, gracias —respondió ella con aire distraído.

Habían comido por el camino. Habían estado picoteando horribles bocadillos y chocolatinas y habían bebido varios cafés en gasolineras y bares de carretera. De hecho, Jaye se zampó una terrible especialidad regional denominada *Goo-Goo Cluster* que a Turner le pareció salida del fondo de la jaula de un zoológico.

Mientras duró la luz diurna, Jaye estuvo inmersa en la lectura de un libro. Era posible que hubiera partido esta mañana sin su cepillo de dientes, pero desde luego no se había olvidado de su maldita lectura obligatoria. Durante toda la tarde estuvo leyendo el libro *Trasplantes de médula: una guía para enfermos, familiares y donantes.*

Y cuando la luz empezó a debilitarse, Jaye sacó su bolígrafo linterna del bolso y lo utilizó para seguir leyendo. Turner no lograba entender que no cayera presa del dolor de cabeza más terrible que se pueda imaginar.

Esa tarde, durante un rato, Jaye se sintió feliz. Llamó a su cuñada en Bélgica, y resultó que su hermano se encontraba mejor. La fiebre le había bajado y, aunque estaba débil, ya no sufría alucinaciones. Cuando colgó el teléfono, Jaye tenía una expresión radiante.

Mañana, dijo, «tal vez pueda hablar personalmente con él». Lo dijo como si se tratara de una posibilidad de lo más emocionante, como si fuera a entrevistarse con el Papa y con el mismo Dios.

Luego, sin embargo, se encerró en su concha y allí se quedó. Estuvo leyendo durante todo el camino a Mississippi, y la lectura se alzó como un muro entre Turner y ella.

Turner sabía que estaba muy preocupada por su hermano y que tenía necesidad de aprender todo lo que pudiera acerca de su enfermedad. Sin embargo, aquel muro parecía destinado a dejarle a él fuera; era un muro que aislaba a Jaye del resto del mundo y la dejaba sola con el amor que sentía por su hermano.

Durante unos segundos, en el vestíbulo del Crescent, él y Jaye se habían mirado con esa intensa certeza de deseo sexual que sacude el cuerpo como una descarga eléctrica. Turner le había planteado sin palabras la más antigua y primaria de las preguntas eróticas, y ella le había respondido: «A lo mejor… sí, yo también lo deseo… tal vez.»

Estaba claro que ahora se arrepentía de aquel momento de desnuda sinceridad y lo consideraba un error. Por eso hacía lo posible por borrarlo y anularlo. Pero Turner era un hombre persuasivo; la persuasión era su punto fuerte. ¿Acaso no sería capaz, precisamente él, de hacerle cambiar de opinión?

—Supongo que tenemos que buscar un lugar para pasar la noche —dijo de pasada.

—Sí —dijo ella—. Y pagaremos cada uno nuestra habitación. No quiero que el Sr. D. tenga que pagar la cuenta de mi habitación.

No había duda de que era una frase de rechazo, clara y terminante, tan desagradable como una astilla bajo la uña. ¿Pero era un rechazo definitivo? Turner no sólo era persuasivo, sino también insistente. Demasiado insistente incluso, según sus detractores.

—¿Y has visto algún sitio que te guste especialmente? —Turner quería darle la oportunidad de insinuarse.

—Junto a la carretera, a la entrada de la ciudad, había un hotel Budget Inn —dijo ella—. Para mí es suficiente. Si quieres algo mejor, llévame hasta allí y nos veremos por la mañana.

—El Budget Inn está bien —mintió Turner—. Siempre me han gustado los Budget Inn, son buenos para el bolsillo. —En realidad detestaba los Budget Inn, con sus colchones incómodos y desiguales, sus paredes delgadas como el papel y sus vasos de plástico. Eran hoteles decorados con pésimo gusto, poco aseados y con unas cañerías que gruñían y vibraban cada vez que uno abría el grifo.

Pero por supuesto se dirigió hacia el Budget Inn, que desde luego se encontraba en la intersercción más concurrida de la autopista, lo que significaba que, durante toda la noche, el edificio entero temblaría cada vez que pasara rugiendo un camión.

Estacionaron el coche y Jaye le acompañó a la recepción del hotel para inscribirse. Pidió una habitación individual para ella y la pagó con su propia tarjeta de crédito. El recepcionista miraba a Turner como preguntándole: «¿Habitaciones separadas? ¿Te has vuelto loco, hermano?» Turner no le prestó atención. La noche no había acabado todavía.

Acompañó a Jaye a su habitación y se detuvo frente a la puerta. Jaye tenía el bolso colgado del hombro, una bolsa llena de libros en una mano y la bolsa de plástico del centro comercial Wal-Mart en la otra. En esta llevaba los artículos de aseo, un nuevo jersey rosa y una muda de ropa interior: braguitas rosas tipo bikini y sujetador a juego. No había comprado ninguna prenda para dormir. Turner tomó buena nota.

Introdujo la llave en la cerradura y la giró hasta que la puerta se abrió con un clic. Entonces se volvió hacia él y le dirigió una educada sonrisa.

—Mañana tenemos que levantarnos temprano y en forma. Ahora he de llamar a mi madre para explicarle lo que estamos haciendo.

Turner apoyó una mano en el marco de la puerta y se acercó a Jaye.

—Deberíamos hablar y preparar lo que vamos a contarle mañana a esta mujer. No podemos limitarnos a presentarnos como si tal cosa y soltar lo primero que se nos ocurra. Es un asunto delicado.

Jaye se apartó el cabello de la cara y se encogió de hombros.

—Me fiaré de ti. Tú eres el experto.

—Pero tú eres la pieza más importante —explicó él—. Le estamos pidiendo que nos lleve hasta *tu madre*.

—Ya te he dicho que este no es mi objetivo —dijo Jaye—. Si encontramos a la mujer que es… mi madre, será como medio para alcanzar un fin, nada más. Quiero que me proporcione información. Sólo eso.

Turner puso en su sitio un rizo que a Jaye se le había descolocado.

—Puede que ella desee algo más de ti. ¿Lo has pensado?

—No tengo nada más que dar. —Había tal frialdad en su tono de voz que casi resultaba convincente.

—Y también es posible que se niegue en redondo a verte —insistió Turner con suavidad—. Puede que le traigas recuerdos demasiado dolorosos. ¿Y entonces qué?

—Buenas noches, Turner —Jaye habló en tono profesional, y abrió muy decidida la puerta de su habitación. Turner sintió el pinchazo de la decepción en el bajo vientre.

—Espera —dijo—. Ha sido un día muy largo para los dos. Tengo una botella de vino. Tal vez podríamos tomarnos una copa y seguir hablando de este asunto.

—Buenas noches, Turner —repitió Jaye. Se puso de puntillas y le dio un suave beso en la mejilla.

Turner tuvo que luchar contra el impulso irresistible de estrecharla entre sus brazos y besarla una y otra vez, hasta que la cabeza le diera vueltas y le flaquearan las rodillas, hasta que en ella se despertara el deseo, hasta que gritara «Tómame, tómame, quiero ser tuya».

—Sólo una copa —insistió—. Hay muchas cosas que no sé de ti. Quiero que me hables de la relación con tu hermano. Tengo envidia de vuestra intimidad, tengo envidia de él. Debe de ser un tipo estupendo…

—Lo es. Buenas noches. He de telefonear a mi madre.

Se metió rápidamente en su habitación y cerró la puerta. Turner oyó el deprimente clic del pestillo al correrse. Eres un estúpido, pensó. Un pringado, un perdedor.

«Ella tenía que telefonear a su madre». ¿Acaso había viajado hacia atrás en el tiempo y había vuelto a la época del instituto? ¿Qué hacía él en una ciudad perdida de Mississippi perdiendo el culo por una rubia que no le hacía caso cuando allá en Filadelfia hubiera podido acostarse, sólo chasqueando los dedos, con una veintena de mujeres? Algunas eran hermosas e inteligentes, y había otras guapas y estúpidas, pero dotadas por la naturaleza con otros encantos.

¿Iba a dejar que esa mujer le dejara frustrado y hundido? Era una locura, sin duda se había vuelto loco. Llevaba demasiado tiempo en aquel lugar perdido.

Regresó al coche y recogió su propia bolsa del centro comercial Wal-Mart y su botella de vino, que ya no le servía para nada. Subiría a su habitación y se daría una ducha de agua bien fría, lo más fría que fuera capaz de soportar. Luego abriría la botella de vino y se la bebería entera él solo, qué carajo.

Subió a su habitación y habló brevemente y sin entusiasmo con el Sr. DelVechio. Puso en marcha su ordenador para comprobar los mensajes que le habían llegado, tanto por correo electrónico como por fax, y mandó a imprimir la información que los agentes le habían enviado sobre la madre y el hermano de Jaye. Parecían gente normal y honrada, sin nada que ocultar. Sin embargo, tenían a Jaye prisionera, rodeada por una empalizada que él no podía atravesar.

Se dirigió a la ducha con el aire de un hombre que se encamina a su propia ejecución y aprecia en muy poco su vida. Las cañerías del baño tronaron y chirriaron y lanzaron agua fría mezclada con óxido. «Excelente», pensó malhumorado.

Cuando se estaba secando con una de las Extraordinarias Toallas sin Bolitas del Budget Inn, sonó el teléfono. «Hostia», pensó. «¿Quién sabe que estoy aquí?». Nadie lo sabía, salvo la gente de DelVechio. ¿Le habría ocurrido algo al viejo? ¿Era posible que el ángel de la muerte hubiera decidido por fin que ya había jugado demasiado con él y hubiera bajado a la Tierra para recoger su maltrecho cuerpo?

«Todavía no», pensó Turner súbitamente angustiado. «Por favor, que no se haya muerto todavía».

—Hola —contestó al teléfono. Esperaba oír la voz gruñona de Anna, la enfermera del viejo, dándole las malas noticias.

Pero no era Anna, era Jaye, y sonaba insegura, casi arrepentida.

—Turner —dijo—. He estado pensando. Si no es demasiado tarde para aceptar tu invitación, me gustaría que nos tomáramos esa copa, después de todo. ¿Qué me dices?

—Estaré allí en tres minutos —dijo Turner.

Se embutió la ropa a toda prisa y se metió en el bolsillo, además de las llaves, la navaja con el sacacorchos. Agarró la botella de vino y abandonó la habitación. Caminó unos pocos pasos hasta la puerta de Jaye y tocó con los nudillos.

—¿Jaye? —llamó con voz queda.

La puerta se abrió de inmediato. Allá estaba ella, descalza, con sus pantalones y su jersey. Sin decir palabra, le tomó de la mano y le hizo entrar en la habitación. Luego le echó los brazos al cuello y le besó.

—He cambiado de idea —susurró.

Capítulo *13*

Jaye tuvo una vaga conciencia de que Turner dejaba caer al suelo la botella de vino, que golpeó contra la moqueta y rodó por el suelo con un apagado gorgoteo.

Se vio arrastrada hacia él y notó en la boca la presión de sus labios. De su piel, que conservaba el frescor de la ducha fría, emanaba un olor a jabón de hotel que le pareció enloquecedoramente erótico. Tenía sabor a limpio. Turner le abría la boca con sus besos, para que los dos pudieran saborearse y explorarse mejor.

Por un momento, Jaye sintió una inesperada oleada de deseo que la dejó paralizada. No se había dado cuenta de la intensidad con que había estado esperando que Turner la tocara. Ahora estaba encadenada, prisionera del anhelo que ardía en su interior.

De repente, perdió toda prudencia y todo pudor. Cada gesto de Turner, cada movimiento parecía avivar su temeridad y su pasión. Arqueó el cuerpo contra el de Turner y entrelazó los dedos entre sus espesos cabellos, todavía húmedos por la ducha. Turner respondió con un gemido ahogado y la apretó contra su cuerpo con tanta fuerza que Jaye exhaló también un gemido. «Dios mío, es muy fuerte», pensó. Y también. «Dios mío, es un buen amante».

El corazón le golpeaba enloquecido contra el pecho, y el deseo le espesaba la sangre y parecía llenarle el cuerpo. Notaba sobre ella las manos de Turner, que recorrían su piel bajo el suéter y llegaban seguras hasta sus pechos. Jaye quería continuar, pero de repente Turner se detuvo y se apartó de ella. La miró con una media sonrisa y los ojos empañados de lujuria. De un solo movimiento, le pasó el suéter por la cabeza y lo arrojó lejos. Jaye se quedó de pie ante él vestida únicamente con los pantalones.

Turner se despojó a su vez de los pantalones. Luego se desabrochó la camisa y se la quitó, dejando al descubierto un tórax ancho y fuerte, con una espesa mata de pelo rizado. Los músculos de sus brazos relucían bajo la luz de la lámpara.

La tomó en brazos y la llevó a la cama.

Cuando acabaron de hacer el amor, Turner apagó la lamparilla de noche y la abrazó. Sus corazones latían al unísono, rápidamente.

Jaye permaneció mucho rato con la cara apoyada en el pecho de Turner. El pelo de su pecho le cosquilleaba en la mejilla. «Bueno», pensó resignada. «Esto ha sido bastante descocado. Y luego, más.»

La pasión había tensado sus músculos, y el juego amoroso los había relajado. Pero ahora volvía a sentirse perseguida por la inquietud de siempre. Se había zambullido a ciegas en el olvido que ofrece la pasión, pero este desahogo sexual no había resuelto nada. Muy al contrario, lo más probable era que complicara las cosas.

Turner la rodeaba con un brazo y apoyaba la barbilla en su cabeza. Y tal vez percibió la tensión que volvía a invadir su cuerpo, porque dijo:

—Pensaba que querías invitarme a una copa de vino.

—Sólo era un truco —dijo ella entristecida.

Turner se rió y le dio un beso en la frente.

—Me siento… utilizado.

—Pues así es —dijo Jaye, y le dio la espalda. Y era cierto que lo había utilizado. De la misma manera que él la había utilizado a ella. No se arrepentía completamente, pero tampoco se sentía orgullosa de lo que había hecho.

Se quedaron un rato en silencio. Turner enrollaba en el dedo un rizo de Jaye.

—¿Estás preocupada? —preguntó. Lo dijo con tanta ternura que Jaye se sintió emocionada.

—Sí.

Turner seguía jugueteando con un rizo de sus cabellos.

—¿Por tu hermano?

—Sí.

Turner dejó de tocarle el cabello y alargó la mano hasta su oreja, la recorrió suavemente con el dedo.

—¿Y también por lo que ocurrirá mañana?

—También por eso —reconoció Jaye.

Siguió otro largo silencio. Turner le acariciaba la mejilla con el índice, seguía la línea de su boca, le tocaba suavemente los labios.

—¿Has pensado en tu propia madre biológica? ¿En lo que harás si la encuentras?

Jaye clavó los ojos en la oscuridad.

—No.

—¿Y vas a pensar en ello?

—No.

—¿Preferirías que dejara de hacerte preguntas sobre esto?

—Sí —dijo Jaye, y se sintió avergonzada de su propia cobardía.

Nuevamente se quedaron en silencio.

—¿Crees que tendrás problemas para dormirte?

Jaye pensó primero en responder con una mentira, pero después de aquel momento de intimidad le pareció una tontería.

—Sí —dijo.

—Incorpórate —le dijo Turner—. Te prepararé una copa de vino.

Encendió la lámpara y una luz brillante inundó la habitación. Jaye tuvo que cerrar los ojos. Notó que Turner se sentaba porque la cama se movió y las sábanas crujieron ligeramente.

—No sé adónde habrán ido a parar mis pantalones. Creo que los he lanzado al pueblo de al lado. Ah, aquí están.

Los muelles rechinaron cuando Turner se levantó. Jaye oyó el suave roce de la ropa contra su piel cuando se vistió y el sonido de la cremallera que subía. No se volvió a mirarle. Tenía la mirada perdida en una esquina de la habitación. Hasta sus oídos llegó el suave ¡pop! de la botella al ser descorchada, el crujir del papel cuando Turner desenvolvió los vasos de plástico y el borboteo del vino al caer. Luego, las piernas de Turner, que le ofrecía un vaso de vino, aparecieron en su campo de visión. Se incorporó, tapándose los pechos con la sábana, y tomó el vaso. Alzó la cara y le dirigió a Turner una tímida mirada.

Con la preocupación grabada en el semblante, Turner se sentó a su lado. Estaba desnudo de cintura para arriba, llevaba el pelo revuelto y sostenía el vaso en la mano. Hizo chocar su vaso contra el de ella.

—Gracias por cambiar de opinión —dijo.

—No creo que fuera una cuestión de opiniones —replicó Jaye con tristeza.

—Últimamente has estado pensando demasiado —dijo él—. Ya era hora de que te dejaras llevar por tu cuerpo.

Jaye seguía con el vaso en la mano, pero no se lo había llevado a la boca. Intentó elegir sus palabras con cuidado.

—Lo que ha ocurrido aquí —dijo—, no tiene por qué significar nada. No te vendré con exigencias ni nada por el estilo.

Turner se encogió de hombros.

—No te apures —dijo con una sonrisa llena de cinismo—. Sé que tus sentimientos ya los tienes reservados.

Jaye le interrogó con la mirada. No estaba segura de entender lo que le decía.

Turner bebió un sorbo de vino.

—Patrick es un hombre afortunado. Tiene suerte de que le quieran de esta manera.

—Afortunado —dijo Jaye con amargura.

—Afortunado —repitió él—. Te dije que quería que me hablaras de él y de ti. ¿Por qué no me lo cuentas?

Ya empezaba otra vez a mostrarse demasiado tierno, pensó Jaye. «¡Qué carajo!» se dijo «¿Y por qué no?» Se reclinó en la almohada.

—Nona me explicó que desde el principio yo consideré a Patrick como *mi* bebé. Desde el mismo momento en que Patrick llegó a casa —dijo—. Yo no me acuerdo, por supuesto. No puedo recordar mi vida sin él.

—¿No estabas celosa?

—No —dijo con sinceridad—. No era la clase de persona de la que uno puede estar celoso. Era tan tierno, tan divertido… era tan *bueno*.

—¿Y tú? —preguntó Turner—. ¿Eras buena también?

Jaye movió el vaso hacia delante y hacia atrás, y observó cómo el vino cambiaba de color con la luz.

—No, yo no.

Turner esbozó una media sonrisa.

—¿Por qué no?

—Era muy tozuda. Terriblemente obstinada, según Nona. Y era hiperactiva, muy poco femenina. Y dice que nunca tuve el más mínimo tacto.

—Me alegra que lo hayas superado —dijo Turner—. Sobre todo lo referente a la obstinación.

Se estaba burlando, pensó Jaye, pero era una pulla cariñosa.

—Nuestro padre murió cuando Patrick tenía dos años y yo cuatro —continuó—. Nona estaba destrozada. Durante mucho tiempo pareció incapaz de sentir alegría, sólo sufrimiento. Así que Patrick y yo buscamos refugio el uno en el otro.

—A él le gustaría tu ánimo —dijo Turner.

—Y a mí me gustaba su alegría. Yo lo protegía mucho, mucho.

—¿Es porque era el pequeño?

Jaye sacudió la cabeza y sonrió con tristeza al recordarlo.

—No hablaba bien. Tenía un defecto de dicción que le duró hasta los seis o siete años. Luego se curó gracias a una terapia. Pero era un defecto grave. Nadie le entendía cuando hablaba… excepto yo.

—Ya entiendo.

—En cierto modo, era como tener un lenguaje privado. Sólo lo hablaba él y sólo yo le entendía. Así que nos convertimos en una especie de nación de dos personas.

Se reclinó sobre la almohada, recordando.

—Tenía una canción especial que solía cantarme. Acababa así:

Y yo te A-M-A-R-É amaré
Para S-I-E-M-P-R-E siempre
amontona los viejos tiempos, haz una pila
enciende la mecha…¡bum bum!

Pero tal como lo pronunciaba, *nadie* más que yo sabía lo que quería decir. —Una sonrisa iluminó su rostro—. Era bajito para su edad. A veces, los demás chicos se metían con él porque hablaba mal y era tan bajito.

—Así que tú le defendías —dijo Turner. Lo afirmó con seguridad, como si no albergara ninguna duda.

Jaye asintió.

—Sí, pero a medida que se fue haciendo mayor, empezó a resolver los conflictos con su encanto. Él siempre tuvo encanto, era el encantador. «Pero ahora», pensó, «tiene un problema para el que no sirve el encanto.»

Turner enarcó una de sus oscuras cejas.

—¿Y tú eras la peleona?

—Exacto —dijo Jaye. Levantó el vaso de vino y bebió un sorbo. Turner la miró atentamente.

—¿Patrick era el favorito de tu madre?

—Sí, pero importaba. También era mi favorito. Nona y yo nunca estábamos de acuerdo… excepto en lo que se refería a Patrick.

—Siempre la llamas Nona, ¿por qué?

—Cuando acabé la universidad, me fui a vivir con un hombre. Durante un tiempo ella me repudió, más o menos. Así fue como empezó.

—Pero hiciste las paces con ella… más o menos.

—Más bien menos que más. Supongo que, en cierto modo, me casé con él para intentar apaciguarla. No debería haberlo hecho. No era… no era un hombre honesto. Me mentía, y eso es algo que odio. Detesto a los mentirosos. Tal vez por esa razón me enfadé tanto con Nona.

Turner levantó el vaso hacia la luz.

—¿Sobre qué tipo de cosas te mentía?

Jaye se encogió de hombros.

—Mujeres. Siempre había otras mujeres. Yo ya no podía más. Así que me divorcié de él. Esto tampoco le sentó bien a Nona.

—¿Cuánto tiempo hace que te divorciaste?

—Un año —respondió. Jaye estaba empezando a sentirse incómoda. Había hablado demasiado sobre sí misma—. ¿Y tú? ¿Has estado casado?

Turner negó con la cabeza.

—No. Ni siquiera he estado cerca del altar.

—¿Eres alérgico al matrimonio?

—Decididamente, sí —dijo él.

«Muy bien», pensó Jaye. «Me gusta esto en un hombre». Parecía la fórmula más segura.

Turner la miró de nuevo, frunciendo ligeramente el entrecejo.

—Cuéntame. ¿Por qué cambiaste de opinión esta noche?

Jaye apartó la mirada. Era una pregunta que había esperado no tener que contestar. La respuesta era incómoda, no resultaba halagadora para ninguno de los dos.

—No creo que quieras saberlo.

Turner le puso los dedos bajo la barbilla y le obligó a volver la cabeza hacia él.

—Cuéntamelo.

Jaye suspiró.

—Le dije a Nona que habíamos llegado y que mañana hablaríamos con la señora Walsh.

Turner seguía sujetándole la cabeza, enmarcándole la cara entre el pulgar y los cuatro dedos.

—¿Y qué más? —dijo.

Jaye se vio obligada a sostenerle la mirada.

—Y empezó a hacer preguntas acerca de dónde dormiríamos. Tuve que repetirle tres veces que teníamos habitaciones separadas. Ella opinaba que deberíamos dormir en *edificios* separados. Me dijo que no le parecía bien que nos registráramos en el mismo hotel.

Los labios de Turner se curvaron hacia arriba. Y entonces Jaye saltó enfadada.

—No tiene ninguna gracia —dijo—. Luego me dijo que esperaba que yo tuviera la decencia de no ir tonteando por los hoteles contigo. Y cuando colgué el teléfono me di cuenta de que me había puesto realmente furiosa. Quiero decir que tengo treinta y tres años, por el amor de Dios.

—Así que te has acostado conmigo porque tu madre te dijo que no lo hicieras. —La expresión de Turner era inescrutable.

—En parte —dijo ella avergonzada—. ¿Crees que soy muy neurótica?

Turner depositó su vaso sobre la mesa.

—Sólo un poco —dijo—. Cogió el vaso de Jaye y lo colocó junto al suyo.

—Esta era una parte del motivo —dijo ella, y el pulso se le aceleró—. La otra parte era que *tenía ganas* de llamarte.

Turner no dijo nada. Puso la mano en la nuca de Jaye, y a ella le dio un vuelco el corazón.

Turner se inclinó hacia Jaye y la besó. La besó una y otra vez. Ella colocó las manos en los hombros desnudos de él, y la sábana que había entre los dos cayó.

Adon fingía estar leyendo una carpeta de declaraciones sobre un caso de malos tratos conyugales que iba a ir a juicio, pero en realidad no tenía el pensamiento puesto en el caso. Estaba pensando en Judy Sevenstar.

La muerte de Judy le había producido a un tiempo inquietud y satisfacción. Inquietud porque significaba que tenía otro complicado secreto que esconder. Y satisfacción porque Judy ya no representaría una amenaza para el orden establecido en el condado. Y, sobre todo, no sería un peligro para el frágil equilibrio emocional de Barbara.

«No queremos un escándalo», se dijo. «Barbara no podría soportar un escándalo; no es lo suficientemente fuerte».

Barbara llevaba años oyendo rumores sobre lo que su padre había hecho: la venta de niños, los abortos, y los demás delitos cometidos desde entonces. Su padre y su hermano lo habían negado siempre todo; estas cosas no eran asunto de mujeres, sobre todo de mujeres como Barbara, que siempre había estado tan cuidada y protegida como una bonita flor de invernadero.

Pero los rumores continuaron, y Barbara era muy sensible a ellos. Su hermano murió. Su único hijo murió. Y su padre se convirtió en un recluso y en un inválido. ¿Por qué razón había sucedido todo esto si no por una especie de castigo?

Y ahora hacía como su padre: no salía de casa. Tenía miedo de las miradas de la gente, de las murmuraciones, de la pegajosa compasión de los demás. Si nunca se había sentido cómoda en sociedad, ahora era incapaz de enfrentarse a ella. Permanecía recluida en casa, en las habitaciones que amaba. Además practicaba un método personal y carente de lógica para ponerse a tono con la pena que sentía por la pérdida de sus seres queridos: apenas comía.

Esta noche, Barbara estaba acurrucada en el sofá y tejía otra colcha para su padre. Cuando se ponía a tejer, solía ser un mal síntoma. ¿Cuántas mantas habría tejido para su padre en los últimos cuatro años?, se preguntó Adon. ¿Una docena? ¿Veinte? ¿Cuarenta?

El perrito blanco de Barbara yacía acurrucado a sus pies, emitiendo pequeños ronquidos. El plateado ganchillo de Barbara lanzaba destellos mientras arrastraba la lana.

Felix entró en la habitación, tan silencioso como siempre. Adon levantó la cabeza y le miró con ojos inquisitivos, pero Barbara siguió inclinada sobre su labor.

Parecía que la manta iba a ser blanca como la nieve esta vez. Como un fantasma, pensó Adon sombrío.

—Su papá está despierto, señorita —dijo Felix—. Y ha comido.

Quiere saber si usted piensa subir para ver con él *La Rueda de la Fortuna* dentro de un ratito.

Barbara alzó la mirada y sonrió cohibida.

—Desde luego —dijo, y se dispuso a dejar su labor a un lado.

—Dentro de un ratito —repitió Felix con amabilidad—. Primero quiere hablar con usted, Adon.

—Ah —dijo Adon, fingiendo estar un poco sorprendido. Puso a un lado su carpeta de declaraciones y se levantó—. No tardaré mucho, cariño.

Barbara asintió distraída y retomó su labor. Su ganchillo volvió a lanzar destellos, dentro y fuera, dentro y fuera.

Adon salió del salón y subió por la larga y sinuosa escalinata que llevaba al segundo piso de la mansión. Le había insistido a Felix en que le hiciera saber a Roland Hunsinger que necesitaba hablar con él, estuviera o no de humor.

El viejo podía dejar *La Rueda de la Fortuna* para más tarde. Normalmente, Felix le grababa el programa para que pudiera verlo por la noche cuando le fuera bien. El viejo acostumbraba a pedirle a Barbara que se sentara con él a ver el programa, pero hablaba muy poco con ella. Procuraba hablar lo menos posible con todos, excepto con Felix.

Adon recorrió el largo pasillo que llevaba al ala sur y llamó a la puerta. Sabía que su suegro no le contestaría aunque le oyera, así que entró.

La única luz de la habitación provenía del televisor, que estaba puesto sin sonido. Extrañas imágenes bailoteaban en la pantalla. El viejo veía de vez en cuando vídeos de rock, porque le gustaban las mujeres que aparecían en ellos, tan sexys y con los labios brillantes, contoneándose con movimientos sensuales. Le gustaba especialmente Madonna.

Si Barbara entraba en la habitación, cambiaba inmediatamente de canal, pero con Felix y con Adon no necesitaba disimular.

Roland Hunsinger estaba sentado en su sillón reclinable al otro lado de la habitación, en el rincón más oscuro. Adon no podía verle la cara, por supuesto, pero vio sus pies, enfundados en carísimas zapatillas de cuero, apoyados sobre un escabel en forma de elefante, y vislumbró sus pálidas piernas, que salían de las perneras de un pijama de seda de cachemira.

—Hola, papá —dijo Adon. Siempre llamaba «papá» a Hunsinger

cuando se dirigía a él. El viejo le había ordenado que así lo hiciera mucho tiempo atrás. «Soy el papá de Barbara, y ahora también soy el tuyo», le dijo después de la boda. A Adon le repugnaba llamarle así, se sentía de alguna forma disminuido. Y estaba seguro de que era precisamente lo que el viejo pretendía.

Roland le hizo un cansado gesto con la mano. En la penumbra de aquella habitación, el ademán apenas se distinguió entre las sombras, pero Adon comprendió lo que quería decir. Cogió una de las sillas que había junto a la mesa y se sentó a una respetuosa distancia de Roland.

Antes de hablar, Adon pensó cuidadosamente las palabras que iba a emplear. No le había contado nada al viejo sobre la desaparición de Hollis, y no tenía intención de hacerlo. Tampoco le mostraría el tosco dibujo de la mujer muerta. No tenía que explicarle a Roland lo que significaba; él ya lo sabía.

—Papá —dijo Adon—, te dije que teníamos un problema. Me refiero a aquel abogado y a la mujer de Boston que empezaron a preguntar cosas sobre los bebés. Intentamos convencerles de que dejaran de hacer preguntas, pero no dio resultado.

Roland Hunsinger se puso un poco rígido en su butaca. Adon vio que sus grandes y pálidas manos se agarraban con fuerza al asiento. Era una postura que irradiaba descontento e impaciencia. Significaba: «Adelante, dilo de una vez.»

Adon exhaló un suspiro y metió los dedos en el bolsillo de su camisa.

—Entonces Judy Sevenstar entró en escena. Les vendió una lista de presuntas madres biológicas. Hay cinco nombres. Me gustaría que les echaras un vistazo.

Los dedos de Hunsinger se agarraron con más fuerza a los reposabrazos. Luego, Roland acercó lentamente una mano, con la palma hacia arriba. Adon se inclinó hacia delante y le entregó la lista al viejo.

—Quiero saber si es auténtica —dijo—, y si estos nombres pueden perjudicarnos.

Se oyó un frufrú de seda. Roland buscó en el bolsillo de su bata hasta dar con el bolígrafo linterna que tanto odiaba Adon. Barbara lo había comprado por casi mil dólares a través del catálogo de Neiman Marcus. Estaba hecho de platino y decorado con diminutos diamantes, y emitía un rayo de luz como un láser.

Roland encendió el artilugio, y Adon se estremeció. El viejo fue recorriendo el papel con el fino rayo de luz de la linterna, y luego hizo lo que Adon se temía: apuntó con la linterna a Adon, le mandó la luz directamente a los ojos.

Adon se protegió la cara con la mano. Hostia, cómo detestaba los jueguecitos de poder del viejo cabrón.

—¿Son auténticos los nombres? —preguntó, intentando que la irritación que sentía no se le notara en la voz.

Hubo un largo silencio. Finalmente, el viejo habló. Su voz siempre hacía que Adon se estremeciera con un temor casi supersticioso. Y es que no era una voz humana, sino mecánica y extraña, como la de un robot especialmente antipático.

—Son auténticos —dijo Roland Hunsiger. Las palabras sonaron como un resuello grave con un timbre metálico. Cuatro años atrás, habían tenido que quitarle la laringe, y ahora sólo podía hablar con la ayuda de un extraño aparato vibrador que él mismo se apoyaba en la garganta.

A Adon, esta voz artificial le sonaba a veces como una siniestra guitarra eléctrica, y otras veces le recordaba a un horrible personaje salido de una mala película de ciencia ficción.

El accidente que destrozó la laringe de Hunsinger también le arrancó una parte de la mandíbula. Las operaciones a que le habían sometido para arreglar el destrozo no resultaron estéticamente muy afortunadas. Y esta era la razón por la que el hombre permanecía siempre a oscuras.

En su juventud había sido un hombre guapo, incluso llamativamente guapo. Los hombres le envidiaban y las mujeres le admiraban. Había sido tremendamente vanidoso, y ahora su misma vanidad le mantenía prisionero. No quería que la gente se enterara de lo que le había pasado a su aspecto, a su voz. Prefería que corrieran toda suerte de rumores, siempre y cuando nadie de fuera se le acercara.

El cuerpo de Roland Hunsinger conservaba una tremenda fortaleza. Tenía en su habitación una impresionante serie de máquinas para hacer ejercicio, y en ocasiones ponía uno de sus vídeos preferidos y se subía a su cinta andadora para recorrer kilómetros y kilómetros hasta el alba, sin llegar a ninguna parte.

Su cuerpo era robusto y su mente todavía estaba en forma, aunque no fuera tan rápida como antes. Estaba al tanto de todo lo que pasaba en el condado y, a través de Adon, seguía llevando las riendas de la mayor parte de las cosas. Los dos sabían que había secretos que era necesario mantener a toda costa.

El viejo había decidido guardarse para sí algunos detalles de sus secretos, y ahora Adon presionaba para que le contara lo indispensable.

—¿Hay algunos nombres en esta lista que sean peligrosos para nosotros? —preguntó por tercera vez.

Roland volvió a iluminar el papel con su bolígrafo luminoso. Estudió la lista durante tanto rato que Adon se impacientó.

—¿Y bien? —le pinchó.

—¿Peligrosos? —preguntó el viejo con su voz de robot—. Tal vez.

Adon estaba tan histérico que notaba pinchazos por todo el cuerpo, agujitas que se le clavaban en la piel como insectos venenosos.

—¿Cuáles son peligrosos?

El viejo soltó una risotada metálica que sonó a cables y a circuitos.

—Bueno, pues cualquiera de ellos. Todos ellos, claro.

—El abogado y la mujer no han regresado al pueblo —dijo Adon—. Es posible que ya se hayan puesto a intentar localizar a estas personas. ¿Qué podemos hacer?

Roland se acomodó en su butaca y volvió a cruzar las piernas.

—Déjame pensarlo —dijo, doblando el papel. —Deja que medite acerca de esto. —Se metió el papel en el bolsillo de su bata de seda—. Judy Sevenstar —dijo—, nunca ha sido una persona valiosa, pero ahora se ha convertido en un estorbo.

—Ya me he dado cuenta —respondió Adon—. Nos hemos encargado de solucionarlo.

—¿De verdad? ¿Y quién ha sido el encargado? Déjame que lo adivine. ¿LaBonny?

Adon sintió que se le estremecía el corazón de celos y de temor.

—Sí. Espero que no la cagara.

—Me gusta este chico —canturreó Ronald—. Me gusta a pesar suyo. Siempre acaba lo que empieza, ja, ja. Será mejor que lo vigiles. Ja, ja, ja.

—Eso es lo que pretendo —dijo Adon entre dientes.

—Es un depravado, ya sabes. A veces, la crueldad resulta una ventaja, como ahora. En cuanto al futuro… es otro asunto. Ya hablaremos de esto. Pero lo primero es lo primero. —Roland encendió el bolígrafo luminoso y volvió apuntar a los ojos de Adon—. ¿Cómo está mi hija? —preguntó.

—Está mejor —mintió Adon.

—Me quiere mucho —dijo Roland. Su voz electrónica tenía un timbre lo más cercano posible a la satisfacción y al contento.

—Sí —dijo Adon—. Te quiere mucho.

—Siempre ha sentido adoración por mí.

—Sí. Así es.

—Está demasiado delgada. —La voz de Roland sonó acusadora.

—Ya lo sé —dijo Adon, y volvió a mentir—, pero ahora está comiendo un poco mejor.

—Tienes que cuidar de mi hijita —Era una orden. Roland apuntaba con su rayo de luz a los ojos de Adon, primero a uno y luego a otro.

—Ya sabes que la cuidaré.

—Tienes que darle otro hijo —ordenó Roland—. Lleva demasiado tiempo llorando al que murió.

—Ya lo sé —dijo Adon. Pero no podía explicarle al viejo que Barbara no podría tener más niños. Y la misma Barbara era incapaz de hablar de ello.

—Quiero que mi hijita sea feliz —dijo Roland.

—También yo —dijo Adon.

—Dile que suba a verme —ordenó Roland—. Ahora ya estoy preparado para ver mi programa. Dios, cómo me gusta la rubia que da la vuelta a las letras.

—Sí señor —dijo Adon.

Bajó las escaleras y le comunicó a Barbara que su padre la estaba esperando. Inmediatamente, ella dejó su labor, se levantó y subió obediente las escaleras. Adon contempló la manta, blanca como un sudario, que crecía pasada a pasada.

Se fue al mueble bar y se preparó una copa, un combinado triple.

La calle estaba en sombras, pero la luz del sol ya brillaba entre las ramas de los árboles y dibujaba parches de luz sobre el pavimento.

—Ya hemos llegado —dijo Turner, y detuvo el coche junto al bordillo.

El corazón de Jaye había emprendido una loca carrera. No esperó a que Turner le abriera la portezuela del coche, sino que bajó a toda prisa y se quedó de pie en la calle, mirando la casa, con el pecho a punto de estallar.

Rita Walsh vivía en una calle bordeada de robles que llevaba al campus de la Universidad de Mississippi. En el jardín tenía una magnolia llena de vistosas flores, y alrededor del porche crecían azaleas de un intenso color rosa. Era una casa con el encanto de la edad bien llevada. No era una mansión ni una casa solariega pero, a una escala más modesta, era el estilo que pretendía alcanzar.

Aunque contaba con dos plantas, no era una casa grande. En lugar de la clásica veranda alrededor, tenía un pequeño porche cuadrado con dos pilares que sostenían un balcón que parecía de juguete. En conjunto, a Jaye le recordó a una casita de muñecas que le gustaba especialmente cuando era niña… una casa perfecta para el álbum de familia.

El aire era cálido y estaba cargado de los aromas de una primavera exótica. Jaye se preguntó si el suelo de Boston estaría todavía cubierto de nieve y si Nona seguiría llevando por las mañanas aquellas horribles orejeras que siempre se ponía en invierno cuando salía a trabajar y que tanto les hacían reír a Patrick y a ella. «Nona. Patrick. Yo.»

Turner se acercó a ella y le dedicó una mirada inquisitiva. Jaye clavó la mirada en el suelo y no dijo nada. Se encaminaron juntos hacia el porche. Jaye tenía el corazón en un puño.

Habían intercambiado pocas palabras esa mañana. Turner pasó la noche en la habitación de Jaye y se levantó temprano. Cuando vio que Jaye empezaba a despertarse, le dio un beso en la frente. Luego salió a buscarle café y un bollo.

A Jaye le emocionó ese tierno detalle, pero no pudo beber un sorbo de café ni probar un bocado del bollo. Estaba demasiado nerviosa pensando en qué les contaría o no les contaría Rita Walsh. Turner pareció entender y no la empujó a hablar.

Ahora estaban en el porche, mirando la puerta de roble con su llamador de latón.

«No sé adónde me conducirá esta puerta», pensó Jaye. Intercambió una mirada con Turner y supo que él la comprendía. Tenía que ser ella quien llamara a la puerta. Levantó la mano.

Turner pensó que Rita Walsh sería una mujer muy guapa si quisiera. A sus cincuenta y pocos años, era una mujer alta, delgada y de piel bronceada. Tenía pómulos altos y elegantes y los ojos de un intenso azul violeta. Sin embargo, cultivaba esa dejadez voluntaria que parece ser común a ciertas mujeres intelectuales. Su espesa y larga melena no conocía el tinte, y su rostro estaba libre de maquillaje. No llevaba nada en la cara salvo su personalidad.

Vestía una especie de túnica y calzaba unas sandalias de cuero que a Turner le recordaron los años sesenta. Parecía empeñada en seguir perteneciendo a los sesenta y, aunque supiera perfectamente que los tiempos habían cambiado, no le importaba una mierda.

El interior de la casa estaba sumido en un alegre y cómodo desorden. Había libros por todas partes, y los muebles no eran antiguos ni modernos. Los cuadros de las paredes también constituían una mezcla de estilos, y evidentemente no habían sido colocados para ir a juego con nada en especial.

Rita les sirvió té —auténtico, no de bolsitas— en unas tazas que tampoco iban a juego y se sentó en un diván de raído tapizado de lana. Un gatazo de pelo largo y gris saltó al diván para acomodarse en el regazo de Rita. Cuando ella le acarició la cabezota, el animal se puso a ronronear, y sus ojos se convirtieron en estrechas ranuras.

—Tengo clase dentro de una hora —dijo Rita. Sus ojos azules, despiertos y observadores, miraban a Jaye—. Luego he de prepararme para dar una conferencia en Orlando.

—Oh —dijo Jaye educadamente—. ¿Qué enseña?

Turner percibió que Jaye se sentía insegura y no sabía por dónde empezar.

—Literatura —dijo secamente Rita Walsh.

—¿La llaman señorita Walsh o profesora Walsh? —preguntó Turner.

—Señorita Walsh está bien —dijo ella. Pero su mirada decía bien a las claras que era catedrática, y que más le valía a Turner no olvidarlo nunca.

Turner asintió y luego le explicó que estaban buscando información sobre las adopciones que se habían llevado a cabo a través de una clínica en Oklahoma.

—Tenemos razones para pensar que su prima, Diane Englund, fue una de las madres atendidas en esa clínica. En enero de 1967. Nos gustaría hablar con ella, si es posible.

—Es un asunto de vida o muerte —dijo Jaye, y acto seguido pareció arrepentirse de haber hablado. No sabía si debía mostrarse tan impulsiva con aquella mujer.

Los ojos azules de Rita Walsh se clavaron fijamente en ella.

—Explíqueme exactamente lo que quiere saber.

Turner le dio una explicación clara y concisa. Le enseñó las fechas y le dijo que era posible que Diane Englund hubiera conocido a la madre biológica de Jaye en la clínica de Hunsinger.

—Es posible que haya coincidido con su madre —dijo Rita dirigiéndose a Jaye—. ¿Pero de qué manera ayuda esto a su hermano? —Luego puso su mirada en Turner—. ¿O al hijo de su cliente?

Era una pregunta lógica si se miraba fríamente, y merecía una respuesta.

—Señora Walsh —dijo Turner—. Tenemos que establecer relaciones a partir de la información de que disponemos. Y de esta manera confiamos en llegar a alguna parte.

—Ah, vaya —dijo ella—, no parece un método muy científico.

Jaye se inclinó hacia ella. Su semblante estaba pálido y tenía un aire de absoluta sinceridad.

—Señora Walsh, he acudido a usted llevada por la desesperación. Esta misma mañana he intentado hablar con mi cuñada en Bélgica y no he conseguido comunicarme con ella. Ignoro si mi hermano está mejor o peor.

Rita Walsh depositó su taza de té sobre la mesa, que estaba repleta de libros y revistas. Hizo salir al gato de su regazo y se puso en pie. Se acercó a la ventana y se quedó mirando hacia la calle. Colocó las manos en la cintura, como si le doliera la espalda.

—Es una enfermedad terrible —dijo con voz queda—. Acabó con la vida del hermano de mi marido.

Jaye se estremeció, llena de dolor y de compasión. Turner, sin embargo, sintió que una agradable certeza recorría su cuerpo. «Ya está», pensó, y dio las gracias a aquel desafortunado cuñado de Rita Walsh.

—Entonces, usted ya sabe lo que es —dijo.

—Sí —dijo ella, sin apartar la mirada de la ventana—. Desde luego. Se volvió de nuevo hacia ellos.

—Mi prima y yo teníamos una relación muy estrecha cuando éramos niñas. Y todavía la tenemos. Pero lo que ocurrió en Oklahoma… la cambió totalmente. No le gusta hablar de ello.

—No quisiéramos molestar o entristecer a su prima —dijo Turner.

La boca de Rita Walsh se curvó en una amarga sonrisa.

—Todos estos años ha estado aterrorizada, pensando que un día sonaría el teléfono o alguien llamaría a la puerta, y que una persona desconocida le diría: «Sé que usted es mi madre».

—No seremos nosotros los que hagamos esa llamada o esa visita —dijo Turner.

Jaye permanecía rígidamente sentada en su asiento, como si no se atreviera a hablar por miedo a influir en la delicada decisión que debía estar tomando Rita Walsh.

Esta se pasó los dedos por la desordenada cabellera.

—¿Saben que Diane nunca le habló a su marido de este niño? Estaba tan traumatizada, que nunca le contó lo ocurrido. —Suspiró de nuevo y dio unos pasos hacia la librería—. Se lo ha contado a su segundo marido. Incluso han hablado con los niños, pero no se lo han dicho a nadie fuera de la familia. A nadie absolutamente.

—Entendemos perfectamente lo delicado de la situación —dijo Turner—. Sabemos que la discreción resulta esencial.

—Discreción —dijo la mujer casi despectivamente. Pasó los dedos por el lomo de un libro—. Así se llamaba el juego, ¿no? Que una chica soltera se quedara embarazada era un desastre. Pero, con un poco de suerte, podía convertirse en un desastre *discreto*. Qué hipocresía. Y qué precio tan alto les hicimos pagar a las jóvenes.

—O *tempora o mores* —dijo cautelosamente Turner. Esperaba que sonara a profesor universitario.

Rita Walsh ladeó la cabeza con expresión burlona.

—Exactamente. Oh tiempos, oh costumbres. ¿Cómo puede haber gente que sienta nostalgia por aquellos tiempos? La forma en que trataron a las chicas como Diane… bueno, era algo medieval, bárbaro.

—Es cierto —dijo Turner.

—Cuando yo era una jovencita —dijo Rita—, los curas de Fort Smith nos decían que tener relaciones sexuales fuera del matrimonio era un pecado muy grave. La chica que lo hacía era una perdida, y si se moría sin arrepentirse de aquel pecado ardería en el infierno por toda la eternidad. El sexo ya era bastante malo, pero… ¿tener un hijo? No creo que los jóvenes de hoy puedan imaginarse el baldón que suponía. No era sólo vergüenza lo que se sentía… era puro terror. Y luego venían años de culpa y de mentiras. Pero lo que importaba, por encima de todo, era la *discreción*.

—Era injusto para las chicas —dijo Turner—. Y también para los niños.

Rita seguía acariciando el lomo del libro.

—Sí —dijo—, los niños. Hasta ahora nunca había oído que los niños fueran vendidos. ¡Dios mío! *Vendidos*.

—Sí, señora —dijo Turner.

—Recuerdo que antes de que Diane se quedara embarazada —o «tuviera problemas», como solía decirse entonces— se hablaba en secreto de algunos lugares donde iban las «chicas malas» para tener su bebé. Pero nunca oí nada de que los bebés fueran vendidos.

Jaye había puesto a un lado su taza de té y tenía las manos sobre el regazo, bien cerradas y apretadas. Habló con voz temblorosa.

—Yo fui vendida. Y también mi hermano.

Rita Walsh miró de nuevo a Jaye. Se quedó mirándola un buen rato. Luego dijo:

—Les hablaré de mi prima. Y les diré dónde encontrarla.

Capítulo 14

Rita Walsh se acercó a la repisa de la chimenea, tomó una fotografía en un sencillo marco dorado y se la mostró a Jaye.

—Esta es nuestra última reunión familiar —dijo—. Estábamos en una granja a las afueras de un pueblecito llamado High Mountain, en Arkansas. Aquí se instalaron nuestros tatarabuelos cuando llegaron a América.

Jaye miró con atención el grupo de la fotografía. Se habían colocado en cuatro hileras, una detrás de otra, como para una fotografía escolar. Sus rostros se veían pequeños, parecían diminutas muñecas de papel.

—Mi primo Brian tuvo que subirse al tejado de la granja para fotografiarnos; era la única manera de que saliéramos todos. Y aun así no estamos todos. Hay otros veinte o treinta que no pudieron asistir a la reunión.

Los ojos de Jaye se posaban en cada una de las mujeres de la fotografía, de una en una. «¿Cuál de ellas?», se preguntó. «Cuál de ellas tiene el secreto? ¿Cuál pudo conocer a mi madre? ¿Cuál es la que nos llevará hasta Patrick?»

—Aquí está —dijo Rita Walsh, señalando a una de las mujeres—. Esta es Diane.

A Jaye le sorprendió que tuviera un aspecto tan normal y corriente, tan poco llamativo. Diane Englund no era alta ni baja, gorda ni delgada, no era guapa ni fea. No había nada que la distinguiera del resto de sus parientes.

Rita le señaló entonces la persona junto a Diane, un hombre bajo y fornido que esbozaba una simpática sonrisa.

—Este es su marido, Rick —movió el dedo hacia una mujer de constitución fuerte y una sonrisa muy parecida—, y esta es su hija Karen. La otra hija, Dell, no pudo asistir a la reunión. Acababa de empezar su curso universitario en Chicago. Diana adora a su marido y está muy orgullosa de sus hijas. Forman una familia estupenda, mírelos.

Puso la fotografía, casi a la fuerza, en las manos de Jaye y cruzó los brazos sobre el pecho.

—Diane nunca ha visto a su hijo —explicó—. Lo único que sabe es que era un chico, porque se lo dijeron en la sala de partos. Diane sólo lo vio un momento. Le oyó llorar. Pero nunca lo tuvo en sus brazos y no volvió a verle jamás.

—Lo siento… —dijo Jaye, por más que sabía que no había nada que pudiera decirse.

—El chico tendría ahora tu edad —continuó Rita—. Seguramente es muy guapo, porque su padre era guapísimo. Y Diane era una chica encantadora. Sólo tenía quince años y estaba loca por ese joven, absolutamente loca por él. Pero a él no le importaba Diane —siguió explicando—. Sólo quería sexo, y Diane se lo dio. Le hubiera dado cualquier cosa. Entonces se quedó embarazada y, por supuesto, él no quiso casarse. Y sus padres no se lo hubieran permitido, además. Dijeron que Diane había querido atraparlo, que era una fulana, que no valía nada… Dijeron muchas cosas.

Jaye no supo qué contestar.

La mujer sacudió la cabeza.

—Un día Diane me comentó que se acuerda de su hijo todos los días de su vida. Nunca ha intentado buscarlo. Ni siquiera sabe si le han dicho que su madre biológica lo entregó. A lo mejor ni siquiera sabe que Diane existe. Tal vez es mejor que no lo sepa. Desde luego, es más fácil así, ¿no creen?

—¿De verdad cree que es mejor así? —preguntó Turner.

Rita Walsh volvió el rostro hacia Turner y clavó en él una profunda mirada azul.

—No me gustan las mentiras —dijo—, pero mi prima se ha visto obligada a vivir una. Si su hijo diera con ella, lo recibiría con los brazos abiertos. Pero no la ha buscado.

—Puede que lo esté intentando —dijo Turner.

—No lo ha intentado con tanto empeño como ustedes —dijo Rita.

—Pero tal vez sólo hemos sido más afortunados —dijo Turner.

Rita sonrió, pero fue una sonrisa triste.

—La fortuna ayuda a los audaces, ¿no? Y la fortuna ha querido que mi prima sea una buena mujer. Ayer la telefoneé y le hablé de ustedes. Me pidió que averiguara qué clase de personas son. Me dijo que si eran ustedes sinceros, les ayudaría… en lo que pudiera.

Jaye contuvo el aliento al oír aquellas palabras.

—¿Nos recibirá?

Rita Walsh se volvió a mirarla.

—Sí —dijo—. Cuando Diane estuvo en la clínica de Hunsinger coincidió con otra joven. Esta podría ser su madre.

Jaye creyó flotar. Era como si ya no existiera la gravedad y ella pudiera flotar libremente por el espacio. Además, notaba la cabeza muy rara, como si le hubiera estallado el cerebro después de un bombazo.

—Gracias —consiguió articular. Pero las palabras no salieron realmente de su boca, porque tenía los labios insensibles como dos trozos de corcho. Todo su cuerpo estaba insensible.

—Era algo tremendo lo que se hacía con las mujeres y con los niños —dijo Rita Walsh. Metió la mano en uno de los bolsillos de su amplio vestido y sacó una tarjeta blanca.

—Este es el nombre de casada de Diane, su número de teléfono y su dirección. Ahora vive en Nueva Orleans. Posiblemente, lo mejor será que hablen con ella personalmente.

Jaye asintió, pero no fue capaz de articular palabra.

Rita Walsh la miró con ojo clínico, como un médico que intenta evaluar la gravedad de una herida.

—La llamaré y le diré que espere su llamada. ¿Cuándo piensan ir a verla?

Jaye se encogió de hombros, sin saber qué contestar.

—Inmediatamente —dijo Turner—. Saldremos inmediatamente.

* * *

Turner había estado observando atentamente a Jaye. Durante unos instantes la vio aturdida, como si estuviera recuperándose de un golpe que la había dejado atontada, pero se rehizo con sorprendente rapidez.

Cuando se despidieron de Rita Walsh, Jaye estaba sonriente, por más que fuera una sonrisa un tanto forzada. Se la veía erguida y dueña de sí misma, y la mano no le temblaba cuando le dio a Rita un fuerte apretón.

Mientras caminaban juntos hacia el Buick, Turner estuvo tentado de agarrar a Jaye del brazo. Sin embargo, algo en su expresión y en su forma de andar le llevó a concluir que Jaye prefería recuperar las fuerzas a su manera, y coligió que sus muestras de comprensión, por sinceras que fueran, serían mal recibidas.

Una vez estuvieron dentro del coche, Turner comprobó que Jaye había recuperado totalmente sus dotes organizativas y estaba haciendo planes a toda velocidad.

—Supongo que la forma más rápida de llegar a Nueva Orleans será seguir conduciendo —dijo—. Será mejor que no nos liemos intentando tomar un avión desde aquí.

—Correcto —dijo Turner, y giró la llave de contacto.

—Pero desde luego deberíamos llamarla para saber cuándo le viene bien que vayamos a verla.

—Por supuesto. —Turner había puesto en marcha el coche y se incorporaba al tráfico.

—Tengo que hacer algunas llamadas —continuó Jaye—. Para empezar, a mi abogado. He de saber si el especialista ha averiguado algo sobre las demás mujeres.

A Turner le dolía que Jaye siguiera utilizando los servicios de ese detective de pacotilla. Le lanzó una mirada que expresaba irritación, pero Jaye no se dio cuenta.

—Y debo intentar otra vez localizar a Melinda en Bélgica. Y llamar a Nona. Pero no le contaré que esta pista puede llevarme a encontrar a mi propia madre biológica. Empezaría a dudar de mí.

«Dios mío», se dijo Turner, mirándola por el rabillo del ojo. ¿Tan profundamente había enterrado sus sentimientos que podía preocuparse por las sutilezas de las reacciones de Nona?

—Supongo que también debería llamar a la señorita Doll —dijo Jaye—. Le diré que me guarde la habitación y le preguntaré si he recibido alguna llamada. Y tendremos que pararnos de nuevo a comprar algunas cosas. Necesito más ropa interior. Y quizás otro traje. —Se estiró de la manga con aire ausente—. Me estoy cansando de llevar siempre lo mismo.

—Yo debería llamar al Sr. D. Buscaré un lugar tranquilo —dijo Turner.

—A lo mejor Patrick estará hoy en condiciones de hablar —dijo Jaye—. Ojalá, Dios mío.

—Yo también lo espero.

—Esta mujer es muy amable al ofrecerse a vernos —dijo Jaye alzando la barbilla—. Esta claro que le traeremos malos recuerdos.

—Sí.

Jaye frunció el entrecejo y se quedó con la mirada perdida en la distancia.

—Sin embargo, hay una cosa que me preocupa de verdad.

«Hay más de una cosa que te preocupa, chiquilla», se dijo Turner. «En realidad, te preocupan muchas cosas, pero no quieres admitirlo.»

—Sí, creo que sé lo que es —dijo.

Jaye le miró asombrada.

—Parece como si Diane Englund... —dijo Turner— ¿cuál es su nombre ahora?

—Kline. Diane Kline.

—Pues parece como si Diane Kline no hubiera sabido nada de la venta de bebés. Al parecer, pensaba que su hijo iba a ser adoptado legalmente. Esto puede resultarle más doloroso todavía.

Jaye se reclinó sobre el asiento. Ya no fingía sentir seguridad. Se había despojado de la máscara y su rostro expresaba preocupación.

—Supongo que tendremos que decírselo. Si existieran unos archivos, no nos veríamos en esta situación.

—Estoy convencido de que su prima le dará la noticia. Parecía una mujer sin pelos en la lengua.

—Y estaba enfadada —dijo Jaye.

—Tiene derecho a estar enfadada. Pero quién sabe... es posible que tu visita le haga un bien a Diane Kline.

Jaye le dirigió una incrédula mirada.

—¿Un bien? ¿Por qué?

Turner la miró de arriba abajo.

—Eres uno de los bebés de Hunsinger. Y mira qué buen aspecto tienes. Parece que te ha ido muy bien.

Jaye le dedicó una de esas sonrisas teñidas de tristeza que tanto irritaban a Turner. ¡Cómo le gustaría ser capaz de borrar esa tristeza de sus labios!

—Esto es una adulación descarada —dijo Jaye.

—Yo nunca adulo —dijo Turner—. Siempre digo la verdad. Ya sabes, soy abogado, y tenemos nuestro código de honor.

Durante unos segundos, Jaye sonrió de verdad, una sonrisa divertida y maliciosa. A Turner le dio un vuelco el corazón. «Un hombre podría amar a esta mujer», pensó. «Y si empezara, tal vez no podría detenerse.»

Cuando pensaba en llamar a Diane Englund, Jaye sentía que le faltaba el valor necesario. No conseguía decidirse y se sintió secretamente aliviada cuando Turner se ofreció a realizar la llamada.

Estacionaron el coche cerca de la universidad, en los terrenos pertenecientes a un lugar histórico: la mansión Faulkner. Jaye se quedó en el coche y Turner salió a telefonear. Estaba apoyado contra la pared de un establo en ruinas, a la sombra de un eucalipto.

Mientras tanto, Jaye telefoneó a su abogado. Este le comentó que el agente todavía no había enviado nada. ¿No podía volver a llamar por la tarde? El detective confiaba en tener algunos resultados a última hora. ¿Había alguna manera de enviarle un fax?

Jaye se acordó del ordenador portátil de Turner, que era pequeño y reluciente, tan futurista como una estación espacial. Pero no quería que la información le llegara a través de Turner. Si podía participar en el juego, si tenía algún poder era gracias a que sabía lo que ponía en la lista.

—Encontraré una manera —le dijo a su abogado.

Telefoneó a Nona al trabajo y le explicó que había encontrado una madre biológica en Nueva Orleans y que esperaba que este descubrimiento le llevara a otras madres.

Al principio, Nona no pareció asimilar la información.

—He intentado hablar con Bruselas esta mañana —le dijo preocupada—, y no he conseguido comunicar con ellos. No sé lo que significa esto.

—Yo tampoco lo he conseguido —dijo Jaye—. Volveré a intentarlo en cuanto cuelgue.

—¿Y este abogado irá a Nueva Orleans contigo? —En la voz de Nona se leía la desaprobación.

—Sí —dijo Jaye—. Esta mañana he descubierto que es más hábil que yo para hablar con la gente.

—Los abogados son todos unos charlatanes —dijo Nona acusadora.

—Tanto da —dijo Jaye—. A mí me encanta escuchar.

—Ja, ja. Muy gracioso, señorita. ¿Estás guardando las distancias con ese hombre?

—Sí —mintió Jaye. Lo dijo con el tono adecuado de dignidad ofendida.

—No dejes que se te lleve a la cama —adivirtió Nona—. Este asunto de las adopciones debería enseñarte lo que yo siempre te he dicho. No puede haber sexo fuera del matrimonio. De allí no puede salir nada bueno.

—*Yo* salgo de allí. Y también Patrick —replicó Jaye.

—¿Es rico este abogado? —preguntó inesperadamente Nona—. Siempre se ha dicho aquello de «rico como un abogado de Filadelfia». ¿Es así?

—No parece que le vaya mal —dijo Jaye sin comprometerse.

—Bueno, quién sabe —dijo Nona—. Si te comportas como es debido, a lo mejor sale algo bueno de todo esto.

«No me lo puedo creer», pensó Jaye. «Primero me está adivirtiendo contra el sexo y luego hace de casamentera.»

—He de irme ahora —dijo—. Dale recuerdos de mi parte al hermano Maynard.

Nada más colgar, marcó el número de teléfono de Bruselas. Respondió Melinda, llorosa y ebria de emoción. Parick estaba recuperado y se sentía mucho mejor. Quería hablar con Jaye, pero no le convenía hablar mucho tiempo porque el esfuerzo le dejaría agotado. Hubo un momento de silencio, al otro lado del océano, cuando el teléfono pasó de un interlocutor a otro. Luego se oyó la voz de Patrick.

—Hola, Jaye-Jaye.

Jaye sintió que el pulso se le aceleraba y se le ponía un nudo en la garganta, tantas ganas tenía de llorar. La voz de Patrick sonaba tan débil que daba miedo, pero de todas maneras era su voz, y resultaba estupendo volver a oírla.

—Hola, Patrick, chicarrón —dijo. Intentó que no le temblara la voz, pero no lo consiguió.

—Yo te A-M-A-R-É para siempre —canturreó Patrick desafinando un poco—. Amontona los viejos tiempos, haz una pila...

—Enciende la mecha... ¡bum, bum! —recitó Jaye. Y esas tontas palabras la inundaron de nostalgia. Los ojos se le llenaron de lágrimas, y parpadeó un par de veces para secárselas.

—Mamá dice que estás haciendo... una investigación genealógica para ayudarme —dijo Patrick. La voz le salió como en un jadeo ahogado que preocupó a Jaye.

—Sí —respondió—. Ahora voy de camino a Nueva Orleans a ver a una mujer. No es tu madre biológica, pero puede que nos proporcione información.

—Dios mío, suena tan raro —dijo Patrick—. Madre biológica y todo eso.

—Lo sé, lo sé —dijo Jaye.

—Y al parecer tengo sangre china o algo así —dijo Patrick. Se rió con una risa que sonó peligrosamente frágil—. Aunque no dijo nada, seguro que a Mamá le fastidió tremendamente. Había pagado un buen dinero y se supone que le debían entregar un bebé cien por cien blanco.

—Bueno, siempre sentiste debilidad por los rollitos de primavera —dijo Jaye.

Patrick empezó a toser.

«Oh, Dios mío». —A Jaye se le llenaron los ojos de lágrimas ardientes—. «Oh Dios, oh Dios».

De nuevo se puso Melinda al teléfono.

—Lo lamento. Tiene un ataque de tos. Será mejor que cuelgue. Un beso de parte de los dos, Jaye.

—Un beso a los dos —dijo Jaye con voz ahogada. Pero Melinda ya había colgado.

Se tragó las lágrimas y telefoneó a la señorita Doll para decirle que pasaría por lo menos otra noche fuera.

LaBonny estaba sentado en su cama limpiando sus pistolas, cubierto tan sólo con unos calzoncillos negros y un sombrero australiano que llevaba ladeado con elegancia sobre la cabeza. Junto a él dormía Sweety, su perra *dobermann*.

Tenía el ceño fruncido mientras limpiaba sus armas. ¿Cómo demonios había podido desaparecer Hollis sin dejar rastro? El hijo de puta se había esfumado como por arte de magia, se había desvanecido.

La oficina del sheriff había esperado las cuarenta y ocho horas reglamentarias antes de colocar carteles en todas partes avisando de su desaparición. Esta medida se basaba en que una persona como Hollis, que apenas sabía hablar y rozaba la debilidad mental, resultaba una víctima fácil para cualquiera.

Hollis había sufrido en más de una ocasión abusos sexuales y palizas. A veces, los jóvenes gamberros se divertían raptándolo y abandonándolo en el campo, a varios kilómetros de distancia, y Hollis tenía que regresar a pie al asilo.

Pero ahora LaBonny no creía que su desaparición se debiera a este motivo. Ojalá hubiera sido así. Le encantaría que encontraran a Hollis muerto de una paliza en un granero abandonado, con una botella de cerveza rota metida en el culo.

No. Esta vez Hollis se había marchado. Se había llevado sus ropas, su manta y sus dibujos, así como el resto de sus escasas pertenencias. ¿Pero tenía dinero? Y en ese caso... ¿cuánto tiempo le duraría? ¿Y adónde podía ir una persona como Hollis?

La última vez que lo vieron iba corriendo hacia el bosque. Llevaba en la mano un objeto que acababa de desenterrar y del hombro le colgaba una maleta que le iba dando golpes contra las piernas.

Hollis no sabía conducir; nunca había tenido coche. No había estado en la estación de autobuses de Mount Cawdor; Bonny lo había comprobado. Y nadie le creía capaz de ponerse a hacer autostop porque había tenido demasiadas experiencias dolorosas en su juventud, cuando se lo llevaban de juerga.

LaBonny frotaba cuidadosamente el cañón de su rifle de caza. Hollis tenía que estar oculto en alguna parte, esa era la respuesta. Todo el condado estaba medio cubierto de bosques, y en los bosques había todavía muchos edificios en ruinas, restos que quedaban de las granjas y las cabañas abandonadas.

LaBonny había imaginado que Hollis andaría por allí a tontas y a locas, tropezando y haciendo tanto ruido que en un par de días darían con él. Pero no había sido así. No había aparecido. Ya era hora de que fueran a por él.

Llamaron a la puerta de la cocina. Sweety alzó la cabeza y, todavía medio dormida, emitió un gruñido, se incorporó, saltó al suelo y llegó rápidamente a la cocina, todavía gruñendo.

LaBonny supo quién era. Dejó el rifle a un lado y estuvo a punto de abrir la puerta en calzoncillos, pero se lo pensó mejor y se puso sus pantalones vaqueros de color gris oliva. Eran unos pantalones estrechos y bajos de cintura que se apoyaban en sus estrechas caderas.

Descalzo, con el torso todavía desnudo, terso y liso como el de una serpiente, LaBonny fue hasta la cocina. Sweety permanecía vigilante ante la puerta, con el labio superior levantado para enseñar los dientes.

—Quieta —le ordenó.

Abrió la puerta y allí estaba Booby Midus, a la luz del atardecer, con un rayo de sol iluminando su rubio cabello. Bobby se había puesto sus ropas de caza, sus pantalones de camuflaje y una apretada camiseta que le resaltaba los músculos del pecho. Tenía cara de niño, unas pestañas muy largas, ojos azules y labios gordezuelos. Pero hacía mucho ejercicio, como lo demostraban su grueso cuello, su ancho torso y sus brazos musculosos.

Bobby era además uno de los mejores cazadores del condado. Podía abatir un ciervo a cien metros de distancia de un solo tiro entre los ojos. Y se conocía los jodidos bosques de la región tan bien como los músculos de su hermoso cuerpo.

—Hostia —Booby miraba inquieto a Sweety, que gruñía y tenía erizados los pelos del cogote—. ¿No puedes encerrar a este animal o hacer algo?

LaBonny le sonrió complacido.

—No te hará nada mientras yo no se lo ordene. Échate, Sweety.

La perra se echó inmediatamente en el suelo y dejó de gruñir, pero no apartaba los ojos de la garganta de Bobby.

—Joder —dijo Bobby. De todas formas, entró en la casa.

—Pasa, me voy a poner una camiseta —dijo LaBonny mientras se dirigía a su habitación.

Booby le seguía.

—¿Vendrá con nosotros Cody J.?

—Ahora le recogeremos —dijo LaBonny. Se sentó de nuevo en el borde de la cama y se puso un par de calcetines, y luego las botas de caza. Se levantó, y del armario, siempre impecablemente ordenado, sacó una camisa sin mangas del mismo color gris verdoso que los pantalones. De pie frente al espejo, se abotonó la camisa. Su mirada se posó en el reflejo de Bobby, que esperaba de pie en la puerta de la habitación, rascándose el sobaco. Apoyaba el peso sobre una pierna y su cadera se levantaba graciosamente hacia un lado.

Bobby se había fijado en la rubia de Boston y había decidido que le gustaba. Comentó cuánto le gustaría poder admirarla más de cerca. A LaBonny, este comentario le dejó frío, pero respondió como de pasada que si llegaban a tenerla en su poder, él y Bobby podrían tirársela al mismo tiempo; formar una especie de trío. Bobby pareció asombrado, pero no dijo que no. Desde entonces, no habían vuelto a mencionar el asunto. Era como si los dos hicieran lo posible por evitarlo.

—¿Has pensado dónde puede haberse escondido Hollis? —preguntó LaBonny.

—No mucho —respondió Boby—. En realidad, no creo que sea capaz de esconderse muy bien. Es medio idiota.

La respuesta irritó a LaBonny. De repente, tuvo ganas de quitarse el cinturón, bajarle los pantalones a Bobby y azotarle en el trasero hasta hacerle sangrar. Esta visión le provocó un estremecimiento de placer, pero hizo un esfuerzo por apartarla de su mente.

—Tanto él como Luther se criaron en estos bosques. Y además, es medio indio —dijo LaBonny.

—Bueno, pero sólo es un viejo bobo. Ni siquiera sabe hablar.

LaBonny se ajustó el sombrero y giró su largo y delgado cuello para fijar la mirada en los bonitos ojos de Bobby.

—*Puede* hablar. Pero *no quiere* hablar. Existe una diferencia.

Bobby levantó un musculoso hombro.

—Bueno, y si puede hablar, ¿por qué no habla?

—Porque no, y ya está. Lleva sin hablar desde que tenía diez o doce años. No habla con nadie, excepto con su familia.

—¿Y por qué? —preguntó Bobby con cara de asombro.

LaBonny metió su rifle de caza en la funda y cerró la cremallera.

—El doctor dice que es un mecanismo de defensa.

—¿Y eso qué carajo es? —preguntó Bobby.

—Es como la psicología —dijo LaBonny—. ¿Estás listo?

Bobby asintió con la cabeza, y añadió:

—Si lo que tiene mal es la psicología, eso quiere decir que es un viejo retrasado mental, como yo he dicho.

LaBonny se quedó inmóvil, con la cara muy cerca de la de Bobby. Podía oler su loción para después del afeitado.

—Bien —dijo con una leve sonrisa—. Y si tú fueras un retrasado mental, ¿dónde te esconderías en estos bosques?

Bobby levantó la barbilla, adornada con un hoyuelo.

—Pues me escondería cerca del lugar donde me había criado, eso es. Allá donde se encontraba la antigua casa del doctor. El bosque llega mucho más allá del asilo.

LaBonny le dio a Bobby un condescendiente golpecito en el brazo. Tenía la piel sorprendentemente suave, y la carne era dura y cálida al tacto.

—Eres muy bueno pensando como un retrasado mental —le dijo.

Bobby se apartó malhumorado y avanzó el labio inferior. Con sus gruesos labios, parecía más que nunca un niño haciendo pucheros.

LaBonny pasó delante de Bobby y llamó a Sweety con un silbido. La perra se puso inmediatamente en pie, deseosa de seguirle.

—No irás a llevarte a esta maldita perra —se quejó Bobby.

—Si encontramos a Hollis —dijo LaBonny abriendo la puerta de la cocina—, te enseñaré de lo que esta perra es capaz.

Bobby sonrió. Se le había pasado el enfado.

—Apuesto a que esta perra puede hacer hablar a ese viejo tonto.

—Podría hacerle gritar —dijo LaBonny.

Hollis no había vuelto a lo que fue su hogar. Aquello hacía tiempo que había desaparecido. Era una cabaña que se levantaba sobre un pequeño terreno cerca de la antigua clínica. La familia de Hollis la había alquilado durante muchos años. Pero un domingo, poco después de que el doctor Hunsinger se trasladara a la casa nueva, llegó un tornado y convirtió la cabaña en un montón de escombros.

Luther se salvó porque estaba fuera, pescando carpas en el río. Se acostó boca abajo en una zanja, como si se postrara frente al ángel de la muerte, y el tornado le pasó por encima. No le ocurrió nada.

Eso es lo que dijo tía Winona, la madre de Luther. Cuando el tornado llegó, ella y Hollis estaban en el pueblo, en la escuela dominical. Y Miss Ellen McCoy cantaba:

Cantad alabanzas en Su nombre
Él no olvida a quienes...

En cuanto estas palabras salieron de su boca, se oyó un tremendo rugido. Parecía un inmenso tren de mercancías que se acercara tronando y chirriando. Toda la iglesia tembló tan violentamente que Hollis sintió la sacudida en los mismos huesos. Los coloreados vidrios de las ventanas estallaron hacia dentro y cubrieron a los feligreses de cristalitos brillantes como joyas.

Nadie resultó muerto, algo que el predicador atribuyó a la gracia de Dios. Y nadie resultó herido de gravedad salvo Mavis Sevenstar, la madre de Judy, a quien una pieza grande de cristal se le clavó en el brazo y le seccionó un tendón.

A Hollis se le incrustó una pequeña esquirla de cristal blanco azulado en la mejilla. La herida sangró profusamente. Más tarde, alguien dijo que era un pedazo del Espíritu Santo cuando desciende en forma de paloma, porque era la única figura de los cristales pintados que tenía ese color blanco azulado.

Pero lo peor estaba por venir. Cuando Hollis y la tía Winona volvieron a casa descubrieron que ya no había casa. El tornado había engullido la cabaña y la había escupido convertida en un montón de cascajos. Incluso los árboles se habían quebrado como palillos. Todas las escasas pertenencias de la familia quedaron esparcidas entre los escombros. De sus cosas, Hollis encontró solamente la pequeña fotografía de su madre muerta, con el marco de cristal milagrosamente intacto, su armónica y sus vaqueros de trabajo. Eso era todo.

Tía Winona dijo que no debían lamentarse por los bienes materiales que habían perdido, y que debían dar gracias a Dios por permitirles seguir con vida. Luther respondió disgustado que hubiera preferido que Dios les hubiera ahorrado el maldito tornado. Luego, aunque era ya un hombre hecho y derecho, se sentó y lloró. Era la primera vez que Hollis veía llorar a Luther, y le asustó mucho más que el propio tornado.

El doctor Hunsinger se ocupó de ellos, porque Luther y Hollis seguían trabajando para él en el nuevo rancho. Les dejó que se instalaran en la caravana que había servido de vivienda a su domador de caballos. La casa no estaba nada mal, y la gente de la iglesia les dio ropa, platos y comida.

Una semana más tarde, sin embargo, tía Winona murió de un ataque al corazón. Hollis siempre tuvo el convencimiento de que el tornado la había matado; lo único que ocurría era que lo había hecho más lentamente. Y la muerte de tía Winona supuso el final de la familia.

Luther empezó a beber y se fue a vivir con una viuda que recibía una pensión del gobierno. Hollis sufrió una especie de crisis nerviosa. Lo único que quería era volver a la vieja cabaña, aunque esta había desaparecido para siempre.

Cuando Hollis se recuperó, el doctor Hunsinger le proporcionó trabajo y habitación en el asilo. El doctor Hunsinger era un hombre poderoso y podía hacer estas cosas. Hollis estaba profundamente agradecido por el hecho de regresar al territorio familiar de su infancia. Pero había cambiado.

El pedazo del Espíritu Santo le había dejado una cicatriz blanca en la mejilla. Hollis sabía que Dios le había marcado de por vida. Y sabía la razón. Era a causa de la chica muerta.

Antes del tornado, Hollis tenía pesadillas en que las la chica muerta regresaba para echarle en cara sus pecados. Después del tornado, las pesadillas se hicieron mucho más frecuentes. En sus pesadillas, la muchacha quería volver a estar entera. Quería un funeral cristiano. El fuego había sido un pozo directo al infierno y la habían arrojado dentro. Si algún día lograba salir de allí, la muchacha iría en busca de Hollis y lo arrastraría consigo a las llamas.

En ocasiones, cuando iba al pueblo, Hollis creía verla, y estos atisbos le dejaban paralizado de terror. Podía ser una chica que le diera la espalda y que tuviera una melena dorada que le llegara hasta los hombros. Entonces Hollis se sentía enfermo de miedo y pensaba: «Ya está aquí.»

Pero luego ella se volvía y resultaba que era fea o pecosa, o llevaba gafas, o tenía la nariz torcida, y Hollis comprobaba que era una chica normal y que estaba viva. Semejantes incidentes, sin embargo, teñían su vida de una extraña cualidad alucinatoria que le duraba varios días.

Cuando Luther murió, la vida de Hollis se instaló en esa cualidad alucinatoria. La muerte de Luther le había trastornado y entristecido tanto que ni siquiera era capaz de pensar en ella. Al fallecer Luther, Hollis se quedó sin ningún pariente cercano. Su única compañía eran los viejos y los enfermos, y sus propios pensamientos sobre fantasmas. Los Sevenstar eran parientes, pero nunca habían tenido mucha relación con la rama familiar de tía Winona.

En una ocasión en que Hollis fue al pueblo, tras la muerte de Luther, Judy Sevenstar lo abordó y prácticamente lo arrastró hasta un callejón.

—Sé que tú sabes que pasó algo malo donde Hunsinger —siseó—. Sé que alguien murió allí y que tú lo sabías, y que también lo sabía Luther.

Hollis se sintió aterrorizado y negó con la cabeza, «No, no, no.»

Pero Judy, con los ojos entrecerrados, le tiró de la camisa.

—Luther lo sabía. Dice que tenía pruebas. ¿Qué ocurrió? ¿Sabes qué ocurrió? ¿Lo sabes?

La pregunta aterró a Hollis hasta el punto de que perdió el mundo de vista. La cabeza le daba vueltas, sintió vértigo y el corazón parecía que se le iba a salir del pecho.

Era incapaz de hablar, y sólo atinaba a mover enérgicamente la cabeza: «No, no, no».

—El doctor lo mandó *matar*, Hollis. Y a ti te matará también si no vas con cuidado. Te imaginas que es muy bueno contigo, pero será mejor que mantengas los ojos bien abiertos.

Hollis siempre había tenido miedo del doctor Hunsinger, pese a que el viejo se mostraba asombrosamente amable y caritativo con él. Pero la gente decía cosas sobre Hollis y el doctor Hunsinger.

Hollis no tenía padre, lo que era una vergüenza. Él no recordaba lo que le había pasado a su madre, y ni Luther ni tía Winona querían hablar de ello. Sólo decían que lo ignoraban, que nadie lo sabía.

Otras personas decían que, a causa de que Hollis no tenía padre, la mujer se había marchado y había muerto de pena. Lo único que Hollis sabía de ella era que había sido una mujer menuda y bonita, de ojos brillantes, barbilla puntiaguda y una lustrosa y larga cabellera.

Y estas mismas personas murmuraban a veces que Hollis *sí* tenía un padre, y que era el doctor Hunsinger. Luther y tía Winona tampoco querían hablar de esto. Y le decían que nunca, nunca hiciera preguntas, porque podía ocurrir algo malo.

Para Hollis, el doctor había sido siempre un personaje bueno y terrible al mismo tiempo. Era como Dios, capaz de dejar que ocurrieran cosas horribles, pero al mismo tiempo podía mostrarse bondadoso y era el único con el poder necesario para salvarte. Había que respetarle, temerle y… obedecerle.

Y un día al doctor le sucedió algo extraño —tuvo un accidente—, aunque Hollis no entendió cómo una persona tan poderosa podía sufrir un accidente. El viejo seguía vivo, pero ya no salió de casa nunca más. Sin embargo, Hollis tenía la impresión de que se enteraba de todo lo que ocurría y de que, en cierto modo, lo controlaba. Ahora se parecía más a Dios, porque ya nadie podía verle.

El doctor Hunsinger, la chica muerta, la muerte y el infierno se habían mezclado en la mente de Hollis. Y cuando la chica muerta regresó aquella noche, sólo pudo pensar en salir huyendo, escapar a donde ninguno de ellos pudiera encontrarle.

Así que no había vuelto a su territorio, donde estuvo su hogar. Se dio cuenta de que era el primer sitio donde le irían a buscar. Había encontrado otro lugar, un escondite secreto donde estaría a salvo. Estaba seguro de que nadie, salvo él y Luther, conocía aquel lugar. Y Luther estaba muerto... aunque también lo estaba la muchacha, y había vuelto.

Hollis salía únicamente de su escondite por la noche. Pero incluso así, la chica muerta le había hecho una señal de advertencia. Hollis encontró una perra muerta en el bosque. Era blanca como el hueso, y tenía en el vientre sus cachorros sin nacer. Fue muy difícil cavar una fosa en aquel suelo rocoso, pero Hollis la cavó, y enterró a la perra muerta, y rezó sobre su tumba para intentar que se fuera en paz.

Ahora estaba acurrucado en su escondite. Tiempo atrás, el escondite había tenido dos entradas, pero ahora sólo tenía una, y era casi imposible encontrarla. Dentro estaba muy oscuro, pero Hollis había llevado velas consigo.

Encendió las velas y apoyó contra la pared los dibujos que había hecho de la chica muerta. Estaba levantando un altar de piedras que era algo más que un altar.

También podía ser un ataúd.

Capítulo 15

A última hora de la tarde, el ambiente en Nueva Orleans seguía siendo bochornoso.

—Podríamos mirar si queda alguna suite libre en el Windsor Court —dijo Turner con voz tentadora.

Pero Jaye eligió un hotel al alcance de su bolsillo, un viejo mesón del Garden District que en el letrero de la entrada se definía con el siguiente eufemismo: «estilo sobrio». Por supuesto, pagó su propia habitación.

—Pues no está tan mal —comentó amablemente Turner. Y también se comportó como un caballero cuando no insistió en que compartieran la misma habitación. Había aparcado a un lado las tentaciones y dejaba que fuera ella quien decidiera.

—Estás muy tensa —le dijo a Jaye, y le masajeó la nuca. Jaye se sintió conmovida por el gesto; era lo mismo que Patrick le hacía cuando la veía demasiado nerviosa.

—No estamos lejos del parque. Vamos a dar una vuelta —propuso Turner.

Ahora paseaban por la sombreada St. Charles Avenue. Jaye se deleitaba en los perfumados olores del abril sureño y levantaba la cabeza hacia el cielo. Cansada de tantas horas en coche, se sentía feliz de ver árboles y de tener el cielo azul sobre su cabeza.

De repente, algo brillante entre el llamado «musgo español», esa extraña planta que pende de los árboles, captó la atención de Jaye.

—Turner, mira qué maravilla —le dijo señalando hacia arriba.

De las ramas de los robles colgaban collares de cuentas brillantes que lanzaban destellos de colores a la luz del atardecer. Parecía como si los árboles hubieran entretejido con joyas sus largas barbas de musgo.

Turner esbozó una media sonrisa.

—Mardi Gras acabó hace menos de un mes, y esta es una de las rutas por las que transcurre el desfile de carnaval. La gente de las carrozas arroja collares de cuentas, y algunos se entusiasman demasiado.

Jaye pensó que era una costumbre deliciosa. A lo largo de St. Charles Avenue, las ristras de cuentas pendían de las farolas y de los cables telefónicos como collares de flores y lanzaban brillantes destellos desde los tejados de los porches.

—Espera —dijo Turner—. Veo uno muy bonito. Te lo cogeré.

Se encontraban bajo un tulipero. Turner saltó como un jugador de baloncesto, atrapó un collar de cuentas púrpuras, verdes y doradas que estaba enredado entre las ramas y se lo colocó a Jaye alrededor del cuello.

—Estos son los colores del Mardi Gras —le explicó—. El púrpura por la justicia, el verde por la esperanza, el dorado por el poder. A lo mejor te trae suerte.

La mano de Turner reposó un instante junto al collar y luego se movió para colocar en su sitio un mechón rebelde del cabello de Jaye. Cuando le sonrió, Jaye no pudo por menos que devolverle la sonrisa. Justicia, esperanza y poder: le parecía estupendo tener estas fuerzas de su parte. De repente, se dio cuenta de que quería besarle allí mismo, en St. Charles Avenue, a plena luz del día.

Un tranvía pasó con gran estrépito junto a ellos. Turner tomó un mechón de pelo de Jaye entre el índice y el pulgar y lo acarició.

—A lo mejor este era el famoso tranvía llamado deseo —dijo.

«A lo mejor sí», pensó Jaye, pero consideró más prudente no decir nada y apartó la vista.

Turner soltó el mechón que tenía entre sus manos y siguió caminando. Jaye se mantenía junto a él, palpando el collar de cuentas.

—Las ristras de cuentas quedan atrapadas allá arriba —dijo Turner alzando la vista— y van cayendo poco a poco. Durante todo el año hay lluvia de cuentas en Nueva Orleans. Y justo cuando han caído casi todos los collares, llega otra vez Mardi Gras.

—Me encantaría verlo algún día —dijo Jaye pensativa. Patrick,

Melinda y ella habían planeado asistir a los carnavales de Nueva Orleans el año pasado. Entonces Patrick fue trasladado a Bégica y le prometió a Jaye que irían a su regreso a Estados Unidos. «Y vendremos», se dijo Jaye. «Él se pondrá bien y vendremos».

Llegaron al parque. El verde césped se agitaba bajo la brisa y los jardines, repletos de exuberantes flores tropicales, despedían una fragancia que endulzaba la tarde. En el lago nadaban dos cisnes negros.

—¿Tú has estado? —preguntó Jaye—. Me refiero a si has estado en las fiestas de Mardi Gras.

Turner soltó una risotada compasiva.

—Pues sí. Cuando iba a la universidad. Oh, Dios.

Jaye sonrió maliciosamente.

—Oh, ya entiendo —dijo—. Era uno de *esos* viajes.

Turner asintió con la cabeza.

—Pues sí. La faceta más lamentable del ser humano: los jóvenes universitarios que se emborrachan en las fiestas de Mardi Gras.

—¿Y qué hicisteis? —Jaye sentía curiosidad a pesar de todo.

—No te lo puedo decir —respondió él fingiendo sentirse avergonzado—. Me perderías el respeto.

—No, de verdad —Jaye sacudió la cabeza—. No te perderé el respeto. Me has ayudado mucho. Y si algo merece respeto es la bondad. Tú has sido bueno conmigo.

Turner se detuvo y llevó a Jaye a un lado del camino. Ella tenía todavía el dedo entablillado y se había puesto una nueva cinta de color azul oscuro. Turner le tomó la mano y juegueó con la cinta.

Jaye hizo una profunda inspiración y habló.

—He querido habitaciones separadas por una razón.

Turner asintió con expresión irónica.

—No tienes por qué darme explicaciones.

—Lo he hecho… por Nona. Está muy alterada y preocupada por todo. También por mí.

—Entiendo —dijo Turner—. Apretó el lazo de la cinta y luego alisó suavemente el lazo.

Jaye tragó saliva.

—Y cuando Nona está alterada… bueno, es capaz de hacer cosas que la alteran todavía más. Es perfectamente capaz de telefonear al hotel para asegurarse de que efectivamente dormimos en habitaciones separadas. La conozco.

Turner levantó la mirada hacia ella. La miró de una forma que hizo que a Jaye se le encogiera el corazón de pena y de dulzura.

—Quiero que te quedes esta noche conmigo, Turner.

—Yo también lo quiero —dijo él. Se inclinó y la besó en los labios.

La brisa agitaba suavemente las copas de los árboles, y los cisnes negros se deslizaban por la superficie cada vez más oscura del lago.

En Cawdor caía la noche, suave y fresca. El jeep de Adon apareció en dirección a su habitual punto de encuentro en la curva del camino.

LaBonny esperaba apoyado contra su camioneta blanca. Se cubría la cabeza con su sombrero australiano, que llevaba ladeado, y de entre los dientes le asomaba un palillo, también astutamente colocado en un lado de la boca. Se quedó mirando a Adon mientras estacionaba el jeep y bajaba del vehículo. Adon tenía aspecto de estar furioso, pero también se le veía ojeroso y cansado. Estaba quemado, pensó LaBonny con frío interés. Estaba muy quemado. Nunca había tenido suficiente sangre en las venas para hacerse con el condado, y carecía de fuerzas para conservar el poder.

Adon podía enojarse, amenazar y lamentarse, pero a LaBonny le parecía cada vez más ridículo. Aquellos bebés bastardos del doctor estaban empezando a devolverle la pelota, y esto le dio a LaBonny la idea de que, poco a poco, podría ir haciéndose con el poder que Adon tan torpemente sujetaba.

—Primero dejas que el abogado y esa mujer se te escapen… —dijo Adon.

—Volverán —El tono de LaBonny era el de un adulto que corregía a un niño atolondrado—. Ella tiene aquí su equipaje y su coche.

—Dios sabe lo que habrán averiguado a estas alturas —se lamentó Adon—. Y todavía siguen de viaje. La Garrett llama de vez en cuando a Doll, pero no le dice dónde se encuentra. ¿Cómo vamos a dar con ellos?

LaBonny se sacó calmosamente el palillo de entre los dientes y simuló examinarlo.

—Usted es un hombre inteligente —dijo—. Hágales venir.

Era más un sarcasmo que un cumplido. Las narices de Adon temblaron de furia.

—Y luego está Hollis —dijo—. Se suponía que ibas a encontrar a Hollis. ¿Por qué no lo has encontrado?

—Hay muchos bosques por aquí —dijo LaBonny con aire aburrido.

—¿Y por qué estás tan jodidamente seguro de que se encuentra por aquí? —inquirió Adon.

—No puede estar en ningún otro sitio —dijo LaBonny. Ladeó la cabeza y señaló hacia el bosque, seguro de sí mismo. Cada vez que veía la actuación de Adon ante un conflicto, se sentía más seguro de su propia astucia y de su fuerza—. Está por aquí, sin duda. En algún lugar.

—Entonces, sigue buscando, hostia —dijo Adon—. Me cago en Dios, ¿es que vosotros tres juntos no podéis con ese idiota?

Era la misma táctica que LaBonny había usado con Bobby Midus, y no le gustó que la emplearan con él.

—No hay nadie por aquí que conozca los bosques mejor que Bobby —dijo.

—Mentira —dijo Adon entrecerrando los ojos—. Es evidente que hay alguien que le gana. Mañana tenéis que volver al bosque y seguir buscando.

—Se me han acabado las vacaciones —dijo LaBonny—. Mañana estoy de servicio.

—Di que te has puesto enfermo —ordenó Adon.

LaBonny se encogió de hombros.

—Bueno —dijo—. ¿Quiere que lleve a más hombres conmigo?

Adon arrastró el pie por la grava y se quedó mirando enfadado el suelo. Estaba un poco encorvado, con los hombros caídos.

—Todavía no. Cuantas menos personas sepan lo que estás haciendo, mejor.

LaBonny lo observaba, intentando calibrar su grado de impotencia, cada vez mayor. Sin el viejo, sin el doctor, Adon no sería nadie, un títere que ha perdido a su titiritero. El mismo LaBonny se encargaría de manejar los hilos.

—Hemos visto señales de Hollis —dijo con voz queda.

Adon levantó la cabeza como movido por un resorte.

—¿Qué quieres decir?

—Nos acercamos al lugar donde estaba la vieja casa de Raven, pero allí no había ni rastro de Hollis —dijo LaBonny—. Luego nos dimos una vuelta más allá, por los alrededores de tu casa.

Incluso bajo aquella luz tan tenue, LaBonny pudo ver cómo se tensaba el gordezuelo cuerpo de Adon.

—¿Mi casa?

Cruzando los brazos sobre el pecho, LaBonny intentó ocultar una leve sonrisa.

—¿Alguien ha matado un perro por aquí?

—Sí, Felix —dijo Adon con recelo.

—¿Era una perra? ¿Un chucho blanco?

—Sí.

—¿Y qué hizo con él?

—¿Cómo que qué hizo con él? —dijo irritado Adon—. Pues dejó al maldito animal en el bosque para que se pudriera allí.

—Bueno, pues alguien lo ha enterrado —dijo LaBonny. Y lo ha enterrado como es debido, bajo un montón de piedras. Sweety lo encontró. Se puso a buscar porque sabía que había un cadáver allí debajo.

—Hostia —dijo asqueado Adon.

—Y esto no lo haría una persona normal. —LaBonny apoyó todo el cuerpo sobre una sola pierna y ladeó la cadera—. Esto sólo lo haría Hollis. Incluso puso una flor sobre la tumba y enterró a la perra con una pequeña cruz hecha de ramitas. Muy bien hecha.

Se metió la mano en el bolsillo y sacó un pañuelo blanco donde estaba envuelta la cruz, de unos siete centímetros de altura. Estaba formada por dos ramas cortadas con una navaja para que encajaran en el centro. Se la tendió a Adon.

—¿Quieres quedártela?

Adon lanzó una maldición, pero no alargó la mano. LaBonny se encogió de hombros, rompió la cruz y la arrojó al suelo. Volvió a meterse el pañuelo en el bolsillo y colgó los pulgares de su cinturón.

—El lugar está en los alrededores de tu casa —dijo.

Adon se irguió y adelantó la barbilla con aire amenazador.

—¿A qué distancia?

—A medio kilómetro, menos tal vez. Creo que te está vigilando.

—¿Me vigila? —ladró Adon—. Por todos los demonios, ¿por qué?

—Puede que te tenga miedo y no quiera perderte de vista.

—Bueno, ¿y habéis registrado la zona, maldita sea? El muy jodido hijo de perra. ¡Vigilarme!

—No pudimos. Había oscurecido.

—Volved mañana —ordenó Adon en tono enérgico—. Registrad la zona palmo a palmo y encontradlo. ¿Me oyes?

—Eso está hecho —dijo mansamente LaBonny.

—Pero no dejéis que mi mujer os vea —añadió Adon—. Y si tenéis que disparar, cuidado con el ruido. A ella le ponen muy nerviosa los disparos.

LaBonny asintió obediente. Si él y Bobby daban con Hollis, bastaría con un solo disparo para acabar con él. Bobby era muy bueno con el rifle, un tirador como ninguno.

—Poneos en marcha mañana a primera hora —ordenó Adon en tono enérgico, y regresó al coche con paso airado. Subió al vehículo y cerró de un portazo.

LaBonny, apoyado en la furgoneta, una pierna sobre otra, miró cómo Adon encendía el motor del jeep y daba marcha atrás. Adon giró el volante hasta el final para cambiar de sentido en una sola maniobra, y por la forma de conducir se le notaba nervioso, sometido a una gran tensión.

LaBonny se llevó el mondadientes al otro lado de la boca y se quedó contemplando la partida de Adon. No sabía realmente si Hollis estaba vigilando el rancho. Era sólo una idea que se le había ocurrido y sabía que a Adon, que ya estaba inquieto, le destrozaría los nervios.

Cuando el jeep se perdió de vista, LaBonny se bajó la cremallera de los pantalones y regó el sendero de Adon con una larguísima meada. A la luz de la luna, que acababa de aparecer en el firmamento, la orina de LaBonny relucía como una joya sobre la hierba.

A la luz de la luna, Hollis enterró de nuevo el cadáver ya tieso del perro. Lo había arrastrado hasta un lugar más escondido en el bosque y había vuelto a cavar un agujero con una piedra afilada. Sabía que no debería hacerlo, pero no lo podía evitar.

«Hay que darle una sepultura decente», se repetía a sí mismo una y otra vez. «Hay que enterrarla, enterrarla. Hay que cubrirla, cubrirla.»

Fabricó otra cruz para ponerla sobre el cadáver del animal, lo cubrió de tierra y la aplanó con las manos. Después empezó a recoger piedras para formar un nuevo montículo protector sobre la tumba de la pobre perra asesinada.

«Tiempo de esparcir piedras», pensó con los ojos llenos de lágrimas, «tiempo de juntar piedras».

«Porque lo que sucede a los hijos de los hombres, y lo que sucede a las bestias, un mismo suceso es; como mueren los unos, así mueren los otros, y una misma respiración tienen todos; ni tiene más el hombre que la bestia...»

«Todos van a un mismo lugar; todo proviene del polvo, y todo se convertirá en polvo otra vez.» Cuando por fin colocó la última piedra, le sangraban las manos. Todavía lloraba cuando se levantó y empezó a caminar con paso inseguro.

Aquella tarde, a última hora, había oído voces de hombres en el bosque. Al principio estaban lejos, pero se fueron acercando. Hollis se quedó quieto en su escondite, escuchando. Contuvo el aliento, como si eso le ayudara a hacerse invisible, y le dio resultado. Los hombres pasaron a su lado sin enterarse de su presencia.

Fue más tarde, al salir, cuando Hollis vio que habían descubierto la tumba del perro y comprobó lo que habían hecho. Aquel acto de profanación le aterrorizó. Daba igual lo mucho que él se esforzara por servir a la muerte y cumplir con todos los rituales. Siempre le destrozaban el trabajo, y la muerte, con toda su fealdad y su carga de culpa, volvía a quedar desnuda y expuesta.

Y además, debía terminar su otro altar. Todavía tenía que acarrear muchas piedras y colocarlas con cuidado, piadosamente, en su sitio. Hubiera tenido que ponerse inmediatamente en marcha, pero no lo hizo.

En lugar de eso, se acercó hasta el límite del bosque. La luna estaba demasiado brillante esta noche. Hollis se quedó en las sombras, contemplando el rancho. Sólo se veía una lucecita en el piso de arriba, en la ventana del doctor. Hollis tocó la bolsita medicinal que llevaba colgando del cuello. «Esta es la clave de todo», había dicho Luther.

Hollis sabía que no debería estar allí, que estaba tentando a la suerte, pero aquello era para él como el acto de enterrar al perro. No podía evitarlo. Así que se secó las lágrimas con la sucia manga de su camisa y se quedo allí vigilando al doctor por motivos que ni él mismo alcanzaba a comprender.

El hotel era una pequeña mansión de estilo victoriano, con un desvencijado pórtico de dos niveles que estaba a punto de venirse abajo y contraventanas verdes para protegerse del viento. Irradiaba ese aire de elegancia un poco mohosa que era tan habitual en las casas de Nueva Orleans. Sin embargo, la luz de la tarde le resultaba favorecedora.

Una elevada verja de hierro forjado protegía fieramente el hotel del mundo exterior. De las afiladas puntas colgaban, aquí y allá, como siguiendo un orden armónico, ristras de cuentas de colores.

Jaye se las quedó mirando con asombro.

—¿Por qué los niños no trepan allá arriba y se llevan las cuentas?

—Porque cualquier niño de Nueva Orleans que quiera cuentas de colores puede conseguir todas las que quiera en Mardi Gras —dijo Turner—. Llegará un día en que el peso de todos estos collares hundirá la ciudad en el mar. —Le abrió a Jaye la puerta de la verja.

—A lo mejor algún día lo veo… quiero decir el Mardi Gras.

«Yo te traeré», quiso soltarle Turner. «Yo te llevaré a todos los desfiles y cogeré para ti las mejores ristras de cuentas. Reservaré para nosotros la suite más lujosa de la ciudad, con la cama más grande y más mullida. Y te llevaré a la habitación y te iré quitando la ropa hasta que sólo lleves encima los collares que he conseguido para ti. Entonces te los quitaré uno a uno…»

Pero no dijo nada. Era demasiado imprudente. Sonaba a una relación seria, y le produjo una extraña sensación. ¿Estaría obsesionado por esta mujer hasta el punto de que no desearía a ninguna otra? Esta actitud era muy peligrosa para un hombre como él, que se había pasado toda la vida evitándola.

—Esto es realmente muy bonito —dijo Jaye, soñadora. Se detuvo y se quedó un momento disfrutando de la vista.

Del viejo roble virginiano del jardín pendía musgo español y, escondidos entre sus ramas, charloteaban los estorninos. El gato del hotel, un macho grande y amarillento con un muñón en lugar de cola, atravesó pesadamente el césped y desapareció de repente tras las sombras de un banano. La escalera central estaba flanqueada por parterres rebosantes de hibiscos y azaleas y, a los lados del camino, unas anticuadas farolas se erguían como soldados en posición de firmes.

Turner, sin embargo, no prestaba atención al entorno, sino que clavaba la vista en el perfil de Jaye. La suave luz de las farolas rodeaba su rostro de un halo dorado, otorgaba a su cabello un extraordinario brillo y arrojaba largas sombras bajo sus pestañas. Los labios le relucían de forma encantadora.

«Eres muy hermosa», hubiera querido decirle. Pero en cambio, preguntó:

—¿Tienes que volver a llamar a tu madre?

Jaye le sonrió, un poco incómoda.

—Si no la llamo, se preocupará. Y en estos momentos, es lo último que necesita.

—Entonces te dejaré sola un rato —dijo Turner—. Tengo que hablar con la gente del Sr. D.

Jaye asintió.

—Yo también he de telefonear a mi abogado.

Turner asintió sin decir nada. «La lista», pensó. Y se le encogió el estómago. «Tiene que llamarle a propósito de esa maldita lista».

Esa misma tarde, el abogado de Jaye todavía no tenía nada nuevo y le pidió que volviera a llamarle por la noche a casa. Turner se echó una reprimenda a sí mismo. Tenía que dejar de pensar en llevarse a esta mujer a la cama y concentrarse en cómo demonios conseguiría hacerse con su lista.

Y entonces se le ocurrió una idea estupenda. Si era lo suficientemente bueno en la cama —y desde luego esperaba serlo—, si seguía ganándose su confianza, era muy posible que Jaye acabara por ceder y *entregarle* la lista, además de toda la información de segundo orden que hubieran conseguido sus agentes. Sería mucho mejor para ella, se dijo convencido. Estaba claro que él trabajaba con informadores más eficientes.

Muy bien. Entonces combinaría el trabajo con el placer y lograría sacarle la información con mimos. Contempló de nuevo a Jaye, que estaba bañada por aquella luz dorada y rodeada de fragrantes aromas. «Querida mía. No te imaginas las cosas que voy a hacerte», pensó.

El vestíbulo del hotel no era especialmente elegante. El suelo, de baldosas de dos colores, había sido en otro tiempo un lustroso tablero de ajedrez, pero ahora la mayoría de las baldosas estaban rotas y agrietadas. Los muebles eran de estilo victoriano, pero se veían destartalados, los cristales de la araña de luces estaban turbios, y el papel pintado de las paredes tenía un aspecto envejecido. En cuanto al ascensor, un cubículo de madera con deslustradas barras de bronce, era todavía más viejo y chirriaba más que el del Crescent.

No obstante, la habitación de Jaye, aunque pequeña, era agradable. No tenía teléfono ni televisor. La cama, una mala imitación de mueble victoriano, estaba limpia y parecía bastante cómoda. Tanto la colcha como las sábanas eran de raso y de un color rojo oscuro, lo que otorgaba a la estancia un aire lujoso y un tanto pecaminoso.

Jaye se sentó al borde de la cama y utilizó su móvil para telefonear a Nona. La encontró muy emocionada porque había podido hablar con Patrick durante cinco largos minutos.

—Dice que tiene ganas de comer mi pastel de manteca de cacahuete —dijo Nona. Dice que no se puede encontrar en Bélgica nada parecido. Oh, me gustaría poder ir hasta allí y llevarle un pastel. Estoy preparando unos pastelillos de manteca de cacahuete y se los enviaré por correo. Me ocuparé de que tenga comida preparada por su mamá. También le estoy preparando unas galletas. Siempre le gustaron mis galletas.

—Tal vez no le esté permitido recibir comida de fuera —le advirtió Jaye—. No olvides que todavía está en una sala de aislamiento.

—Pero está *mejorando* —objetó Nona—. Pronto saldrá de allí. ¿No encuentras que parecía que estaba mejorando?

«No», pensó Jaye. «A mí me pareció que se iba a ahogar de un ataque de tos». Pero no podía decir esto en voz alta.

—Envíale los pastelillos —dijo—. Envíale las galletas.

—Y tú encontrarás a su familia biológica —afirmó confiada Nona—. Todos están rezando para que Patrick recupere la salud y para que tú encuentres a estas personas. El hermano Maynard y los demás monjes rezan novenas. Ahora mismo iba a salir a la iglesia para rezar y encender unas velas. Lo conseguirás. Estoy segura de ello.

Jaye apretó los dientes. En sus peores momentos, pensaba que sólo un auténtico milagro le permitiría encontra a la madre de Patrick. Pero por supuesto, Nona creía fervientemente en los milagros. Jaye hacía mucho tiempo que no tenía fe en ellos. No dijo nada.

—Y Patrick va a ponerse bien —dijo Nona—. ¿Tú rezas por él?

—Sí —dijo Jaye. Y era cierto que rezaba, pero con desesperación y de forma improvisada.

—En Nueva Orleans hay iglesias muy grandes —dijo Nona—. Deberías entrar en una de ellas a rezar y a encender unas velas.

—Lo haré —dijo Jaye.

—¿Me lo prometes?

—Sí —No tenía ganas, en realidad. Hacía tiempo que había abandonado los rituales de la iglesia, y ahora la religión era para ella un asunto totalmente personal. Pero si eso tranquilizaba a Nona, lo haría.

—¿Y estás manteniendo las formas con ese hombre? —Nona dio uno de sus inesperados cambios de tono.

—Sí, sí, claro —contestó Jaye con hastío. Consiguió desviar la conversación hacia otro tema y se despidió. Luego marcó el número de teléfono de su abogado.

—Murray, soy Jaye —dijo—. ¿Ha descubierto algo el detective?

—Sí —dijo Murray—. Ha conseguido bastante información sobre una de las chicas y algunos datos sobre la otra. ¿Dónde estás ahora? ¿Tienes acceso a algún fax?

Jaye echó un vistazo a la pequeña habitación con sus falsos muebles antiguos.

—Aquí no tengo prácticamente nada, pero hay un fax en la oficina del hotel. Puedes enviar lo que quieras y ellos me lo entregarán.

Le dio el número de fax. Se había asegurado por su cuenta de que el hotel tenía servicio de fax. A Turner no le había dicho nada, y esto le hacía sentirse un poco culpable, pero también le daba el sentimiento de independencia que necesitaba.

—Deja que les envíe esto y luego te llamo —dijo Murray.

Jaye colgó el teléfono. Mientras esperaba, se levantó de la cama y dio unos pasos por la habitación. Se miró en el espejo sin azogue que colgaba sobre la cómoda. Todavía llevaba puestos los pantalones y el suéter de manga corta que compró el día anterior en Eureka Springs. Esa mañana, en Oxford, se compró otro recambio de ropa y una especie de bolsa de viaje para no tener que registrase en el hotel sin equipaje.

«Soy digna hija de Nona», se dijo. «Me preocupa lo que pensará de mí un recepcionista de hotel.» Empezó a juguetear nerviosa con los collares de cuentas de Mardi Gras que llevaba colgados del cuello.

Finalmente sonó el teléfono. Jaye respondió al instante.

—Jaye, soy Murray —dijo su abogado—. Lo he enviado todo. Ya debería estar en la oficina del hotel —Se quedó un momento en silencio—. Pero escucha, Jaye, no te ilusiones demasiado. Este primer informe… bueno, me temo que no sirva para gran cosa.

Jaye notó un escalofrío.

—¿Por qué no? —preguntó con recelo.

—El fax te lo explicará mejor que yo —dijo Murray en tono amable—. Seguro que mañana conseguimos algo más prometedor.

De repente, Jaye notó que tenía la boca seca. Se moría por preguntarle qué quería decir, pero la respuesta estaría en el fax que Murray le había enviado.

—¿Hay algo más que yo pueda hacer? —preguntó Murray.

—No, gracias, Murray. Mañana hablaremos. Un momento... ¿has dicho algo sobre el servicio de búsqueda, aquellos que se dedican a reunir a los adoptados con sus padres biológicos?

—No, lo siento. Si tuviera algo nuevo te lo diría en seguida. Si la madre biológica de Patrick está registrada, puede llevar un tiempo vincular su nombre al de él. Hay que tener paciencia.

—Ya lo sé —Pero la paciencia ser la virtud más escasa, la más gastada y la que antes se acababa.

—Por cierto, Jaye —dijo Murray en otro tono de voz—, ¿me dijiste cómo se llamaba el abogado con el que te has asociado?

—Se llama Gibson. Turner Gibson. Es de Filadelfia y especialista en Derecho familiar.

—¿Quieres que averigüe algo sobre él, Jaye? ¿O te fías de él totalmente?

Jaye no supo qué contestar. Se veía desnuda en brazos de Turner, la noche anterior.

—Confío en él —dijo en voz baja.

—De acuerdo, chiquilla —dijo Murray—. A veces me pongo demasiado protector. Recoge la información que te he enviado. Lamento que sólo haya esto, pero seguro que pronto tendremos más. Cuídate mucho.

Jaye se despidió y colgó. El corazón le latía con fuerza en el pecho y notaba en la garganta el pulso acelerado. Hizo una profunda inspiración y bajó a recoger el fax de Murray.

Había pasado una hora y Jaye no le había llamado. Turner ignoraba lo que eso significaba, y rogó a Dios que Jaye no hubiera cambiado de idea. La telefoneó y ella contestó al segundo timbrazo.

—¿Te encuentras bien? —preguntó Turner.

—Sí —repondió, pero su voz sonaba extraña. Parecía cautelosa, temerosa, no era la misma.

—¿Has llamado a tu madre?

—Sí.

—¿Y va todo bien?

—Sí.

—¿Has podido hablar con tu abogado?

—Sí —Y aquí su voz volvió a sonar rara.

«No me marees con tantas explicaciones», pensó Turner, enojado.

—¿Ha recibido información del detective? —preguntó.

—Sí. Me… me la ha enviado por fax.

—¿Aquí? —Turner no daba crédito a lo que oía. Por el amor de Dios, pero si las malditas habitaciones ni siquiera tenían teléfono. Había empezado a pensar que tenían suerte de que el hotel contara con instalación eléctrica. Era un hotel con una atmósfera agradable, con cierto encanto, pero poco más.

—Me envió el fax a la oficina del hotel —dijo Jaye, dubitativa—, y yo lo he recogido allí.

«Así que es eso», pensó Turner. Intuía que algo malo había sucedido. «Ha leído el fax y esto la ha alterado.» Cuando habló, eligió las palabras con cuidado.

—¿Quieres que hablemos de ello? ¿Te ayudaría?

Hubo un momento de silencio.

—Tal vez. ¿Puedes venir a mi habitación?

—Claro. Ahora mismo voy.

No sabía qué demonios ocurría, pero si de algo estaba seguro era de que ella no parecía de humor para la seducción. Con un suspiro, tomó la carísima botella de Merlot que había comprado, por si acaso cambiaba su suerte.

Recorrió el pasillo cubierto con una gastada alfombra floreada y llamó a la puerta de Jaye. Ella le abrió inmediatamente y alzó hacia él sus ojos azules. Parecía muy triste.

Esta noche no iba a ser como la anterior, pensó Turner disgustado. Jaye estaba totalmente vestida, y era evidente que pensaba en cualquier cosa menos en el juego erótico. En cuanto él entró, Jaye le volvió la espalda y fue a sentarse en el borde de la cama. Se quedó mirando un montón de hojas de fax que estaban desparramadas sobre el cubrecama.

Turner depositó la botella de vino sobre el escritorio.

—¿Esta es la información que te ha enviado tu abogado?

Jaye asintió con los labios apretados.

—¿Puedo echar un vistazo?

—Como quieras —respondió, y le miró con una expresión que Turner no logró descifrar.

Comprendió que el informe traía malas noticias, o ninguna noticia en absoluto, o una mezcla de las dos cosas.

—Me parece que no te vendría mal una copa —dijo, y señaló con un gesto la botella—. ¿La abro?

—Bueno —dijo Jaye sin entusiasmo.

Turner extrajo un sacacorchos del bolsillo.

—¿Quieres contarme por qué estás tan apenada? —preguntó.

Jaye sacudió la cabeza con aire de desánimo.

—Es como si Judy Sevenstar nos hubiera vendido las llaves de cinco puertas. Pues bueno, una de ellas no lleva a ningún sitio: Donna Jean Zweitec.

—El último nombre de la lista —dijo Turner mientras descorchaba la botella.

—Exactamente —dijo Jaye con amargura—. Y fue la que dio a luz en las fechas más cercanas al nacimiento de Patrick; sólo había una diferencia de cinco meses. Podía haber conocido a alguien, podía habernos dado un nombre que nos condujera a alguna parte... el nombre de otra persona, lo que fuera...

Turner desenvolvió los vasos que había sobre la cómoda. Esperó a que ella continuara.

—Está muerta —dijo Jaye con desolación—. Murió hace siete años. Sólo tenía cuarenta y dos años, Dios mío.

Turner llenó medio vaso de vino con mano segura.

—Esto no significa que nos hayamos topado con un muro —dijo—. Seguro que tiene familia, alguien nos podrá decir algo.

Se acercó a Jaye y le ofreció un vaso de vino, pero ella no lo miró siquiera y sacudió la cabeza, agitando su dorada cabellera.

—Era una enferemera, Turner, una enfermera misionera en África. Murió en Kenia en 1993, a causa de unas fiebres epidémicas.

—Toma. Bebe esto —Turner volvió a ofrecerle el vaso y Jaye lo cogió, con un suspiro.

—Llevaba diecinueve años en África. Era su hogar. La enterraron allí.

Turner hizo un esfuerzo por mantenerse impasible. Se acercó de nuevo a la cómoda y se sirvió otro vaso de vino sin mostrar ninguna señal de nerviosismo.

—¿Tiene parientes en Estados Unidos?

—Sus padres murieron. Tiene una hermana mayor que ella, y es monja en Carolina del Norte, una monja carmelita. Es una monja carmelita descalza.

Turner la miraba por encima del vaso. Jaye pasaba las hojas que le habían enviado por fax con aire de disgusto, casi de tristeza.

—¿Qué es una carmelita descalza? —preguntó

Jaye levantó la mano herida con gesto de impotencia.

—Una monja de clausura. Esta mujer ha hecho una especie de… voto de silencio. No puede hablar más que con otras monjas, y ni siquiera demasiado. Lo que es seguro es que no hablará con nosotros.

—Si una puerta se ha cerrado —dijo Turner con ternura—, todavía quedan otras cuatro. Y mañana se abrirá una de ellas.

—Ni siquiera me atrevo a pensar en esto. —Jaye le lanzó una mirada de desesperación—. ¿Y por qué uno de los rastros tiene que llevar hasta *mi* madre? No es a ella a quien quiero encontrar. Quiero encontrar a la madre de Patrick, maldita sea.

—Tal vez ella te pueda ayudar en esto —dijo Turner.

—Y tal vez no —dijo Jaye—. Mira esto. Léelo. Es para llorar.

Le pasó las hojas que habían llegado por fax. Turner las ojeó.

Donna Jean Zweitec. Nacida en Oklahoma City en 1951. Fue al instituto de Saint Anthony hasta 1967 y luego, en la primavera siguiente, la cambiaron al instituto de St. Boniface de Spartanburg, en Carolina del Sur. El fax no daba explicaciones, pero Turner sabía lo que había ocurrido entre el otoño y la primavera. Donna había dado a luz un niño. ¿Fue por esa razón que la familia se trasladó a Spartanburg, para dejar atrás aquel incidente?

En 1970, Donna entró en la escuela de enfermería, y en 1972 se presentó voluntaria para trabajar en las misiones. La Iglesia la envió a Kenya, donde sirvió fielmente hasta su muerte.

Turner frunció pensativo el ceño. Desde luego, aquella mujer no parecía la típica adolescente que se queda embarazada. ¿Había sido una aventura amorosa, una locura momentánea, una violación… qué? Después de tanto tiempo… ¿quién iba a saberlo?

Debajo de las hojas con los datos de Donna Jean Zweitec había otra hoja con un nombre, unas pocas líneas escritas y mucho espacio en blanco.

Turner leyó en voz alta:

—Diane Marie Englund Perry Kline.

—¿De qué nos sirve esto? —se lamentó Jaye—. Ya la hemos encontrado. Mañana vamos a verla. Vamos un paso por delante de estos supuestos detectives. No sé por qué les estoy pagando si lo que me envían son datos de personas muertas, y monjas y personas que ya hemos encontrado.

Turner volvió a leer rápidamente la escasa información.

—No. Aquí están los datos básicos, aquí está la clave. Dentro de poco, los ordenadores empezarán a escupir una montaña de información... hasta la marca de jabón que usa.

Jaye se quedó en silencio con el vaso de vino en la mano, todavía sin probar. Sacudió la cabeza con impaciencia.

—¿Y eso de qué nos servirá? Ya ha accedido a hablar con nosotros.

—Nos ayudará a saber si dice la verdad —dijo Turner.

El semblante de Jaye permaneció inexpresivo.

—Oh —dijo. Su mirada se encontró con la de Turner, y este asintió.

—Préstame estas hojas, ¿quieres? Te las devolveré, pero primero se las mandaré por fax a mis agentes. Así lo comprobaremos todo por partida doble.

Jaye pareció dudar, pero luego asintió.

—De acuerdo, aunque me parece una pérdida de tiempo.

—No es ninguna pérdida de tiempo si sirve de ayuda a tu hermano —dijo Turner. Y lo más curioso es que en aquel momento era totalmente sincero.

Jaye inspiró profundamente, un poco temblorosa.

—Y al Sr. D. Puede ayudar al Sr. D. a encontrar a su hijo.

En aquel momento, a Turner le importaba un pimiento el viejo DelVechio, pero puso los papeles a un lado y levantó el vaso de vino.

—Por tu hermano —dijo—. Y por el hijo del Sr. D.

Jaye le dedicó una temblorosa sonrisa que murió inmediatamente en sus labios, pero hizo chocar su vaso con el de Turner.

—Sí —dijo. Y bebieron.

Turner apoyó luego el vaso sobre la mesilla de noche y se inclinó hacia Jaye. Tomó su hermoso rostro entre las manos.

—Has llorado al leer el fax, ¿no es así?

Jaye parpadeó sorprendida.

—Un poco —dijo—. No mucho.

Se mordió el labio inferior como si se sintiera avergonzada. Este gesto hizo que a Turner se le encogiera el estómago.

—¿Estás asustada por la visita de mañana? —preguntó.

Jaye inclinó la cabeza y asintió.

—Aterrorizada.

—¿Te asusta que no te pueda decir nada acerca de Patrick?

—Sí —susurró.

—¿O que te diga sobre ti misma más de lo que deseas saber?

Jaye le contestó sin mirar.

—También.

Turner giró hacia él el rostro de Jaye y se inclinó para besarla, pero entonces vio su expresión apenada.

—A lo mejor no es el momento —dijo, y se arrepintió en seguida de haberlo dicho.

—Oh, Turner —dijo Jaye—. Abrázame, por favor. Ayúdame a dejar de pensar... por lo menos durante un rato.

Capítulo 16

Con el corazón golpeándole el pecho como un tambor, Jaye alzó el rostro hacia Turner. Él pareció dudar un instante, y luego la estrechó entre sus brazos y comenzó a besarla con una ternura curiosamente torpe que rayaba en la rudeza. Jaye se sintió conmovida. Una vibrante oleada de deseo recorrió su cuerpo.

La boca de Turner, seductora y juguetona, la conquistaba con sus besos, y su lengua tenía un cálido sabor a miel. Agarró a Jaye de los brazos y la ayudó a ponerse en pie. Luego se apartó un poco y la miró. En sus ojos, la avidez se debatía con el deseo de control.

—Quítate el jersey —le dijo con voz sofocada, y dio un paso atrás.

Jaye vio su encenderse la pasión en su mirada y deseó avivar ese fuego hasta que se convirtiera en una auténtica hoguera que lo devorara todo. Con movimientos lentos, se quitó el suéter y lo tiró al suelo, convertido en un suave montoncito.

Turner le respondió con una sonrisa complacida. Su gesto le había agradado.

—Yo te quitaré el resto de la ropa —dijo quedamente—. Quiero verte.

Con un rápido movimiento le desabrochó los pantalones y se los quitó con tanto ímpetu que estuvo a punto de desgarrarlos. Luego inspiró profundamente y sacudió la cabeza.

—No —dijo—. Lentamente. Quiero que esto dure.

Poco a poco, le fue quitando a Jaye las prendas, una a una, y las fue dejando caer al suelo. Jaye se quedó quieta y rígida mientras Turner le desabrochaba el sujetador, y se estremeció cuando él desnudó sus pechos. El sujetador cayó también al suelo y quedó convertido en un sedoso montoncito junto al resto de la ropa.

—Dios mío —suspiró Turner—. ¡Qué hermosa eres! —Le colocó las manos sobre los pechos y acarició suavemente los pezones, que respondieron erizándose—. Eres tan hermosa —dijo con ojos hambrientos mientras seguía acariciándola suavemente.

Jaye se sintió enloquecer de placer y de un anhelo tan intenso que casi resultaba doloroso.

—Ahora —dijo él con voz preñada de deseo—, te toca a ti desnudarme.

Jaye alzó las manos y, temblando, empezó a desabotonarle la camisa. Él no llevaba nada debajo, salvo una cadena y una medalla de oro. Cuando hubo desabotonado algunos botones, Jaye abrió la camisa y besó a Turner en el torso. Notó el cosquilleo del oscuro vello de su pecho, sintió la calidez de su piel y oyó el retumbar de los apresurados latidos de su corazón. Percibió el aroma de su colonia.

Turner comenzó a besarla ansioso por todo el cuerpo y le cubrió la boca con los labios. Recorrió con las manos la espalda desnuda de Jaye, las posó sobre sus nalgas. Inundada de deseo y de pasión, Jaye se dejó llevar. Notaba el sexo duro y cálido de Turner apretado contra el vientre. Turner empezó a debatirse con los botones de su camisa, pero enseguida desistió y se la quitó con tanto ímpetu que se oyó el crujido de la tela al rasgarse.

Con una ansiedad que le entorpecía los dedos, Jaye consiguió desabrocharle el cinturón. Turner se deshizo a toda prisa de las últimas prendas que llevaba encima y los dos se quedaron desnudos, cuerpo contra cuerpo, sedientos de caricias. Inclinando la cabeza, Turner le besó los pechos, los tocó y los acarició hasta que Jaye alcanzó el orgasmo.

Ella ansiaba el dulce olvido que otorga el placer sexual, y Turner le ayudó a alcanzarlo una y otra vez.

Cuando Turner penetró en su cuerpo, las últimas reservas de control de Jaye estallaron en pedazos como si fueran de fino cristal. Él sofocó sus gritos con los labios, bebió su aliento y la transportó, todavía temblorosa, a una oscuridad tan profunda que era como morir y volver a nacer.

Estaba tendido en la cama, con Jaye dormida entre sus brazos, y clavaba los ojos en las sombras de la habitación, ahora sumida en la oscuridad.

Habían hecho el amor con una intensidad cercana a la desesperación. Pero no era la pasión ni el desespero lo que preocupaba a Turner, sino la idea en sí de «hacer el amor», la propia expresión. Lo que había ocurrido entre ellos, pese a la intensa carga sexual, le parecía que estaba más allá del sexo.

Sentía por Jaye un deseo demasiado profundo. Para él se había convertido en una debilidad, una obsesión. Y el sentimiento era algo que no había planeado. No estaba previsto, y sin embargo era consciente de que él estaba poniendo más de su parte que ella. Jaye estaba cansada, exhausta de emociones, ya no quería más. Él la deseaba a ella, y ella deseaba el olvido.

Turner le había quitado las prendas hasta dejarla casi desnuda... pero no del todo. Ahora se daba cuenta de que debería haberle quitado también esa maldita cinta que llevaba en el dedo, tenía que haberla liberado de esa cinta aunque fuera por unos minutos.

Incluso ahora que estaba en la cama, tenía la horripilante sensación de que eran tres: Jaye, él mismo, y el insistente y tenaz recuerdo de un tercero que nunca los abandonaba: Patrick.

Y no es que Turner pensara que el amor de Jaye por su hermano fuera incestuoso. Por instinto sabía que no era así. Pero la preocupación que ella sentía por Patrick resultaba abrumadora. Era como si un animal salvaje se hubiera instalado en su corazón y fuera devorando toda su energía emocional.

Podía parecer estúpido y mezquino sentir envidia de un hermano cuya médula espinal se estaba pudriendo. Turner, sin embargo, la tenía, estaba celoso del pobre diablo. Porque ese pobre diablo tenía en sus manos un tesoro que nada ni nadie podría robarle: el amor de Jaye.

Turner se daba perfecta cuenta de que nadie le había profesado jamás un amor tan sincero y desinteresado como el que Jaye sentía por su hermano. Y lo más probable era que ya nadie llegara a hacerlo.

Sonrió amargamente. Demonios, era mejor para Jaye que no sintiera demasiado cariño por él. Porque si llegara a sentirlo, no lo amaría a él, sino a la ilusión que Turner había conseguido crear para ganarse su confianza.

No estaba precisamente orgulloso de lo que había hecho ni de lo que era. No era más que un muchacho de familia humilde que se había convertido en un hombre rico, y cuyo único objetivo consistía en jubilarse a los cuarenta años con cinco millones de dólares invertidos en títulos. Turner era consciente de que no se había convertido en abogado criminalista por amor a la justicia, sino por despecho.

El padre de Turner era agente de policía, un hombre violento y corrupto que siempre había conseguido salir indemne de la corrupción y de la violencia. Su madre se había refugiado en la bebida, y su hermano se destrozó la vida. Turner había intentado siempre olvidarse de todo esto y se había concentrado en ganar cada vez más dinero. Odiaba a su padre, sentía resentimiento hacia su madre, y a su hermano le había fallado.

Jaye odiaba las mentiras, y él desde luego le había dicho más de una. Había manipulado y disfrazado la verdad, le había ocultado más cosas de las que podía recordar. No le quedaba otro remedio que seguir así.

¿De qué le serviría ahora decir la verdad? Si se sinceraba con ella, la perdería. Y si seguía mintiéndole, también podía perderla de todas formas. Había retorcido tanto la verdad acerca de sí mismo, que había convertido la realidad en un nudo gordiano.

«Oh, Turner», le había dicho Jaye. «Abrázame, por favor. Ayúdame a dejar de pensar… por lo menos durante un rato».

Demonios, también él tenía que dejar de pensar. Al principio, mentir había sido una necesidad, un medio para alcanzar un fin. ¿Era posible que en esta ocasión se hubiera dejado atrapar en la red que él mismo había tejido? Intentó convencerse de que no era así.

Maldición, se dijo con fastidio, estaba hasta la coronilla de DelVechio. Como un astuto demonio, aquel viejo le había convencido para que firmara un contrato con su propia sangre. Y sin embargo, debía ocuparse de los taimados planes del viejo. Era necesario que saliera cuanto antes de la habitación y regresara a su cuarto para utilizar su teléfono y su ordenador.

Jaye se sentía desanimada porque su detective había descubierto muy poco. Turner estaba convencido de que se podía descubrir más, y creía saber cómo conseguirlo.

Se incorporó en la cama, apoyado en un codo, y retiró los sedosos mechones de cabello que cubrían el rostro de Jaye. Tuvo que resistir el deseo de besarla en los labios para despertarla y volver así a enredarse con ella en el complicado mimbre de sensualidad que estaban urdiendo. Sin embargo, se refrenó y le dio un casto beso en la sien. Jaye se removió, todavía medio dormida.

—He de marcharme, amor mío —dijo Turner—. Voy a salir.

Jaye se arrimó a su hombro.

—¿Turner?

Turner reprimió el deseo de besarla y se limitó a acariciarle los cabellos.

—¿Sí?

—Eres un buen hombre, un hombre amable. Y lo que te dije ayer noche de que no te pediría nada iba en serio.

«Pídemelo», pensó él. «Pero no soy un buen hombre ni un hombre amable.»

—Duérmete —refunfuñó—. Te veré mañana por la mañana.

Cuando se levantó de la cama de Jaye, se sentía más solo y vacío de lo que se había sentido desde la muerte de su hermano.

Roland Hunsinger había estado durmiendo hasta bien entrada la tarde.

Barbara no le había visto. Se había vuelto a quedar dormida en el sofá, con la labor en las manos. Acurrucado a sus pies, su perrito blanco parecía un juguete hecho de plumas de avestruz.

Felix entró sigilosamente en la habitación, con una expresión de gravedad en su rostro huesudo.

—Se ha despertado de la siesta —le dijo a Adon en voz baja—. Ya ha comido y quiere verle.

Adon se levantó con dificultad de la silla. Había bebido unos tragos de más. A su tercer martini de ginebra Bombay no le había añadido hielo ni vermut.

Y el viejo se daría cuenta, por supuesto. En ocasiones era como una corneja negra y lo veía todo. Otras veces, sin embargo, no parecía darse cuenta de nada importante.

Adon señaló a Barbara con un gesto de la barbilla.

—Quédate con ella —le dijo a Felix—. Vigílala.

—No me moveré de su lado —dijo Felix. Se sentó en la silla que Adon había dejado libre y entrelazó sus manos de huesudos nudillos.

Con rostro impasible, tomó el periódico de Tulsa que Adon había dejado caer poco antes, cuando el sueño empezó a vencerle.

Intentando mantenerse firme y erguido, Adon se dirigió a las escaleras. Golpeó la puerta de Roland con los nudillos y aguardó un instante —tal como se esperaba que hiciera— antes de entrar.

Desde luego, el televisor estaba encendido, pero esta vez estaba sintonizado en un rodeo. Al viejo le encantaba contemplar el brillante trabajo de los caballos que se utilizaban para atrapar a los novillos, pero todavía le gustaban más los rodeos. Siempre le había gustado ver cómo un jinete era arrojado al suelo y amenazado por el toro. Y cuanto más violento fuera el espectáculo, mejor.

En su juventud fue testigo de una cogida en la que un hombre había sido destripado por un toro bravo. La escena le causó una honda impresión, y siempre esperaba ver otra igual.

—Hola, papá —dijo Adon, procurando no arrastrar las palabras. Todo lo que podía ver de su suegro era un pie surcado de gruesas venas, apoyado en un escabel en forma de pata de elefante.

—Felix dice que Barbara se ha quedado dormida —dijo el viejo desde las sombras. De alguna forma, consiguió que su voz electrónica sonara con una vibración cargada de disgusto.

—Sí señor —dijo Adon.

—Últimamente siempre está durmiendo —dijo quejoso Roland—. Y está demasiado delgada. ¿Qué le ocurre? ¿Está enferma?

—Bueno —Adon se inventó una mentira—, el médico dice que sufre de eso que llaman síndrome de fatiga crónica. —Acercó una silla y se sentó en el lugar de siempre.

—Bah —dijo despectivo Roland—. En mis tiempos no existían estas tonterías. Esto se lo inventan los jodidos médicos. Lo que necesita es hierro. Tienes que darle hierro. Que coma hígado, eso es.

—Así lo haré —dijo Adon.

—Hoy las mujeres están demasiado flacas —gruñó Roland—. Parecen muchachos, auténticos palillos. He visto *Con faldas y a lo loco* en la tele. Y esa Marilyn Monroe tenía el aspecto que una mujer ha de tener. Tenía unas buenas tetas. Tenía culo y barriga. A uno le entran ganas de ver algo más.

A Adon le resultó deprimente que Roland estuviera allí sentado entre las sombras deseando tirarse a una mujer que llevaba más de treinta años muerta.

—Sí señor —musitó.

—Si Barbara quiere volver a quedarse embarazada, necesita tener algo de carne sobre los huesos. Necesita sangre buena y roja. Yo ya se lo he explicado.

«Estoy seguro de que lo has hecho, gusano insensible», pensó Adon.

—También yo se lo he dicho —mintió Adon.

—Has bebido —dijo acusador Roland. Su voz brotó cargada de una extraña estridencia que retumbó como un eco.

—Debo de haber tomado una copa de más —dijo Adon—. Perdí la cuenta, supongo. Ha sido un accidente. No volverá a suceder.

—Un hombre de verdad es capaz de controlar lo que bebe —dijo el viejo con desprecio. Otra vez le salió una voz aguda y fantasmal que reverberaba—. ¿Es por eso por lo que Barbara no se queda embarazada? ¿No eres un auténtico hombre?

«Si no fuera porque a Barbara se le rompería el corazón, te mataría», pensó Adon. «Me gustaría matarte con mis propias manos, viejo asqueroso.»

—Nunca se ha quejado —dijo Adon.

—Era la muchacha más bonita de todo el condado —dijo Roland—. No había ningún hombre que la viera y no se enamorara de ella en el acto. Pero ella sólo te quería a ti. Así que le dejé que se casara contigo. A tu manera, no eras tonto. A tu manera, servías para algo. Pero luego mi hijo va y se muere antes que yo, y sólo me queda una hija que lleve mi apellido… Yo, que he traído al mundo a cientos de niños.

—Es realmente una ironía —dijo incómodo Adon.

—De manera que he confiado en ti —dijo el viejo—. Pero en ocasiones pienso que te faltan *cojones*,[1] te faltan huevos, no tienes arrestos. Te ha resultado todo demasiado fácil. A lo mejor tendría que pasarle el mando de la operación a otra persona. Joder. Ni siquiera sabes beber. No puedes tener un hijo que llegue a crecer. El único que has tenido no prosperó. Mierda. Yo he traído al mundo a cientos de niños y tú ni siquiera puedes tener uno que llegue a hacerse mayor.

Adon se quedó rígido, como si le hubieran golpeado, y miró al viejo con odio. El único hijo que Barbara y él habían tenido era un precioso bebé que nació con un defecto cerebral.

---

1. En español en el original. (*N. de la T.*)

«Si Barbara muere antes que tú, te mataré», pensó Adon. «Te mataré de la forma más cruel posible. Por muchos años que pasen, la gente seguirá hablando de la muerte tan horrible que te di.»

Del televisor llegaron los gritos emocionados de la multitud que contemplaba el rodeo. Adon se volvió a mirar y vio que un vaquero salía despedido de la grupa de un toro pardo. El jinete cayó al suelo con un fuerte golpe y no consiguió ponerse en pie. El toro se le acercaba trotando y meneando los cuartos traseros, con los cuernos enfilados hacia él.

Entonces saltaron al ruedo otros vaqueros. Uno de ellos se las apañó para llevarse al toro, y los demás arrastraron al jinete caído hasta un lugar seguro.

—¡Bah! —gritó el viejo—. Casi lo coge. ¡Maldita sea!

—Doll ha recibido hoy una llamada de esa Garrett, pero no ha podido averiguar desde dónde llamaba —dijo Adon entre dientes.

—Doll es una mujer carente de sutileza —dijo Roland con su voz aguda—. En sus tiempos tenía una buena cabeza, pero no ha sido nunca una mujer sutil.

—En cuanto a la lista que tienen en su poder —dijo Adon con toda la paciencia de la que era capaz—, dijiste que no importaba.

—Yo no he dicho *eso* —corrigió irritado Roland—. Una condenada cosa puede llevar a otra. Dije que lo pensaría y lo he pensado. No quiero que ningún abogado de ciudad se meta en esto. Y sobre todo quiero que aparten a esta mujer del asunto. Que no pueda acercarse siquiera. Es un verdadero problema, un peligro para mí, para ti, para todos. Es necesario que la detengan, sobre todo a ella.

Adon notó un pinchazo en el estómago.

—¿Pero y si no encuentra nada?

—¿Y si lo encuentra? —repuso Roland. Sus palabras quejumbrosas se quedaron flotando en el aire—. Tienes que dar con ella, eso es.

—Puedo hacer que regrese —dijo Adon.

—Nunca debiste dejar que saliera de aquí.

—Fue culpa de LaBonny —dijo Adon—. Se dedicó a seguir a Judy en lugar de ir detrás de la Garrett.

—*Tú* eres el responsable de LaBonny. Sus fallos son tus fallos.

—He dicho que puedo hacerla regresar. Pero, ¿es necesario?

—¡Qué pregunta más jodidamente estúpida! Pues claro que sí. ¿Quieres que todo lo que hemos conseguido se derrumbe?

La ginebra que había bebido se le revolvía en el estómago y parecía que quería salirle por la boca. Lo único que Adon deseaba era que su mujer volviera a estar bien y que nadie volviera a molestarla nunca más. Pero se limitó a decir:

—No señor.

—Entonces tenemos que *librarnos* de esa mujer —aclaró Roland, como si no hubiera quedado ya suficientemente claro, hasta para el más tonto.

Adon se sintió como si le hubieran puesto sobre los hombros un abrigo tremendamente pesado. Y no podía hacer nada por evitarlo.

—¿Y qué hacemos con el abogado?

—Chico —respondió el viejo—, deja que te explique las verdades de la vida. —Luego soltó una carcajada que sonó como si hubieran hecho vibrar con los dedos una cascada cuerda de metal.

Y Adon se acordó de Hollis, cuyos días estaban contados, aunque el viejo todavía no lo supiera. Adon había confiado en que Hollis fuera el último, pero ahora sabía que no sería así. «No podemos parar de matar,» pensó Adon. «No pararemos hasta que estemos todos bajo tierra.»

En el centro de Nueva Orleans, casi nada tenía aspecto de ser nuevo. Las calles del Garden District eran viejas, las casas que daban a las calles eran viejas, los altos árboles que arrojaban su sombra sobre las calles y las casas eran viejos.

Y aunque Jaye había creído que Oxford, en Mississippi, representaba el Profundo Sur, esto lo era todavía más. Los árboles tenían un follaje espeso y verde luminoso. Las plantas mostraban una abundancia de flores que resultaba casi ofensiva, y en el aire matinal flotaba un intenso aroma a jazmín y a olivo.

Sin embargo, el interior de la casa de Diane Englund Kline no parecía en absoluto sureño. La decoración era ultramoderna y de líneas aerodinámicas, como para contrastar con el entorno, con muebles de metal forrados de negro. Las paredes y el techo eran de un blanco inmaculado.

Jaye reconoció algunas de las litografías que colgaban de la pared: Alexander Calders, en blanco y negro con sorprendentes toques de rojo. Y estos toques de rojo se repetían en toda la habitación: un objeto de cerámica sobre un mantel blanco; un dibujo escarlata en una alfombra blanca y negra; jarro negro con tres flores de seda de color carmesí.

El conjunto podría haber resultado espantoso, pero no lo era. Jaye encontró que conseguía un efecto de austera belleza. Turner y ella se sentaron en el sofá negro. Delante de ellos, sobre la mesilla negra, había una bandeja blanca con una cafetera roja y las tazas a juego.

Enfrente se sentó Diane Englund. En aquel entorno ultramoderno de ángulos y líneas rectas, ella era lo único que parecía anticuado y redondeado. También estaba visiblemente nerviosa.

Diane Englund carecía del aplomo de su prima. Era bajita, con una naricilla respingona, boca redonda y mejillas llenas y sonrosadas. Tenía el pelo rizado y rubio, perfectamente cuidado por una buena peluquera. Vestía un amplio sayo azul. Con las manos entrelazadas sobre las rodillas, paseaba la vista por toda la habitación, como si se resistiera a mirar directamente a Jaye o a Turner. Este comentó que le gustaba la atmósfera que se respiraba en la casa.

—No es una decoración tradicional —dijo con voz en la que se advertía el nerviosismo—. Quiero decir que… es muy moderna. Yo… no tenemos esa clase de decoración a la antigua que suelen tener por aquí. Todo esto —señaló con un gesto inseguro toda la habitación— es obra de mi marido. Es diseñador gráfico. Él entiende de buen gusto. Yo no.

Volvió a entrelazar las manos con fuerza y las apretó entre sus rodillas, como si quisiera aprisionarlas.

—Además —dijo—, yo sufro de alergia, y mis hijas también. Resulta más fácil mantener a raya el polvo y el moho con una casa así. Ya saben. Es así de sencillo. —Se quedó en silencio y volvió a fijar la mirada en su regazo.

«Esto le resulta odioso», pensó Jaye. «No me gusta nada obligarla a hacer esto. Ojalá no hubiéramos venido.»

—No tenemos plantas ni animales —continuó Diane en tono de disculpa. No levantó la vista.

Turner tomó la palabra. Habló con amabilidad, pero sin mostrarse condescendiente ni afectado.

—Señora Kline, ha sido muy amable al acceder a recibirnos. No sabe cuánto se lo agradecemos.

La mujer no respondió. Su barbilla empezó a temblar, y Jaye pensó desolada que estaba a punto de echarse a llorar.

«Oh, Dios mío, se va a poner a llorar. La hemos hecho llorar.»

—¿No sería más fácil que le hiciéramos algunas preguntas? —preguntó Turner.

La mujer asintió con su rubia cabeza.

—Lo siento —dijo—. Es un tema que no he tratado con nadie… excepto con la familia.

—Ya le he explicado cómo conseguimos su nombre —dijo Turner—. Fue a través de una mujer cuya madre había trabajado en la clínica. La madre tenía una lista. No sabemos bien por qué. Era una lista de cinco nombres, entre ellos el suyo. Le prometo que esta información no tendrá por qué ir más allá de lo que usted esté dispuesta a permitir.

—Está bien —dijo ella con una vocecita temblorosa—. Me he inscrito en un registro. De esta forma, si mi… mi hijo quiere encontrarme algún día, puede dar con mi nombre.

Jaye parpadeó, sorprendida.

—¿Se ha inscrito usted misma en un registro de madres biológicas?

—En más de uno. Fue hace unos pocos meses. Fue como si algo se despertara en mi interior y me dijera: «Ya es hora».

—Su prima no nos dijo nada de esto —dijo Turner.

La mujer levantó la cabeza, enderezó los hombros y se quedó mirando las litografías que colgaban de la pared.

—Quiero mucho a mi prima —dijo—, pero no se lo cuento todo.

—Claro —dijo Turner.

Jaye se dio cuenta de que no podía apartar su mirada de la mujer. Diane era por lo menos quince o veinte años más joven que Nona. «¿Mi madre tendría ahora esta edad?», se preguntó. «¿Y la de Patrick? ¿Llegó esta mujer a conocer a mi madre? ¿Eran dos chicas asustadas que estaban juntas?»

—La mujer que trabajaba en la clínica —dijo Turner— se llamaba Sevenstar. Mavis Sevenstar. ¿Le recuerda a alguien el nombre?

—Sí —dijo Diane sin apenas mover los labios—. La recuerdo.

—¿Sabe por qué razón tendría ella su nombre?

Diane se humedeció los labios con la lengua.

—En teoría no debíamos utilizar nuestros verdaderos nombres. Durante todo el tiempo que estuve allí me llamaron Patty James. Pero a veces… se me escapaba.

El corazón de Jaye se encogió y se quedó cerrado como un puño. Si las chicas no habían utilizado sus verdaderos nombres, resultaría prácticamente imposible localizarlas. Le dirigió a Turner una mirada cargada de preocupación.

—Señora Kline… —empezó a decir él.

—Llámeme Diane —dijo ella. Seguía con la cabeza baja, pero levantó una mano y empezó a juguetear con una hila suelta de su vestido.

—Diane —dijo Turner—, ¿cómo llegó usted a la clínica del doctor Hunsinger?

Diane hizo una profunda inspiración.

—Había algunos… hogares, así los llamaban. Eran hogares para madres solteras. Pero mis padres no quisieron enviarme allí. Eran una… mancha en tu reputación. Y además tenían demasiada gente. Mi madre dio con Hunsinger.

—¿Cómo? —preguntó Turner.

Diane tiraba con sus uñas rosas y bien cortadas de la hila azul de su vestido.

—En Fort Smith había una mujer que podía encargarse de estas cosas. Se llamaba Sra. Nations. Ignoro cómo dio con ella mi madre. Esa mujer se ocupó de mandarme allí.

Turner entrecerró los ojos.

—¿Sabe algo más de la señora Nations? ¿Cuál era su nombre de pila? ¿Qué relación tenía con Hunsinger? ¿Vive todavía?

Diane suspiró.

—Se llamaba Dorothy y era de Oklahoma. Tiempo después volvió a casarse y se fue a vivir a otro sitio. Es todo lo que sé.

—¿Qué edad tenía?

—No lo sé —dijo Diane sacudiendo la cabeza—. Nunca llegué a conocerla.

—¿Le pagaron sus padres para que se encargara de esto?

—Sí. Yo no sabía… y mis padres no sabían, nadie sabía que se dedicaban a *vender* niños. —Se cubrió el rostro con las manos y rompió a llorar.

Jaye se sintió inmovilizada por el dolor de la mujer. Turner, sin embargo, se puso de pie, se acercó a Diane y le pasó el brazo sobre los hombros.

—Usted era sólo una chiquilla. No es culpa suya, ni de sus padres tampoco. Tiene razón. Es imposible que lo supieran.

—Señora Kline —dijo Jaye con voz sincera—. Míreme. Yo fui

vendida, y también lo fue mi hermano. Hemos... hemos tenido una vida buena. Nuestra madre nos ha querido mucho. Ella y mi padre eran demasiado mayores para una adopción legal. Mi padre murió cuando éramos pequeños, pero mi madre hizo todo lo que pudo por nosotros. Consiguió que los dos fuéramos a la universidad. Ella... hizo todo lo que estuvo en sus manos.

—Mírela, Diane —dijo Turner apretándole el hombro—. ¿La ve? Es uno de los bebés de Hunsinger. Y le ha ido muy bien.

Diane levantó la cabeza. Tenía los ojos llenos de lágrimas. Miró a Jaye con atención.

—Es usted muy guapa —dijo llanamente—. ¿A qué se dedica? ¿En... en qué trabaja, quiero decir?

—Trabajo en publicidad —dijo Jaye, con un nudo en la garganta—. Vivo en Boston.

—¿Está usted casada? ¿Tiene hijos?

Jaye intentó sonreír.

—No.

—¿Pero... ha tenido usted una vida feliz?

—Sí —dijo Jaye—, pero ahora mi hermano está enfermo. Tengo que encontrar a su familia biológica.

Turner le entregó su pañuelo a Diane.

—A su hermano también le ha ido bien. Es médico. Muchas de las familias que adoptaron niños gozaban de una buena posición económica. Venían de Texas y estaban relacionadas con una compañía petrolífera —siempre la misma— Lone Star. Todos los niños que sabemos que fueron adoptados tenían relación con Lone Star.

Diane le miró sorprendida, con una muda pregunta en los ojos.

—No —dijo Turner—. Ninguno de los niños adoptados que conocemos podría ser su hijo. Pero lo más probable es que su hijo también fuera a parar a una familia relacionada con Lone Star.

Jaye deseaba decir algo que proporcionara consuelo a la mujer.

—No puedo explicarle lo mucho que mi madre deseaba tener hijos. Éramos... toda su vida.

Turner se puso en cuclillas junto a la silla de Diane y le estrechó las manos.

—A partir de las fechas que tenemos —dijo—, pensamos que usted pudo estar en la clínica de Hunsinger en la misma época que la madre de Jaye. ¿Había otra chica con usted?

Diane miró a Jaye, más allá de Turner. Los ojos se le volvieron a llenar de lágrimas. Durante un momento guardó silencio.

—Sí —dijo finalmente— había dos chicas.

Sus palabras sacudieron a Jaye con una fuerza inesperada.

—¿Dos?

—Sí —dijo Diane con voz cansada.

Turner le apretó las manos.

—¿Alguna de ellas dio a luz antes de Navidad?

Diane tragó saliva.

—Sí. Ambas.

«Y una de estas chicas», pensó Jaye con un doloroso nudo en el estómago, «era mi madre.»

—¿Alguna dio a luz una niña?

Diane miró un instante a Jaye y desvió la mirada.

—Las dos.

Un músculo vibró en la mandíbula de Turner.

—¿Recuerda las fechas?

—No. Fue justo antes de Navidad. Dieron a luz con muy poca diferencia de tiempo, un par de días tal vez. Se quedaron unos días más y luego se marcharon. Entonces me quedé yo sola.

Jaye se estremeció ante la idea de que una muchacha de quince años pasara las Navidades en un lugar desconocido, embarazada y asustada.

—Y estas chicas —dijo Turner—, ¿conoce sus nombres? ¿Sus verdaderos nombres?

Diane asintió.

—Una era Linda O'Halloran, de Oklahoma City. La otra era Mary Jo Stewart, de Little Rock.

A Jaye le empezó a latir el corazón apresuradamente. «Acabo de oír el nombre de mi madre. Pero no sé cuál es.»

Turner miró a Diane a los ojos.

—¿Puede decirnos algo más?

—A Linda no la volví a ver —dijo Diane—. Era mayor que nosotras, tenía unos veinte años. A Mary Jo, de hecho, volví a verla. En la Universidad de Arkansas. La reconocí enseguida, y ella también a mí. Nos pasamos tres años haciéndonos mutuamente el vacío.

—¿Y luego? —la animó Turner a seguir.

—Y una noche ella me telefoneó. Quería verme y hablar conmigo. Y… quedamos.

En cierta manera, un poco extraña, nos hicimos amigas. Hemos seguido en contacto. Todavía vive en Little Rock.

Turner parecía meditar con cuidado las palabras que iba a decir. Acarició las manos de Diane.

—¿Tiene alguna idea sobre cuál de las dos chicas podía ser la madre de Jaye?

Diane asintió en silencio y miró de soslayo a Jaye.

—¿Cuál? —preguntó Turner.

Diane se mordió el labio y miró a Jaye a los ojos.

—Tiene que ser Linda O'Halloran. Mary Jo encontró a su hija la primavera pasada. Eso fue lo que me decidió a buscar a mi hijo.

Jaye se quedó muda. No podía apartar los ojos de Diane. Había esperado experimentar un montón de sentimientos. Pero no sentía nada. Sólo estaba estupefacta.

Vio que Turner la miraba preocupado, estudiando su reacción. Hubiera deseado sonreír, o encogerse de hombros para demostrarle que estaba bien. Involuntariamente, hizo una extraña mueca con los labios. Y eso fue todo.

Turner se volvió de nuevo a Diane.

—Nos ha dicho que Linda O'Halloran tenía unos veinte años. ¿A qué se dedicaba?

—Dijo que era camarera en un bar de copas.

—¿Dijo algo acerca del padre?

Diane volvió a morderse el labio y negó con la cabeza.

—No. No hablaba mucho con nosotras.

—Y los Hunsinger —dijo Turner—, ¿llegó usted a vivir con ellos?

—Nos alojábamos en una especie de casa de huéspedes. Una mujer nos traía la comida. Se llamaba Winona, Winona Raven. Era una… india americana.

—¿Conoció a alguien más que trabajara para Hunsinger?

—Sólo por el nombre de pila. Winona tenía un hijo y un sobrino a los que veíamos a veces por ahí, trabajando. Pero se suponía que no debían hablar con nosotras, y no recuerdo sus nombres. ¿Las enfermeras de la clínica? Recuerdo a Mavis Sevenstar. También había una Ann, una Nancy, un Jeanmarie.

—¿Y qué me dice de Hunsinger? ¿Llegó a conocerle?

—Muy poco —dijo Diane con voz temblorosa—. No tenía ganas de conocerle.

Jaye se sintió por fin capaz de hablar.

—Linda O'Halloran —dijo. Dicho por ella, el nombre le sonaba raro, casi amenazador—. ¿Me parezco a ella?

Diane le lanzó una mirada de culpabilidad.

—No. Tenía los ojos azules, pero su pelo era castaño. Y no era tan alta.

—Oh —dijo Jaye. No se le ocurría nada más que decir.

De repente Diane estornudó y se cubrió la nariz y la boca con el pañuelo de Turner. Estornudó una y otra vez, y cuando por fin dejó de estornudar parecía físicamente debilitada. Tenía los hombros hundidos y la cara cubierta de manchas rojizas.

—Lo siento —dijo con voz acatarrada—. Son las alergias. Me sucede cuando me pongo nerviosa. Lo siento.

Jaye asintió e intentó sonreír, pero de nuevo sólo pudo esbozar una mueca.

Diane estrujó el pañuelo en la mano.

—Mis hijas lo han heredado de mí —dijo, y su rostro adquirió una extraña expresión—. Siempre me pregunto si mi hijo también lo habrá heredado. Espero que no. Oh, espero que no.

Luego inclinó la cabeza y se puso a llorar.

Capítulo 17

Esto —dijo Jaye mientras Turner ponía el coche en marcha— ha sido muy duro. Ha sido condenadamente duro. Me ha parecido odioso tener que hacerlo. —Lo dijo con voz ahogada. Era la primera vez que hablaba desde que salieron de la casa.

—No ha resultado agradable —reconoció Turner—, pero era necesario.

Jaye soltó un hondo suspiro y se pasó los dedos por los cabellos. Estaba agotada.

—Es una buena mujer —dijo Turner—. Un poco emotiva, tal vez, pero muy agradable. Creo que a su hijo le gustará, si al final da con ella.

—Bueno, desde luego debería gustarle —dijo Jaye. Cruzó los brazos sobre el pecho y miró al vacío con cara de tristeza mientras pasaban con el coche ante las casas de Prytania Street. Luego inclinó la cabeza y se tapó los ojos con las manos—. Dios, menudo lío.

Turner subió el coche al bordillo y aparcó, desabrochó los cinturones de seguridad y le pasó a Jaye el brazo por los hombros.

—Oye —le dijo preocupado—, ¿estás bien?

Jaye apartó la mano de sus hombros.

—Sí, maldita sea. Y no seas tan tierno conmigo o me harás llorar. ¿No has sido bastante bueno y noble por hoy?

—La respuesta es afirmativa, por supuesto —dijo, pero su brazo seguía sobre los hombros de Jaye.

—Además —observó Jaye, sin mirarle—, ella se ha quedado con tu pañuelo.

—He traído otro —dijo él.

—Oh, Dios mío, *por supuesto* —exclamó Jaye exasperada—. Bueno, pues no pienso llorar. Sólo necesito un minuto de tranquilidad y ya está.

—Si te sirve de ayuda —dijo Turner con voz sofocada—, puedo llevarte al hotel para intentar ayudarte a no pensar, como la otra noche.

Jaye soltó una especie de carcajada que fue casi un sollozo y le dio en la cara con la palma abierta.

—Esto ha sido una cochinada. Y tampoco me hagas reír. No *tengo* ganas de reírme.

—Soy demasiado noble. Soy un cochino. No puedo hacerte reír. No puedo hacerte llorar. A ver si te aclaras —bromeó Turner.

Jaye dejó caer la mano sobre el regazo y recuperó su compostura. Pero todavía no se atrevía a mirarle a la cara.

—Has estado muy bien con esa mujer —dijo—. Yo, en cambio, no he servido para nada.

—Yo no me juego demasiado —dijo él—. Un cliente. Pero no un hermano, ni una madre.

Jaye sacudió la cabeza enfadada.

—No necesito otra madre. Ya tengo una, y no sé cómo manejarla. Y no sé de qué manera puede ayudar a Patrick que yo encuentre a mi madre.

Turner le acarició el hombro.

—El pasado es como un laberinto. No puedes saber a dónde te llevará un camino hasta que no lo sigues.

Jaye miraba soñadora por la ventanilla del coche. Por la acera llegó un hombre joven y alto con el pelo oscuro y rizado. Empujaba un carrito donde iba sentado un crío de pelo oscuro y rizado como el suyo. Cuando estuvieron más cerca, Jaye observó que los dos tenían los mismos ojos oscuros. «Padre e hijo», pensó. «Es algo tan claro y tan simple como eso. Son padre e hijo.»

—Puedes perderte en un laberinto —dijo, mientras contemplaba al hombre y al chiquillo.

—No te pierdes si conservas la cabeza fría —dijo Turner—. Y tú la conservarás. Estoy seguro.

Jaye le dirigió una mirada de agradecimiento y consiguió esbozar una tímida sonrisa. Turner inclinó la cabeza hacia ella hasta que su frente se apoyó en la de Jaye.

«Oh, Turner», pensó Jaye hecha un lío. «Te estás volviendo indispensable para mí. Detesto admitirlo, pero así es.»

Se echó hacia atrás y clavó la mirada en sus ojos verde-pardo.

—Está bien —dijo—. ¿Qué haremos ahora?

Turner dejó escapar el aire entre los dientes.

—Ahora sabemos de otras tres mujeres. Mary Jo Stewart, Dorothy Nations y Linda O'Halloran.

Jaye intentó mantenerse impasible ante la mención de Linda O'Halloran.

—Diane nos ha dicho que Mary Jo Stewart hablará, así que primero nos pondremos en contacto con ella. Y haremos lo imposible por encontrar a Dorothy Nations. Si todavía está viva, puede explicarnos muchas cosas.

Jaye asintió, pero se puso rígida al pensar en lo que Turner diría a continuación.

—Y también —dijo él apartando un mechón de la cara de Jaye—, tenemos que encontrar a Linda O'Halloran.

Jaye experimentó una desagradable sensación, como un hormigueo de arañas que caminaran bajo su piel. Se le encogió el estómago, y se preguntó: «¿Es así como se siente la cobardía?»

—Con franqueza —dijo—, no me muero de deseos de encontrarla. Perdona la expresión, pero quiero decir que todo esto es demasiado nuevo para mí.

Turner se rió y le dio un beso en la oreja.

—Esta es mi chica lista. Venga, vamos a algún sitio donde podamos poner en marcha nuestro maravilloso sistema de llamadas de teléfono a dos. Yo llamaré a Mary Jo Stewart para preguntarle si podemos ir a verla a Little Rock.

¿Little Rock? —preguntó Nona dubitativa—. ¿Vas a ir con ese hombre a Little Rock?

—Sí, si accede a hablar con nosotros —dijo Jaye. Le había hablado a Nona de su entrevista con Diane Kline y de su esperanza de hablar con Mary Jo Stewart. No le había dicho nada de Linda O'Halloran.

Habían estacionado el coche junto al museo de arte, y Turner se bajó del vehículo para que Jaye pudiera telefonear en privado. Jaye podía verle, apoyado contra el Buick, con la cadera hacia un lado, mientras llamaba desde su propio teléfono. No podía oír lo que decía, pero estaba serio, y la brisa matutina agitaba sus cabellos.

—Él y tú estáis viajando muchísimo juntos —dijo Nona—. En mis tiempos, la gente no hacía estas cosas. La gente procuraba causar una buena impresión.

«Me importa un pimiento la impresión que yo cause a los demás», quería decirle Jaye. Pero en lugar de eso, dijo:

—Viajamos por motivos de trabajo. Hoy en día mucha gente lo hace.

—Pues aténte al trabajo —advirtió Nona—. Se supone que estás ayudando a Patrick, no jugando a hacer manitas con algún casanova.

—Casanova era un clérigo italiano —le dijo Jaye.

—Ya me entiendes —dijo Nona—. Dime… esa mujer con la que habéis hablado. ¿Parecía una *buena* mujer? El doctor Hunsinger aseguró que todas sus chicas eran de buena familia, ya sabes, que no eran unas frescas.

«Excepto en mi caso», pensó Jaye. Y cuanto menos supiera Nona del asunto, tanto mejor.

—Parecía una buena persona —dijo obedientemente Jaye.

—Esas chicas… sabían que hacían lo correcto, ¿no? —preguntó Nona—. Sabían que lo mejor era entregar los bebés a familias que los quisieran y pudieran cuidar de ellos.

«No tuvieron mucha elección», pensó Jaye recordando las lágrimas de Diane Kline.

—Hicieron lo que tenían que hacer.

—Espero que aprendieran la lección —dijo Nona devotamente—. Siempre he esperado que, después del error que cometieron, no volvieran a tropezar en la misma piedra. Sin embargo, seguro que alguna volvió al mal camino, y eso era lo que me preocupaba. —Su voz adquirió un tono confidencial—. Por eso he sido siempre tan estricta contigo —dijo—. Una chica que tiene este tipo de problemas… bueno, nunca se sabe. Quería asegurarme de que no habías heredado una tendencia hacia ese tipo de comportamiento.

Las palabras de Nona fueron como un jarro de agua fría para Jaye. De repente entendió por qué Nona había sido siempre tan anticuada y estrecha con el sexo. «Dios mío, te preocupaba que yo descendiera de una manzana podrida. Que mi madre tuviera una vena de zorra y que yo lo hubiera heredado, que me descarriara como ella.»

Cuando habló, notó que la mandíbula se le había puesto rígida.

—¿Por eso pretendías que Patrick y yo fuéramos tan... puritanos?

—Bueno, sobre todo tú —reconoció Nona—. Los chicos son diferentes. Ellos siempre lo intentarán, está claro. Es su naturaleza.

Jaye, furiosa, se pasó los dedos por entre el cabello. «Tengo que cortar esta conversación», pensó. «Antes de que me ponga a gritar.»

—He de llamar a Patrick —dijo con voz ahogada—. En Bélgica ya son más de las cinco.

—Hoy se encuentra mejor, pero han estado haciéndole pruebas toda la mañana —dijo Nona—. Se ha quedado agotado. A lo mejor no deberías llamarle. Se agota cuando habla.

—Adiós, Nona —dijo Jaye, sin ganas de discutir. Pulsó el botón para cortar la conversación y marcó el número de teléfono de Patrick en Bélgica. Melinda le pasó a su hermano que, efectivamente, parecía muy cansado.

—¿Qué tipo de pruebas te han hecho? —preguntó Jaye.

—Hostia, de todo tipo —dijo Patrick pronunciando las palabras con esfuerzo—. Recuento de plaquetas, rayos X, escáners TAC. No quiero acordarme. Dime qué tal te va, rubia.

—A la rubia le va bien —dijo Jaye—. Estamos hablando con más personas, averiguando más nombres. Estamos intentando concertar una entrevista en Little Rock.

—¿Irás con Mel Gibson?

Jaye sonrió. Su hermano todavía tenía ganas de bromear.

—*Turner* Gibson —le corrigió—. Y es mucho más guapo que Mel.

—A Nona le preocupa que te lo estés intentando llevar a la cama —Patrick recuperó por un momento su impertinencia de siempre—. ¿Lo estás intentando?

—A Nona le preocupa que me intente tirar a alguien desde que yo tenía nueve años —dijo Jaye—. ¿Te das cuenta de que siempre se ha mostrado tan mojigata con nosotros porque temía que hubiéramos heredado una inclinación a la lujuria y al placer sexual?

—Bueno, yo la he heredado —dijo Patrick—, y no sabes lo feliz que me ha hecho.

«Oh, Patrick, cómo te quiero», pensó Jaye, emocionada.

—¿Cómo? ¿Qué? —La voz de Patrick sonaba más lejana que nunca—. Oh, mierda, Jaye, tengo que colgar. Acaban de traerme algo para comer. O por lo menos dicen que es comestible. Tiene aspecto de... tiene aspecto de...

No acabó la frase. Él normalmente tan ágil y tan incisivo, no encontró las palabras adecuadas. Jaye se dio cuenta del lapsus y aguantó la respiración, conmovida.

—Tengo que dejarte —dijo Patrick sin aliento—, tengo que dejarte.

—Adiós, Patrick. Te quiero. Estamos haciendo lo posible por ayudarte.

Pero Patrick no parecía oírla. Siguió repitiendo lo mismo, como si fuera un auténtico anciano.

—Tengo que dejarte. Tengo que dejarte...

Alguien le arrebató el auricular y colgó.

Jaye apoyó un momento los codos en las rodillas y reclinó la cabeza sobre las manos, con los ojos apretados contra las palmas. Rezó un Ave María. Hacía años que no rezaba el rosario y, ahora, en las pasadas semanas, lo había rezado un centenar de veces.

Luego se incorporó y echó una ojeada a Turner, que seguía apoyado en el capó y hablando por teléfono con aire muy concentrado. «Es hora de volver al trabajo», se dijo Jaye muy seriamente. Intentó hablar con Murray, pero cuando le dijeron que no estaba en la oficina, volvió a desanimarse.

—Un cliente le llamó con una emergencia —le dijo Myra, su secretaria—. Vuelva a telefonear por la tarde, hacia las dos.

—Esto también es urgente —dijo Jaye con voz sofocada por la desesperación—. Me dijo que hoy los servicios de información tendrían algo más para mí. Me lo *prometió*.

—Es posible —dijo la secretaria—. Acaba de llegar un fax, pero está marcado como confidencial, y necesito su autorización para pasarlo. Tengo que esperar a que me llame.

Jaye reprimió una palabrota.

—Llámeme en cuanto sepa algo. Mientras tanto, quiero que los agentes investiguen otros tres nombres. ¿Puede usted pasárselos? Es tremendamente importante que se pongan en marcha cuanto antes... cuanto antes. No se imagina lo importante que es, Myra.

—Lo haré en cuanto pueda hacerlo —respondió la secretaria, un poco molesta.

—Tiene que ser ahora mismo, maldita sea —soltó enfadada Jaye—. Le pasó a viva voz los tres nombres y le pidió a Myra que se los repitiera—. La llamaré a cada hora en punto para ver si lo ha hecho —le advirtió. Luego le dijo secamente adiós y colgó.

La cabeza le palpitaba, a punto de estallar, y sentía un dolor intenso y agudo en la base del cráneo, como si una aguja se le clavara en el cerebro. Hizo caso omiso y llamó a su propio contestador en Boston, para comprobar si tenía mensajes. No había nada importante.

Luego marcó el número de su buzón de voz en la oficina. Había mensajes desesperados de clientes, artistas irritados, y un modelo que preguntaba malhumorado por qué no le había confirmado su casting. Nada de importancia.

Entonces marcó el teléfono de la señorita Doll para decirle que tardaría por lo menos otra noche en llegar. El teléfono dio señal de estar ocupado, un zumbido penetrante como el de un enorme insecto.

Mientras Jaye sólo encontraba dificultades para comunicarse con alguien, Turner había dado con una persona que era un vibrante generador de energía e información.

Mary Jo Stewart era viuda. Trabajaba como directora adjunta de una oficina de planificación familiar de Little Rock llamada Choices. Su voz cálida y grave, con un deje de acento sureño, había estado respondiendo a las preguntas de Turner con notable franqueza.

—Nos especializamos en aconsejar a las adolescentes embarazadas —le dijo—. No quiero que las jóvenes de ahora tengan que pasar por aquella mierda de intrigas y secretos que tuvimos que sufrir nosotras. Hunsinger era un matasanos avaricioso. Peor que un matasanos.

Turner enarcó una ceja, atento a sus palabras. La mujer sonaba enfadada, pero parecía que sabía de lo que hablaba.

—¿Peor que un matasanos? —preguntó—. ¿Qué quiere decir?

—Era un carnicero —dijo ella con desprecio—. Yo nunca pude volver a tener hijos. Después de aquel parto, sufrí todo tipo de complicaciones, y dos años más tarde tuvieron que practicarme una histerectomía. Sólo tenía dieciocho años.

—Lo siento —dijo Turner. La palabra «carnicero» resonó con

ecos siniestros en su mente. Una chica murió, según les había dicho Judy Sevenstar.

—Lo que nos pasó con Hunsinger… no se imagine que una cosa así sólo afecta a las mujeres físicamente —le explicó Mary Jo Stewart—. Durante mucho tiempo, aquello me tuvo traumatizada. Pasé años en que no podía ver un bebé sin recordar lo que Hunsinger me había hecho. Por eso era tan importante para mí encontrar a mi hija.

Su voz grave estaba temblorosa.

—Me alegro de que la haya encontrado —dijo Turner.

—Yo también. Y confío en que ella también esté contenta. ¿Y sabe una cosa? ¡Tachán! Soy abuela. Mi hija ha tenido dos hijos.

—Felicidades —dijo Turner.

—Escuche —dijo Mary Jo Stewart—, yo ya he pasado por una investigación de este tipo. Sé lo duro que es. Y Hunsinger enredó los registros y falsificó todos los datos posibles, así que nos puso las cosas más difíciles todavía. Les ayudaré en todo lo que pueda.

—¿Accedería a hablar con nosotros si fuéramos a verla a Little Rock?

—Por supuesto —respondió—. Ya le he dicho que les ayudaría. Yo no me quedé tranquila hasta encontrar a mi hija… aunque sólo fuera para saber que está bien y que por lo menos le ha ido bien en la vida. Y en efecto está bien y le ha ido bien en la vida. Y es una mujer estupenda. —Soltó una carcajada—. Ha sido un camino difícil el que hemos recorrido para conocernos. Ha sido duro *para las dos*. Pero ha valido la pena.

Turner esbozó una media sonrisa. Tenía la impresión de que Mary Jo Stewart era una mujer a la que valía la pena conocer, por duro que fuera el proceso.

—Diane Kline nos dijo que había una tercera chica en la clínica de Hunsinger. Una tal Linda O'Halloran.

—Oh —dijo ella—. *Esa.*

La sonrisa se borró de los labios de Turner. Un estremecimiento de aprensión le recorrió la espina dorsal.

—¿No le gustaba?

—No especialmente —respondió ella con una risita irónica.

—¿Por qué?

—Si vienen a verme, a lo mejor se lo puedo explicar. No es algo que quiera comentar por teléfono, ¿de acuerdo?

—Entiendo —dijo Turner. Lo que entendía era que la información sobre Linda O'Halloran no sería agradable de oír. Pensó en Jaye. «No quiero que le hagan daño, maldita sea.»

—¿Y tiene usted idea del paradero actual de Linda O'Halloran? —le preguntó a Mary Jo Stewart.

—En absoluto —respondió—. Siempre he pensado que debió de regresar a Oklahoma City. Trabajaba en el restaurante de un hotel, el Empyrean Room. No he mantenido contacto con ella.

Turner le dio las gracias, le dijo que pronto volvería a llamarla y colgó. Luego, impulsivamente, marcó el número del servicio de información de Oklahoma City. Una cinta grabada le pidió que pronunciara el nombre de la persona que estaba buscando.

—Linda O'Halloran —dijo.

Hubo un silencio. Mentalmente, Turner vio los chips y los circuitos electrónicos trabajando en vano para buscar a esa persona.

Al cabo de un momento volvió a oírse la voz automatizada.

—El número es 555-8932. —Hubo una pausa—. El número es 555-8932.

«Mierda», se dijo Turner. «No puede ser la misma mujer. No puede ser.»

Pero marcó el número. Sentía en el corazón un temor casi supersticioso. El teléfono sonó nueve veces. Una mujer respondió.

—¿Hola? —Parecía medio dormida. La voz era de las que Turner calificaba como «de whisky»: grave y ronca, casi áspera.

—Quisiera hablar con Linda O'Halloran —dijo.

—Sí. Yo misma —respondió ella. Y se oyó cómo ahogaba un bostezo.

—Señora O'Halloran —dijo—, mi nombre es Turner Gibson. Soy un abogado de Filadelfia. Estoy intentado encontrar a una Linda O'Halloran que trabajaba en el restaurante de un hotel de Oklahoma City en 1964, el Empyrean Room.

—Sí —dijo ella—, soy yo. Yo soy la persona que busca. —Bostezó de nuevo—. ¿Un abogado? ¿De qué se trata? ¿Acaso ha fallecido alguien y me ha dejado un montón de dinero? Así ocurre en mis sueños.

—Señora O'Halloran —dijo Turner—, en Cawdor, Oklahoma, hay un tal Dr. Roland Hunsinger, y me han dicho que en 1966 usted…

—Oh, Dios mío —le interrumpió ella con una especie de lamento—. Oh, Dios mío, *no*.

—Señora O'Halloran...

—¡No, no, no, *no*! —gritó la mujer—. ¡Déjeme en paz! ¡Déjeme en paz!

—Señora, este es un asunto de gran imp...

—No quiero oírlo —dijo ella. Empezó a llorar histéricamente, con grandes sollozos e hipidos. Le colgó el teléfono con tanta fuerza que a Turner le dolió el oído.

«Joder», pensó Turner, pero volvió a marcar el número de teléfono. La línea estaba ocupada. Esperó dos minutos y volvió a intentarlo. Sonó la grabación de un contestador automático:

—Hola, soy Linda, pero ahora no estoy en casa. Deja tu mensaje y tu número de teléfono después de la señal.

Turner se apresuró a darle su teléfono y repitió su nombre.

—Señora O'Halloran —dijo—, por favor, llámeme. Sólo quiero información. Estoy intentado encontrar a dos personas, un niño nacido en 1957 y una chica que tuvo un hijo en marzo de 1968. El padre del niño nacido en el 57 quiere reconocer a su hijo. El niño nacido en el 68 necesita un trasplante de médula. En los dos casos el tiempo es cru...

Volvió a oírse la voz ahogada en lágrimas y llena de ira de Linda O'Halloran.

—¡Déjeme *en paz*, condenado idiota!

—Señora O'Halloran, por favor, escúcheme... —suplicó Turner—. Si se trata de dinero, yo puedo...

—No vuelva a llamarme nunca más, asqueroso hijo de puta. Todo eso es agua pasada. No quiero volver a hablar de aquella época. Nunca más. Aquello se acabó. Ya está. Váyase a la mierda, maldito entrometido. —Y volvió a cortar la comunicación.

Turner intentó llamar tres veces más, pero no había señal. La mujer había desconectado el teléfono.

Turner y Jaye caminaron hasta la sombra de los robles de Virginia. Turner le había dicho que tenía que hablar con ella.

Jaye se metió las manos hasta el fondo de los bolsillos de los pantalones y se hizo daño en el dedo entablillado, pero apenas notó el dolor. Sacudió la cabeza con energía.

—Así que no quiere hablar —dijo refiriéndose a Linda O'Halloran—. ¿Y qué? Para ella soy sólo un mal recuerdo. Bueno, pues yo no la recuerdo en absoluto. ¿Por qué remover el pasado? Déjala en paz.

Turner le agarró del codo para obligarla a detenerse y a mirarle.

—Sólo quería que supieras que la he localizado. Yo intentaré hablar con ella, pero si tú prefieres permanecer al margen, lo entenderé…

Jaye sacudió la cabeza con impaciencia.

—¿Y por qué necesitamos verla? Diane Kline nos ha hablado de 1966. Mary Jo Stewart ha accedido a vernos. Pero 1966 ni siquiera tiene *relación* con Patrick. Él nació en 1968.

Turner se acercó a Jaye y la miró directamente a los ojos.

—Puede que sepa algo, así que yo voy a insistir en verla en cuanto hayamos hablado con Mary Jo Stewart.

Jaye levantó la mano con un gesto que indicaba que él podía hacer lo que quisiera.

—De acuerdo —dijo—. Haz lo que tengas que hacer con esa mujer. Pero a mí déjame fuera de esto.

Turner le agarró la muñeca con firmeza y se puso a anudar la cinta azul que había quedado medio suelta.

—¿Y si no te puedo dejar fuera de esto?

Jaye contemplaba los dedos de Turner, que anudaban la cinta con gestos firmes y precisos. El corazón le latía con fuerza.

—¿Qué quieres decir?

—Puede que tú seas la única persona en el mundo capaz de hacerla hablar.

Jaye se sintió invadida por una desagradable sensación de resignación. «No quiero. Es la última cosa en el mundo que deseo hacer. Ni siquiera entiendo por qué me asusta tanto.»

—Y hay algo más —dijo Turner, entrelazando sus dedos con los de Jaye—. Yo puedo intentar convencerla con buenas razones. Confío en poder poner argumentos éticos sobre la mesa, y espero tener el tacto suficiente para tratar con ella. Pero tú siempre aportas algo que yo no puedo dar.

—¿Qué? —dijo Jaye en un susurro.

—Pasión—dijo él—. Mucha pasión.

Jaye se mordió el labio inferior. Sin saber por qué, le acometieron unas ganas inmensas de llorar.

—Oh, joder —exclamó con tristeza—. Haré todo lo que tenga que hacer. Ya lo sabes.

—Sí —dijo él—, ya lo sé. —Y besó el dedo entablillado de Jaye.

Ella miró hacia otro lado. Los jardines del museo estaban rebosantes de flores de vivos colores y de plantas exóticas. La vista se le nubló, y por un momento pareció que los colores se mezclaban y se difuminaban los contornos.

Turner le acarició los nudillos con el dedo.

—Mira —dijo—, ya sé que esto tiene que haber sido un duro golpe para ti. De repente, sabes quién es y dónde se encuentra... —Se detuvo y volvió a besarle el dedo herido—. Y te dolerá un poco que no quiera hablar del tema. Pero para ella también debe de haber sido traumático, después de tantos años. Probablemente muchas de estas madres tendrán la misma reacción.

Jaye sacudió la cabeza y no dijo nada.

—¿Quieres que te lleve a algún sitio y te invite a una copa?

—No —musitó Jaye. Inspiró profundamente y volvió a mirarle—. Tengo cosas que hacer.

Turner le cogía con una mano la mano herida, y con la otra le acariciaba la cara.

—Tampoco es un pecado que te tomes media hora de descanso —le dijo.

—Tengo que pedirle una información a Murray. ¿Puedo utilizar tu ordenador?

Turner sonrió maliciosamente.

—¿Por fin tienes confianza en mí como para utilizar mi ordenador?

—Sí —Jaye le apretó la mano—. Por fin confío lo suficiente en ti.

—Esperemos que siga así —dijo él.

Jaye asintió. De repente, se sentía tímida ante Turner. Había experimentado emociones muy intensas con ese hombre, tantas que empezaba a sentirse un poco asustada.

—¿Me lo prometes? —preguntó él en tono de broma.

—Te lo prometo.

Sin soltarle la mano herida, Turner se inclinó y besó a Jaye.

LaBonny y sus hombres llevaban toda la mañana caminando penosamente bajo la tormenta, pero no habían encontrado ni rastro de Hollis.

La lluvia que caía era tan fría que LaBonny se arrepintió de haber traído a Sweety consigo. La perra caminaba encogida junto a él, empapada y temblorosa, y gemía cada vez que retumbaba un trueno. La-

Bonny pensó que Hollis merecía morir sólo por el sufrimiento que le estaba ocasionando a su perra.

Bobby Midus seguía de mal humor. Se quejaba de que el suelo estaba tan mojado que nadie podía dejar huellas ni rastros. Dondequiera que estuviera Hollis, dijo Bobby, seguro que se encontraba en un lugar más cálido y seco que ellos. Ahora mismo se estaría partiendo el culo de risa, el muy cabrón.

Y mientras tanto, aquí estaban, dijo Bobby, empapados y ateridos de frío como si fueran jodidos soldados a los que hubiera sorprendido el monzón en una maldita película de Vietnam. Y Hollis, como el jodido Cong, estaba escondido, el jodido enemigo invisible.

«¿Pero dónde se esconde?», se preguntó LaBonny, que ya empezaba a impacientarse. «¿Dónde?»

Entonces Bobby encontró la entrada a una cueva que *incluso él* ignoraba que existiera. Había oído hablar de la existencia de una cueva en la zona, dijo, pero nunca creyó que fuera cierto. Y ahora, aquí estaba, la muy cabrona.

LaBonny sintió una excitación que era casi un orgasmo sexual. Su pulso se aceleró. «¡Ya lo tenemos!», pensó. Hollis Raven era un hombre muerto.

A LaBonny no le costó adivinar de qué cueva se trataba. Era el lugar del que hablaba Luther cuando bebía demasiado. Era la cueva de la antigua destilería, donde Hollis y Luther habían llevado el cadáver de la muchacha muerta, muchos años atrás. Tenía que serlo.

La entrada a la cueva estaba obstruida con tierra, enredaderas y arbustos, pero en cuanto Bobby empezó a apartar las ramas muertas y a arrancar las zarzas, LaBonny divisó claramente la entrada.

—Mierda, tío —dijo Cody J., secándose el rostro mojado por la lluvia—. Aquí no podría entrar ni un conejo.

—Hollis sí que podría —dijo Bobby en un tono cargado de intención.

Seguía lloviendo a cántaros. Bobby gruñía y blasfemaba mientras arrancaba las últimas zarzas y apartaba las enredaderas. Su atractivo rostro mostraba un profundo arañazo en la mejilla, y de la visera de su gorra caían chorros de agua. Parecía un auténtico tubo de desagüe.

Cody J. dio dos pasos atrás.

—Ten cuidado, Bobby —advirtió—. Si Hollis está dentro, podría atacarte.

—Pues que me ataque —ladró Bobby—. Estoy tan harto de andar tras este cabrón que lo mataré con mis propias manos —Arrancó una rama muerta de viña virgen—. ¿Me oyes, Hollis? Estoy entrando aquí y te mataré con mis propias manos.

—Shhhh —susurró Cody J. —. No le hagas enfadar. Ya está bastante loco.

Pero a Bobby no le importaba. Cuando se enfadaba de verdad, se ponía tan furioso que se comportaba como un salvaje, sin ningún control. Era uno de los rasgos más curiosos de su carácter, pensó LaBonny.

—¡Hollis, cabrón hijo de puta! —gritaba iracundo Bobby— Voy a bailar sobre tu jodida sangre!

«Sí que lo harás, guapito», se dijo LaBonny levantando el rifle. «Claro que lo harás».

Pero Hollis no estaba en la cueva.

Sweety entró la primera, con el hocico pegado al suelo y su cola cortada metida entre los cuartos traseros. Pero no ladró. No gruñó. El único sonido que se oía en el bosque era el del la lluvia que caía a través de las ramas y el de las gotas que empapaban el suelo.

Cuando los tres hombres entraron, el aire de la cueva era fresco y estaba cargado de un olor a humedad y a viejo. Todo estaba tranquilo. LaBonny iluminó con su linterna el interior.

Se encontraban en una especie de pequeña habitación con las paredes de rugosa piedra caliza. El techo era demasiado bajo para ellos, y tenían que agacharse hasta prácticamente doblarse en dos. Era como si la cueva los hubiera convertido de repente en ancianos encorvados.

Había un corto pasillo que acababa abruptamente, cerrado por un montón de pedruscos.

—Antes, el pasillo seguía —dijo Bobby inspirando el aire húmedo—, pero el techo se derrumbó.

—¿Por qué? —preguntó nervioso Cody J. Miró hacia el techo, que se cernía amenazador sobre sus cabezas.

—Porque es una cueva —dijo con desprecio Bobby—. Y los techos de las cuevas se derrumban.

Las grises paredes de la cueva resplandecían de humedad, y el suelo bajo sus botas estaba lleno de hojas medio podridas, huesecillos y restos de animales. LaBonny vio una araña marrón que huía furtivamente del rayo de luz de la linterna. Todo estaba repleto de espesas telas de araña. Otra araña se escondió rápidamente tras la seda blancuzca de su tela atrapa-insectos.

Bobby miró la araña que se movía y la aplastó con la culata de su rifle.

—Hostia, una reclusa parda—dijo—. Este lugar podría estar lleno de esos bichos venenosos. Salgamos de aquí.

A LaBonny se le revolvió el estómago. Detestaba las arañas venenosas, y la reclusa parda era la peor de todas. Su picadura podía hacer que la carne se te pudriera y se desprendiera del hueso. Se colgó el rifle del hombro y agarró a Sweety por el collar para arrastrarla al exterior, bajo la lluvia. Los otros dos se quedaron a oscuras.

—¡Eh! —gritó Cody J. — ¡La luz!

Pero LaBonny no le hizo caso. Sólo pretendía que su perra estuviera a salvo.

Bobby salió detrás de él, a trompicones.

—Mierda —dijo, frotándose la cara y dándose palmadas en el cuerpo para sacudirse la ropa—. Cuando estas arañas se meten en un sitio así, se lo comen todo hasta que ya no les queda nada, y entonces se comen unas a otras.

Cody J., que salía de la cueva maldiciendo y golpeando sus botas contra el suelo, le apartó de un empujón.

—Tío, ahí dentro huele como una jodida tumba. Hollis no ha estado aquí, os lo puedo garantizar.

—Cuando le encontremos, juro por Dios que lo meteré aquí dentro —anunció LaBonny.

—Estoy muy viejo ya para esto —dijo Cody J. lanzando una mirada de odio a la cueva—. Me duelen las articulaciones. Anoche no dormí bien. Además, tuve pesadillas. Soñé con Judy, que se levantaba y salía del lecho del río, y buscaba una aguja de oro para volver a coserse el vientre.

Bobby soltó una carcajada de desprecio.

—Mejor harías en coserte tú la boca. Tu abuela te explicó demasiados cuentos de miedo.

—Anoche me tuve que levantar dos veces para ponerme linimento en las articulaciones —se lamentó Cody J. —. Seguramente acabaré sufriendo reumatismo. Es cosa de familia.

LaBonny no les hacía ningún caso. Se puso en cuclillas y pasó la mano por el suave cuerpo de su perra, que estaba temblando, y buscó alguna señal de que había recibido una picadura de araña. El lomo de la perra parecía un retal de seda, empapado y tirante, y sus pezones estaban fríos y rígidos al tacto, como perlitas.

—¿Estás bien? —le preguntó LaBonny con ternura—. ¿Mi niña está bien?

Adon levantó el auricular del teléfono de su estudio. Todavía no había señal. La maldita tormenta había cortado la línea telefónica.

Se preguntó mahumorado si sólo se habrían quedado sin línea aquí, en el campo, o si la avería afectaba al servicio de todo Cawdor y Mount Cawdor. Antes o después se pondría en contacto con aquella zorra espía de Doll Farragutt. ¿Pero podría telefonear ella? ¿Habría conseguido ya comunicarse con esa Garrett?

Joder, ¿cómo había llegado a esta situación? Nunca había imaginado que su destino fuera a entrelazarse con el de Roland Hunsinger. Desde su infancia había oído rumores de que el dinero y el poder de Roland Hunsinger estaban manchados de sangre.

Adon había ido a la universidad con la idea de estudiar poesía y literatura, pero eran estudios sin futuro, así que empezó la carrera de derecho.

Nunca había tenido la intención de volver a casa para ponerse a trabajar en el aburrido bufete de su padre en el pueblo. En realidad hubiera querido viajar a lejanas ciudades llenas de romanticismo y vivir sofisticadas aventuras. Pero nunca lo había hecho.

Se convirtió en el socio de su padre. Y así, de la mano de su padre, entró a su pesar en negocios con Hunsinger. Pero nunca había querido implicarse demasiado.

Sin embargo, en aquellos años, mientras él pasaba de la juventud a los primeros años de la edad adulta, Barbara Hunsinger creció y se convirtió en una mujer delicada y de extraordinaria belleza. Y se enamoró de él. Le entregó su amor a Adon. Fue un milagro.

En estos momentos, el viento arreciaba y soplaba con tanta fuerza que parecía que iba a arrancar las paredes de la casa, pedazo a pedazo. Una lluvia torrencial golpeaba contra los cristales y ocultaba a la vista el mundo exterior.

Del salón le llegaba el sonido del televisor encendido. Allí estaba Barbara, acurrucada en el sofá, con su vestido blanco y sus bonitas zapatillas blancas abiertas. Junto a ella dormía su perrito, y a su lado estaba la bandeja con el almuerzo. Adon sabía que la comida estaría intacta. Hubiera querido proteger a Barbara y rescatarla de su tristeza. Lo deseaba con toda su alma.

Y todo estaba resultando tan difícil. Tan difícil. Cuando tanto Hollis como la Garrett y el abogado hubieran desaparecido, Adon sabía que tendría que encontrar el modo de matar a LaBonny antes de que LaBonny los destruyera a todos. Había que hacerlo. Eso fue lo que le dijo el viejo, y le explicó cómo hacerlo.

Adon apoyó los codos sobre la mesa y escondió la cara entre las manos. A lo mejor, en este preciso instante, LaBonny estaba matando a Hollis. Adon rogaba que así fuera.

A través de la puerta cerrada llegó la voz de Julie Andrews cantando una bonita canción acerca de las montañas, que estaban llenas de música. Adon se echó a llorar.

Capítulo 18

La agencia de información había trabajado como una jauría de sabuesos con poderes sobrenaturales y había conseguido encontrar a las otras tres mujeres de la lista de Judy Sevenstar.

La información enviada por el detective de Jaye apareció de golpe en la brillante pantalla del ordenador de Turner. Luego, con una serie de zumbidos y chasquidos, pasó por la impresora y se transformó en tinta.

Allí estaban sus datos, rescatados del ciberespacio: sus nombres de casadas, sus direcciones y ocupaciones, sus números de teléfono; todo su presente y su pasado.

Todas estaban de un modo u otro relacionadas con Arkansas y Oklahoma, pero tenían poco más en común... salvo aquello que no quedaba registrado: su estancia en la clínica de Hunsinger. Tenían diferentes niveles de educación, y estaban desperdigadas por todo el territorio nacional, desde St. Louis hasta Hawai. Una estaba casada, la segunda se había divorciado y la tercera seguía soltera.

Turner sólo pudo contactar con una por teléfono. Ni Janet Banner ni Cyndy Holtz contestaron a su llamada.

Pero Shirley Markleson Mathias sí contestó. En 1961, tenía quince años cuando dio a luz un bebé. Ahora llevaba treinta y un años casada con el mismo hombre, un director de música coral. Era madre y abuela, daba clases en la escuela dominical y era secretaria de la parroquia en Lincoln, Nebraska, donde llevaba tres décadas viviendo.

Turner la encontró en su casa. Jaye estaba junto a él durante la conversación, y le miraba con expresión asustada, llena de ansiedad.

Shirley Mathias estaba muy afónica, pero se mostró amable con Turner hasta que él mencionó a Hunsinger.

—No sé de qué me está hablando —dijo con voz cortante—. Debe de haberme confundido con otra persona.

—No creo que haya ninguna confusión —dijo Turner lo más amablemente que pudo—. Necesitamos desesperadamente personas que...

—No sé de qué me está hablando —repitió ella.

—Cualquier cosa que me diga se mantendrá en el más estricto secreto...

—No sé de qué me está hablando —ladró por tercera vez—. Se ha equivocado de persona. —Y le colgó el teléfono.

Turner volvió a llamar, pero no había señal. Al igual que hiciera Linda O'Halloran, la mujer había desconectado el teléfono.

—Se está haciendo de rogar —dijo Turner colgando a su vez el aparato—. Lo intentaré de nuevo más tarde.

Él y Jaye se encontraban en los jardines del museo, sentados en un banco de picnic.

—Lo siento —dijo Turner, y puso la mano sobre la mano herida de Jaye.

Ella suspiró y señaló con un gesto de la cabeza el montoncito de listados que había sobre la mesa, con una piña encima para que las hojas no se volaran. Ya no parecía sentir la necesidad de ocultarle información. Y no es que hubieran llegado a un acuerdo o que Turner le hubiera hecho una promesa. Simplemente, daba por sentado que ya no había secretos entre ellos. Jaye señaló la fecha en que Shirley Mathias había tenido a su hijo, en octubre de 1961.

—Mira esto. Parece que hace tanto tiempo —dijo con tristeza.

«Hace mucho tiempo», pensó Turner. A las mujeres como O'Halloran y Mathias probablemente les parecía que habían pasado siglos, y que se habían ganado el derecho a olvidar aquel episodio.

—Volveré a llamarla —dijo Turner—. Volveré a intentarlo con todas. ¿Estás preparada para salir hacia Little Rock? Es un viaje largo.

—Tendría que de telefonear otra vez a Doll —dijo ella—. Por lo menos para que no tire mi ropa a la basura o llame a la grúa para que se lleve el coche. —Cogió su propio teléfono—. Y también he de telefonear a Murray —dijo preocupada—. Su secretaria me dijo que quería hablar personalmente conmigo. No sé de qué se trata. Espero que esta vez sean buenas noticias.

Turner se levantó.

—Necesito tomarme un café. ¿Quieres que te traiga uno?

Jaye sacudió la cabeza.

—No gracias —Le dirigió una sonrisita nerviosa.

Con un gesto de asentimiento, Turner se encaminó en dirección al café del museo. Sabía que en el fondo Jaye estaba descontenta con la información que el detective le había proporcionado sobre las tres mujeres restantes de la lista. Ella hubiera querido algo más que una serie de datos estadísticos.

Sin embargo, Turner sabía que estas investigaciones empezaban a menudo como un goteo, luego se convertían en un chorro y después en un río de información. Muchos de estos datos carecerían de importancia y otros muchos no les servirían de nada.

El río de información podía convertirse en un ancho mar de pequeños detalles capaz de ahogar de aburrimiento al investigador. Pero de vez en cuando aparecía un tesoro, a lo mejor una auténtica perla, y sólo un observador atento podía descubrirla.

Con la taza de café en la mano, bajó las escaleras y se dirigió a los jardines del museo. Vio a Jaye sentada a la sombra. La brisa agitaba su sedoso cabello y ella hablaba con interés por teléfono… con demasiado interés, pensó Turner.

Con el ceño fruncido, se acercó a ella. Esperaba que levantara la cabeza y le viera. Pero Jaye no se dio cuenta de su presencia. Escuchaba, hablaba y volvía a escuchar. Apretaba la mano herida contra su pecho, casi en actitud suplicante. Colgó el teléfono justo cuando Turner llegó junto a la mesa y le miró con cara radiante.

—Era la señorita Doll —dijo—. Dice que ha intentado ponerse en contacto conmigo pero que han tenido problemas con las líneas telefónicas… una tormenta. Oh, Turner, alguien ha estado preguntando por mí… un hombre, dice ella, y al parecer tiene información sobre Patrick. Quiere hablar conmigo personalmente. He de regresar a Cawdor.

Soltó esta parrafada de golpe, casi sin respirar. Se levantó apresuradamente del banco, dispuesta a marcharse cuanto antes. Sus mejillas, normalmente pálidas, estaban ahora rojas de febril emoción.

Turner levantó la mano como un guardia de tráfico.

—Espera un momento —dijo—. ¿Quién es este individuo?

—No le quiso dar su nombre a la señorita Doll. Su voz sonaba como la de un hombre de mediana edad. Pero le ha explicado que conoció a una chica que dio a luz un bebé en Cawdor a mediados de marzo de 1968. Era una chica con el pelo negro, largo y liso, y que tenía un aspecto «un poco extranjero». Ella vive todavía, y este hombre sabe dónde encontrarla. Turner, tiene que ser ella. *Tiene* que serlo.

Jaye dio un paso hacia el coche.

—Un momento —dijo Turner poniéndole una mano en el hombro—. ¿Y por qué este tipo no te telefonea a ti? Doll tiene tu número de teléfono. Mierda, si lo anunciaste en carteles por todo Cawdor.

Jaye se detuvo. Parecía molesta por la actitud suspicaz de Turner.

—A lo mejor porque es algo confidencial. Otras personas sólo han accedido a hablar con nosotros cara a cara. A lo mejor quiere obtener dinero a cambio, como han hecho otras personas.

—Y a lo mejor es un hombre de paja —dijo Turner. Esta historia no le gustaba nada, le olía muy mal—. O puede que simplemente esté loco.

—Pero tendré que averiguarlo, ¿no te parece?

Jaye intentó zafarse de Turner, pero este se mostró insistente.

—¿Y dónde se había metido este individuo cuando tú estabas en el pueblo?

—A lo mejor no se enteró en el primer momento —objetó Jaye—. De hecho, parece más convincente así, que él no apareciera inmediatamente con la respuesta en cuanto yo planteo una pregunta, sino que llegue cuando *a mí* me resulta más incómodo.

—Lo siento —dijo Turner. Sin embargo, siguió cerrándole el paso, imperturbable—.

—Sencillamente, me parece demasiado bonito para ser verdad. ¿A cuántas personas de Cawdor les hablaste de la sangre asiática de Patrick?

—Oh, Dios —dijo Jaye exasperada—, no lo sé.

—¿Pero se lo contaste a alguien?

—Sí… no recuerdo a cuántos. Turner, he de comprobarlo. Si no quieres acompañarme, no tienes más que decirlo. Iré en taxi al aeropuerto y tomaré el primer vuelo para Tulsa o para el noroeste de Arkansas.

—Y entonces, ¿cómo llegarás hasta Cawdor? —preguntó Turner.

—Alquilaré un coche —respondió irritada, sacudiendo la cabeza.

—Ya tienes un coche alquilado en Cawdor.

—¿Y qué? —le espetó ella—. Alquilaré otro. ¿Piensas que un coche de más tiene alguna importancia en estos momentos?

Durante unos instantes, se miraron de arriba abajo, casi como si estuvieran a punto de pelear.

—Al parecer, este hombre me puede dar la información que busco —argumentó Jaye—. Mary Jo Stewart ni siquiera estaba allí el año en que Patrick nació.

Turner ya había visto otras veces el mismo brillo obstinado en su mirada, el mismo gesto de firmeza en su mandíbula. Al principio, era Jaye la que quería seguirle a todas partes y él había estado deseando quitársela de encima. Pero ahora no le gustaba nada la idea de que se marchara sola. Y sobre todo a Cawdor. No quería que fuera sola a Cawdor.

—No pasa nada —dijo Jaye—. Yo pido un taxi y tú te marchas a Little Rock. Estaremos en contacto.

Turner se sintió invadido por una sensación de fatalidad, de que iba a ocurrir lo inevitable. La luz del sol, que arrojaba sombras danzarinas bajo los árboles, pareció perder intensidad.

—No —respondió—. Estamos juntos en esto.

Hasta sus oídos llegó el canto burlón del sinsonte, que alababa dulcemente la belleza del día.

Bajo una lluvia torrencial, de pie entre los cedros, LaBonny contemplaba a Bobby Midus y a Cody J., que cavaban en la tierra empapada. Sweety brincaba y lloriqueaba inquieta. Tenía el lomo chorreando.

—Joder —exclamó Bobby Midus, y frunció sus bonitos labios en una mueca de asco—, lo ha hecho. El tío va y vuelve a enterrar otra vez a ese viejo chucho. ¡Puaj!

LaBonny contemplaba la escena lleno de repugnancia. Estaba furioso. Toda la mañana y casi toda la tarde buscando, y la única señal de Hollis que habían encontrado era el maldito cadáver del perro, que había sido arrastrado hasta otro condenado sitio y vuelto a enterrar.

Ni siquiera aquella lluvia torrencial podía llevarse el hedor que salía de la tumba. Cody J. dio un paso atrás y sacudió histérico las manos. Por poco se le cae la pala al suelo.

—Mierda —dijo—, vuelve a taparlo.

—No —ordenó LaBonny—. Tenéis que acabar de abrir la tumba. —Entre los dedos tenía la pequeña cruz que Hollis había fabricado para la segunda tumba.

—¿Por qué? —protestó Cody J. — Tío, esta peste tumbaría incluso a un gusano.

—Porque yo lo digo —respondió LaBonny. El perro muerto había hecho salir a Hollis de su escondite, y seguramente le haría salir otra vez. Y en esta ocasión, LaBonny pondría a alguien allí, vigilando.

—Hollis está más loco que una cabra —gruñó Bobby, pero siguió cavando.

LaBonny dirigió su mirada a los pinos, que a la luz de la tormenta parecían de un verde negruzco. El agua le caía a chorros de la visera de su sombrero australiano, de modo que veía el mundo a través de una cortina plateada. LaBonny dirigió su mirada imperturbable al perro muerto.

—Arrastradlo hasta el límite de la propiedad de Adon —les ordenó—. Dejadlo justo frente al bosquecillo de ciruelos que hay junto al granero.

—¿Qué lo arrastremos? —preguntó horrorizado Bobby—. Esta cosa asquerosa irá soltando líquido y apestando todo el camino.

—Así Hollis lo encontrará enseguida —dijo LaBonny.

—No voy a tocar esa maldita cosa —dijo malhumorado Bobby—. No tengo guantes.

—Hazlo tú, Cody J. —dijo LaBonny—, y asegúrate de que deje un rastro.

—Me cago en Dios —blasfemó Cody J. —. Menudo trabajo me he buscado. Tenía que haber sido un condenado cartero.

Sin embargo, se agachó y agarró al perro por las patas traseras. Las articulaciones hicieron un sonido de chapoteo, y pareció que se iban a desencajar los huesos. Cody volvió a blasfemar, pero siguió arrastrando el perro muerto sobre la hierba aplastada por la lluvia.

LaBonny y Bobby se colocaron de manera que el viento les diera en la espalda para contemplarle. Bobby reía y hacía bromas a expensas de Cody J.

—¿Sabes qué raza de perro es, Cody J.? ¿Un perro perdiguero? ¿O tal vez es un perro *merdiguero*?

Cody J. estaba muy serio y mostraba un aire enfadado, con un mohín de disgusto en la boca. No respondió ni les dirigió una mirada. El perro dejaba un rastro de líquido viscoso y mechones de pelo blanco. De vez en cuando, del cadáver caían pequeños gusanos blancos que se retorcían en la tierra mojada.

Sweety les seguía a distancia con un suave trote, y se paraba de vez en cuando para olisquear el líquido que rezumaba del cadáver. Cuando en un momento dado sacó la lengua para lamer un charquito, LaBonny le dio la orden tajante de detenerse. La perra levantó avergonzada su hermosa cabeza y no volvió a intentarlo.

Cody J. arrastró el cadáver durante casi un kilómetro y llegó finalmente al lugar donde estaban los ciruelos. LaBonny le indicó que dejara el cadáver en el extremo este del bosquecillo, donde las personas de la casa no podrían verlo porque quedaba oculto tras el granero. Dando un último tirón, Cody J. lo llevó hasta el lugar indicado y lo dejó caer con un repugnante chasquido. Luego se retiró. Su rostro estaba más ceñudo que antes.

LaBonny tenía cuidado de mantenerse de espaldas al viento.

—Aplástale la cabeza —le dijo a Cody J. con un gesto.

Cody J. le dirigió una mirada incrédula y asqueada.

—Joder, LaBonny, debes de estar bromeando. Tendrá los sesos rebosantes de gusanos.

—Aplástasela —repitió LaBonny en un tono voz gélido que no admitía réplica.

Con un profundo suspiro, Cody J. se sacó una pequeña azada que llevaba enganchada en el cinturón, la levantó y la dejó caer como si fuera un hacha sobre el cráneo del perro, que se abrió en dos como un melón demasiado maduro.

—Joooder… —Conteniendo el aliento, Bobby dio un paso atrás y volvió la cabeza para evitar el hedor—. ¿Y esto para qué ha servido?

—Para ponérselo más difícil a Hollis —dijo LaBonny.

—¿Para ponerle más difícil qué? —preguntó desconcertado Bobby.

—Sacar el cadáver de aquí y volver a enterrarlo.

Dando otro paso atrás, Bobby curvó el labio superior en una mueca de disgusto.

—¿Y qué te hace creer que volverá a enterrarlo?

LaBonny le dirigió una mirada que helaba los huesos y golpeó la crucecita de madera de Hollis contra la palma mojada.

—Es una obsesión que tiene —dijo.

—Bueno, yo también estoy obsesionado —replicó Bobby—. Me estoy obsesionando con esta mierda de día que estamos teniendo. *Nunca* daremos con él en esta jodida lluvia, tío. —Levantó la mirada al cielo gris con aire de desesperación, y luego sus ojos azules miraron furiosos a LaBonny—. Ya te dije desde el primer momento que el tío se había metido en algún agujero. Quiero irme a casa. Quiero una ducha y una botella de whisky, y quiero que Dolores venga y haga el amor conmigo hasta que pueda entrar en calor.

Dolores era una muchachita mexicana que trabajaba en un bar de la carretera. Según Bobby, no había nadie que la chupara mejor. Era una muchacha guapa y risueña, con un cuerpo de suaves curvas. Bobby estaba loco por ella. LaBonny la detestaba con el odio que se siente por un enemigo natural. A menudo pensaba en lo emocionante que sería demostrarle a la chica hasta qué punto la detestaba exactamente.

Bobby echó una ojeada a LaBonny y miró de reojo a la perra que temblaba a su lado.

—Deberías llevarte la perra a casa, LaBonny. Se va a poner enferma. Los perros con un pelaje tan fino no deberían salir de casa con este tiempo.

«¿De verdad crees que puedes manipularme como si fuera un estúpido pelele?», pensó irritado LaBonny.

—Es cierto —dijo esbozando una leve sonrisa—. Me la llevaré a casa. Pero uno de vosotros se quedará aquí montando guardia. —Señaló con la barbilla el perro muerto—. Y creo que serás tú, Bobby.

—¿Qué? —preguntó Bobby consternado—. ¿*Yo*?

—Tú —contestó LaBonny pronunciando la palabra despacio y frunciendo los labios como Bobby—. Cody J., hacia medianoche pasaré por tu casa a recogerte.

—¿A mí? —Cody J. estaba indignado—. Ahora me voy a casa y me pasaré cuatro horas bajo la ducha para quitarme este olor de encima. No quiero volver a oler esta peste nunca más. Joder, tío, estoy *cansado*.

—¡Maldita sea! —exclamó Bobby—. Quiero pasar esta noche con Dolores.

—Y yo quiero a Hollis —LaBonny ladeó la cabeza con gracia, casi con coquetería—. Y cuando lo consiga te haré mucho más feliz de lo que Dolores te hará jamás.

En el rostro de Bobby se pintó una expresión de cautela.

—¿Y eso qué significa?

—Cinco mil para el hombre que lo encuentre —dijo LaBonny con voz acariciadora. Ellos sabían que disponía del dinero porque se había quedado con el grueso del botín de Judy Sevenstar—. También —añadió—, mi agradecimiento y el de Adon Mowbry. Pero sobre todo el mío.

—Está bien, joder —dijo Cody J. asintiendo a regañadientes—. Cinco mil pavos son cinco mil pavos. Pero, ¿y si Hollis se da cuenta de que es una trampa y no aparece?

—Vendrá —dijo LaBonny—. No lo puede evitar. —Sonrió con ironía y se dio con el dedo unos golpecitos en la sien.

—¿Y desde dónde se supone que debo vigilar? —refunfuñó Bobby— ¿Desde el granero?

—Con todas las películas de acción que te has tragado, puedes decidirlo tú mismo. —A LaBonny le hacía gracia el malhumor del muchacho.

—El mejor sitio sería el henil —dijo enfurruñado Bobby—. Por lo menos está seco.

—Pon el silenciador —le ordenó LaBonny—. Adon no quiere que la señorita ni el viejo se enteren.

—¿Y qué pasa con la mujer de Adon, por cierto? —preguntó Bobby curioso—. Antes se la veía mucho por ahí. Una mujer muy guapa, con buenas tetas. Ahora nunca se la ve.

—Tiene problemas nerviosos —dijo LaBonny desenvolviendo una goma de mascar.

—¿Desde lo del accidente? —preguntó Bobby.

—Sí. —LaBonny se introdujo la goma de mascar en la boca—. Desde el accidente.

—Perdió a su hijo y a su hermano —dijo Cody J.— Y su papá quedó hecho unos zorros.

Bobby levantó la barbilla en actitud desafiante.

—He oído que Hollis es su hermano mayor, pero que ella no lo sabe. He oído que el viejo se tiró a una chica india muy guapa. Y también que Hollis nació tonto porque el doctor lo sacó con unos forceps y le hizo daño en la cabeza. ¿Es cierto?

LaBonny se encogió de hombros.

—Me importa un carajo la historia de su vida. Sólo me importa el final. Quiero que se acabe.

—Tío, pues como se me ponga a tiro, te juro que le vuelo la jodida cabeza —aseguró Cody J. —Por poco me hace morir de frío, y ahora apesto a perro muerto.

—No —dijo LaBonny—. No lo quiero muerto. Podéis herirlo y machacarlo, pero no lo matéis.

Bobby frunció sus gruesos labios y adoptó un aire de suspicacia.

—Pero ¿por qué? —aulló desesperado Cody J.

—Porque lo quiero hacer personalmente. —LaBonny miró fijamente a Bobby y le sostuvo la mirada—. Os enseñaré cómo se hace.

Llegaremos allí por la tarde, hacia las ocho —le dijo Jaye a la señorita Doll—. La veré entonces. —Colgó el teléfono de un golpe seco y se enfrentó a la mirada disgustada de Turner. Desde luego, no estaba contento con ella.

Pero él no comentó nada. Se limitó a decir:

—¿Estás lista?

Jaye asintió con la cabeza. Turner la tomó del brazo, y juntos atravesaron la puerta y salieron a la pista de aterrizaje, abrasada por el sol. Siguieron al piloto a través de la pista hasta el lugar donde se encontraba el Cessna, reluciente a la luz del atardecer.

—Alquilar un avión —protestaba Jaye—, suena… tan decadente.

—No tan decadente como conducir hasta Cawdor —dijo Turner, con los ojos entrecerrados para protegerse de la luz del sol.

El piloto se llamaba Frank Talbaux, cojeaba un poco y tenía acento *cajun*. Llevaba un enorme tatuaje en el brazo: un murciélago.

El avión era rojo y blanco, con un ala azul. Tenía todo el fuselaje abollado como si le hubiera caído un fuerte granizo encima. El nombre del aparato, escrito en pintura roja ya picada, estaba en francés: «*La Pouffiasse*», la marrana.

Jaye hubo de admitir que aquello no era precisamente un jet Lear, pero incluso alquilar un Cessna le hacía sentirse como una ricachona despilfarradora. Turner le respondió que viajar a Little Rock en coche ya era bastante duro, pero llegar a Cawdor por carretera sería demasiado.

De pie en los jardines del museo, los dos habían estado discutiéndolo mientras las ardillas correteaban por los prados y el sinsonte entonaba su canto.

—Es un plan más sensato —insistió Turner—. Puedo llamar a mi secretaria para que nos reserve un vuelo, y estaremos en Cawdor al anochecer.

—Yo no me lo puedo permitir —señaló tozuda Jaye.

—Tú no *tienes* que pagarlo —replicó Turner—. *Yo* lo alquilaré. Tengo una cuenta de gastos, maldita sea.

—Pero yo no.

—No importa. Eres mi invitada. Para el Sr. D. no representa una diferencia importante.

—Pero tú no irías a Cawdor ahora si no fuera por mí —arguyó Jaye.

—Tú has compartido conmigo tu información y yo comparto contigo mi transporte. Es un trato justo.

Justo cuando Jaye iba a responder, Turner le puso la mano en la nuca. Jaye sintió un escalofrío, pese al calor reinante.

—Este viaje es como la Biblia, chiquilla —le dijo—. «No me obligues a dejarte yéndome lejos de ti; pues a donde tú vayas iré yo…»

—Hasta el mismo diablo es capaz de citar las Escrituras —susurró Jaye. Pero Turner había ganado, y ella accedió a tomar un avión.

Mientras subían las delgadas escalerillas del avión, sin embargo, Jaye seguía teniendo la desagradable sensación de que se estaba aprovechando como un miserable parásito de la riqueza del misterioso Sr. D.

—Me siento como una gorrona —le comentó a Turner mientras se abrochaba el cinturón en el incómodo y estrecho asiento.

—Entonces no eres una gorrona muy espabilada —dijo Turner acomodándose en su asiento—. Podrías haber gorreado un viaje mucho mejor.

Jaye echó una inquieta ojeada al interior del aparato, que estaba sucio y desordenado. Había latas de cerveza, envoltorios de bocadillos tirados por el suelo y una mosca que revoloteaba perezosamente por la cabina.

—Tal vez tendríamos que haber esperado a que hubiera un vuelo regular —dijo incómoda.

—Así es más rápido —respondió Turner.

—¡*Merde*! —el piloto dio un grito y aplastó la mosca de una palmada— *¡Je te fous une baffe!* —Se acomodó en su asiento y tiró al suelo el insecto que había caído muerto sobre el cuadro de mandos. Sentado de espaldas a ellos, volvió la cabeza para hacerles una advertencia.

—Por favor, no utilicen los teléfonos móviles ni esos aparatos electrónicos. Joden las señales.

—No me gustaría joder las señales —dijo Turner enarcando una ceja. Y metió su ordenador portátil bajo el asiento.

El motor del Cessna se puso en marcha con un estruendoso rugido. La vibración era tan fuerte que todo el aparato parecía una caja de zapatos sacudida por un gigante.

Turner se volvió hacia Jaye con una perezosa sonrisa.

—Si estuviéramos en Filadelfia, el Sr. D. se ocuparía de que tuviéramos un avión mucho mejor. Lo siento mucho.

El estruendo creció en intensidad. La cabina se agitó con violencia hasta que el metal emitió un agudo chillido de protesta. Jaye apretó los dientes con fuerza y puso la boca junto a la oreja de Turner.

—¿Hay alguien más poderoso que el Sr. D.? Me gustaría acostarme con su abogado —le gritó.

Turner soltó una carcajada.

El avión empezó a dar tumbos y sacudidas por la pista. El motor emitía un ruido continuo como de truenos, y a Jaye le pareció que los remaches estaban a punto de soltarse. Sacó de su bolso una medalla y un pañuelo, que según Nona había sido sumergido en la pila de agua bendita del Vaticano. Agarró con una mano la medalla y con la otra el pañuelo. Cerró los ojos con fuerza y pensó: «Patrick, Patrick, Patrick.»

Cuando LaBonny conducía bajo la lluvia de camino a su casa, el buscador que llevaba colgado del cinturón, contra el muslo, se puso a vibrar de forma desagradable. Metió la mano bajo el impermeable y sacó el busca. En la pantalla aparecía un código que le resultaba muy familiar: Adon quería verle en el sendero. Y quería verle *ahora mismo*.

¿Qué querría ahora ese mimado hijo de puta? ¿Por qué no podía llamarle y darle por lo menos una pista? A LaBonny le irritaba el miedo que tenía Adon al teléfono, su cobarde temor a dejar cualquier pista. Y es que no dejaba de ser un abogado, pensó LaBonny, un político. Además, Adon le tenía auténtico pavor a Allen Twin Bears, de la policía estatal. Un indio, por Dios santo. LaBonny lo encontraba vergonzoso.

Cuadró la mandíbula y volvió a colgar el localizador de su cinturón. Sweety estaba en la parte trasera de la furgoneta, en su cubículo especial, tapado con una lona. LaBonny hubiera querido llevarla a casa y darse con ella una larga ducha caliente. Tenía una esponja especial para perros que le dejaba el pelo brillante y sedoso.

Se encontraba a menos de un kilómetro de su casa, pero se metió por un desvío para dar media vuelta y se dirigió hacia el rancho de Mowbry. La lluvia había amainado hasta convertirse en una finísima llovizna y, en los valles, entre las montañas, empezaba a formarse la niebla. En las quebradas, la niebla era tan espesa que formaba ríos de nubes, lo mismo que en las zanjas junto a la carretera.

Pero LaBonny no apreciaba la belleza de aquella niebla que abrazaba la parte más baja del paisaje. Tampoco veía en ella nada sobrenatural. Para él la niebla era una amenaza. Agazapado entre aquella niebla, Hollis podía escabullirse como un fantasma, lejos del alcance de Bobby, que se había subido al henil con su rifle.

Sobre los prados más bajos flotaba la calina. El camino que llevaba a la granja de Adon discurría entre dos prados, donde hoy no había caballos, y los jirones de vapor danzaban sobre la hierba como fantasmas que jugaran al escondite.

El propio Adon parecía un fantasma de pie en medio de la carretera. Llevaba un impermeable negro, y en la mano un ridículo paraguas también negro. Detrás de él estaba estacionado el jeep negro, reluciente en medio de la llovizna.

LaBonny aparcó, suspiró con hastío y salió del coche. Colocó bien la lona sobre el cubículo de Sweety, que lloriqueaba, deseando volver a casa.

—Tranquila —dijo LaBonny para calmarla.

Al andar, el impermeable rozaba su cuerpo con un ruido sedoso.

—¿De qué se trata? —preguntó al llegar junto a Adon. Tenía que bajar la vista para mirarle.

Adon tenía un aspecto melancólico y torpe con su impermeable. La llovizna le había aplastado el escaso pelo contra el cráneo, y los cristales de sus gafas estaban empañados.

—Esa tal Garrett y el abogado están de camino —dijo Adon. Nervioso, se pasaba el paraguas de una mano a otra.

—¿Cuándo? —preguntó LaBonny, contemplando los ridículos chanclos de goma que llevaba Adon. Era ese tipo de calzado inútil que no llevaría ningún hombre acostumbrado al trabajo de verdad.

—Pronto —dijo Adon—. Doll me ha telefoneado. Dice que vienen de Nueva Orleans en un avión privado. Aterrizarán en XNA.

LaBonny asintió. XNA era el aeropuerto más moderno de la región. Lo habían construido en el quinto pino, donde el ruido de los aviones sólo podía molestar al ganado y a las gallinas.

—¿A qué hora? —preguntó.

—Hoy, alrededor de las diez —respondió Adon, que temblaba de frío.

—Si esto sigue así, se retrasarán —dijo LaBonny mirando el cielo. Un impenetrable manto de nubes bajas le daba la razón. Siempre le gustaba mostrarse más entendido que Adon.

—Lo mejor sería que no regresaran —dijo Adon.

«Quieres decir que preferirías que murieran», se dijo LaBonny desapasionadamente. No hizo comentarios. Se limitó a bajar la vista para mirar el redondo y mojado rostro de Adon.

—¿Me entiendes?

Con el tacón de su bota de caza, LaBonny hizo un agujero en la gravilla mojada.

—Entiendo —dijo.

De nuevo arreció la lluvia y Adon se guareció bajo el paraguas.

—En segundo lugar —dijo—, sería conveniente saber exactamente cuánto han averiguado y de quién han recabado información.

«*Recabado información*», pensó deseñoso LaBonny. Sólo un mamón de colegio privado podía hablar así, otra muestra de que Adon no era la persona adecuada para dirigir los negocios del condado. «*Recabado información... Me cago en Dios*». Pero en cambio, dijo:

—¿Hay que averiguar quién sabe qué? Eso está hecho.

Adon se subió el cuello de su impermeable.

—En tercer lugar —dijo—, cuando se vayan...

«Cuando hayan muerto», pensó LaBonny.

—... es necesario que parezca algo natural —siguió Adon—. ¿Entiendes lo que te digo?

«Debería parecer un accidente», tradujo mentalmente LaBonny.

—Sí —dijo—. Se puede hacer así.

Pero también pensaba: «Estamos acumulando muchos asesinatos, Adon. Y yo estoy cargando con todos los muertos. Tú no te has manchado. Soy el flautista al que tendrás que pagar.»

—Todavía no habéis encontrado a Hollis —señaló acusador Adon. De repente, su suave cara redonda adquirió una expresión extrañamente peligrosa.

—Mierda de tiempo —dijo LaBonny—. Estará a resguardo en algún sitio, pero tarde o temprano tiene que salir. He puesto a un hombre de guardia.

—¿Sabes si sigue vigilando mi casa? —preguntó Adon. Bajo aquella luz tenue, los cristales de sus gafas parecían discos empañados.

—Sí —mintió LaBonny—. Bobby descubrió algunas huellas recientes, pero no hay problema. Ya te he dicho que lo tenemos vigilado.

Adon hizo un gesto que quería ser un encogimiento de hombros.

—Es un trabajo que ya debería estar listo.

—Si puedes hacer que pare de llover —dijo LaBonny con descaro— lo tendrás listo en un momento.

Adon lo miró con los labios apretados. La respuesta no le había hecho ninguna gracia.

—Vete al aeropuerto XNA y espera al avión. Cuando esto haya acabado, todos dormiremos más tranquilos. Y recuerda… tiene que parecer natural.

LaBonny asintió sin decir palabra. Estaba trazando mentalmente su propio plan. Si esta noche podían cazar también a Hollis, podrían meter los tres jodidos cadáveres en la cueva de las arañas y derribar la entrada con dinamita. El coche podrían quemarlo, hundirlo…

Cuantas menos pistas quedaran en el condado, mucho mejor. Si alguien preguntaba, bastaría con decir que el abogado y la mujer se marcharon en coche en medio de la tormenta, sin decir a nadie a dónde iban. Era muy sencillo.

LaBonny contempló cómo Adon se dirigía al jeep, abría la portezuela y subía al vehículo. Le vio cerrar el paraguas y sacudir las gotas de agua con un gesto remilgado. Luego esperó a que cerrara la puerta, encendiera las luces y, poniendo el limpiaparabrisas en marcha, se dirigiera por el sendero a su casa. Esa casa cálida y bien iluminada que no se merecía, pensó LaBonny de pie bajo la fría lluvia. Regresó a la furgoneta y volvió a colocar bien la lona de Sweety.

—Ahora te llevaré a casa, preciosa —murmuró—. Y te prometo que muy pronto te compensaré por esto.

No podían aterrizar en el XNA a causa de la niebla, lo mismo ocurría con el aeropuerto de LaFayetteville, y Tulsa se encontraba bajo la alerta de un tornado (hasta el momento, se habían divisado tres embudos. «Quizá sea mejor así», pensó Turner.

Entre groserías y maldiciones, Frank Talbeaux sacó a *La Pouffiasse* del norte del estado, una zona totalmente empapada, y la llevó de vuelta a Little Rock, donde también llovía. Aterrizaron en medio de la bruma.

Turner y Jaye agacharon la cabeza y atravesaron a la carrera la pista mojada, bajo la lluvia. Frank Talbeaux les seguía refunfuñando furioso en francés.

—¿Qué está diciendo? —susurró Jaye.

—No quieras saberlo —replicó Turner.

En cuanto consiguieron llegar al edificio del aeropuerto, Frank Talbeaux se fue directo al lavabo de caballeros. Turner sospechaba que llevaba una botella en su ajada maleta.

Los viajeros que habían visto aplazada la salida de su vuelo estaban sentados frente a la puerta de embarque con aire desconsolado. La empleada del mostrador de facturación parecía malhumorada y procuraba que su mirada no se cruzara con la de los pasajeros. Detrás de ella se veía la tabla de salidas: para la zona que comprendía el noroeste de Arkansas y el noreste de Oklahoma no había salidas ni llegadas.

El la sala de espera el ambiente estaba cargado de cansancio y de desesperación. Las papeleras se encontraban llenas a rebosar, y los pocos asientos libres que quedaban estaban repletos de diarios ya hojeados. El suelo estaba mojado y sucio del barro que habían dejado los zapatos de los pasajeros.

Turner necesitaba un trago, a poder ser algo cargado, un Cutty-Stark a palo seco.

—¿Quieres que mire si hay un bar en este antro? —le preguntó a Jaye.

Ella asintió distraída. En su semblante se dibujaba la preocupación.

—He de telefonear a la señorita Doll para decirle que nos retrasaremos. Le diré que no me espere.

Jaye sacó el móvil de su funda, pero Turner le apoyó una mano sobre el brazo.

—A lo mejor deberíamos quedarnos aquí a pasar la noche —dijo—. Podríamos llamar a Mary Jo Stewart. Estamos en su territorio.

Sin embargo, en los ojos azules de Jaye brillaba una mirada obstinada, y su boca reflejaba determinación.

—Quiero llegar allí lo antes posible.

—Ya son más de las seis —dijo Turner—. Y no podemos saber cuándo mejorará este tiempo.

—Cuando el tiempo mejore, yo estaré preparada —respondió ella, empezando a marcar el número en su móvil—. Si quieres marcharte, puedo ponerme en la lista de espera de uno de los vuelos comerciales. O a lo mejor puedo alquilar un coche y emprender el viaje por carretera.

«Joder», pensó Turner, esa mujer era como un terrier. En cuanto mordía algo, no lo soltaba. Lanzó un profundo suspiro de resignación.

—Bueno, ya hablaremos. Le diré a Talbeaux que estamos en el bar.

Talbeaux estaba en el lavabo. El aliento le apestaba a whisky malo, un *eau* de matarratas. A lo mejor el tipo perdía el conocimiento y resultaba que *tenían* que quedarse en tierra, pensó Turner. Pero no, seguro que a estas alturas Jaye era capaz de hacer autostop hasta Cawdor, caminaría sobre cristales rotos para llegar hasta allí, si era necesario.

Cuando regresó a la sala de espera, Turner vio a Jaye de pie en un solitario rincón, junto a una máquina que dispensaba refrescos. Tenía la rubia cabeza inclinada y hablaba por teléfono, totalmente concentrada en lo que le decían. Agarraba el teléfono con tanta fuerza que los nudillos se le habían puesto blancos.

Turner le dirigió una media sonrisa para hacerle saber que ya le había dicho a Tableaux dónde podía encontrarles, pero Jaye no le correspondió. Su semblante mostraba una severa expresión de desagrado. Cuando sus miradas se encontraron, Turner observó en sus ojos un destello de ira, casi de odio. Fue sólo un instante, porque Jaye apartó enseguida la mirada, como si no pudiera soportar seguir mirándole, y le dio la espalda.

Algo se derrumbó y se deshizo en pedazos en su interior. Sintió que le invadía una oscura y dolorosa emoción que nunca había conocido. Supuso que era el sentimiento de culpa.

«Lo sabe», pensó mirando la espalda rígida de Jaye, su postura de implacable negativa. «Lo sabe.»

Jaye sentía náuseas, pero también notaba cómo crecía en su interior una rabia fría que le helaba el corazón.

—¿Estás seguro? —le preguntó a Murray.

—Estoy seguro. Escucha, llevo toda la tarde intentando localizarte, pero no he podido.

—Estábamos en un avión —dijo Jaye. Notaba la mandíbula rígida como un trozo de metal—. Era un avión muy pequeño y no podíamos conectar los teléfonos.

—¿Estabas con él? —Murray parecía asustado.

—Sí —dijo Jaye. El bloque de hielo que se había formado en su corazón creció en tamaño—. Con él.

—Pero dices que ahora mismo no está contigo —dijo Murray.

Jaye notaba la mirada de Turner clavada en su espalda. Le parecía que de él emanaba una especie de radiación venenosa.

—Acaba de llegar. Ha llegado ahora mismo.

—Jaye, ten cuidado. No sé lo que significa todo esto…

—¿Pero estás seguro de lo que me has dicho? —preguntó Jaye— ¿No puede haber un error?

Murray guardó silencio.

—No hay ningún error, Jaye. Ninguno —dijo finalmente—. El cliente al que representa es un mafioso. Turner Gibson es un abogado de la mafia.

Capítulo 19

Jaye cerró con un golpe seco su teléfono móvil. Turner observó en el gesto algo amenazador, algo que anunciaba una despedida. Un sabor amargo le subió a la boca.

Pausadamente, Jaye volvió a introducir el móvil en la funda que llevaba en la correa de su bolso. Y con la misma lentitud deliberada volvió hacia Turner un semblante gélido y rígido como una máscara de hielo.

Los mismos ojos que hasta hacía un momento le miraban con gratitud y admiración, incluso con cariño y deseo, estaban ahora llenos de aborrecimiento.

Turner levantó una mano en un gesto de disculpa. «Puedo explicarlo todo», parecía querer decir. Pero la expresión en los ojos de Jaye no cambió en absoluto.

—Era mi abogado —dijo con frialdad.

—Sí —dijo Turner—, ya me parecía que había pasado algo. Te lo tenía que haber explicado antes de que...

Jaye le miró como si estuviera mirando a un repugnante insecto.

—Ya sé quién es el Sr. D. —dijo.

—Sí —Turner asintió con la cabeza—. Él es...

—Edward DelVechio —Jaye completó la frase—. El sanguinario Eddy.

—Espera un momento —dijo Turner—. Es un apodo engañoso

que le pusieron hace tiempo cuando se dedicaba al negocio de la carne. Él…

—Es un asesino. —Las palabras de Jaye sonaron cortantes como un cuchillo.

—Deja que te lo explique —dijo Turner—. *Se dice* que es un asesino, pero la justicia nunca ha tenido pruebas de que cometiera un asesinato.

—Porque *tú* has logrado que lo absuelvan. —Jaye sacudió la cabeza—. Hay un asesino suelto porque tú has logrado que lo absuelvan.

—Mi bufete le representaba, es cierto… —Turner se revolvía desesperado, como si estuviera ante un tribunal medieval que fuera a condenarlo a ser empalado—. El tribunal le declaró inocente.

Jaye ladeó la cabeza y le miró con los ojos entrecerrados. Parecía verle por primera vez.

—Pero tú eres su ojito derecho, ¿no es así? —preguntó con sarcasmo—. Tú eres su chico listo, el que realmente consiguió que lo absolvieran. ¿No es cierto?

El brillo acusador que destellaba en los ojos de Jaye le resultó insultante. Honestamente, no creía merecer tanto desprecio.

—En un juicio tan complicado, no hay ningún abogado defensor que sea realmente el responsable…

Jaye le interrumpió de nuevo.

—Consigues que los absuelvan a todos, ¿no? A él, a todos sus… secuaces, a toda esa basura que le rodea.

—He defendido a más de una persona relacionada con DelVechio —admitió—, pero tienes que entender una cosa acerca del sistema judicial…

Ella, sin embargo, no quiso escuchar.

—Has conseguido que se libre de acusaciones graves… y también de las leves. ¿No es así?

Turner hubiera querido poder negarlo. Hubiera querido desplegar ante ella todas aquellas intrincadas y elegantes argumentaciones que él sabía exponer mejor que nadie. Sin embargo, miró a Jaye a los ojos y se lo pensó mejor. Había defendido a DelVechio de acusaciones de asesinato, de estafa y de fraude fiscal. Y siempre había ganado el jucio.

—No eres más que un mafioso —le dijo Jaye con desprecio.

Arrugaba la nariz como si pudiera percibir el hedor a maldad que emanaba del cuerpo de Turner—. ¿Cómo lo llaman? ¿Un *consigliere*, un consejero, como en *El padrino*?

Turner se sintió indignado.

—No —respondió con firmeza—. Un *consigliere* pertenece a la mafia, y yo no. Yo soy únicamente un abogado criminalista. Cualquiera puede solicitar mis servicios, y yo puedo elegir si quiero o no ser su abogado.

La expresión de Jaye creció en arrogancia.

—Ah, vaya. Así que DelVechio simplemente llamó a tu puerta. Y tú decidiste aceptar el encargo.

—Soy bueno en lo que hago, y me gustan los retos —dijo Turner. Y era cierto.

—¿Eres bueno eludiendo a la justicia? —preguntó ella enarcando una ceja.

—Sirvo a mis clientes lo mejor que sé. —Y también aquí decía la verdad.

Jaye dio un paso hacia él.

—¿Y de verdad estás buscando al hijo de DelVechio?

—Sí —le respondió mirándola abiertamente a los ojos—. Eso es cierto.

—Pero… —Jaye hizo un gesto de incomprensión—. ¿Por qué tú?

—Le gusto. Confía en mí. —Y decidió añadir la parte más importante de la confesión—. Puede pagar mis servicios.

—Qué mierda —replicó ella con repugnancia—. Así que se supone que debes encontrar a ese… ese pobre inocente que no tiene ni idea de quién es su padre. Le dirás: «Sorpresa, tu padre es un mafioso llamado Eddy el sanguinario, que está metido hasta el cuello en el crimen organizado. Asesina, estafa y engaña a la gente, pero de repente quiere *conocerte* y formar parte de tu vida…»

—DelVechio también es humano —dijo Turner—. Él y su mujer no tuvieron hijos. Él siempre había querido buscar a este muchacho, pero su mujer se oponía. Cuando ella murió, él decidió…

—¿Decidió *qué*, maldita sea? —exclamó Jaye—. Si su hijo le importa en algo, lo mejor que puede hacer es no contarle nunca la verdad. A mí no me gustaría enterarme de que mi padre es un capo de la mafia. ¿Y a quién le gustaría?

Jaye había ido elevando la voz y ahora sus palabras sonaron demasiado altas. Turner la tomó del brazo, pese a que ella intentó apartarle la mano.

—Cálmate —le dijo—. La gente nos está mirando. DelVechio no quiere perjudicar a su hijo, pero hay dinero en juego. Quiere hacerle un regalo.

—¿Dinero? —preguntó Jaye incrédula—. ¿Quieres decir dinero manchado de sangre?

—Quiero decir un regalo —replicó Turner—. DelVechio nunca ha sido declarado culpable de…

—Y de ahí provienen todos los billetes que te has gastado, ¿no? —Jaye hizo una mueca de desprecio—. Dinero manchado de sangre, dinero sucio, dinero de la mafia…

Turner levantó una mano con intención apaciguadora.

—En ocasiones, Jaye, el fin justifica los medios…

No pudo acabar la frase. De repente, Jaye balanceó el bolso y le golpeó con él en toda la cara. El teléfono móvil le dio con fuerza en el puente de la nariz.

—No me vengas *a mí* con esa mierda maquiavélica —le ordenó, con los ojos ardiendo de ira—. Pagaste ese avión con dinero que provenía de la mafia, ¿no es así? Y también la lista de Judy Sevenstar, ¿verdad?

—Era el dinero de DelVechio —intentó razonar Turner. Una gota de sangre cálida y espesa le resbalaba sobre el labio superior.

Los pasajeros que esperaban en la sala habían abandonado su expresión de abatido aburrimiento y contemplaban la escena con ávidez.

—Me hiciste creer que eras un abogado especializado en asuntos de familia. Deberías haberme dicho que se trataba de una jodida familia de criminales.

Turner desdobló un pañuelo para secarse el labio. Notaba en la boca el sabor de la sangre. Sabía que Jaye tenía toda la razón.

—Y las cosas que me dijiste —le susurró sin poder contener la rabia—. ¿Realmente llegué a *confiar* en ti? ¿Llegué a prometerte que confiaría en ti?

Turner dedujo que no tenía derecho a defenderse y se obligó a guardar silencio.

—Incluso con citas bíblicas —rabiaba Jaye—. «Suplícame que no te deje… porque a donde tu vayas yo iré…»

—Lo decía en serio —dijo Turner.

—Me pones enferma —replicó ella con una mueca de desprecio.

Sin poderlo evitar, Turner empezó a actuar en defensa propia. Sentía una necesidad imperiosa de hacerlo.

—Te conseguí la lista —dijo—. Te llevé a Oxford y a Nueva Orleans, y ahora estábamos otra vez camino de Cawdor. Te he acompañado a lo largo de todo el camino.

—Con falsos pretextos —replicó Jaye furiosa, con los ojos brillantes de lágrimas.

—Si te hubiera contado la verdad —dijo Turner secándose otra vez el labio con el pañuelo—, no me habrías dirigido la palabra. Nadie me habría hablado. Así que era necesario manterlo en secreto.

—No lo has mantenido en secreto —replicó ella—, me has mentido. Dios mío, incluso me he acostado contigo. Con un abogado de la mafia que pretendía ser un buen chico. Un caballero de reluciente armadura montado en su caballo blanco. Dios mío. Te *odio*.

Volvió a hacer ademán de golpearle con el bolso, pero Turner, rápido como un rayo, le agarró la muñeca. La escena provocó que una mujer sofocara un grito y que un niño dejara oír una disimulada risita. Turner se acercó a Jaye y clavó la mirada en sus furiosos ojos azules.

—¿Quieres que venga el personal de seguridad del aeropuerto? Haz el favor de no montar una escena.

—Suéltame —dijo ella entre dientes—, o te arrancaré la mano.

—Te soltaré ahora mismo —dijo Turner acercándose más a ella—. Pero antes tienes que escucharme. Yo no soy un abogado de la mafia. Soy un abogado criminalista. Y si DelVechio es mi cliente, haré todo lo que pueda por él, igual que haría un cirujano por su paciente.

—Qué nobleza —dijo Jaye en son de mofa.

—A ojos de la ley, todo el mundo tiene derecho a tener una defensa. Incluso Eddy DelVechio. Es un principio constitucional americano.

—Ahora te amparas en la Constitución —replicó ella acusadora—. Shakespeare tenía razón: «Matemos a todos los abogados». Suéltame.

Turner la soltó.

—Ahora apártate de mí —le dijo Jaye—. Y no vuelvas a acercarte a mí.

—No me gusta que vayas sola hasta Cawdor —dijo Turner.

—Apártate de mí —repitió ella sin mirarle—. Y no te me acerques más. —Se encaminó decidida hacia el mostrador de facturación. Turner la siguió de cerca.

—Deja que te acompañe hasta Cawdor —le rogó—. Aunque sólo sea para comprobar que todo está en orden.

—Voy a comprar un billete —le advirtió Jaye—, y si me sigues organizaré una escena terrible, como no te puedes imaginar. Llamaré al servicio de seguridad y les diré que me estás acosando, que me persigues. —Giró en redondo para enfrentarse a él y se apartó el pelo de la cara para mostrarle la señal todavía visible de la herida en la frente—.

Les diré que me has hecho *esto*. —le amenazó. Y le enseñó el dedo entablillado—. Y *esto*.

—Pero es mentira —protestó Turner.

—Entonces deberías entender mejor que nadie cómo funciona —dijo ella. Y se alejó, dejándole solo.

Jaye compró un billete en lista de espera para XNA. Por tercera vez aquel día, telefoneó a la señorita Doll.

—Siento molestarla otra vez, pero todavía tengo problemas para viajar hasta allí.

No le dijo nada acerca de Turner, pero tenía la sensación de que los nervios la traicionaban y de que estaba hablando demasiado y dando demasiados detalles innecesarios.

Le explicó a Doll que confiaba en poder tomar el vuelo 442 hasta XNA y que alquilaría un coche para llegar a su casa, pero que no hacía falta que la esperara levantada ni que se despertara demasiado temprano por su causa, porque realmente ignoraba a qué hora podría llegar.

—¿Alquilar un coche? —La señorita Doll parecía escandalizada—. Pero querida, si todavía tienes uno esperándote en la entrada de casa.

—Bueno, sí, a lo mejor tendría que pagarle a alguien para que lleve el coche de vuelta al aeropuerto —reflexionó Jaye—. Ya veré lo que hago.

—Es una lástima alquilar dos coches —dijo ella—. Estas compañías, vaya, te cobran un riñón.

Jaye intentó adoptar un tono filosófico y le explicó que, bueno, así eran las cosas a veces. También le preguntó si aquel hombre había vuelto a telefonear.

—Sí, claro que ha llamado —respondió la señorita Doll—. No hace ni media hora. Pero yo le dije que tenías problemas a causa del mal tiempo y respondió que llamaría mañana por la mañana.

El corazón se le disparó en el pecho.

—¿Me ha dejado algún otro mensaje?

—No, cielo —dijo Doll con voz comprensiva—. No ha dicho nada. Está claro que quiere hablar contigo, no conmigo.

—Llegaré en cuanto me sea posible —prometió Jaye—. Si vuelve a llamar, dígaselo, por favor, dígaselo.

—Lo haré, corazón. Y no te canses demasiado. Pareces agotada. —Guardó silencio un momento—. Tengo un sobrino que podría llevar tu coche de alquiler al aeropuerto y recogerte allí —dijo.

—No... no —protestó Jaye. La oferta era tentadora. Sin embargo, había algo que no encajaba, pero Jaye estaba demasiado cansada y atontada para analizar qué era.

—Podrías pagarle algo —insistió la mujer, engatusadora— y te resultaría más barato que alquilar un segundo coche.

Un destello de comprensión sacó a Jaye de su confusión mental.

—No podría conducirlo —dijo—, porque yo tengo las llaves.

—¡Ahhh! —dijo la señorita Doll—. No había pensado en eso.

Jaye se despidió, luego colgó el teléfono y lo colocó a un lado. Echó un vistazo a la sala de espera. En el lugar flotaba de nuevo un espeso aire de hastío. Los pasajeros parecían prisioneros que se vieran obligados a esperar su turno en una inquietante antesala del infierno.

A Turner no se le veía por ninguna parte. Se había ido al bar más cercano en compañía de aquel piloto cojo y aficionado a los juramentos. Fuera, la lluvia continuaba tamborileando rítmicamente en los amplios ventanales, la pista de despegue estaba reluciente por la lluvia y la niebla adornaba las luces de halos de colores.

Jaye se puso la mano en la frente y cerró los ojos con fuerza. Se sentía estúpida y traicionada. La rabia que sentía hacia Turner aparecía y desaparecía, mezclándose con el enfado por su propia estupidez.

¿Por qué le había juzgado tan fácilmente a partir de su aspecto? ¿Cómo podía haber sido tan simplona?

Porque, se dijo, buscando argumentos para defenderse, Turner no era sólo un mentiroso, era un mentiroso especialmente retorcido. Parecía un hombre bueno y amable, cariñoso y digno de confianza... un maldito *boy scout*, pensó furiosa. Era una mezcla de Tom Hanks y Jimmi Stewart, y todo él metido en un paquete de tipo alto y atractivo, un poco desgarbado, que resultaba irresistible.

Ya había sido suficientemente malo que hubiera caído en su red de mentiras... pero, ¿tenía que meterse en la cama con él? Se había mostrado tan casquivana y tan irresponsable como las chicas que cayeron en manos de Hunsinger.

Por supuesto, esto nunca se lo podría explicar a Nona. «Me he acostado con un gángster. Me he ido a la cama con un miembro de la mafia.»

Y no se trataba de un gángster cualquiera ni de un lejano contacto de la mafia, pensó Jaye compungida, sino de Eddy DelVechio, «el sanguinario», que como mínimo sería un padrino, un jefe de clanes. Si Turner se enfadaba con ella porque le había rechazado, podía ordenar que le metieran una cabeza de caballo muerto en la cama.

Mareada ante sus propios pensamientos, Jaye se imaginó contándole su fracaso a Patrick. Y Patrick, por supuesto, se dedicaría a bromear sobre el asunto y la haría reír aunque ella no quisiera.

Diría algo irreverente, como:

—Bueno, por lo menos la Mafia es católica.

O también podría decirle:

—Bueno, Jaye, si lo que buscas es una médula, un tipo al que llaman «Eddy el sanguinario» parece un buen comienzo.

O diría:

—¿Y por qué te has acostado con él? ¿Acaso te hizo una propuesta a la que no podías resistirte?

Empezó a reírse en silencio mientras las lágrimas le brotaban de los ojos cerrados. «Oh, sí, Patrick», pensó. «Me hizo una propuesta a la que no pude resistirme. Me dijo que te ayudaría.»

Con un esfuerzo, intentó calmar el torbellino de emociones que le embargaban. «No pasa nada, Patrick», se dijo. «Yo te ayudaré. Lo haré yo sola.»

Pasado aquel momento de debilidad, Jaye se secó las lágrimas, recompuso su semblante, cruzó los brazos sobre el pecho y se apoyó en el respaldo del asiento con los ojos cerrados. Necesito descansar, se dijo, no más recriminaciones ni autocompasión. Era necesario que fuera reuniendo fuerzas para afrontar lo que fuera que le esperara en Cawdor.

Turner resistió el poderoso impulso de emborracharse, de ponerse ciego de alcohol. Estaba sentado en el bar ante una cerveza ligth, deseando que fuera puro veneno.

—¿*La gonzesse*? —le preguntó Talbeaux, que estaba sentado en un taburete junto a él—. Vi cómo le daba con el bolso en la nariz. ¿Usted y ella están…. phhhtt?

«No lo sé», pensó sombríamente Turner. Se encogió de hombros.

—Es una pequeña riña. Ya se le pasará —dijo.

Talbeaux hizo un gesto que expresaba incomprensión.

—¿Entonces vamos allá, a Cawdor? ¿O no?

—Sí —dijo Turner, y dio un sorbo a su cerveza. No permitiría que Jaye fuera sola a Cawdor. Era capaz de atizarle otra vez, pero correría el riesgo.

—Si me quedo toda la noche en este lugar —dijo Talbeaux—, tendré que cobrarle las horas extra.

—Póngamelas en la factura —dijo Turner. Le importaba un carajo. No era su dinero. Era el jodido dinero del jodido Eddy el sanguinario. Desde luego, Turner ya se imaginaba que el tipo tenía algo que ver con el crimen y el fraude y otros muchos delitos. Pero no se le había encontrado culpable de ninguno. «Gracias, en parte, a mí. Gracias a mí, en buena parte.»

—Espero que no tengamos que quedarnos aquí toda la noche —gruñó Talbeaux—. Little Rock es *le trou de ball du monde*… el culo del mundo.

«Mentira», pensó Turner. «El verdadero culo del mundo soy yo. Yo mismo.» Miró el reloj. Eran las nueve y cuarenta y cinco minutos. De repente se le ocurrió que a lo mejor estaba a tiempo de telefonear a Mary Jo Stewart. Después de todo, si la mujer había podido recordar algo nuevo, cualquier cosa, Jaye querría oírlo. Turner se había ganado una vez el favor de Jaye —casi a su pesar— ofreciéndole ayuda para su hermano. Con la ayuda de Dios, tal vez podría repetirlo.

• • •

Turner decidió utilizar un teléfono público y dejó a Frank Talbeaux en el bar, dedicado a beber whisky y a tensar los músculos de su antebrazo para admirar la forma en que aleteaban las alas del vampiro que llevaba tatuado.

Mary Jo Stewart contestó al teléfono al cuarto timbrazo.

—Señora Stewart, soy Turner Gibson. Espero que no sea demasiado tarde para telefonearla.

—No, no, en absoluto. —La voz profunda de Mary Jo Stewart sonaba un poco agitada y nerviosa—. Dios mío, precisamente estaba pensando en usted.

La intuición de Turner le avisó inmediatamente de que allí había algo interesante.

—¿De verdad? Debe de tener usted poderes —le comentó Turner—. He estado pensando en usted y en la conversacion que mantuvimos.

—Hoy he hablado con mi tía, que vive en Rockford, Illinois —dijo ella.

—¿Sí? —la animó a continuar Turner. Se preguntó qué demonios tendría que ver con aquello su tía de Rockford.

—Mi madre nunca quiso hablar sobre mi pequeño «incidente», la historia con Hunsinger —dijo Mary Jo Stewart—. Es como si hubiera hecho un voto de silencio.

—¿Sí? —dijo Turner en el mismo tono.

—Bueno, la pobre mujer se fue a la tumba sin contarme un montón de cosas. Y una de ellas era cómo llegó a dar con Hunsinger. Ya sabe, cómo lo arregló para que yo fuera a parar allí.

—¿Sí? —dijo Turner por tercera vez.

—Hace ya... oh, diez años que murió. La echo de menos todos los días.

—Por supuesto —dijo Turner.

—Bueno, ella y su hermana estuvieron muchos años sin hablarse. Uno de esos asuntos de familia, ¿entiende? Algo relacionado con el testamento de mi abuela. Se pelearon por un frutero de plata, maldita sea. No creo que usted pueda entenderlo.

Pero Turner lo entendía demasiado bien, porque el mundo de la justicia se lo había enseñado. El corazón humano estaba tan repleto de extraños recovecos y curiosas grietas que no le costaba esfuerzo imaginarse que dos hermanas dejaran de hablarse por mucho menos que un frutero de plata. Hubiera podido ser también un cepillo, un tintero o un dedal.

—Estas cosas ocurren, por desgracia —dijo.

—Mi tía es dos años más joven que mi madre. Se trasladó a vivir a Rockford cuando yo tenía sólo dieciocho años y perdimos el contacto. Y luego, hubo este asunto de la herencia. Y por más que yo intenté mantenerme al margen, había una escisión en la familia. Pero después de hablar con usted, me puse a pensar. Puede que ella supiera cómo se puso mi madre en contacto con Hunsinger. Así que la telefoneé.

Turner aguardó a que siguiera, con el alma en vilo.

—Resultó que ella lo sabía —dijo simplemente Mary Jo—. Se acordaba.

Hubo un silencio.

—Fue una mujer llamada Juanita Bragg, con doble g. Según mi tía, era una enfermera y se ocupaba de asuntos de este tipo. Abortos, chicas que tenían que desaparecer un tiempo, adopciones discretas. Todas esas cosas.

Turner sostuvo el receptor del teléfono entre la barbilla y el hombro y garabateó en su cuaderno «Juanita Bragg».

—La he buscado en el listín telefónico —dijo Mary Jo Stewart—. Todavía vive en la ciudad, en un lujoso complejo de apartamentos para jubilados.

Turner sintió que el pulso le latía con fuerza en la garganta, como si la sangre se hubiera vuelto demasiado espesa para fluir por sus venas. Se puso una mano sobre la oreja que tenía libre para tapar el bullicio del aeropuerto y oír solamente a Mary Jo Stewart.

—¿Ha hablado con ella? —preguntó.

—Sí, esta misma noche. Se ha mostrado muy evasiva conmigo. Creo que quiere dinero.

«Yo tengo dinero», se dijo Turner exaltado, mientras notaba una descarga de adrenalina.

—No sé muy bien qué tengo que hacer ahora —dijo ella—. Usted me dijo que vendría a Little Rock. ¿Cree que será pronto?

—Resulta que ahora mismo estoy en Little Rock —dijo Turner. De repente notaba la boca seca—. Nos hemos quedado en tierra debido al mal tiempo.

Hubo un largo silencio.

—A lo mejor es el destino —dijo Mary Jo Stewart.

Según le explicó Mary Jo Stewart, el Riverside Retirement Village era un lugar muy chic.

—*Mucho* —añadió con un toque de amargura—. Al parecer, el negocio de la venta de bebés da mucho dinero.

Turner apuntó el número de teléfono de Juanita Bragg y se prometió que le enviaría a Mary Jo Stewart una docena de rosas, tal vez dos docenas. Nada más colgar, marcó el número de Juanita Bragg. Le contestaron casi al momento.

—Residencia de Juanita B. Bragg —dijo una voz que era un áspero susurro—. Le habla Juanita B. Bragg.

Turner le explicó quién era.

—Señora Bragg, me han dicho que hace un tiempo ayudó usted a algunas muchachas que tenían, digamos, «problemas». Y me han dicho que esta ayuda estaba relacionada con un tal Dr. Roland Hunsinger, en Cawdor, Oklahoma.

—Vaaaya —dijo la mujer—. ¿Quién le ha dado mi nombre?

—Mary Jo Stewart —dijo Turner—. Habló usted con ella hace muy poco.

Hubo un largo silencio, y a Turner empezó a latirle con fuerza el corazón. De nuevo se tapó con la mano la oreja que tenía libre, para no perderse una sola palabra de la mujer.

—¿Es usted su abogado? —preguntó ella finalmente,

Turner dudó un instante.

—En este asunto represento a más de una persona.

—¿Cómo quién? —preguntó ella arrastrando las palabras.

—Uno es un hombre de Filadelfia. Cree que su hijo nació en la clínica de Hunsinger en 1957 y quiere encontrarle. Es muy importante para él.

Otro largo silencio. Cuando Juanita Bragg volvió a hablar, lo hizo con una voz dulce y untuosa que le recordó a Turner los frutos demasiado maduros.

—Antes sabía algunas de las cosas que ocurrieron en 1957 —dijo—. Tendría que rebuscar en mi memoria, refrescarla, como si dijéramos.

«Y creo que sé cómo pretende usted refrescarla», pensó irónicamente Turner.

—Me interesa todavía más otro nacimiento. El de un chico, el 17 de marzo de 1968 —dijo.

Se oyó la risa grave de Juanita Bragg.

—¿Desde 1957 hasta 1968? Es un largo trecho. Usted no se conforma con poco, ¿verdad?

—Estoy dispuesto a pagar por una información fidedigna.

—Ya veo —dijo la mujer—. ¿Y cuánto?

—Dependerá de lo sólida y fidedigna que sea la información —dijo Turner.

—Buu-eeno —dijo ella—. En aquel tiempo yo llevaba un pequeño diario.

—¿Qué clase de diario?

—Oh, nombres —dijo ella con frivolidad—, fechas, situaciones. Quién pagaba a cambio de qué. Cosas de este tipo.

—¿Y qué años abarca ese diario?

—Ohh, de 1956 a 1969, más o menos.

—¿Cuántos nombres aparecen en ese diario, señora Bragg?

—Unos treinta y cinco, diría yo.

—¿Los nombres de las chicas? ¿Los de sus familias?

—De ambos —dijo la mujer, con evidente satisfacción.

Turner se sintió como si se le hubiera aparecido un ángel, y estuvo a punto de hincarse de rodillas para darle las gracias.

—Señora Bragg, ¿le interesaría hablar de negocios?

—*Siempre* estoy dispuesta a hablar de negocios —dijo—. Es lo que mantiene joven el corazón de una mujer.

«Bendita sea tu alma avariciosa», pensó eufórico Turner.

—Estoy en el aeropuerto de Little Rock. ¿Cuándo podríamos vernos? —preguntó, con el corazón en un puño.

Juanita Bragg le tuvo un instante esperando. Luego dijo, en un tono casi de coquetería:

—No hay mejor momento que el presente, cariño.

Turner echó un vistazo a su reloj. Eran las diez en punto. «Jaye, esto te encantará», pensó.

—Cogeré un taxi y estaré allí en un momento —dijo—. Es posible que me acompañe una mujer, una clienta.

—¿Una mujer? —La voz sonaba decepcionada.

—Una clienta —repitió Turner—. Hasta dentro de un rato.

Colgó el teléfono y se dirigió al bar.

—Tengo que hacer una gestión antes de salir de viaje —le dijo a Talbeaux—. Espéreme aquí. —Señaló el vaso de bourbon que el piloto sostenía en la mano, lleno hasta la mitad—. Y tenga cuidado con esta mierda, ¿vale?. O tendré que buscarme otro piloto.

Talbeaux entrecerró sus oscuros ojos, pero luego se encogió tranquilamente de hombros y asintió con aire aburrido.

—Me parece que su *petite amie*, su novia, se ha marchado.

—¿Cómo? —Turner se sintió de repente muy asustado.

—Escuché cómo lo anunciaban mientras usted hablaba por teléfono —dijo Talbeaux—. Iban a salir los vuelos para Tulsa y para XNA.

—¿Cómo? —Turner parecía no querer comprender.

—Ya les han dado permiso para aterrizar —explicó Talbeaux, con un encogimiento de hombros—. En cuanto a nosotros, si yo fuera usted no me entretendría demasiado con gestiones. Este asqueroso temporal puede volver a cerrar los aeropuertos.

Turner ya no le oía. Se había dado media vuelta y se dirigía, medio corriendo y medio andando a grandes zancadas, a la sala de espera. Se le encogió el estómago cuando se dio cuenta de que ya no estaba abarrotada de gente. Ahora estaba medio vacía, y había una serie de pasajeros que iban saliendo en fila india a la pista mojada. Otros ya estaban corriendo a toda prisa hacia el avión de propulsión que les esperaba.

—¡Jaye! —gritó. Pero no pudo verla—. ¡Jaye!

Desesperado, intentó abrirse paso a codazos y llegar hasta los primeros pasajeros de la fila.

—Oiga, amigo —Un empleado le cortó el paso cuando llegó a la puerta.

—Estoy buscando a una mujer rubia —dijo Turner, mientras se preguntaba con inquietud si tendría que tumbar al hombre de un puñetazo—. Es más o menos de esta estatura —Se llevó la mano a su barbilla.

—Ya la recuerdo —le contestó el hombre dirigiéndole una severa mirada—. Pero llega usted tarde. Este es el vuelo a Tulsa, y ella se embarcó en el que iba a XNA.

Turner miraba desconcertado por los ventanales. Los demás pasajeros le contemplaban con una mezcla de hostilidad y nerviosismo.

—Apártese, amigo —le dijo el empleado.

—Pero... —empezó a decir Turner.

—Ese es el vuelo —el empleado señaló los ventanales—. Está despegando. Ahora apártese.

Turner contempló impotente cómo un pequeño avión daba trompicones por la pista, cada vez más rápido, con los intermitentes de las alas en marcha. El avión fue ganando cada vez más velocidad, cada vez más pequeño en la distancia.

Capítulo 20

Hacía varias horas que Bobby Midus estaba en el henil, maldiciendo a Will LaBonny. El heno le pinchaba y le hacía cosquillas. El polvo le picaba en las narices y le provocaba moqueo y una respiración crepitante. A estos inconvenientes se sumaba el fuerte hedor a excremento de caballo que flotaba en el ambiente.

De abajo le llegaba, de vez en cuando, el ruido de una pezuña que golpeaba el suelo y los suaves relinchos y bufidos de los caballos, que descansaban en el establo a resguardo del mal tiempo. Bobby sentía cierta envidia. También a él le hubiera gustado estar bien calentito en su casa, junto al sedoso cuerpo desnudo de Dolores.

Había parado de llover, pero todavía se oía el monótono repiqueteo de las gotas cayendo de los aleros. Tantas horas de lluvia habían dejado una fría humedad en el ambiente que se le metía a Bobby hasta en los huesos.

La puerta del henil estaba abierta un par de dedos y ajustada con una bala de heno para que no se abriera y se cerrara con el viento. A través de esa abertura, Bobby podía ver la luna que, cubierta por un fino velo, daba a las nubes un brillo plateado. Lo único que podía vislumbrar con esta luz tan tenue era el hinchado cadáver del perro blanco junto a los ciruelos.

Durante dos horas y media, Bobby permaneció echado sobre el vientre, como un verdadero tirador, apuntando al perro sin cabeza.

Pero ahora estaba sentado sobre el heno, y se sentía muy desgraciado. De vez en cuando oía el crujidito de los ratones que correteaban entre las balas de heno. Bobby sentía aversión por los ratones; no le gustaban sus manitas y patitas sin pelo, ni sus largas colas desnudas.

En el henil vivía también una lechuza. Bobby descubrió disgustado que mientras permanecia echado sobre el vientre había tenido el codo apoyado en mierda fresca de lechuza.

Mierda de lechuza, mierda de ratones, mierda de caballo, pensó amargamente Bobby. Se secó con la manga la nariz moqueante y deseó que fuera LaBonny el que se encontrara frente a su objetivo, y no aquel maldito perro con la cabeza chafada.

Últimamente, LaBonny se estaba pasando de listo. Actuaba como si él fuera Hitler y Cawdor su puto Tercer Reich. Hubo un tiempo en que Bobby le admiraba, casi le idolatraba. Bobby envidiaba su poder y quería imitar su frialdad y su ausencia de sentimientos.

Sin embargo, desde hacía un tiempo, LaBonny le incomodaba. No se trataba únicamente de los asesinatos, pensó Bobby, aunque eso también, desde luego. De repente, LaBonny los estaba arrastrando a unas profundidades peligrosas, de las que resultaba difícil escapar.

Haber participado en un asesinato —el de Luther— no había preocupado especialmente a Bobby. Luther era un don nadie. Su asesinato no contaba prácticamente, salvo como rito de iniciación.

Bobby tenía entonces diecisiete años, y estaba orgulloso de que le hubieran llevado con ellos. Los tres, él, Cody J. y LaBonny, esperaron a Luther en un camino que solía tomar. LaBonny eligió el lugar con cuidado: en un alto, antes de que el camino fuera a meterse bajo el antiguo puente de la línea de ferrocarril que llevaba al condado de Sumpter.

Cuando Luther los vio a los tres saliendo del coche, supo que estaba en peligro de muerte. Se le veía en la cara. Fue realmente cómico, y aunque Bobby estuvo tembloroso y agitado, después se rió muchas veces de aquel suceso.

Luther intentó poner el seguro a todas las puertas del coche, pero LaBonny, frío y eficiente como una máquina, destrozó la cerradura de un disparo. Se comportó como un jodido Terminator, o algo parecido. Luther se resistió a que lo sacaran del coche, pero no podía con ellos tres.

Lo golpearon hasta que lo tuvieron a cuatro patas sobre el polvoriento camino, sangrando, incapaz de tenerse en pie. El muy idiota seguía intentando escapar a gatas, como si le quedara alguna posibilidad de huir. LaBonny fue quien le asestó el golpe final. Agarró una palanca, la levantó bien alto y aplastó con ella el cráneo de Luther, que se abrió como una cáscara de nuez bajo el golpe de un martillo.

LaBonny le dio entonces la vuelta, y puso a Luther boca arriba. Bobby y Cody J. tenían que darle un golpe cada uno con la palanca. LaBonny les explicó que era así como había que hacerlo. Cody J. suspiró y le aplastó la cara a Luther. Bobby, que no quería ser menos, le dio en la frente un golpe tan fuerte con la palanca que los sesos de Luther salpicaron el capó del coche.

—El sesomóvil —bromeó Cody J. con su acostumbrado tono apenado.

Bobby, que se sentía un poco volado, se puso a reír hasta que le dolió el estómago. LaBonny se limitó a esbozar una sonrisa.

Para Bobby, el asesinato resultó una experiencia emocionante pero muy cansada. Sentaron el cadáver de Luther en su furgoneta, al volante, y dirigieron la furgoneta hacia abajo, directa a la gruesa columna de hierro del puente. Pusieron el motor en marcha, le dieron un buen empujón con su propio coche, y dejaron que la ley de la gravedad hiciera el resto.

Hostia, y qué bonito choque. Era el tipo de choque con el que sueñan los chavales cuando juegan con trenes y cochecitos de juguete. La fuerza del impacto hizo vibrar el aire con algo parecido a un trueno, y el puente de hierro emitió un agudo lamento como el de una inmensa cuerda de violín. En aquel momento, Bobby se sintió capaz de cualquier cosa, ungido, aceptado en una hermandad de élite.

Cody J. era su hermano de sangre, y LaBonny era incluso más, una especie de padre o de sacerdote. Era como si LaBonny, al tocar el alma joven de Bobby, la hubiera convertido en algo fuerte y potente.

Habían pasado más de cuatro años desde entonces. Bobby se sintió muy orgulloso de encontrarse en el círculo íntimo de LaBonny. Eran los caballeros guerreros de Cawdor y nadie se metía con ellos, nadie se *atrevía*. Eran hombres a los que había que temer y obedecer, y él, Bobby, era uno de ellos.

Pero luego LaBonny había empezado a mostrarse *raro*, y se desataron todo tipo de rumores. LaBonny llevaba mucho tiempo viviendo con una chica rubia, Genevra. Ella empezó a quejarse a quien quisiera oírla de que LaBonny la trataba cada vez peor, de que era cada vez más pervertido, porque de otra forma no se le levantaba.

Esos rumores extrañaron mucho a Bobby, que siempre estaba empalmado y dispuesto para una mujer. Cody J., sin embargo, le susurró que era cierto; le dijo que ya en el instituto LaBonny tenía que tener sexo brutal o pervertido, o las dos cosas a la vez. Si no, prefería no tener relaciones.

Un día Genevra desapareció, simplemente se desvaneció. LaBonny dijo que se había ido a vivir con una prima en Wisconsin, pero nadie había oído hablar nunca de que tuviera allí una prima. Y nadie volvió a saber nada de Genevra.

Luego LaBonny salió con una chica rubia de Tulsa que se fue a vivir con él. Era una chica más bien baja y cuadrada, de espaldas anchas y estrechas caderas, y llevaba el pelo corto como el de un muchacho. Iba siempre con botas y pantalones vaqueros, y nunca se maquillaba. Sin embargo, no importaba, porque era preciosa. Tenía los ojos azules, uñas largas pestañas y unos labios llenos y sensuales. Se llamaba Cara.

Cara se quedó seis meses con LaBonny, y luego, un día la vieron llorando en la sala de espera de una consulta médica de Mount Cawdor. Tenía un ojo morado y el labio abierto. Caminaba como si algo le doliera terriblemente en el vientre.

Ese mismo día, alguien la vio en la estación 66 de la Phillips, donde paraban los autobuses Greyhound. Sólo llevaba una maleta en la mano, y le habían dado puntos en el labio. Cuando le preguntaron a dónde iba respondió:

—Me voy lo más lejos de aquí que pueda, y no volveré nunca más.

Subió a un autobús que se dirigía a Dallas y nadie volvió a saber de ella. LaBonny nunca la mencionó. En una ocasión, Bobby cometió el error de preguntar lo que había pasado entre ellos. LaBonny le dirigió una mirada tan fría y aterradora que a Bobby no se le ocurrió preguntar nunca más.

Había también otros rumores, incluido el que hablaba de una puta de Oklahoma City a la que LaBonny dejó tan maltrecha que estuvo a punto de morir. También dijeron que ella estaba demasiado asustada para presentar una denuncia.

Cody J. estuvo allí esa noche, y explicó que la chica era una rubia con el pelo corto, bajita y de espaldas anchas.

—Aquella puta se parecía mucho a Cara —le dijo a Bobby—. ¿Y sabes quién se parece también a Cara? —Esperó un poco antes de responderse—. Tú.

Esto enfureció a Bobby, sobre todo porque era cierto. Amenazó a Cody J. con descerrajarle de un tiro si volvía a decirle algo así.

Pero en ocasiones, en los últimos meses, Bobby había sorprendido a LaBonny mirándole de una manera que le hacía sentir incómodo. Bobby era un joven muy guapo, y estaba seguro de saber lo que esa mirada significaba. Al principio, casi le produjo una extraña sensación de poder, como si ahora fuera *él* quien mandara sobre LaBonny. Después de todo, LaBonny era un hombre acostumbrado a ser admirado, engatusado y cortejado. Era bueno gozar de su favor, y era peligroso no tener su simpatía.

Pero hostia, pensaba Bobby. LaBonny no pensaría en serio que él iba a *hacer* cualquier cosa, ¿no? Hostia puta, tal como se comportaba últimamente LaBonny, como si fuera el rey del mambo y todo el mundo tuviera que rendirle pleitesía, ¿qué haría Bobby si...?

De repente, las sombras del extremo del bosquecillo de ciruelos parecieron cambiar de forma. Bobby se puso en tensión. Apretó las manos sobre el rifle.

Algo se había movido, estaba seguro. Lentamente, volvió a colocarse en la postura del tirador y miró a través de la lente nocturna para localizar el punto donde había observado el movimiento de las sombras. También podía ser un carroñero: un coyote, una zarigüeya, incluso un jabalí...

Pero de entre las sombras surgió un hombre, delgado y ligeramente encorvado, que se inclinó amorosamente sobre el cadáver del perro.

«Hollis», pensó Bobby. Le invadió una exultante sensación de triunfo. Ya no notaba el picor del heno ni aquel molesto polvillo en las narices. Ahora era un cazador, y la presa que tanto tiempo llevaba esperando había aparecido por fin.

Adon necesitaba desesperadamente un trago, pero no ahora, todavía no. Esta noche, precisamente, era indispensable que mantuviera la cabeza despejada.

Estaba sentado en el salón, escuchando a Mozart y simulando que leía un artículo de leyes. No le gustaba Mozart, en realidad, pero había leído que la música tenía un efecto calmante cuando uno estaba alterado. Y él tenía el ánimo alterado.

Doll Farragutt llevaba toda la tarde llamándole con informaciones contradictorias. La tal Garrett y el abogado llegarían esta noche en un vuelo privado. No, no llegarían esta noche, era demasiado peligroso volar con aquel mal tiempo. No, ahora parecía que llegarían desde Tulsa en un vuelo regular.

—Ha vuelto a llamarme —dijo Doll sin aliento—. No tenía tiempo de hablar. Estaban a punto de embarcar. Pero tengo el número de vuelo. Estarán aquí dentro de una hora.

—¿Los dos? —preguntó Adon.

—Bueno, *eso creo* —dijo enojada Doll—. Ella no me ha dicho lo contrario.

A Adon no le gustaba que Doll le hablara de estas cosas por teléfono. La mujer carecía de sutileza, y Adon siempre intentaba ser sutil. Sin embargo, ahora necesitaba la información que la vieja le podía proporcionar. Eligió sus palabras con cuidado.

—¿Le ha planteado la posibilidad de que vayan a recogerla al aeropuerto? —preguntó.

—Sí —dijo Doll—, pero ella…

Adon la interrumpió.

—¿Y no le ha mencionado ningún nombre?

—No, pero…

—Muchas gracias por su colaboración —dijo—. Se lo agradezco. —Colgó el teléfono antes de que ella pudiera añadir algo más.

Se apresuró a enviar un mensaje a LaBonny. Le envió el número de vuelo y la hora de llegada. LaBonny le contestó para que Adon supiera que había recibido y entendido el mensaje. LaBonny sabía lo que había que hacer, ya idearía algún plan.

Adon tuvo de repente una visión de pesadilla. Se vio como un señor feudal en su solitario castillo, rodeado por un foso. Pero el foso no estaba lleno de agua sino de sangre, y esta noche la sangre se renovaría y aumentaría de nivel.

«Es necesario que sea así», se dijo con fatalismo. «No se puede hacer nada para evitarlo. Nada absolutamente.»

No vio ni oyó a Barbara entrar en el salón. Sólo levantó la cabeza cuando oyó las suaves pisadas del perro que trotaba detrás de ella y hundía sus patitas en la alfombra.

—Hola, cariño —dijo, contento de verla de nuevo.

Entonces se percató de que Barbara parecía preocupada y tensa, y de que había miedo en su mirada.

—¿Qué ocurre? —preguntó inquieto.

Ella estaba allí de pie, con su camisón y su bata blanca. Iba descalza, y en sus piececillos resaltaban tanto las venas azules que a Adon le resultaba doloroso mirarlas.

—Me iba a tomar las pastillas —dijo Barbara. Abrió la mano y le mostró las dos cápsulas rojas—. Oí un ruido que venía del establo, como si alguien estuviera herido.

Parecía tan compungida que Adon sintió un pinchazo de culpa en el estómago. «Joder, joder, que no sea Hollis. Que no ocurra todo al mismo tiempo.»

LaBonny le contó que le habían puesto una trampa a Hollis, y que Bobby Midus estaba en el henil del establo, vigilando por si aparecía. Bobby era un excelente tirador, el mejor del condado, se dijo Adon. Si disparaba contra Hollis sería un tiro limpio, sin sufrimiento.

Adon se levantó del sofá aparentando una tranquila jovialidad que en realidad no sentía.

—Bueno, vamos a ver —dijo. Apagó la música de Mozart, fue hasta el porche y abrió la puerta que daba al jardín.

La noche estaba silenciosa. Sólo se oía el golpeteo en la tierra de las gotas que caían de los aleros del tejado. Barbara se quedó en la puerta que separaba el salón del porche. Se cerró mejor la bata y cruzó los brazos sobre el pecho como si estuviera aterida.

El perrito correteaba sobre las baldosas del porche, haciendo un ruido de taconeo con las uñas. Se quedó en la puerta que daba al jardín, ladeando curioso la cabeza. Pero ningún sonido turbaba la noche, excepto el suave goteo de la lluvia.

—¿Ves? —dijo con ternura Adon—. No se oye nada. Debes de haberlo imaginado.

—No me lo he imaginado —dijo Barbara—. Era como un grito de dolor.

Barbara estaba temblando. Adon cerró la puerta, se acercó a ella y le pasó sobre los hombros un brazo protector.

—Fuera lo que fuese, ya no grita. No pasa nada.

—¿Y qué podía ser? —le preguntó Barbara mirándole con ojos llenos de angustia.

—Una lechuza —Adon le dio un beso en la frente—. O un coyote. En el bosque hay muchos bichos sueltos.

—Alguno ha sido atrapado —dijo ella, y se puso a temblar con más violencia.

—Es la ley de la naturaleza —dijo él—. Los animales se cazan unos a otros.

Intentó abrazarla más estrechamente, pero ella se resistió.

—Siempre van a por los más débiles —dijo con tristeza—, a por los que no pueden defenderse.

—Entra en la casa —Adon tomó la delgada mano de Bárbara y la condujo al salón—. Te vas a resfriar. Te acompañaré a tu cuarto y te tomas las pastillas. Luego te meteré en la cama y te arroparé.

Barbara se detuvo y se volvió para echar una mirada al porche en penumbra.

—Sigo pensando en Hollis —dijo de repente—. Tengo miedo por lo que le pueda pasar.

—Hollis estará perfectamente —mintió Adon—. ¿Quieres un vaso de leche caliente? Te ayudará a dormir.

—No —dijo con tirsteza—. No quiero leche. —Rompió a llorar.

Adon, sintiéndose culpable y sin saber qué hacer, la estrechó entre sus brazos.

—Vamos, vamos —le dijo. «Qué palabras más inútiles.» —Vamos, vamos…

Antes de tocar el timbre del apartamento de Juanita Bragg, Turner se detuvo un instante. Quería reunir fuerzas para mantener la calma. Podía haber sacado a Talbeaux a rastras del bar para seguir a Jaye, pero no quiso hacerlo. La entrevista que iba a tener con la señora Bragg sería de vital importancia, y no quería correr riesgos. Si la mujer tenía efectivamente la información que decía tener, y si él la conseguía, entonces iría a ver a Jaye. No quería ir con las manos vacías.

Estaba convencido de que el supuesto informante de Jaye no tenía más intención que la de conseguir dinero rápido. Pero difícilmente Jaye iba a poder ponerse en contacto con ese individuo antes de mañana, y para entonces él podría brindarle información valiosa. Podía regresar a Cawdor en pocas horas. Y si, para que Jaye le escuchara, tenía que aporrear como un idiota la puerta de Miss Doll en plena noche, así lo haría.

Levantó la mano y pulsó el timbre de la puerta de Juanita Bragg. Dentro de la casa sonó un elaborado campanilleo que se prolongó por espacio de diez segundos. Turner oyó el ladrido de un perro de pequeño tamaño.

Se abrió la puerta y apareció una mujer con el cabello teñido de rojo que le miraba con curiosidad. Tenía la cara arrugada como una pasa. Era bajita y rechoncha, de unos setenta años, más o menos, y vestía una túnica de seda color magenta con una guarnición de plumas de avestruz color magenta alrededor del cuello. Detrás de ella, un diminuto perro dachshund gruñía y soltaba estridentes ladridos.

—Usted debe de ser el abogado —le dijo sonriente la mujer. Al sonreír, las arrugas de su rostro se hacían más profundas y los ojos desaparecían prácticamente bajo los pliegues de la piel.

—Turner Gibson —saludó, tendiéndole la mano—. Y usted debe de ser la señora Bragg.

La mujer le estrechó la mano con firmeza. Tenía una mano nudosa y llena de manchas, y los dedos repletos de anillos. Las uñas, pintadas de un rojo intenso, eran largas y puntiagudas.

—Llámeme Juanita —dijo. Despedía un fuerte olor a perfume y a vino tinto.

—Entre, entre —le dijo con voz melosa, tirándole de la mano. Y casi sin detenerse a tomar aire le habló al perro en tono cortante—. ¡Doody… cállate!

Doody se calló y, con aire ofendido, se encaminó a una alfombrilla frente al falso fuego de la chimenea, donde se echó exhalando un triste suspiro.

El salón de Juanita Bragg estaba abarrotado de muebles y objetos decorativos que querían parecer refinados sin conseguirlo. Las cortinas de terciopelo eran demasiado pesadas, y la tapicería de seda brillaba demasiado. La moqueta era de color rojo oscuro y estaba cubierta de demasiadas alfombrillas persas de imitación.

Juanita Bragg condujo a Turner hasta un sofá antiguo de imitación que parecía haber sido sacado de un prostíbulo victoriano.

—Siéntese —Juanita Bragg soltó la mano de Turner y agitó los dedos con sus largas uñas pintadas—. Siéntese, siéntese. ¿Le gustaría tomar una copita?

Delante del sofá había una mesa baja a juego, con patas de complicadas curvas. Sobre la mesa se veían dos copas de grueso vidrio, una botella abierta de oporto y una bandeja de plata rebosante de cacahuetes.

—No, gracias —dijo Turner.

—Bien, pues yo creo que me permitiré una copa —dijo ella con voz acariciadora—. Si no le importa.

Turner calculó que ya se había permitido una botella ella sola, pero esbozó una sonrisa de compromiso y asintió, aunque lo que menos le interesaba en aquel momento era que la mujer bebiera una copa de más. Tenía la absoluta certeza de que era una mala bebedora.

—Señora Bragg —le dijo—. Es tarde y me espera un largo viaje esta noche, así que iré al grano. Me dijo que tenía usted una especie de diario donde había anotado sus tratos con Hunsinger, con treinta y cinco nombres de las chicas y sus familias.

La mujer se sirvió una copa de vino con inusitada precisión, sin derramar ni una gota.

—Treinta y seis —le dijo con satisfacción—. Los he contado. Se sentó en un sillón de orejas tapizado de seda y cruzó delicadamente los tobillos, como una gran dama.

Turner procuró emplear un tono amistoso, casi íntimo, pero claramente respetuoso.

—¿Dice usted que estaría dispuesta a vender ese diario?

La mujer bebió un sorbo de su copa. Si hasta el momento se había mostrado coqueta, ahora adoptó una expresión fría como el hielo. En sus ojillos apareció un brillo calculador, y de repente parecía totalmente sobria.

—Por un precio. Por un *buen* precio.

Turner se inclinó hacia delante y apoyó los codos en las rodillas. Era una postura desenfadada y llena de encanto con la que esperaba transmitirle el siguiente mensaje: «Puede hablarme con toda tranquilidad. Puede confiar en mí.»

—Enseguida hablaremos de dinero —dijo—. Pero primero tengo que conocer algo más sobre la fiabilidad de esta lista. ¿Quiere explicarme cómo empezó a tratar con Hunsinger? ¿Y cómo llegó a establecer… estos acuerdos?

—Yo era enfermera. Trabajaba para él cuando tenía la consulta en Hot Springs.

Turner intentó disimular el sobresalto que le causaron estas palabras. Hasta el momento, ignoraba que Hunsinger hubiera tenido consulta en Arkansas.

—¿Hot Springs? —preguntó—. ¿Cuánto tiempo hace de eso?

De repente, la mujer volvió a mostrarse coqueta. Se tapó la boca con los dedos y dejó escapar una risita de colegiala.

—¿Hace cuánto tiempo? No puedo decírselo, por Dios.

Turner esbozó una sonrisa comprensiva, pero le dijo:

—Señora Bragg, cuanto más —abiertamente, ¿podríamos decir? — hablemos sobre este asunto, más dinero puede usted conseguir.

De nuevo se desvaneció la coquetería y la mirada de la mujer volvió a endurecerse.

—Fue en 1956 —dijo—. Luego perdió la licencia para practicar la medicina en ese estado.

—¿Por qué perdió la licencia?

—A causa de algunas irregularidades con medicamentos —dijo—. Y también por los abortos.

—¿Así que se trasladó a Oklahoma?

—Sí. Allí el terreno era barato, y había un antiguo balneario en venta. En aquella parte del estado había antes aguas termales. Ya sabe, aguas calientes, aguas medicinales, ese tipo de cosas. Pero las aguas se contaminaron, y él llegó a un acuerdo y abrió su propia clínica.

—¿Y siguió en contacto con él? —preguntó Turner—. ¿Le enviaba clientes?

La mujer bebió un trago de vino.

—Le ponía en contacto con *pacientes*.

—Por supuesto. Perdone.

Juanita Bragg ladeó la cabeza y miró a Turner con aire condescendiente.

—Aquellas chicas tenían un problema. Necesitaban un médico. En aquel tiempo, las cosas eran distintas. Mire, en lo que a mí respecta, lo que me llegaba al corazón era que aquellas chicas necesitaban *ayuda*. Necesitaban que alguien las ayudara. Y ese alguien —se tocó el pecho con delicadeza—, era yo.

—Ya entiendo. ¿Y cómo llegaba la gente hasta usted?

—En aquel entonces, cuando uno tenía un problema acudía al personal médico. Y yo era personal médico. Supongo que corrió la voz, y la gente empezó a saber que podía ayudarles.

—Ya veo. —Hizo una pausa, como si le costara elegir las palabras—. Hunsinger llevaba a cabo adopciones ilegales. Vendía bebés. ¿Usted estaba al corriente?

Esperaba que le respondiera con una mentira, que se hiciera la inocente o que fingiera sobresaltarse, o las dos cosas.

—No tardé en imaginármelo —respondió.

—En un momento dado, dejó de enviarle chicas. ¿Fue por eso?

—No —dijo. Se encogió de hombros como si quisiera desembarazarse de algo y bebió otro trago, bastante largo.

—¿Entonces por qué?

—Con algunas hizo una carnicería —dijo mirando hacia otro lado.

Turner se acordó de Mary Jo Stewart.

—Sí —dijo intentando sonar comprensivo—. Algo he oído.

—Y los tiempos cambiaron —añadió la mujer con un suspiro de cansancio.

—¿Cambiaron en qué sentido?

—En todos los sentidos —musitó ella sacudiendo la cabeza—. La píldora y el amor libre, y los hippies y las drogas. Cambió el comportamiento de la gente. Quiero decir Woodstock y la era de acuario y toda esa porquería… perdone mi lenguaje. La gente ya no tenía moral. Este país se fue al infierno en un momento.

Turner reprimió una sonrisa irónica. ¿De verdad pensaba que el país era más moral cuando ella y Hunsinger estaban en pleno apogeo? ¿O era una afirmación resultante de la tambaleante lógica del oporto?

—Hoy en día, si una chica se queda preñada —dijo con un gesto de disgusto—, lo más probable es que se quede con el niño. A nadie le importa un pimiento. La gente no tiene vergüenza.

—Y la lista de las chicas —le recordó amablemente Turner—. ¿Por qué la guarda?

Juanita Bragg le miró a los ojos y le dedicó una torcida sonrisa.

—¿Y tú por qué estás aquí, cariño?

—Porque usted sabe cosas.

—Bingo —exclamó ella dando una palmada en el aire—. Que le den a este hombre sesenta y cuatro dólares de plata y una caja de chocolatinas. Demonios, con todos estos recuerdos me han entrado ganas de tomar otra copa.

—Yo se la serviré —se ofreció Turner, que quería controlar la cantidad de alcohol que ingería la mujer. Cogió la botella y le llenó la copa hasta un tercio.

—Seguro que puede ser más generoso —le dijo ella.

Turner, sin embargo, simuló no haberla oído y colocó la botella fuera de su alcance.

La mujer le miró con expresión desafiante.

—Seguro que pensaba que quería hacerle chantaje a alguien, ¿no?

«Exactamente», pensó Turner. «Lo mismo que quería hacer la madre de Judy Sevenstar.»

—Ni siquiera lo había pensado —mintió—. Cualquiera puede ver claramente que no es usted esa clase de mujer.

—Esa clase de mujer —repitió ella, y bebió un trago de oporto—. Le diré qué clase de mujer soy. Crecí en tiempos de la gran depresión, eso es.

—Eran tiempos duros —dijo Turner, asintiendo con comprensión.

—Yo *sé* lo que es vivir en la pobreza —dijo con voz temblorosa—. Y me prometí que nunca más pasaría necesidades. —Echó un vistazo a la habitación, repleta de falsos objetos de lujo—. Y me las he arreglado muy bien yo sola. Me las he arreglado muy bien.

—Se las ha arreglado usted estupendamente —dijo Turner.

—Cuando tenía un dinero extra, lo invertía —dijo entrecerrando un ojo con aire de astucia—. Y además lo invertía muy bien. Compré acciones de los grandes almacenes Wal-Mart cuando no valían nada.

—Una maniobra muy inteligente —dijo Turner.

—No es que sea rica —movió en señal de advertencia un dedo coronado por una uña escarlata—, pero estoy bien provista.

—Este apartamento es precioso —consiguió decir Turner sin ruborizarse—. Es exquisito.

—Nunca tuve necesidad de utilizar esta lista. —La mujer levantó desafiante la barbilla—. No lo necesité. Pero me la guardé como un seguro de vida.

—Siempre es prudente tener un seguro. Muy prudente.

—Algún día —dijo enarcando sus pintadas cejas—, alguien podía necesitarla.

—Exacto —dijo Turner—. Y esa persona ha llegado. Esa persona soy yo.

—Fui siempre por delante de mi época —dijo la mujer soñadoramente—. Fui una especie de heroína feminista.

—Desde luego que sí.

—Ayudé a esas chicas descarribadas...descarriadas.

—Desde luego.

—Y los héroes deben ser recompensados.

Turner sacó su talonario.

—Hablemos ahora de esa recompensa —propuso.

LaBonny se dirigía al aeropuerto a través de la niebla. Ya estaba cerca, a unos kilómetros después de la próxima cuesta. El aeropuerto era tan nuevo y estaba tan aislado que la carretera que llevaba hasta él era larga, oscura y solitaria. Era una carretera en la que una pareja como el abogado y la mujer podían fácilmente despistarse, tomar un desvío equivocado y desaparecer para siempre.

Un taciturno Cody J. iba sentado junto al conductor. Estaba de mal humor porque se había pasado todo el día en los bosques fríos y mojados y, ahora, aunque ya era de noche, todavía tenía trabajo que hacer.

Hasta sus hombres de confianza podían comportarse como mulos testarudos, pensó LaBonny. Últimamente se estaban mostrando muy infantiles y obstinados. Cody J. se portaba como un hombre mayor que empieza a cansarse de las exigencias de su trabajo, y Bobby era un joven rebelde y engreído que no estaba totalmente seguro de lo que hacía ni de dónde se estaba metiendo. LaBonny, sin embargo, sabía que los tenía en sus manos. Había vendido sus almas al diablo, y ya no podían recuperarlas. Cada asesinato era un nuevo nudo en la cuerda que les ataba a él.

Sonó el móvil. «¿Y ahora qué pasa?», pensó irritado LaBonny. Abrió rápidamente el teléfono y contestó con brusquedad.

—¿Sí?

—Soy yo —dijo Bobby Midus. Su voz sonaba agitada, casi juguetona.

«Será mejor que me digas algo que valga la pena», se dijo LaBonny. Sin embargo, la idea de Bobby aislado en la fría noche, lejos de la morena Dolores, le resultaba muy placentera.

—¿Recuerdas esa alimaña que rondaba por aquí? —preguntó Bobby. Estaba tan exaltado que las palabras se le atropellaban en la boca—. Bueno, pues ya la he encontrado.

LaBonny se puso en tensión. «Alimaña» era la clave para referirse a Hollis. Así que esa noche sería también la de Hollis, ¿no? Cuantos más, mejor.

—¿Has podido matarla? —preguntó.

—No, joder... —respondió Bobby en tono ofendido—. Me dijiste que no...

«Cierra el pico, imbécil», pensó LaBonny. No era un estúpido paranoico como Adon, pero sabía que los móviles podían ser objeto de escuchas, y Bobby era uno de los primeros que debería tenerlo también en cuenta.

—¿La has metido en una jaula o algo así? —preguntó LaBonny.

—Algo así —dijo Bobby—. ¿Y ahora qué? Está bastante malherida.

—Si no quieres que se muera —«y no quieres, estúpido guapito de cara», pensó—, será mejor que la dejes estar.

—Bueno, pero no hay ningún veterinario por aquí —dijo Bobby, soltando una carcajada.

—Ya me has oído —dijo LaBonny. Estaba empezando a enfadarse—. ¿Te encuentras ahora donde te dije que debías ir?

—Sí —dijo Bobby, un poco a la defensiva—. Pues claro.

Habían acordado que, si Bobby atrapaba a Hollis, se lo llevaría hasta el cobertizo de heno que había en medio de un campo cercano por donde pasaba una especie de camino. Los dos últimos días, mientras cazaban, habían dejado allí las furgonetas porque, *por supuesto*, no podían estacionarlas cerca de la preciosa casa de Adon, donde su enfermiza mujercita o el viejo las hubieran visto.

—¿Cuándo llegaréis? —lloriqueó Bobby—. Ya te he dicho que tengo problemas. Además, estoy muy cansado, joder. Ha sido un día muy largo.

—Llegaré cuando llegue —replicó LaBonny—. No puedo estar en dos sitios a la vez.

—Bueno, pues aquí hace un frío del carajo —se quejó Bobby—. La calefacción de mi coche no funciona bien. ¿Cuándo acabaremos con esto? ¿Sabes cuántas horas hace que estoy en pie? Pues por lo menos...

—Las mismas que yo —le cortó LaBonny. Cerró de un golpe seco el móvil y lo arrojó al asiento trasero del Blazer.

«La leche», pensó furioso. «Tengo que estar pendiente de todo el mundo y decirles lo que deben hacer. Ninguno de estos cabrones es capaz de pensar por sí solo.»

Cody J. le miró con cara de resentimiento.

—¿Bobby ha atrapado a Hollis?

—Sí —dijo LaBonny—. Ya lo tiene.

«Y eso te cabrea, ¿no, jodido cabrón? Porque tú querías quedarte con el dinero de la recompensa, ¿no?»

—Mii-eerda —dijo Cody J. enfadado—. ¿Quiere eso decir que nos tendremos que ocupar también de eso, además de todo?

—Eso mismo es lo que quiere decir —respondió secamente LaBonny.

Las nubes volvieron a abrirse y unos gruesos goterones golpearon contra el parabrisas. LaBonny puso el limpiaparabrisas en marcha.

—Demonios —gimió Cody J. cuando un nuevo chaparrón empezó a tamborilear sobre la carrocería del vehículo—, otra vez no, por favor. Tendremos que construir una puta arca, tío. ¿No acabará nunca esta maldita noche?

A través de la lluvia y la neblina, LaBonny divisó las luces del aeropuerto.

—Sí que acabará —dijo.

Con la cabeza gacha y el bolso de viaje apretado contra el pecho, Jaye corría bajo la lluvia. Pero antes de que pudiera llegar a las puertas dobles de la terminal del aeropuerto ya tenía la ropa empapada.

—Tenga cuidado si va a conducir esta noche, señorita —le aconsejó un ejecutivo de mediana edad que corría junto a ella con un periódico desplegado sobre la calva cabeza—. Hay alerta de tornado. He oído que se han divisado dos embudos.

Jaye le dedicó una débil sonrisa de agradecimiento. «Genial», pensó. «Mi hermano se está muriendo, me he acostado con un mafioso y ahora resulta que hay peligro de tornados. A lo mejor podríamos tener también una plaga de langostas y una lluvia de ranas.»

A Nona nunca le contaría lo de Turner Gibson. Nunca. Jamás. Le diría algo así como: «Era un hombre tan correcto, pero resultó que estaba casado. Me quedé de piedra cuando se me insinuó. Lo mandé a la porra.» Y también diría: «Fue una experiencia muy desagradable. Prefiero no volver a hablar de ella.»

Llegó a las puertas de la terminal del aeropuerto y se apresuró a entrar. El complejo era nuevo y espacioso, pero tenía un aire de provisionalidad, una especie de vacío y frialdad que lo hacían poco acogedor.

Bueno, se dijo Jaye intentando centrarse, no había venido para ver la decoración, sino para hablar con el anónimo desconocido que podía darle información acerca de Patrick. Alquilaría otro coche y pasaría la noche en casa de la señorita Doll. Tomaría un baño caliente, bien largo, y se podría un camisón para estar calentita. Pero antes de arrebujarse bajo el edredón se pondría de rodillas y pediría humildemente a Dios que aquel hombre misterioso le dijera lo que necesitaba saber sobre Patrick. Rezaría hasta que le doliera la espalda y se le durmieran las rodillas.

Y seguramente también se golpearía la cabeza contra las patas de la cama para castigarse por lo ocurrido con Turner Gibson.

«¿Cómo pude ser tan estúpida? ¿Cómo no me di cuenta de que era demasiado bonito para ser cierto?»

Pasó ante la cinta transportadora de equipajes y se encaminó hacia las oficinas de alquiler de coches. Se preguntó cuánto dinero podría seguir gastando de su tarjeta de crédito antes de que le cerraran el grifo. Bueno, pues si era necesario pedirle dinero prestado a Nona, se lo pediría. Siempre podría pedir un crédito para devolvérselo.

«¿Cómo dejé que ese hombre me llevara a la cama? ¿Estoy completamente loca o qué me pasa?»

Un hombrecillo de mejillas redondas y nariz pecosa se le acercó con timidez. Bajo la gorra de béisbol que llevaba encasquetada asomaban unas orejas de soplillo. Aunque la gorra le daba un aire juvenil, Jaye observó que el hombre tenía canas en las sienes y que su rostro correspondía al de un adulto de más de treinta años.

—¿Señorita Garrett? —preguntó—. ¿Señorita Jaye Garrett?

Jaye se detuvo y le dirigió una mirada inquisitiva. El hombre dio unos pasos hacia ella.

—Soy Cody, el sobrino de Doll —dijo—. Ella cree que sería una lástima que se gastara usted dinero en alquilar otro coche. Me ha pedido que la lleve a casa. También me ha dado este paraguas para usted.

Le entregó un paraguas plegable de mujer, metido en una funda con un estampado de flores rosas.

—El aparcamiento de ahí fuera está muy mojado —dijo, y se bajó todavía más la visera de la gorra.

—¿Es usted el sobrino de Doll? —preguntó Jaye dudosa. No quería mostrarse descortés.

El hombre movió incómodo los pies y miró hacia el suelo, como si le diera vergüenza hablar con una mujer.

—Me llamo Cody J. Farragutt —dijo—. El marido de Doll era hermano de mi madre. Hoy estuve cenando allí, con Doll y Bright. Es mi noche libre, y mi tía me pidió que viniera a recogerlos, a usted y a su amigo. —Miró a su alrededor, como si buscara al compañero de viaje de Jaye.

—Mi amigo se ha quedado en Little Rock —dijo Jaye un tanto bruscamente—. No ha venido conmigo.

El hombre pareció muy sorprendido.

—¿No ha venido?

—No —dijo Jaye sin ánimo para dar más explicaciones.

—Pero Doll me dijo que debía recoger a dos personas —dijo el hombre. Parecía un escolar temeroso de haber entendido mal y de ser castigado por ello.

—No —repitió Jaye—. Estoy sólo yo.

—¿Entonces él no vendrá?

—No sé cuáles son sus planes. Mi colaboración con él... ya ha finalizado.

El hombre seguía moviendo los pies, como si no estuviera seguro de qué hacer a continuación.

—Ha sido muy amable al venir hasta aquí a recogerme, pero no hacía ninguna falta. Puedo alquilar un coche.

—No, señora —dijo él—. Tía Doll me arrancaría la piel a tiras si le dejara alquilar un coche. Me dio unas órdenes, señora. Y le aseguro que sabe dar órdenes.

Jaye sonrió. Estaba claro que el hombre conocía el estilo de la señorita Doll.

—De todas maneras tengo que regresar a Cawdor —dijo con lógica aplastante—. Así que puede aprovechar el viaje. Bright quería venir conmigo, sólo para dar una vuelta, ya sabe, pero tía Doll no le dio permiso. La hora que es, y la alerta de tornado, y todo eso.

Jaye temblaba en sus ropas empapadas. Echó un vistazo al paraguas. No podía recordar si lo había visto en la casa de Doll, pero el hombre parecía tan sincero, y estaba claro que conocía a Doll y a su nieta. ¿No se estaría mostrando un poco paranoica?

—¿Va a venir conmigo, señora? —le preguntó él—. Tengo el coche estacionado en una zona de carga y descarga. —A Jaye le recordó a un cachorro demasiado crecido, un poco torpe y demasiado ansioso de cariño.

Jaye le dirigió una sonrisa de agradecimiento y le acompañó hasta la salida. En la zona de carga y descarga les esperaba un Blazer blanco con el motor en marcha.

El hombre le abrió la puerta junto al conductor. Jaye se subió al coche y se abrochó el cinturón de seguridad. Esperaba que Cody J. se pusiera al volante, pero no fue así. En lugar de eso, un individuo alto surgió de entre las sombras de un pilar cercano. Llevaba un impermeable militar de camuflaje y se cubría la cabeza con un sombrero australiano. Se instaló ágilmente frente al volante al tiempo que Cody J. se sentaba detrás de Jaye, en el asiento trasero.

—Oh —dijo Jaye sobresaltada—. Si son dos. —Con un movimiento nervioso, soltó de golpe el cinturón de seguridad y puso la mano sobre la manilla de la puerta—. Creo que será preferible que yo...

Pero entonces oyó cómo se cerraba el seguro. El coche ya estaba en marcha, salía del aparcamiento y se dirigía hacia la oscura y solitaria carretera.

Capítulo *21*

Una hora más tarde, Turner, con el corazón latiéndole a toda prisa, subía al taxi que le estaba esperando.

—Al aeropuerto —dijo.

El taxista suspiró y puso en marcha los limpiaparabrisas. La niebla se había deshecho en una llovizna fría y continuada.

Turner abrió de golpe su maletín y sacó el objeto que había acelerado de tal manera los latidos de su corazón: el diario de Juanita Bragg. Por supuesto, no era el diario original, que estaba en una caja de seguridad, sino una fotocopia que Juanita Bragg había mantenido escondida en la caja de caudales tras el mostrador de recepción de los apartamentos Riverside.

Le exigió dinero en efectivo, y le pidió un precio de trescientos sesenta mil dólares.

—Son todos los nombres o ninguno —dijo, mientras daba golpecitos con las uñas en el respaldo de la silla—. Y son diez mil dólares cada nombre.

Turner discutió con vehemencia porque era lo que se esperaba de él, y consiguió que Juanita Bragg le rebajara el precio a ciento ochenta mil dólares que un mensajero le entregaría mañana antes de las cinco de la tarde.

La mujer no quería soltar las fotocopias hasta tener el dinero en sus manos, pero Turner empleó toda su elocuencia, astucia y capacidad de argumentación. Como garantía le dejó su Rolex de oro y su ordenador. Además, le firmó un pagaré delante del portero de noche de los apartamentos, que actuó de notario y guardó la nota en la caja fuerte.

Turner sacó su bolígrafo luminoso del maletín, lo encendió y se puso a leer la lista. Pasó de largo los primeros años, aunque era justo la época en que debía encontrarse la amante de DelVechio. Se fue directamente a 1968. Juanita Bragg había registrado sus anotaciones perfectamente ordenadas: una página para cada entrada, y los comentarios escritos con mano firme y en letra clara.

Un nombre y una fecha le llamaron la atención:

Suzanne Elaine McCourt, quince años, morena, bajita y delgada. Instituto de Sophomore, en Little Rock.
Fecha prevista: mediados de marzo de 1968.
Tiempo de estancia con Hunsinger: tres meses y medio.
Padres: Brendan y Kita McCourt, Bluebird Road 2809, Little Rock.
Negociaciones a cargo del padre.
Rec. 100 $. Diciembre 1968.

A Turner se le encogió el estómago de emoción. No había más nombres de chicas que dieran a luz en marzo de 1968. Suzanne McCourt podía ser la madre de Patrick.

Volvió a leer lo que ponía sobre la chica McCourt. Era bajita, menuda y morena. Aunque el apellido del padre era claramente de origen irlandés, no pasaba lo mismo con el nombre de la madre.

¿Qué nombre era Kita? ¿Era posible que la mujer fuera japonesa o coreana, una novia de la guerra? Las fechas permitían esa posibilidad.

«No te emociones demasiado», se dijo con prudencia, y adoptó una expresión de seriedad. Volvió atrás para mirar las entradas de 1966. Estaba el nombre de Mary Jo Stewart, los nombres de sus padres y la dirección de la familia en Little Rock. No había ninguna entrada para Diane Englund, que llegó hasta Hunsinger desde Fort Smith, ni tampoco para Linda O'Halloran, que provenía de Oklahoma City.

Comprobó si estaban las posibles fechas de nacimiento de otros adoptados conocidos que también estaban buscando a sus padres biológicos. No había nada que encajara con el Dr. Roy Spain, ni con las hermanas Cloony ni con Debbie Lattimer.

Pero había una entrada que cuadraba con Robert Messina, que había nacido a mediados de marzo de 1957. Turner la señaló y pensó: «Buena suerte, Messina.»

Estuvo dudando antes de mirar las páginas anteriores. La madre del hijo de DelVechio se llamaba Julia Tritt. ¿Estaría allí su nombre? De repente, prefirió que no estuviera. Pero sí estaba.

Julia Ann Tritt, de diecisiete años, guapa, rubia y de ojos castaños.
Junior en la Universidad Cristiana de Little Rock.
Fecha prevista: primeros de marzo de 1957.
Padres: Rev. William Robert y Deena Davis Tritt.
Tiempo de estancia con Hunsinger: cuatro meses.
Negociaciones a cargo de la tía, Donna Davis Snelling.
Rec. 150$

Turner se sintió invadido por un sentimiento de alivio que casi era de liberación. había información, pero nada nuevo que pudiera serle de utilidad en su búsqueda. Quienquiera que fuera el hijo de Julia Tritt y Eddy DelVechio, su nombre seguía siendo desconocido y no había pistas que permitieran dar con él.

Sonrió con ironía al pensar que, aunque la fotocopia contenía mucha información, no había nigún dato que le fuera de utilidad a DelVechio. El viejo se escandalizaría cuando conociera el precio que había pagado por nada. Turner empezó a preparar mentalmente una serie de argumentos para justificarse.

Pero antes tenía asuntos más importantes de que ocuparse. Sacó el móvil y telefoneó a su secretaria, Melissa Washington.

—Hola, encanto —le dijo en tono seductor—. Prepárate porque tengo un trabajito para ti.

Ella estaba durmiendo y no le gustó nada que la despertara, pero Turner consiguió convencerla a base de halagos de que le prestara su colaboración.

Le enviaría una lista de treinta y seis mujeres, pero de momento necesitaba información inmediata sobre la chica McCourt. Podía llamar a los del servicio de información, le dijo, le daba igual la hora que fuera en Filadelfia.

En segundo lugar, necesitaba cuanto antes ciento ochenta mil dólares en efectivo y en billetes pequeños, como máximo de cien. Un mensajero tenía que llevar el dinero a casa de Juanita Bragg y entregárselo en mano.

—Y dile al mensajero que no olvide recuperar mi reloj, mi ordenador y mi pagaré.

—Turner —gimió Melissa—. ¿En qué lío te has metido? ¿Dices que ahora estás en Little Rock?

—Voy de camino a Oklahoma. Ahora mismo estoy llegando al aeropuerto. Te llamaré mañana a primera hora. Si sucede algo importante, dime algo.

—Turner…

—Tengo que dejarte —dijo él—. He de hacer otra llamada.

Pulsó el botón que cortaba la comunicación, hizo una profunda inspiración y marcó el número de Jaye. Ya debería estar en tierra, tal vez incluso había llegado a casa de Miss Doll.

«Voy a decirle exactamente las palabras adecuadas», se prometió a sí mismo. «No me colgará el teléfono, tendrá que escucharme. Por favor, Dios mío, haz que me escuche.»

Se dio cuenta de que era probablemente la primera oración que pronunciaba desde que era pequeño y su perro fue atropellado por un coche. Entonces rezó con toda su alma para que el chucho sobreviviera.

Escuchó nervioso el sonido de los timbrazos, que se prolongó durante mucho tiempo. Luego, una voz grabada recitó: «El cliente de Bell al que está llamando no está disponible o se encuentra fuera del área de cobertura de la compañía. Por favor, cuelgue y vuelva a intentarlo más tarde.»

Turner colgó el teléfono, y sus pensamientos volaron de nuevo hacia el perro que tuvo de niño. Desde luego, no sólo había muerto, sino que había fallecido de una forma horrible delante de sus ojos.

«¿Y por qué me acuerdo ahora de un estúpido perro que murió hace casi treinta años?», pensó irritado.

Volvió a abrir el móvil y marcó el número de la señorita Doll.

Cuando respondió, la mujer sonaba muy animada. A pesar de la hora, no parecía que tuviera sueño.

—Soy Turner Gibson, una amigo de la señorita Garrett. ¿Ha llegado ella ya?

—Pues no, cariño. —De repente, Doll parecía muy compungida—. Ni siquiera estoy segura de que su avión haya llegado ya. Y desde el aeropuerto hay un largo camino. Pero… yo creí que estaba usted con ella.

—Nos hemos separado momentáneamente —dijo Turner—. Yo tenía asuntos que resolver.

Hubo unos momentos de silencio.

—¿Y quiere usted hablar con ella?

—Sí, es urgente.

—Bueno. ¿Tiene algún mensaje que darle?

Turner dudó un instante.

—Sí —le dijo—. Dígale que tengo una información muy importante que puede ayudar a su hermano. Dígale que estoy en el aeropuerto y salimos inmediatamente hacia XNA. Llegaré a Cawdor lo antes posible y pasaré a buscarla.

—¿Pasará a buscarla? —preguntó la mujer, al parecer sorprendida—. ¿Quiere decir que vendrá aquí?

—Sí. Dígale que tengo que verla, es muy importante.

—Se lo diré —prometió ella.

—Sobre todo insista en que la información que tengo puede ser vital para su hermano. Tengo una pista para encontrar a un donante de médula. ¿No se le olvidará darle este mensaje?

—No se preocupe. Le aseguro que transmitiré este mensaje —dijo Doll con dulzura—. Se lo juro por lo que más quiero.

Ninguno de los hombres había dicho ni hecho nada que fuera abiertamente amenazador.

Sin embargo, cuando el seguro bloqueó las puertas del coche, Jaye supo en el fondo de su corazón que algo iba mal. Todavía seguía resonando en su mente aquel clic metálico tan semejante al chasquido de una trampa.

—¡Esperen! —La palabra le brotó de la boca sin querer. Automáticamente, puso la mano en la manija y empezó a tirar y a tirar de ella.

Pero el vehículo ya se estaba moviendo, cada vez más rápido, y la manija estaba tan rígida y era tan imposible de mover como el barrote de una celda.

Las luces del complejo del aeropuerto iban quedando atrás, cada vez más lejos. El Blazer se escabulló a toda prisa de la luz que marcaba la entrada al estacionamiento y se internó en la oscuridad.

—He cambiado de opinión —dijo Jaye intentando mostrarse serena—. Quiero volver. Creo que prefiero alquilar un coche.

Pero apenas hubo pronunciado estas palabras, tuvo el angustioso convencimiento de que no servirían de nada.

El conductor volvió el rostro hacia ella. Era un hombre delgado como una serpiente. Con los labios apretados, esbozó una sonrisa que convirtió su boca en una fina línea curvada.

—¿Volver? —dijo quedamente—. No podemos permitirlo.

«Que no se den cuenta de que tienes miedo. Que no se note. Que no sepan lo que sospechas. Muéstrate crédula y confiada. Haz que bajen la guardia.»

Jaye se humedeció los labios. Presentía el desastre, pero a pesar del pánico que sentía, sus instintos le martilleaban el mismo mensaje, una y otra vez: «No te asustes. Hazte la tonta. Espera que se presente una oportunidad de escapar.»

Devolvió al conductor una temblorosa sonrisa.

—Yo soy del norte del país, y no estoy acostumbrada a tanta hospitalidad.

—Aquí somos así —dijo el hombre. Se volvió hacia ella con un suave movimiento y le tendió la mano—. Me llamo LaBonny. Will LaBonny.

Tenía una piel áspera y fría, pero Jaye le estrechó la mano con firmeza.

—Lamento haberme comportado como una histérica —dijo—, pero de verdad les agradecería que volviéramos, sólo por un minuto. Tenía que haber ido al lavabo. Mi vejiga está a punto de explotar. En el avión he bebido demasiado café… para mantenerme despierta. Ya sabe.

—Podemos parar más adelante —dijo él—. No falta mucho.

Jaye no podía vislumbrar nada delante. Sólo una oscuridad que se extendía hasta el horizonte.

—De verdad, tengo que ir al lavabo —dijo, y soltó una tímida carcajada.

—No falta mucho —dijo él con dulzura.

—Espero que no —Jaye cruzó las piernas y se movió inquieta en el asiento.

—¿Usted también es pariente de Doll? —preguntó animada, como si estuviera intentando olvidar su incomodidad.

—Somos amigos.

—Si pasamos por delante de una tienda de comestibles, podríamos parar. Así podría ir al lavabo y… comprarle un regalito a la señorita Doll. Unas chocolatinas, o algo así. Ha sido tan *amable* pidiéndoles que vinieran a recogerme.

El conductor asintió amablemente. Jaye pensó: «Doll me ha tendido una trampa. ¿Pero por qué? ¿A cambio de qué?»

Palpó el móvil que llevaba en la funda, sujeta al bolso. Estaba desconectado, pero seguía siendo un nexo de unión con el mundo exterior. Si por lo menos se lo pudiera quedar, si encontrara el momento para marcar el número de la policía.

El tipo delgado, LaBonny, se inclinó hacia delante para encender la radio. Se oyó un rasgueo de guitarras y un cantante que se lamentaba de estar a cien kilómetros de ninguna parte.

LaBonny le dirigió a Jaye una mirada aburrida, como de cumplido.

—¿Dónde está su amigo? —dijo sin mucho interés—. Creíamos que venía usted con su amigo.

«Turner», pensó Jaye con un atisbo de esperanza. «Estos cabrones no saben dónde estás.»

—Ya hemos terminado el trabajo que teníamos entre manos. —Jaye agitó la melena, como si no tuviera nada que temer—. La situación ha cambiado. Ahora debo volver a casa.

LaBonny la miró de arriba abajo.

—¿Ha encontrado algo sobre su hermano?

—Oh —dijo Jaye haciéndose la inocente—. ¿Sabe lo de mi hermano? ¿Se lo ha contado Doll?

—Así es.

Jaye asintió con entusiasmo.

—Sí —mintió—. He recibido noticias, justo antes de subir al avión. Me llamó un amigo de Bélgica. Es allí donde está mi hermano… en Bélgica. Me dijo que habían encontrado un donante para él a través del banco internacional de médula. Así que ya no es necesario que busque a su familia biológica.

LaBonny miró a Jaye con atención. A la luz del cuadro de mandos, su rostro huesudo semejaba una calavera.

Jaye hizo un animado gesto de alivio.

—Así que se acabó. Pobre Turner Gibson… él no ha conseguido nada en absoluto. Pero se alegra por nosotros.

—¿La esperan en casa? —preguntó con cautela.

Jaye asintió con simulada alegría.

—Todavía no me lo creo. Pasaré la noche en casa de la señorita Doll y luego volveré a casa. La búsqueda ha terminado, y la historia ha tenido un final feliz. Mi madre me vendrá a recoger mañana al aeropuerto. Vendrá con periodistas. El reportaje saldrá por la televisión de Boston, y también por la de New Hampshire.

La mentira sobre los periodistas y la televisión se le había ocurrido de pronto. Si estos tipos pensaban que los medios de comunicación la estaban esperando, no se atreverían a hacerle nada, ¿no?

El hombre alto no reaccionó. No apartaba la vista de la carretera. Cuando habló, su voz sonó totalmente inexpresiva.

—¿Periodistas?

—Sí. —Jaye hurgaba en su bolso, preguntándose qué objeto de los que llevaba podía utilizarse como arma. Las llaves, un encendedor, un pulverizador de perfume, un peine de mango afilado…

—Sí, es una historia con interés humano. Ya saben… recorrer el mundo en busca de un donante de médula. Nos preguntarán cómo nos hemos sentido. Mi madre llorará a lágrima viva. Será estupendo. El *Boston Globe* probablemente publicará también la historia. Conozco a mucha gente del *Globe*. Trabajo en los medios de comunicación. —Esbozó una modesta sonrisa.

—Joder, LaBonny, ¿la *televisión*? —exclamó el hombre pecoso—. ¿Un *periódico*?

El conductor volvió la cabeza con un rápido movimiento del cuello y le dirigió al hombre una furiosa mirada. Luego le dedicó a Jaye una fina sonrisa.

—Será usted la estrella del acontecimiento.

—Sólo me alegro por mi hermano. Y ya se ha acabado esta búsqueda tan pesada. La verdad es que no habíamos conseguido nada. —Soltó una risa burlona—. Creo que hacer de detective no es lo mío. Será estupendo estar de vuelta en casa.

LaBonny pareció meditar sus palabras.

—¿Esto no se lo contó a Doll?

Jaye se encogió de hombros.

—Cuando ocurrió, todo fue tan rápido que no tuve tiempo. Además, pensé que podía darle una sorpresa. Ha sido estupendo lo mucho que nos ha ayudado. ¿Estamos cerca de la tienda de comestibles?

LaBonny no le contestó.

—Ella dijo que usted venía para hablar con alguien. ¿Es acerca de su hermano?

Jaye exhaló un suspiró de tristeza.

—Lo más probable es que fuera alguien que quería dejarme sin blanca. No importa. Ya no necesito verle. Mi hermano tiene un donante.

LaBonny asintió pensativo.

—¿Y su amigo? ¿Sigue buscando?

Jaye notaba en la mano el contorno del peine de mango fino que estaba en el fondo de su bolso. Estos peines podían ser un arma, podían usarse para apuñalar. Lo sabía, había tomado clases de defensa personal.

—Él regresa a Filadelfia. Probablemente ya está en camino. Su cliente le llamó y le dijo que abandonara la búsqueda. Estaba gastando demasiado dinero. —Y añadió en tono confidencial—: La verdad es que *abusaba* un poco de su cuenta de gastos.

Cody J. habló entonces desde el asiento trasero. Su voz sonaba curiosamente tensa.

—¿Así que todo ha acabado para ustedes dos?

—Sí —respondió ella—, y me alegro. Era muy difícil trabajar con él. Muy paranoico. Estoy encantada de haber acabado con él.

—¿Y ha regresado ya a Filadelfia? —preguntó LaBonny.

Jaye asintió con determinación.

—Le vi subir al avión. La verdad es que quería asegurame de que me libraba de él para siempre. Quiero decir, tenía una mente muy retorcida y veía conspiraciones en todas partes. —Arrugó la nariz—. Un tipo raro.

Seguían avanzando en mitad de la noche. La lejana voz de un cantante gorjeaba que no era tiempo para matar. A lo lejos, Jaye divisó una luz, en medio de la niebla.

—Oh —dijo animada—. ¿Es una estación de servicio, o una tienda o algo así?

—Eso supongo —dijo LaBonny fríamente.

—Entonces podemos parar —dijo contenta—. Oh, Dios mío, tengo que ir. Cinco minutos más y... bueno, ya sabes. —Se rió.

—Haré un trato contigo —dijo LaBonny.

Jaye le miró estupefacta, pero LaBonny no apartaba la vista de la carretera.

—Cuando vayas al lavabo, déjame echar un vistazo a tu teléfono móvil.

Jaye puso automáticamente la mano sobre el móvil. Había confiado en poder llevárselo consigo. Era su salvavidas.

—Oh —dijo en tono de disculpa—. Me temo que me he quedado sin batería. No se puede llamar.

—Lo utilizó en el aeropuerto —dijo Cody J. desde el asiento trasero.

—Pues sí —exlamó Jaye—, pero ya entonces estaba muy bajo. Apenas podía oír.

—Sólo me gustaría probarlo —dijo LaBonny—. El mío no funciona y he de hacer una llamada.

La tienda de comestibles apareció ante ellos, bañada en luz fluorescente. Sólo era un pequeño cubo de ladrillos, pero a Jaye le pareció el mejor de los santuarios.

LaBonny le tendió la mano abierta. Era un gesto implacable, que no admitía discusión.

«Al infierno», pensó Jaye desesperada. «Me encerraré en el lavabo. Escribiré un mensaje de socorro en el espejo. Golpearé la pared para avisar al empleado. Saltaré por la ventana para escapar. No me sacarán de aquí por las buenas.»

Le entregó el teléfono. LaBonny redujo la marcha y puso el intermitente para indicar que tomaba el desvío hacia el estacionamiento. Jaye contuvo el aliento.

Sonó el teléfono, y Jaye no pudo evitar dar un brinco de sobresalto. En un primer momento pensó que era su teléfono y que LaBonny comprobaría que le había mentido.

Luego se dio cuenta de que era el móvil de LaBonny, que se había caído entre los asientos del Blazer. LaBonny lo encontró y lo abrió.

—¿Sí? —dijo, y durante un buen rato escuchó con atención—. ¿Sí? Qué interesante. Me encargaré de ello. —Cerró el teléfono.

—Estoy tan contenta de que hayamos llegado a esta tienda —dijo Jaye—. No se imagina de qué…

LaBonny redujo la velocidad y se fue acercando al arcén. Luego paró tan bruscamente que Jaye salió disparada hacia delante. Aún no habían llegado a la tienda de comestibles. El desvío quedaba todavía a unos pocos metros. De repente, Jaye tuvo la sensación de que un foso infranqueable la separaba de la salvación.

—Pero qué… —empezó a decir.

LaBonny se soltó el cinturón de seguridad y se inclinó hacia ella, con los ojos entrecerrados. A la luz de la pequeña tienda de comestibles, su rostro angular tenía un tono dorado.

—¿Dónde dijiste que se encontraba tu amigo?

—Iba de camino a Filadelfia —afirmó categórica Jaye—. ¿Podríamos seguir…?

—¿Dices que lo viste en el avión?

—Sí —insistió Jaye, pero un espantoso presentimiento le atenazó las entrañas.

LaBonny se echó ligeramente hacia atrás. Luego, con un movimiento rápido y preciso, sin venir a cuento, le cruzó la cara de un revés que la empujó violentamente contra la ventanilla. Jaye se golpeó la cabeza contra la portezuela y sintió un agudo dolor en el pómulo izquierdo. Los ojos se le llenaron de lágrimas. Aturdida, intentó no llorar y miró a LaBonny con expresión ofendida.

LaBonny se inclinó hacia ella y le acercó tanto la cara que Jaye podía sentir su aliento.

—Esta llamada… era sobre tu amigo —le susurró—. No va de camino a Filadelfia, sino que en este mismo momento viene hacia aquí. Me has mentido, Garrett. No vuelvas a hacerlo *nunca* más.

Sus palabras tenían un tono de suave amenaza que a Jaye le aterrorizó más que la ira.

LaBonny suspiró y volvió a apartarse un poco de Jaye, como si necesitara una cierta distancia para estudiarla. Luego la golpeó de nuevo.

Tirado en el suelo del henil, en medio de la oscuridad, Hollis lloraba en silencio y se sujetaba el destrozado hombro. Por los costados abiertos del henil entraban la humedad y el frío de la noche y le congelaban los huesos.

Hollis había reconocido al hombre de la escopeta. Era el joven Bobby Midus, uno de los que, según se rumoreaba, había matado a Luther. Ahora Bobby había disparado contra Hollis y le había arrastrado hasta allí. Ahí estaba, de pie con su escopeta, y no tenía intención de ayudarle.

Hollis lloraba de dolor y de miedo. En algunos momentos, el dolor era tan intenso que le quemaba como el fuego, pero otras veces se desvanecía y le dejaba una extraña sensación de paz. Era como si su alma quisiera escaparse del cuerpo, como si se elevara igual que la bruma. Entonces sentía un agradable entumecimiento en el cuerpo y sus pensamientos se hacían más lentos, pero también nítidos como el cristal.

Bobby no le había matado todavía. ¿Por qué?

En lugar de eso, Bobby desgarró la camisa de Hollis y utilizó una tira de tela para enrollársela alrededor del brazo. Le ató tan fuertemente el brazo contra el cuerpo que el miembro se le había quedado dormido, como si no le perteneciera.

Luego Bobby obligó al lloroso Hollis a ponerse en pie y, sin dejar de lanzar blasfemias y maldiciones, lo llevó medio a rastras, medio a empujones por el bosque. Así recorrieron casi medio kilómetro.

Hollis perdió el conocimiento dos veces. En una de estas ocasiones tuvo una visión de un enorme ángel vestido con una túnica blanca que descendía sobre él para llevarle consigo. La criatura se acercó tanto a Hollis que sus dorados cabellos le deslumbraban con su intenso brillo, pero justo entonces, el ángel se convirtió en la chica muerta.

El rostro de la chica era blanco como la nieve, y sus ojos tenían una mirada triste y acusadora. Le tendió las manos a Hollis, y ese vio que una de las manos estaba manchada de sangre, como la de Jesús, y entendió que la chica quería que le devolviera el dedo seccionado.

Esta terrible visión hizo que Hollis empezara a gritar cosas incoherentes, y Bobby le metió en la boca un sucio pedazo de tela para hacerle callar. De nuevo obligó a Hollis a ponerse en pie y a caminar a trompicones en medio de la noche.

Ahora Hollis estaba tumbado sobre un montón de heno húmedo que apestaba a podrido. Seguía preguntándose por qué Bobby no le había matado todavía, ¿por qué? Y finalmente, en uno de sus raros momentos de claridad mental, encontró la respuesta: Bobby le mantenía con vida porque lo peor estaba por llegar.

Dejarían que la chica muerta viniera a buscarle y le llevara a rastras al infierno. Aterrado, Hollis sollozó con más fuerza, y por poco se ahogó con la tela que tenía en la boca. Hubiera deseado tener las fuerzas necesarias para levantarse y correr, porque entonces Bobby le habría disparado a matar, y la muerte sería preferible a este sufrimiento. Pero estaba demasiado débil para moverse.

Volvió a sentir una punzada de intenso dolor y oyó el timbrazo del teléfono. No era posible que sonara un teléfono en un cobertizo, pensó Hollis, y se imaginó que estaba soñando despierto. Oyó que Bobby hablaba con alguien que no estaba allí, y lo que dijo no tenía ningún sentido. Luego Bobby se quedó de nuevo en silencio. Sólo se oía el repiqueteo de las gotas que caían del tejado del cobertizo. Luego oyó el sonido de unos pasos que se arrastraban sobre el heno húmedo. Eran las botas de Bobby que se acercaban. La puntera de una bota se le clavó en las costillas.

—Hola, Hollis —dijo Bobby—. ¿Sabes qué? Tú y yo vamos a estar aquí un buen rato. Pero luego tendremos compañía. Vendrá La-Bonny. Conoces a LaBonny, ¿no?

Hollis lo conocía, por supuesto. Le tenía terror a LaBonny. Judy Sevenstar dijo que LaBonny fue quien dirigió el asesinato de Luther y, si Hollis y Judy no iban con cuidado, LaBonny haría que los mataran también. Hollis intentó ponerse en pie, pero no lo logró. Consiguió arrastrarse unos metros y se derrumbó de nuevo sobre el heno mojado.

—¿Intentas escapar, Hollis? —rió Bobby—. Eso no está nada bien. LaBonny vendrá a verte con otras personas. ¿Te acuerdas de aquella mujer del asilo, Hollis? ¿Aquella que te asustó? Va a venir. Os mataremos a los dos y os meteremos en aquella cueva llena de arañas, y bloquearemos la entrada para que nadie pueda encontraros en un millón de años.

Con la cara hundida en el heno, Hollis sollozaba, porque sabía que su alma inmortal estaba en peligro. Todavía no había acabado el altar; todavía le faltaba completar las ceremonias con las que esperaba que la chica muerta pudiera encontrar la paz.

Si la chica venía, pensó desesperado, él podía entregarle lo que necesitaba. Entonces, a lo mejor no se lo llevaba consigo y le dejaba entrar en el cielo. Presa de pánico, agarró la pequeña bolsa de cuero que llevaba colgando de una cuerda alrededor del cuello.

—Hollis —dijo Bobby—, ¿por qué agarras siempre esa bolsita? ¿Qué llevas ahí? Déjame verlo.

Bobby se agachó junto a él y alargó la mano hacia la bolsita, pero Hollis se volvió de lado y la estrechó con más fuerza. Recordó las palabras de Luther: «Esta es la clave de todo. Guárdala. Escóndela.»

Hollis no podía dejar que se la cogieran. No podía soltarla. Si lo hacía, caería en el fuego y la condenación eterna del infierno, y sentiría un dolor cien veces mayor que el que ahora sentía. Tenía que apaciguar a la mujer muerta que tantos años llevaba persiguiéndole.

La mano de Bobby Midus se cerró en torno a la bolsita de cuero y arrancó la cuerda que Hollis llevaba al cuello. A través de los trapos que le llenaban la boca, Hollis gritó. Se debatió como un animal salvaje mientras Bobby intentaba desatar el nudo que cerraba la bolsita.

De repente, la mano de Hollis dio con un objeto duro y mojado. Instintivamente, lo agarró. Después de trabajar tantos años en la granja del doctor Hunsinger, le bastó con el tacto para saber lo que era: una horquilla. Estaba herrumbrosa y tenía el mango deformado, pero Hollis no se dio cuenta de eso. Se agarró al apero como un náufrago a un salvavidas. Vio las llamas del infierno a su alrededor, se incorporó de golpe y echó la horquilla hacia atrás.

—¿Qué…? —Bobby estaba estupefacto.

Hollis vio a Bobby como un demonio. De la cabeza le salieron dos cuernos y, cuando habló, brotaron llamas de su boca oscura y cavernosa. Hollis arrojó la horquilla con todas sus fuerzas contra aquellas llamas.

El aterrizaje de *La Poufiasse* hizo que a Turner le castañearan los dientes. Le pagó a Talbeaux lo acordado, le dio una propina mayor de la que merecía y se encaminó hacia la terminal a través de la pista mojada.

La terminal del aeropuerto estaba prácticamente vacía. Sólo quedaba una oficina de alquiler de coches abierta y, por la expresión del empleado tras el mostrador —un joven obeso de pelo negro y rizado y mejillas redondas y sonrosadas, casi enrojecidas—, debía de estar a punto de cerrar.

Turner alquiló el único coche disponible, un pequeño vehículo gris, sin maletero y con el frontal chato. Parecía un capullo de metal que contuviera una especie de larva que, tal vez, acabaría un día por emerger convertida en un auténtico coche.

Era más de medianoche cuando Turner puso rumbo hacia la carretera que, según el empleado, le llevaría hasta Cawdor. Probó de telefonear a Jaye. Marcó el número y esperó, mirando el vaho que se acumulaba en el parabrisas. Otra vez sonó la cinta grabada en la que la voz de la operadora avisaba de que el número que acababa de marcar no estaba disponible.

Turner pulsó el botón para interrumpir la llamada y durante unos minutos siguió conduciendo. «A lo mejor no quiere saber nada de mí», pensó. «O puede que Miss Doll no le haya transmitido todavía el mensaje acerca de Patrick.»

Marcó el número de teléfono de la señorita Doll. ¿Y qué, si la despertaba? Ya la compensaría con una botella de champán o algo así. Sin embargo, Doll contestó a la llamada con sorprendente rapidez.

—Oh, sí, está aquí —le dijo muy animada—. Está deseando verle. Ahora mismo se encuentra en la ducha, pero le esperará levantada.

«Quiere verme», pensó Turner. «Me está esperando.»

—¿Cuánto tardará en llegar? —le preguntó ella.

—Una media hora, quizá algo más —respondió Turner—. ¿Quiere decirle por favor que me llame en cuanto salga de la ducha? Es importante.

—Siempre que funcionen los teléfonos —dijo la mujer como si contara algo muy divertido—. Hoy hemos sufrido varios cortes en la línea. Es a causa de la lluvia. Nos saldrán membranas entre los dedos de los pies.

—Dígale que lo intente, por favor.

—Así lo haré —le prometió ella.

—Y si no puede comunicar conmigo, dígale que no tardaré en llegar.

—Oh, le estaremos esperando —gorjeó Doll—. Echaremos las campanas al vuelo cuando llegue.

Cuanto Turner colgó, pensó: «No puede ser tan fácil. No es posible que me haya perdonado así como así, ¿no?»

Lo más probable era que Jaye sólo quisiera oír lo que él pudiera contarle acerca de Patrick. No importaba, era un principio. Él lograría que le escuchara. Su trabajo consistía en eso, en convencer a la gente.

Siguió conduciendo mientras la niebla se convertía en una lluvia fina e intensa. Ensayó mentalmente cómo se disculparía ante Jaye. Primero le daría la información que tenía sobre Patrick. Y luego se explicaría como nunca se había explicado.

LaBonny había llevado a Jaye hasta un camino apartado y estaba intentando sonsacarle la verdad a base de golpes y amenazas. La golpeaba con frialdad, de manera siniestramente calculada. Era como si hubiera estudiado científicamente la mejor forma de causar dolor y disfrutara enormemente poniéndola en práctica.

—Tu hermano no ha encontrado donante, ¿no es así? —le preguntó mientras la sacudía y la arrojaba de nuevo contra la puerta cerrada del Buick—. Si ya tuviera un donante, el abogado no tendría por qué venir. Pero todavía estáis buscando, ¿no? Los dos estáis buscando.

La frialdad de LaBonny aterró y enfureció a Jaye.

—No es cierto —dijo aferrándose desesperada a su versión—. He venido a recoger mis cosas, eso es todo. Quiero irme a casa. Deje que me vaya y no le contaré a nadie…

—La verdad —dijo él con voz neutra. La abofeteó otra vez—. ¿Por qué os separasteis?

Jaye se sentía sofocada por el miedo y la rabia.

—Mi trabajo se ha acabado. *Ya* se lo he dicho. Así que emprendimos caminos diferentes.

LaBonny exhaló el aire despacio, con un sonido sibilante. Parecía estar a punto de perder la paciencia.

—El tipo viene a buscarte. ¿Por qué?

—No lo sé, yo…

LaBonny la golpeó otra vez y le partió el labio. Jaye notó en la boca el sabor de la sangre.

—¿Quién sabe que estás aquí? —le preguntó LaBonny con voz peligrosamente suave.

—Todo el mundo. Mi madre, mi abogado…

—Lo que nos dijiste acerca de los periodistas era mentira, ¿no? ¿No? ¿Quieres que use el cuchillo? Cody J. tiene uno precioso, un cuchillo muy grande.

Jaye se puso a gritar y a aullar. Simulaba estar tan histérica que le resultaba imposible hablar.

Con un gesto de disgusto, LaBonny se metió la mano en el bolsillo y sacó unas esposas. La cadena que las unía tintineó suavemente. A Jaye se le encogió el corazón al ver el brillo del metal, y el contacto con la frialdad del acero casi la hizo vomitar, pero se reprimió con esfuerzo y siguió balbuceando promesas y protestas.

LaBonny tenía mucha fuerza. No tardó ni un instante en atarle a Jaye las manos a la espalda con las esposas. Luego sacó de debajo del asiento un trapo sucio y se lo metió en la boca para sofocar sus gritos. A pesar de todo, Jaye siguió emitiendo gemidos y gritos ahogados.

Se le aceleró el pulso cuando vio que LaBonny sacaba la carpeta de cuero de la bolsa y se ponía a mirar los papeles de uno en uno. Allí había fotocopias de todos los mensajes enviados por fax y por correo electrónico sobre las mujeres que estaban en la lista de Judy Sevenstar. También estaban anotados sus nombres, al igual que los de Dorothy Nations, Mary Jo Stewart y Linda O'Halloran. LaBonny leyó con detenimiento. Luego alzó la vista hacia ella.

—Eres toda una detective, ¿no?

Jaye negó con la cabeza. Tenía los ojos abiertos como platos, de puro terror.

LaBonny torció la boca en una mueca de desprecio. Dejó con cuidado la carpeta sobre el tablero de mandos y se inclinó hacia ella.

«Oh, Dios», pensó Jaye.

LaBonny le metió un pulgar a un lado de la boca, y con la otra mano cogió el trapo y tiró con tanta fuerza que la tela se enganchó con un incisivo y se rasgó.

—Estuviste mucho tiempo de viaje —le dijo, al tiempo que la agarraba por el cabello y se lo estiraba hacia un lado. Jaye tuvo que doblar el cuello hasta que la cabeza casi le tocaba el hombro—. ¿Con cuántas de estas mujeres has hablado? —Hizo un gesto hacia la carpeta con su fajo de papeles.

—Con ninguna… No querían hablar con nosotros —dijo ella desesperada—. Sólo querían olvidar todo lo sucedido. Lo juro.

—¿A quiénes has visto? —siseó furioso—. ¿Qué te han dicho? —Le retorció el cabello todavía más.

«Si consigo salir de esto», se prometió Jaye, «te cortaré los huevos y se los daré de comer a las alimañas.»

Sin embargo, gimoteó y dijo:

—Lo juro, lo juro. Por favor, no me haga más daño, me voy a desmayar.

LaBonny acercó su rostro al de Jaye y le dijo con voz calmada:

—Tienes agujeros en las orejas, y llevas unos bonitos pendientes. Podría arrancártelos de las orejas con los dientes. No me obligues a hacerlo.

—Dios te salve, María. Llena eres de gracia —balbuceó Jaye, mientras un torrente de lágrimas le brotaba de los ojos—. Bendita tú eres entre todas las mujeres, y bendito es el fruto de tu vientre, Jesús.

—No te dirá nada —dijo enfadado Cody J. —. Está demasiado asustada. Haz que cierre el pico y vamos a casa de Doll.

LaBonny torció la boca y se apartó de Jaye.

—Tengo que enviarle un mensaje a Mowbry.

Jaye se dejó caer en el asiento rezando y lloriqueando. Pensaba frenéticamente en una forma de escapar. Vio que LaBonny marcaba un número de teléfono y esperaba, sin dejar de mirar los papeles. Alguien contestó, porque de repente LaBonny se puso a hablar.

—Nombres —dio lacónicamente—, y los leyó todos en voz alta, todos los que Jaye había escrito—. Pregúntale al doctor y luego me llamas. De acuerdo. Una señal. —Y colgó.

«¿A quién habrá llamado? ¿Y por qué?», pensaba Jaye desesperada. «¿Por qué le parecen tan importantes estos nombres?»

—Ruega por nosotros pecadores, ahora y a la hora de nuestra muerte —recitó Jaye en un atropellado murmullo. Y en cuanto acabó comenzó a rezar de nuevo.

—Dile que deje de recitar esa basura católica —protestó Cody J.—. Es horripilante.

LaBonny le hizo caso omiso. Jaye seguía con su pesada retahíla de balbuceos y mantenía la cabeza agachada, en actitud de abatimiento, pero en realidad no perdía de vista a LaBonny, que parecía estar esperando algo.

Vio que se sacaba del bolsillo un busca en el que parpadeaba una lucecita verde que resaltaba en la oscuridad. LaBonny examinó la pantalla con ojos entrecerrados.

Por más que Jaye se esforzó, no consiguió leer lo que ponía, pero LaBonny pareció entender perfectamente el mensaje.

—Bien —dijo con una desagradable sonrisa pintada en el rostro—. Bien. —Apagó el buscador y volvió a meterlo en su funda, enganchada al cinturón.

Jaye continuaba moviendo los labios, aunque de su boca no salía apenas ningún sonido.

—O'Halloran —dijo LaBonny—. Ese es el nombre que no debería estar en tu lista. ¿Qué sabes acerca de esa O'Halloran?

Desde el asiento trasero, se oyó la voz de Cody J.

—Deja que Bobby y yo nos la tiremos. Bobby *está deseando* tirársela. Dijo que…

LaBonny agarró a Jaye por la blusa y la atrajo hacia él. Por primera vez, parecía realmente furioso.

—Acabemos con esto de una vez, joder. Dime lo que quiero saber. —Volvió a abofetearla.

—No llegamos a hablar con ella —gritó Jaye—. No vuelvas a pegarme, por favor… Si quieres saber algo, no tienes más que preguntarlo.

LaBonny cambió de cara. A la luz verdosa del tablero de mandos, Jaye le vio adoptar una expresión de fría superioridad. Por un momento, fue como si hubiera perdido el control, pero en seguida volvió a mostrarse dueño de sí mismo.

Bajó lentamente la mano.

—De acuerdo. Si quiero saber algo, sólo tengo que preguntarlo.

Jaye ignoraba qué idea acababa de ocurrírsele, pero por su expresión estaba segura de que implicaría dolor para ella.

LaBonny volvió a meterle el pañuelo en la boca, esta vez despacio, casi amorosamente.

—No hará falta que te pregunte. Se lo preguntaré a tu amigo. No querrá que te hagamos daño.

Se inclinó hacia ella y le dio un suave beso en la mejilla. Al mismo tiempo, le pellizcó un pecho con tanta saña que la hizo gritar. Luego le dijo a Cody J., por encima del hombro:

—¿Tú y Bobby teníais ganas de violara a alguien? Es posible que os dé la oportunidad, y tal vez me guarde algo para mí. —Se inclinó de nuevo hacia Jaye y le habló con voz acaramelada—. Pero te digo una cosa, encanto. Yo no lo haré como los demás chicos.

El teléfono sonó cuando Turner se encontraba ya en las afueras de Cawdor. «Jaye», pensó, y le asaltó una extraña mezcla de alegría y temor, una emoción que pensaba que sólo los adolescentes podían sentir.

Pero no era la voz de Jaye, sino la de una mujer que parecía haber bebido un par de copas de más.

—Señor Gibson —dijo—. Lamento telefonearle tan tarde, pero tenía que hacerlo ahora, cuando me veía con ánimos. ¿Es demasiado tarde? ¿Le he despertado? ¿Qué hora es?

Turner sintió una amarga decepción, pero adoptó un tono amable y profesional.

—Estoy despierto, no es demasiado tarde. ¿Qué puedo hacer por usted?

—Usted… usted me llamó antes. Me… me preguntó ciertas cosas. Me hizo preguntas muy… personales.

«Hostia», pensó Turner. Ahora reconocía la voz, y la verdad era que no le alegraba volver a oírla. «Mierda. Mierda.»

—Soy Linda O'Halloran —explicó la mujer—. De Okka... de Oklahoma City.

«La madre de Jaye.»

La mujer parecía a punto de prorrumpir en llanto, de modo que Turner intentó hablarle con serenidad y simpatía.

—Ya la recuerdo. ¿Qué puedo hacer por usted, señora O'Halloran?

La oyó sorber por las narices.

—Es que no puedo creerlo. Ha sido el destino. Me fui de Oklahoma hace años, y sólo hace un par de meses que he regresado. Pensaba que ya podía volver, que toda aquella mierda estaría olvidada. Yo he hecho lo posible por olvidarla.

—¿Se refiere a lo que yo le he preguntado hace unas horas? —preguntó Turner con cautela.

Hubo un largo silencio. A Turner le pareció oír el tintineo de los cubitos de hielo contra un vaso.

—Hunsinger —dijo finalmente con la voz ahogada en lágrimas.

—Sí —la animó Turner—, el Dr. Hunsinger. ¿Quiere hablar ahora, señora O'Halloran?

—Sí —respondió ella—. No.

Turner ya se encontraba en Mount Cawdor, y los cables del tendido eléctrico causaban interferencias en la línea telefónica, que chisporroteaba, se estabilizaba y volvía a chisporrotear.

—No se preocupe, señora O'Halloran. Sólo tiene que contarme lo que usted me quiera contar.

—Usted no sabe lo que es —respondió ella—. Un hombre no lo puede entender.

La transmisión telefónica se estabilizó y Turner aparcó el coche a un lado de la carretera, confiando en que se mantuviera la comunicación.

—Intentaré entender —dijo.

Hubo un silencio.

—Conocí a Hunsinger cuando trabajaba en un lugar llamado Empyrean. Él fue quien se me acercó. Yo ya sabía a qué se dedicaba.

—¿Qué era lo que sabía? —preguntó Turner.

—Que practicaba abortos, y que había chicas que acudían a él para tener su bebé en secreto. El tipo ganaba mucho dinero con esto, y le gustaba alardear de ello. A mí no me impresionó, yo tenía un novio. Sin embargo, Hunsinger me dijo que acudiera a él si algún día necesitaba… si necesitaba un amigo.

Turner oyó de nuevo el tintineo de los cubitos de hielo. Hubo una pausa mientras la mujer bebía un trago.

—Y más adelante, tuvo necesidad de un amigo —dijo.

Ella se echó a llorar.

—Nunca te imaginas que te pueda ocurrir a ti, ya sabe. Y yo quería a este chico, y pensaba que él me quería. Pero me quedo embarazada y —plaf—, me deja tirada como una colilla. Fue como dicen las canciones, se fue, se fue, se fue.

—No se preocupe —dijo Turner intentando calmarla—. Lo entiendo. Todavía le duele recordarlo.

—Cuando él me abandonó —dijo ella—, ya era demasiado tarde para abortar. Tenía que dar a luz. No me quedaba elección.

«Y tuvo a Jaye.»

Linda O'Halloran volvió a sorber por la nariz y se oyeron ruidos como si se estuviera sonando con un pañuelo.

—Yo no disponía de mucho dinero —dijo—, así que Hunsinger me propuso un trato. Me dijo que si me acostaba con él cuando viniera a Oklahoma City, me lo iría descontando del importe, a 25 dólares la visita. Y así lo hice.

Se puso a llorar otra vez. Cuando finalmente se calmó un poco, dijo:

—Lo siento. Es muy duro para mí.

—Nadie la culpa por eso. No tenía usted mucha opción.

—Le entregué a mi hija. Ni siquiera pude verla. Las enfermeras me dijeron que era preciosa. Muy guapa. Supongo que nunca lo sabré de verdad.

«Es muy guapa, señora O'Halloran. Es tan guapa que al verla se te parte el corazón. Yo sí lo sé.»

—Siempre pienso en ella. No pasa una semana sin que piense en mi hija. Dios mío.

Turner hizo una profunda inspiración. No había sido su intención meterse en aguas tan profundas, pero ahora no podía echarse atrás.

—Entonces —dijo—, ha decidido que quiere encontrar a su hija, ¿no?

—No —respondió con sorprendente decisión.

Turner estaba asombrado y aliviado a un tiempo.

—¿No?

—Lo que está hecho, hecho está. A estas alturas, no tengo derecho a irrumpir en su vida. Sólo me gustaría saber si cayó en manos de buenas personas. Me quedaría más tranquila.

Turner reflexionó.

—Creo que podría intentar averiguarlo, señora O'Halloran, si le sirve de ayuda. Por supuesto, no puedo garantizarle nada.

—No —dijo ella, de repente taciturna—. Mejor será no averiguar nada.

—Perdone —dijo Turner frunciendo el ceño—, pero me parece que no la entiendo. ¿En qué puedo ayudarla, entonces?

—Sólo quiero que la gente sepa lo que hizo Hunsinger —respondió ella exaltada—. Quiero que salga todo a la luz. Todas las porquerías que hizo.

Turner intentó tranquilizarla.

—El negocio de la venta de bebés saldrá a la luz. Eso se lo puedo asegurar.

—Pero hay más —dijo ella—. Hay mucho más.

Turner se puso alerta, como si las alarmas se hubieran encendido en su mente.

—¿Qué quiere decir?

—Yo envié a una persona a Hunsinger. Y eso fue lo peor de todo.

—¿Sí? —Turner esperó a que continuara.

—La chica que envié era mi hermana.

—¿Su hermana?

—Escuche —de repente, las palabras le salían a borbotones—, mi hermana no era como yo. Ella tenía *futuro*. Era una chica guapa, inteligente... lo tenía todo. Era un portento. Le concedieron una beca para la Universidad del Sur de California. A mí, en cambio, nunca me ha gustado estudiar. Pero ella era diferente. Iba a hacerlo todo bien, iba a ser alguien en la vida.

—¿Es una hermana más joven? —preguntó Turner.

—Ocho años menor que yo. Cuando murió nuestra madre, se vino a vivir conmigo a Oklahoma City, donde estudió el último año de instituto. Y luego se fue a California.

Turner adivinó lo que venía a continuación.

—Y entonces ocurrió algo.

—Le quedaba demasiado grande. Era una universidad demasiado grande para ella, y se sintió perdida. Se lió con un chico. Nunca me dijo el nombre. Pero un día me llamó muy asustada porque estaba encinta.

—Y usted la envió a Hunsinger.

—Para que abortara. No quería que pasara por lo que yo tuve que pasar. Quería que estudiara y se labrara un futuro. Así que llamé a Hunsinger y le pregunté si podía pagarle como la otra vez. Me respondió que sí.

Turner esperó a oír más.

—Nunca más volvió —dijo Linda O'Halloran.

Turner notó un pinchazo en el estómago.

—¿No regresó?

—Hunsinger envió un coche a buscarla. Hacía este tipo de cosas. Ya sabe, como si se tratara de un servicio de lujo. Se suponía que el coche la traería de regreso, pero no regresó. No volví a verla nunca más.

—Señora O'Halloran…

—Creo que él la mató —dijo ella.

Capítulo 22

«Judy Sevenstar dijo que una chica había muerto.»

—Así que usted cree que Hunsinger mató a su hermana.

—Sí. —La voz sonó queda y temblorosa, pero llena de amargura.

—Y esto, ¿cuándo ocurrió?

—El diez de abril de 1968 —dijo ella—. Un coche vino a buscarla. Lo conducía una mujer que se llamaba Dorothy. Eso fue todo lo que nos dijo, que se llamaba Dorothy.

«Dorothy Nations de Oklahoma», pensó Turner. «Su simpático contacto local: abortos y bebés ilegítimos. Transporte incluido.»

—La acompañé al coche —dijo Linda O'Halloran—, y volví a preguntarle si quería que la acompañara. Me dijo que no. Me quedé en el arcén, viendo cómo el coche se alejaba. Yo… ella… yo no volví a verla.

—¿No anotó la matrícula?

—No se me ocurrió. No pensé que fuera necesario. Y luego ya era demasiado tarde.

—¿Qué le dijo Hunsinger?

—Que mi hermana se había escapado. Dijo que había venido un chico a buscarla y que ella se fue con él. Me dijo que era evidente que todo estaba preparado. Al principio le creí. *Necesitaba* creerle.

La lluvia empezó a tamborilear sobre el techo del automóvil, y las escobillas iniciaron su monótona danza sobre el parabrisas. Turner se quedó mirando el letrero de la iglesia a través de la lluvia.

—¿Y luego? —preguntó.

—Y cuando seguí sin tener noticias de ella, *no me lo podía* creer. Ella no me hubiera hecho algo así. Yo era su única familia.

Hizo una pausa. Turner intuyó que se estaba preparando una nueva copa para darse ánimos.

—Escribí a su casa en California, llamé por teléfono. Allí tampoco tenían noticias de ella. Era como si se la hubiera tragado la tierra. Así que fui a ver a Hunsinger y le dije que quería saber la verdad. —Inspiró profundamente, muy agitada—. Él me contestó que mi hermana era una zorra, lo mismo que yo. Me aseguró que Lisa no había llegado a poner un pie en la clínica. Que cuando Dorothy la llevó hasta allí, un hombre estaba esperando a mi hermana. Algunas de las enfermeras lo vieron también.

—¿Y le describió el coche?

—Me dijo que tenía matrícula de California, pero él ya sabía que mi hermana había estado en California. Debí decírselo. No lo sé, la verdad es que no lo sé.

—Señora O'Halloran…

—Me dijo que mi hermana salió del coche de Dorothy y se metió en el de aquel hombre. Dijo que tenía cuatro testigos. Y… y me dijo que si iba por ahí lanzando acusaciones contra él, me demandaría por difamación. Dijo que me llevaría ante los tribunales y demostraría que yo no era más que una puta chantajista.

Turner apretó los dientes y siguió mirando el letrero de la iglesia.

—Yo no tenía dinero. ¿Quién era yo? No era nadie —se lamentó la mujer, desesperada—. ¿Qué podía hacer?

—Nada —dijo Turner con voz queda—. No podía hacer nada.

—Salvo sentirme culpable —dijo, como si Turner no hubiera hablado—. Porque fui yo quien se la envié. Fui yo, y solo yo. A partir de aquel momento, mi vida empezó a derrumbarse.

Turner se imaginaba lo largo y duro que había sido aquel camino. Lo percibía en la voz de Linda O'Halloran.

—Me fui a vivir a Fort Worth —continuó ella—. Me casé dos veces. Me divorcié, tuve dos anulaciones. Nada parecía durarme.

—¿Ha tenido hijos? —Turner intentó que su pregunta sonara meramente curiosa, una pregunta formal. «A lo mejor tienes hermanas, Jaye», pensó. «Puede que tengas hermanos, además de Patrick.»

—No —dijo ella—. Creo que Hunsinger me hizo algún estropicio. Me quedé embarazada dos veces y los perdí enseguida. Pero quizá es mejor así. No hubiera sido una madre demasiado buena.

De nuevo empezó a llorar, casi sin ruido.

—Me han dicho que Hunsinger vive todavía, pero que ha sufrido una apoplejía o algo así. Espero que el muy cabrón sufra, que pague por todo el daño que ha causado. Quiero que se haga justicia.

Como abogado, Turner era consciente de que no había demasiadas probabilidades de que se hiciera justicia. Sin embargo, dijo:

—Hay un viejo dicho que reza: la verdad siempre prevalece. Confiemos en que así sea.

—Demonios —sollozó Linda O'Halloran—. ¡Qué clase de mundo es este que permite que les pasen estas cosas a las mujeres mientras los hombres salen indemnes! Qué asco.

Turner comprendió que la mujer estaba a punto iniciar una desesperada llantina y quiso apresurarse a conocer algunos datos más antes de que empezaran los sollozos y las lágrimas.

—Señora O'Halloran —dijo—, ¿puede darme algunos datos sobre su hermana? Su nombre completo, su aspecto, alguna señal o marca identificativa…

—Se llamaba Lisa Louis O'Halloran —hipó ella—. Era una chica preciosa, muy, muy guapa. Era alta y rubia. Tenía la piel muy blanca… se quemaba en seguida, y yo le hacía bromas respecto a lo de irse a California. Tenía los ojos azules, de un azul cielo. Y era tremendamente lista, lista como el hambre.

«Jaye», pensó Turner con desmayo. «Habría sido como Jaye.»

—No debería haber muerto —balbuceó Linda O'Halloran—. No…d-d-ebería hab-er muerto.

Turner la calmó lo mejor que pudo y le prometió que la telefonearía por la mañana. Finalmente consiguió que la mujer se despidiera. Cuando colgó, permaneció largo rato mirando la lluvia por la ventanilla y preguntándose qué le diría a Jaye.

Pensó en la chica que había muerto. Ahora comprendía por qué la aparición de Jaye había causado consternación en el pueblo. Aparte del tráfico de seres humanos, la familia Hunsinger tenía más cosas que esconder. Se les podía acusar de homicidio, como mínimo.

Sacó la pistola del maletín y la cargó. Se quitó la chaqueta, se colocó la pistolera y volvió a ponerse la chaqueta.

Finalmente, puso el coche en marcha y cruzó la frontera del estado.

Jaye yacía en el suelo de la parte trasera del Blazer de LaBonny. Estaba sola, tenía un trapo metido en la boca y las manos atadas a la espalda. LaBonny le había atado los tobillos con una especie de cuerda para tender la ropa que se le clavaba dolorosamente en la carne. Le había dado un tortazo en la cara con la bolsa y luego le había arrojado por encima una manta sucia que apestaba a perro.

A pesar del dolor que sentía en la nariz y de que la cara le ardía, Jaye intentaba desesperadamente pensar con claridad. Los tipos iban a por Turner, LaBonny lo había anunciado.

Ahora los hombres se habían marchado y la habían dejado sola en el Blazer. Jaye se imaginaba que el Blazer se encontraba aparcado en la avenida que pasaba por detrás de la casa de Doll.

«Demonios, cómo me duele», se dijo. Luego se acordó de Patrick y de Turner. En el lugar donde estaba, no podía ayudar a nadie, ni siquiera a sí misma. «A la mierda con el dolor.»

Los tipos se habían marchado sigilosamente hacía apenas unos minutos. Jaye oyó el clic que hicieron los cierres automáticos de las portezuelas del coche.

La nariz se le llenó de pelos de perro y estornudó. «Deshazte de la maldita manta», se dijo, y empezó a retorcerse como una culebra. No tardó en darse cuenta de que no estaba indenfensa, no estaba totalmente inmovilizada. Le habían atado las muñecas, pero podía mover las manos y los dedos.

«¿Te rindes?». Era lo que Patrick solía decirle cuando de pequeños se peleaban y él conseguía inmovilizarla contra el suelo. «No», le contestaba ella, furiosa. «Nunca».

¿LaBonny se imaginaba que podría inmovilizarla atándola de pies y manos? Pues bien, LaBonny, jódete, porque no es así.

Si lograba salir de debajo de la manta, también sería capaz de otras cosas. Podría deslizarse entre los asientos y colocarse en la parte delantera del coche. Podría golpear con la mano o con el pie el cierre de la puerta del conductor hasta hacerlo saltar. Para abrir una portezuela no necesitaba tener las manos delante. A base de maniobras, conseguiría salir. Pero una vez fuera, ¿qué podía hacer? ¿De qué le serviría salir?

«Enciende la mecha…¡bum bum!», pensó.

Estaba a punto de llorar. «Mi encendedor. Tengo mi encendedor.»

Sabía perfectamente cómo eran los Blazer. Había conducido uno hasta el año pasado. Si lograba abrir la puerta, podría apoyarse en el coche, deslizarse hasta la parte trasera y abrir el tapón de la gasolina. El tapón del depósito de gasolina del Blazer era especialmente fácil de abrir.

Era algo que había hecho con mitones en las manos, a temperaturas bajo cero. Lo había hecho tantas veces que lo haría con los ojos cerrados. «Podría hacerlo con las manos atadas a la espalda», pensó con amarga ironía.

Podía encender el mechero, prender fuego a algo que sirviera de mecha y arrojarlo en el depósito de gasolina. *Esto* sí que estorbaría los planes del jodido LaBonny.

«Amontona los viejos tiempos,
haz una pila enciende la mecha…¡bum bum!»

Jaye no ignoraba que era un plan peligroso, pero era el único que había tomado cuerpo en el torbellino de su mente. Consiguió quitarse la manta de encima y se movió y retorció hasta que notó el bolso contra la espalda. Tenía los dedos entumecidos, pero finalmente logró abrir el bolso y empezó a rebuscar en el interior. En cuanto lo notó al tacto, lo agarró con los dedos. Luego, ayudándose de los nudillos, buscó el pañuelo, pensando que le serviría de mecha.

«Gracias, Dios mío. Gracias, muchas gracias.»

Ahora tendría que arreglárselas para introducir un extremo del pañuelo en el depósito y prender fuego al otro expremo. Sería necesario que se tirara inmediatamente al suelo y que intentara rodar lo más lejos posible, encomendándose a Dios. Lo más probable era que de todas formas sufriera quemaduras en la mitad del cuerpo.

«Pero es mejor que morir.»

Apretó los dientes y se dijo que lo esencial era impedir que La-Bonny —ojalá se pudriera en el infierno— ganara la partida.

«Ríndete.»

«No, nunca.»

Deslizarse entre los asientos hasta la parte delantera del coche resultó más difícil de lo que Jaye se había imaginado. No podía pasar primero los pies, tal como había pensado, porque se dio cuenta de que los necesitaba para darse impulso. Se detuvo un momento. Estaba jadeando y le dolía todo el cuerpo. Miró por la ventanilla y comprobó que no se había equivocado en cuanto al lugar donde se encontraba. El Blazer estaba aparcado en la avenida que pasaba por detrás de la casa de Doll. La casa más cercana estaba a oscuras y parecía abandonada.

Un poco más allá divisó el porche trasero de la señorita Doll, con su luz amarillenta encendida. También se veía luz en el interior, pero muy débil y sólo en una ventana. Y entre las densas sombras del jardín, LaBonny y Cody J. estarían esperando a Turner.

«Lo matarán. Nos torturarán para que les digamos todo lo que sabemos y luego nos matarán a los dos.»

Con el corazón latiéndole violentamente en el pecho, Jaye echó otro vistazo a la casa vacía. El jardín era una auténtica selva de tupidos arbustos y hierbas altas. Allí podría esconderse una mujer... pero no demasiado tiempo.

Le sudaban las manos, y el encendedor estaba resbaladizo.

De nuevo probó de introducirse entre los dos asientos, esta vez con la cabeza por delante, como un gusano que horadara la tierra. Pero se quedó atrapada entre los dos asientos, empapada en sudor y sin aliento. Por más que se debatiera, no lograba avanzar. El hecho de tener las manos atadas a la espalda constituía un serio inconveniente, porque los brazos hacían que su cuerpo resultara demasiado ancho. Se retorció y empujó todo lo que pudo, pero sin resultado.

Apretó los dientes, sacó el cuerpo de entre los asientos y se dejó caer otra vez en el asiento trasero, con los ojos llenos de lágrimas.

«Maldita sea», pensó rabiosa. «Estaba tan cerca de conseguirlo. He visto el cierre de la puerta, lo tenía delante de las narices, a pocos centímetros.

De nuevo lo intentó, esta vez colocando el cuerpo en un ángulo algo diferente. Le parecía que los latidos de su corazón se oirían desde lejos.

«Joder, joder», se dijo. «Patrick, tú nunca me has visto en semejante aprieto.»

Jadeante y empapada en sudor, Jaye volvió al ataque. Esta vez se contorsionó y se retorció tanto que los músculos le dolían, pero de alguna forma logró introducir la mitad de su cuerpo en la parte delantera. Llegó un momento en que los pies no la sostuvieron y la venció la ley de la gravedad. Fue una mala caída, y se hizo daño. Se encontró tirada de espaldas y sin aliento. Tenía la cabeza sobre el asiento del conductor, y apoyaba el peso sobre las manos, atadas a la espalda. La pieza que había entre los dos asientos se le clavaba en la columna vertebral.

Quiso incorporarse, pero estaba agotada. Tuvo que parar un momento y descansar, bebiendo aire a bocanadas. Entonces vio en el interior del Blazer el reflejo de unas luces que se movían. Eran los faros de un coche que se acercaba.

«Turner. Oh, Dios mío, Turner. Todavía no, por favor. Ahora no.»

Turner se detuvo justo detrás del coche alquilado de Jaye. La casa de Doll estaba casi a oscuras, pero no del todo. Tal vez la buena mujer se había metido en la cama y tal vez no, tanto daba; Turner quería que Jaye *saliera* de la casa. Necesitaba hablar con ella en un lugar más íntimo, donde nadie les interrumpiera, un lugar donde pudieran charlar a solas, y donde Jaye estuviera a salvo.

Turner tenía en su maletín la carta de Juanita Bragg, y estaba deseando enseñarle a Jaye la fecha de nacimiento y el nombre de la mujer que podía ser, ojalá, la madre de Patrick. Con esa fecha y con ese nombre confiaba en ganarse de nuevo la confianza de Jaye. Pero en cuanto a la mujer que era su madre, y en cuanto a la chica muerta que era su tía, no sabía lo que iba a contarle.

«Cada cosa a su tiempo», se dijo. «Cada cosa a su tiempo.»

Con el maletín en la mano, logró sacar sus largas piernas de debajo del volante y salió del coche. Agachó la cabeza y corrió bajo la lluvia hasta el porche trasero de Doll.

De repente, oyó un sonido brusco y estridente, el bocinazo de un coche. Sonó muy cercano, y resultaba tan inesperado y escandaloso en medio de la quietud de la noche, que Turner se volvió de inmediato con la certeza de que pasaba algo.

Como en una pesadilla, la figura de un hombre salió rápidamente de entre las sombras. Turner se llevó la mano a la pistola que llevaba bajo la chaqueta, pero en el mismo momento, otro hombre se abalanzó sobre él y lo agarró con fuerza por debajo de las costillas, dejándole sin aliento. Era un individuo fuerte y alto, y le apoyó el cañón de una pistola contra el pómulo.

—Estate quieto —le susurró—, o te mato. Tenemos a tu amiga. Ahora vendrás con nosotros.

La bocina del coche seguía sonando, rompiendo el silencio de la noche con sus pitidos.

El otro individuo, más bajo, gritó:

—Mierda, LaBonny, es ella. ¿Qué diablos está…. ?

En aquel preciso instante, la bocina dejó de sonar.

Turner luchaba por recuperar el aliento. El cañón de la pistola se le clavaba en el pómulo, y en su mente angustiada resonaban las palabras de aquel hombre: «Tenemos a tu amiga.»

«Jaye», pensó mientras intentaba tomar aire. «Dios mío, Jaye.»

—Debe de haber conseguido… —empezó a decir el tipo más bajo.

—Cierra el pico. Ve a buscarla —escupió el alto sin levantar la voz—. No dejes que vuelva a hacerlo.

El bajo se escabulló rápidamente y desapareció en la noche lluviosa.

—Escúchame, hijo de puta —le dijo el alto, hablándole al oído—. Dime todo lo que sabes o empiezo a cortar a la chica en pedazos. Le cortaré los miembros uno a uno.

Jaye no había tenido intención de tocar la bocina. Le dio con el codo sin querer, mientras luchaba por llegar al asiento del conductor. El sonido la paralizó de terror. Era la trompeta del jucio final, y ella había sido la responsable de que sonara.

Cuando intentó colocarse en una posición más erguida, «Oh no, Dios mío», volvió a dar sin querer a la bocina y pareció quedarse allí pegada. Fue un bocinazo interminable.

«No, no, no.»

Furiosa consigo misma, consiguió sentarse en el asiento del conductor y, encogiendo el vientre, se coló como pudo entre el volante y la portezuela para alcanzar el botón que bloqueaba las cuatro puertas del coche. Cuando lo encontró, se contorsionó todo lo que pudo para pulsarlo, sin atreverse a tomar aliento. Los cuatro cierres se abrieron con un clic triunfal que a Jaye le sonó liberador.

«Gracias, gracias, Virgen Santísima», se dijo, ebria de emoción. Buscó a tientas la manilla de la puerta y la encontró con la mano derecha. Tiró de ella. Como por milagro, la portezuela se abrió, y entonces se encendieron las luces que iluminaban el interior del vehículo.

«Oh, Dios mío», pensó aterrorizada. «Oh, Dios. Oh, Dios.»

Rápidamente, sacó los pies por la puerta abierta, encontró el suelo firme y se puso en pie, apoyándose contra el costado del coche.

Notaba el pulso latiéndole enloquecido en las sienes. La puerta se cerró sola, y de nuevo se hizo la oscuridad. Jaye se sintió aliviada.

Tan rápidamente como pudo, se deslizó junto al coche hasta llegar a la parte trasera y encontrar el tapón del depósito. Lo abrió sin dificultad.

«Gracias, Dios mío. Gracias, Santa Madre de Dios. Gracias, Padre, Hijo y Espíritu Santo.»

Con la mano derecha, tanteó para desenroscar el tapón interior, que también se abrió con sorprendente facilidad. «Oh, Patrick», pensó. «Oh, Patrick.»

En la mano izquierda llevaba todavía el encendedor, completamente sudado, y el pañuelo. Se pasó el pañuelo a la mano derecha y con la izquierda apretó el botón del encendedor para hacer saltar la chispa.

«Y yo te A-M-A-R-É amaré
Para S-I-E-M-P-R-E siempre…

Un hombre corría hacia ella. A Jaye le pareció vislumbrar en su mano el brillo metálico de una pistola. Prendió fuego al pañuelo y se quemó la mano. Pensó en Patrick, pensó en Turner, pensó en Nona…

«Amontona los viejos tiempos, haz una pila
Enciende la mecha…»

«Escucha, gilipollas —le susurró entre dientes el alto—. Súbete al coche. Os voy a llevar a ti y a esa zorra a dar un paseo.

—¿Por qué? Esto debe de ser un error —jadeó Turner, intentando resistirse—. Nosotros no tenemos…

Una explosión sacudió la noche. En la calle, pocos metros más abajo, un enorme resplandor se alzó hacia el cielo y las llamaradas lamieron la oscuridad como lenguas de fuego. Un hombre lanzó un grito de dolor y el tipo llamado LaBonny soltó una maldición.

Inmediatamente, se abrió la puerta trasera de Doll.

—¿Qué ocurre? —gritó la mujer—. ¿Qué está…?

LaBonny la apuntó con la pistola.

—¡Métase otra vez en la casa! —le chilló—. ¡Esto no es asunto suyo!

—¡Hay un incendio! —aulló la mujer. No parecía percatarse de que LaBonny la estaba apuntando con un arma.

Con el canto de la mano izquierda, Turner le asestó un fuerte golpe en la muñeca a LaBonny, mientras con la derecha agarraba su propia pistola. LaBonny no soltó el arma, pero Turner no lo dudó un instante y le disparó a bocajarro en el estómago.

Doll lanzó un chillido.

LaBonny se derrumbó sobre Turner. La pistola se le cayó de las manos y agarró a Turner por los hombros, como si fueran viejos amigos. Acto seguido dobló las rodillas y enterró la cara en el cuello de Turner.

Se quedó así un momento, abrazado a él, en una triste parodia, mientras de su garganta brotaban jadeos y borboteos. Luego, cuando sus manos perdieron fuerza y se soltaron, el cuerpo de LaBonny se deslizó hasta el suelo como si fuera a arrodillarse. Durante unos instantes, se quedó de rodillas, tambaleándose como un borracho, hasta que se dobló sobre sí mismo.

—Sweety —dijo con voz ahogada—, a por él.

Turner se quedó contemplándolo, mudo de asombro. No tenía idea de lo que esas palabras significaban.

Doll seguía chillando en el porche, y en las casas vecinas empezaron a encenderse las luces. Turner oyó las voces de desconocidos haciéndole preguntas que para él no tenían ningún sentido.

«Jaye», se dijo otra vez. «Jaye». Y corrió a ciegas en dirección a las llamas. El otro individuo estaba junto a lo que quedaba del coche y se tapaba el rostro con las manos. Turner se agachó junto a él y lo levantó del suelo, agarrándolo por el cuello de la camisa.

—¿Y la mujer? —le preguntó—. ¿Dónde está?

—Me han herido —gemía el hombre—. Algo me ha golpeado. —Tenía una herida en la frente y la cara totalmente ensangrentada.

Turner lo cogió de los hombros y lo sacudió.

—¿Y la mujer? ¿Dónde está? Dímelo o te juro por Dios que te arrojo otra vez a ese maldito fuego.

—Estaba en el coche, en el coche —balbuceó el hombre.

«Oh, Dios mío», pensó Turner. Dejó caer al hombre en el suelo y de un salto se puso en pie y corrió hacia la masa ardiente en que se había convertido el coche. Pero le fue imposible acercarse lo suficiente como para abrir la puerta. En el interior sólo se veían las danzantes llamas. Un humo espeso que apestaba a gasolina se elevaba desde el coche, en medio de la lluvia.

—¡Jaye! —gritó—. ¡Jaye!

Turner intentó de nuevo aproximarse a las llamas, pero el calor le quemaba la cara y le obligaba a recular. De repente oyó un sonido cercano, que venía de la calle. Parecía el gemido de una mujer. Giró sobre sus talones y miró desesperado a su alrededor. Y entonces la vio.

Jaye yacía sobre las altas hierbas, con las manos a la espalda. Turner adivinó que estaba herida, y el corazón le dio un vuelco. Se arrodilló junto a ella y la cogió en sus brazos. Ella hizo intentos de gritar, pero sólo le salió un grito sofocado. Turner se dio cuenta de que tenía la ropa quemada en la espalda, y se vio sangre en las manos. No se atrevía a tocarla por miedo a hacerle más daño. Le sacó el trapo de la boca. Jaye boqueó, en busca de aire.

Turner abrió su móvil y marcó el 911.

—Hay una mujer herida —dijo—, y quiero que venga la policía estatal, no sólo la policía local. Quiero… quiero a Twin Bears y a Ramirez, y al FBI. Es un caso de secuestro.

Jaye se movió y volvió la cabeza hacia él.

—Turner —dijo. Su voz sonaba muy débil.

—Estoy aquí, preciosa.

—¿Me abrazas?

A Turner se le encogió el corazón al ver su expresión de dolor.

—Tengo miedo de hacerte daño —le dijo, acariciándole la frente. A la temblorosa luz de las llamas pudo ver que tenía una herida en la frente.

—No me importa —dijo ella.

Con mucho cuidado, Turner tomó a Jaye de los hombros y la levantó para que pudiera apoyarse en su pecho. Jaye perdió el conocimiento, y él siguió abrazándola hasta que llegó la policía estatal. Sólo entonces dejó que el personal de urgencias se encargara de ella.

Sentado en la oscuridad, Adon esperaba. Hacía tiempo que Barbara estaba arriba durmiendo. Incluso era posible que la pastilla dejara de hacerle efecto de un momento a otro, y entonces tendría que convencerla para que se tomara otra.

Podía oír al viejo en el piso de arriba. Tenía sintonizado el canal de música rock, que sonaba con un ritmo fuerte y pegadizo. Adon oía al viejo caminar con su andador, oía el ruido sordo y apagado de sus pasos, que no iban a ninguna parte.

La lluvia había vuelto a amainar. Había estado lloviendo a cántaros, un verdadero diluvio, y durante ese rato a Adon le había parecido oír muchos ruidos a lo lejos: el estallido de una explosión, sirenas. Tal vez los había oído de verdad, y tal vez no.

Cuando su busca le indicó que le había llegado un mensaje, se quedó extrañamente inmóvil. Probablemente era LaBonny, para decirle que todo había acabado. La mujer y el abogado habrían desaparecido. Parecería un accidente. ¿Era eso el estallido que había creído oír? ¿Sería esta la causa de las sirenas que sonaban en la distancia?

Esto estaría bien, se dijo. Sería magnífico. Le concedería unos meses de paz. Y Adon los necesitaba, de verdad. Sólo unos pocos meses más, sólo un poco de tranquilidad.

Cuando miró el busca, sin embargo, vio por el código que el mensaje no era de LaBonny, sino de Elton Delray, que quería verle en el sendero lo antes posible. Adon suspiró.

Fue hasta el armario del vestíbulo y descolgó su nuevo impermeable con capucha. Se calzó también las botas de agua para mantener los pies secos. No logró encontrar su paraguas negro, así que cogió el de Barbara, con estampado de flores. Hacía años que nadie usaba ese paraguas.

Fue hasta el garaje, se metió en el jeep y se dirigió al lugar indicado. Los árboles, con sus ramas oscuras y goteantes, se inclinaban sobre el sendero. Adon tenía la impresión de encontrarse en el bosque encantado de un cuento de hadas. El trayecto no era muy largo, pero de todas formas puso la calefacción en marcha, porque nunca le había gustado pasar frío.

Cuando llegó al lugar del encuentro, estacionó el coche y esperó, con las luces apagadas. Todo estaba en silencio. Sólo se oía el repiqueteo de las gotas de lluvia sobre el techo del jeep. Adon puso un CD en su equipo de música. Era un disco de Pavarotti, que cantaba algo como «*ah, lo paterno mano*». Adon no entendía una palabra, pero la voz de Pavarotti siempre le tranquilizaba.

Entonces vio las luces del coche del departamento de policía que se acercaba. Adon apagó el equipo de música y se cubrió la cabeza con la capucha del impermeable.

Salió del vehículo y abrió el paraguas floreado de Barbara.

Los faros del coche lo iluminaron cuando estaba encogido bajo el paraguas. Imaginó que tendría un aspecto un tanto ridículo con aquella capucha marrón y aquellas relucientes botas. Además, la luz de los faros se reflejaría en los cristales de sus gafas.

Delray no apagó las luces. Bajó del vehículo con aspecto cansado y deprimido. Como estaba de espaldas a la luz, parecía tener el rostro más chupado que nunca. Adon se dio cuenta de que había alguien más en el coche, otro agente, probablemente Cornell Henley. No había problema, se dijo. Cornell era un buen tipo. Sabía cómo funcionaba el sistema.

Adon miró la cara en sombras de Delray.

—¿Ha terminado todo? —preguntó—. ¿Absolutamente todo?

Delray sacudió lentamente la cabeza. Parecía entristecido.

—Han disparado a LaBonny —dijo—, y está malherido. Se encuentra en el hospital de Mount Cawdor, pero lo van a llevar en avión hasta Tulsa. Puede que muera, puede que no. Fue el abogado quien le disparó.

Adon se sintió presa de un extraño escalofrío, como cuando era niño y se ponía a temblar y todos le decían aquello de «alguien ha caminado sobre tu tumba.» Agarró el paraguas con fuerza y se quedó mirando a Delray.

—La mujer también está herida, pero no tan gravemente —dijo Delray, y se colocó bien la visera de la gorra para que la lluvia no le mojara la cara—. Cody J. también está herido. Está asustado y ha empezado a cantar, Adon. Está cantando como un pajarito.

Adon levantó la barbilla. Tenía las manos húmedas y mojadas alrededor del mango del paraguas, y los cristales de sus gafas empezaban a empañarse. Las rodillas le temblaban ligeramente, pero no se tambaleó. Procuró que su voz sonara firme.

—¿Y qué… qué está cantando?

Delray apoyó las manos en el cinto de su pistola.

—Que ordenaste la muerte de Luther Raven porque intentó hacer chantaje al doctor. —Señaló la casa con un gesto de la cabeza—. Luther dijo que el doctor mató a una chica cuando todavía tenía la clínica. Al parecer Luther vio el cuerpo quemado y tenía pruebas. Y por eso el doctor quiso que muriera.

—Ahhhhh —dijo Adon. No era una negativa ni un reconocimiento. Era el único sonido que fue capaz de emitir. Sonó fantasmal y etéreo como el vaho que queda flotando en el aire.

Delray cruzó los brazos sobre el pecho con cierto aire de resignación.

—La policía estatal interrogó a Cody J. acerca de su captura de la mujer y el abogado. Cody J. lo soltó todo. Quiere comprar su indulgencia. Si alguien es condenado a muerte, no quiere ser él.

Adon asintió y agachó la cabeza. A sus ojos afloraban lágrimas de cansancio.

—También le preguntaron si esta noche había más cosas relacionadas con este asunto, y él les habló de Bobby Midus. Les dijo que Bobby Midus había atrapado a Hollis y lo tenía en el henar, esperando a cargárselo. Dijo que eran órdenes tuyas.

Adon contemplaba los arroyuelos que formaba el agua que iba a parar a los canales de desagüe en la grava. Los canales ya estaban llenos de barro. La lluvia había sido tan intensa que había arrastrado las piedras y, más tarde, cuando mejorara el tiempo, sería necesario reponerlas.

—La policía estatal se acercó al lugar. Hollis se las había arreglado para herir a Bobby, Adon. Le clavó una horquilla. Ahora Bobby también está en el hospital, y supongo que también hablará. Tiene que hacerlo, si quiere salvar el pellejo.

—¿Y Hollis? —preguntó Adon con un leve atisbo de esperanza—. ¿Ha muerto?

—No. Bobby le disparó, pero no acabó con él.

—Y Hollis —dijo Adon con un hilo de voz— no ha dicho nada, ¿no?

—No, pero dicen que tal vez un médico pueda ayudarle a hablar.

—Hmmmm —murmuró Adon, sumido en sus pensamientos.

—Adon —dijo Delray—. Yo no debería estar aquí. Pero tú y el doctor me habéis echado más de una mano en el pasado. Esta vez todo queda en manos de la ley. Es la policía estatal la que se encarga de esto. Pronto enviarán a alguien a detenerte y a interrogarte. Y tanto Cody J. como Bobby Midus… te van a vender. Lo siento.

—Te lo agradezco, Elton —dijo Adon—. Eres un caballero. —Y consiguió esbozar una amistosa sonrisa.

—Ahora tengo que irme —dijo Delray—. Cuídate, Adon.

Adon mantuvo su sonrisa. Contempló cómo el agente se introducía en el coche y le dijo adiós con la mano. Mientras el vehículo se alejaba por el sendero, Delray respondió a su saludo con un gesto.

Adon bajó su ridículo paraguas y lo cerró. La verdad era que no le había servido para resguardarse de la lluvia. Se quedó un momento de pie bajo la lluvia, pensando.

Cody J. estaba cantando. Bobby Midus estaba cantando. Y era posible que un médico hiciera cantar a Hollis. Todo se había destapado. La chica muerta, después de tantos años. Si por lo menos el viejo se hubiera mantenido limpio después de aquello, pero no. Después de aquello, un crimen se había tapado con otro crimen. Ahora el abogado y la mujer se lanzarían sobre ellos como furias griegas para que todo saliera a la luz.

Adon volvió a subir al jeep. Antes de cerrar la puerta, sacudió el paraguas floreado lo mejor que supo, colocó bien las varillas y lo cerró con la primorosa cinta alrededor. Llevó el coche al garaje y lo aparcó.

Se quitó las botas de agua en la puerta de la casa para no mojar ni embarrar la alfombra. Colgó el impermeable en el colgador de la cocina y colocó una toalla debajo para recoger las gotas que caían. Luego apoyó con cuidado el paraguas en un rincón, con el extremo sobre la misma toalla.

Esta noche, Felix no estaba. Adon le había dado la noche libre y lo había mandado a casa. Sólo quedaba la familia.

Descalzo, en calcetines, Adon fue hasta su estudio y abrió la caja fuerte. De allí sacó su pistola automática, con el silenciador puesto. Quitó el seguro. Con la pistola a la espalda, subió las escaleras. Podía oír la música rock que sonaba en la habitación del viejo y los golpes apagados de su andador.

Entró en la habitación de Barbara, que dormía cubierta por una colcha blanca, con la cabeza apoyada en una almohada blanca con volantitos. A sus pies yacía el perrito blanco, que abrió los ojos y movió la cola medio dormido. Pero no levantó la cabeza. Sólo bostezó.

«Oh, amor mío, amor mío», pensó Adon. «He hecho todo lo que he podido para librarte del sufrimiento, y ahora esto es lo único que puedo hacer por ti. Te quiero, mi vida.»

Con mano temblorosa, apoyó la pistola en la sien de Barbara. La pistola hizo un extraño ruidito, parecido a una exhalación. El cuerpo de Bárbara dio un pequeño brinco y luego se quedó inmóvil. En la penumbra, parecía como si de repente hubiera brotado una flor negra en su cabello, una flor que crecía y extendía sus pétalos por la almohada y hasta la sábana.

El perrito saltó de la cama y se puso a lloriquear. Adon se volvió y le disparó. De la pistola salió otro suspiro que lanzó al perrito al otro lado de la habitación como impulsado por una catapulta. El animal se estrelló contra la pared, manchó el pálido papel pintado y se deslizó hasta caer al suelo, sin un sonido.

Adon se imaginó al viejo en su habitación y supuso que Barbara habría preferido que le dejara vivir. Por un momento, se sintió tentado de hacerlo así. En muchos aspectos, la muerte era demasiado buena para el viejo.

Levantó al perrito del suelo y lo colocó de nuevo a los pies de Barbara. De su mesita de noche cogió una libreta blanca y una pluma blanca y escribió una breve nota que confiaba explicaría lo ocurrido.

Luego salió sigilosamente al pasillo. Esta vez no se molestó en llamar a la puerta. Entró en la habitación del viejo.

Roland Hunsiger había dejado sus ejercicios con el andador y ahora estaba pedaleando en su bicicleta estática mientras miraba la MTV. Cuando oyó la puerta, volvió la cabeza.

—¿Qué quieres? —preguntó con su voz vibrante y metálica.

—Paz —dijo Adon levantando la pistola—. Quiero paz.

Ejecutó un solo disparo y le voló al viejo la parte superior de la cabeza. El viejo y la bicicleta estática quedaron llenas de sangre. Ronald Hunsinger se desplomó sobre el manillar, y los pies se escaparon de los pedales. La luz del televisor iluminó sus sesos, ahora a la vista, e hizo relucir la sangre que se derramaba por el suelo.

Adon cerró la puerta y se dirigió a la habitación que compartía con Barbara. Se tendió junto a ella y le pasó un brazo sobre los hombros. Le dio un beso en la mejilla, todavía caliente. Luego se introdujo el cañón de la pistola en la boca, bien adentro. Como un amante, la pistola dejó escapar un pequeño suspiro dentro de la boca de Adon.

Capítulo 23

Hollis enloqueció de dolor y de pánico en el hospital de Mount Cawdor. Cuando intentaron quitarle la ropa con objeto de prepararle para la operación del codo, se resistió como un animal salvaje. Y todavía luchó con más ardor cuando quisieron arrebatarle la sucia bolsita de cuero que apretaba fuertemenete en la mano. Antes de que le tocaran la bolsita, sus gritos fueron incoherentes, pero ahora Hollis se puso a gritar una palabra, una sola, una y otra vez:

—¡No! ¡No! ¡No! ¡No! ¡No!

—Dios mío, ponedle fuera de combate —ladró impaciente un internista—. Va a despertar a toda la ciudad.

Una de las enfermeras, más amable, intentó razonar con Hollis.

—Por favor, Hollis, déjamela un momentito. No le pasará nada, te lo prometo.

Era una enfermera de sangre india americana, guapa y menuda, con una larga melena oscura que llevaba recogida detrás con un clip. Estuvo largo rato acariciándole la frente a Hollis y dándole palmaditas en el brazo sano. Finalmente, logró calmarlo un poco.

—Muy bien —le susurró—. Ahora dame eso para que te podamos llevar al quirófano. Te prometo que en cuanto salgas te lo devolveré.

Hollis se echó a llorar y empezó a balbucear algo parecido al lenguaje.

—Voy a ponerle una inyección calmante —dijo el internista.

—Espera —pidió la enfermera menuda, y acercó la oreja a la boca de Hollis, que murmuraba algo con voz entrecortada.

—¿Qué? ¿Cómo? —le preguntó dulcemente la enfermera.

—Ella vendrá a buscarme. —Hollis arrastraba las palabras como si estuviera borracho o hubiera sufrido un ataque de apoplejía.

—¿Ella vendrá? —La enfermera intentó cogerle de la mano—. Puedes confiar en mí. ¿Qué quieres decir?

—Si me abren, ella v-v-vendrá a b-b-buscarme y me llevará al infierno.

—Nadie va a llevarte al infierno —le tranquilizó la enfermera—. Te curaremos muy bien, ya verás.

Pero Hollis retiró bruscamente la mano que le estrechaba la enfermera y se llevó al pecho la sucia bolsita.

—Tengo que *devolverlo* —sollozó—. Tengo que devolverlo.

Una enfermera de más edad se acercó con una jeringuilla en la mano.

—Perdona, pero me estás obligando a hacer esto —dijo.

—¿A quién tienes que devolverlo? —insistió la enfermera joven—. Hollis, deja que te ayude. ¿A quién se lo tienes que devolver?

—A la chica mu-u-u-erta —sollozó Hollis. Entonces el internista lo sujetó mientras la enfermera mayor le clavaba la aguja. Hollis se quedó inmóvil en cuestión de segundos.

—Pobre hombre —dijo la enfermera joven. Llevaba toda su vida viendo a Hollis caminar arriba y abajo por las carreteras, y siempre había sentido compasión por él.

La otra enfermera tomó la sucia bolsa de cuero de la mano inerte de Hollis.

—¿Qué es esto? —preguntó agriamente—. ¿Una especie de cosa india? ¿Una bolsita medicinal, o algo así? Puaj, qué porquería.

—Déjeme verlo —dijo ceñudo el internista. Desanudó las cuerdas de la bolsita y dejó caer en contenido sobre la mano abierta. Su rostro palideció ligeramente.

—¿Qué es? —preguntó la enfermera de más edad.

—Hostia. —En el semblante del internista se leía una expresión mezcla de horror e incredulidad—. Me parece que es un dedo. Un dedo humano momificado.

• • •

Turner se detuvo un instante ante la puerta abierta de la habitación de Jaye, en el hospital. Habían pasado dos días desde que tuvo lugar la carnicería junto a la casa de Doll, y en ese tiempo la policía estatal y el FBI no le habían permitido visitar a Jaye. El corazón le dio un vuelco en el pecho al verla.

Jaye no se había percatado de su presencia. Se hallaba sentada en la cama, apoyada en una almohada, sorbiendo un zumo de frutas con una pajita. Estaba mirando una película antigua en la televisión. Humphrey Bogart le estaba diciendo a Lauren Bacall que en este mundo de locura, los problemas de dos personas no tenían ninguna importancia.

A Jaye empezó a temblarle la barbilla. Parecía a punto de echarse a llorar, y a Turner se le formó un nudo en la garganta.

La habitación estaba repleta de flores de todos los colores. Muchas de ellas eran regalo del propio Turner. Jaye, sin embargo, parecía triste. Ostentaba un feo moretón en un pómulo, otro en la frente y un rasguño en la mejilla. Debido a las quemaduras de la espalda, se sentaba en una extraña postura. Le habían envuelto las manos en gruesos vendajes a partir de las muñecas.

Turner observó que las flores que Jaye tenía más cerca, sobre la bandeja, no eran suyas. Instintivamente comprendió que eran de Patrick, y que por eso Jaye las había puesto en un lugar preferente.

Tragó saliva y procuró adoptar una postura desenvuelta, con una mano apoyada en el marco de la puerta y con la cadera echada a un lado. Esbozó una sonrisa de tipo-duro-que-pasa-de-todo.

—Bueno —dijo—, entonces, ¿piensas hablarme o no?

Jaye volvió la cara hacia él, sobresaltada.

—Oh —dijo. No podía agarrar bien el vaso con las manos vendadas, y unas gotas de zumo de manzana le cayeron sobre el pecho y salpicaron la sábana—. Oh, mierda —dijo enfadada, mientras intentaba colocar de nuevo el vaso de zumo sobre la bandeja junto a la cama.

Turner se acercó a ella y le quitó el vaso de las manos. Sacó de una caja un puñado de pañuelos de papel, los mojó con el agua que había en un vaso y se puso a limpiar las manchas de la sábana.

—Te he preguntado si pensabas dirigirme la palabra.

Jaye le dirigió una mirada cautelosa.

—Supongo que sí —dijo al fin.

Turner dejó de frotar la sábana con los pañuelos.

—¿Y me dejarías que te saludara con un beso?

Jaye hizo una inspiración y, apartando la mirada de Turner, se puso a mirar la pantalla del televisor, que mostraba en esos momentos a Humphrey Bogart alejándose en la bruma en compañía de Claude Rains.

—Supongo que sí —dijo con aire resignado.

Turner se inclinó y le dio un largo beso en la boca. Luego, como le había gustado tanto, le dio otro beso todavía más largo. Cuando por fin se apartó de ella, Jaye le dirigió una mirada que significaba «No sé qué ha querido decir esto. A lo mejor no ha querido decir nada.»

Turner volvió a mojar los pañuelos de papel y los acercó a las manchas que Jaye tenía en el pecho y se encontró con la mirada desconfiada de Jaye.

—¿Me permites? —preguntó.

Durante un tiempo se miraron el uno al otro. Luego, lentamente, como a su pesar, Jaye sonrió.

—No, especie de cabrón. Me dijiste que querías hablar conmigo. Pues habla.

Turner le rozó el moratón de la mejilla.

—¿Esto te lo hizo LaBonny?

La sonrisa de Jaye se esfumó.

—Sí.

Turner le tocó con el índice el rasguño de la barbilla.

—¿Y esto también?

—No —dijo ella dejándose caer sobre la almohada—. Esto me lo hice yo misma al tirarme cuerpo a tierra después de arrojar el pañuelo inflamado en el depósito de gasolina.

Ahora Turner le tocó las manos vendadas.

—¿Y esto? —dijo, acariciando la gasa.

—No fui lo bastante rápida arrojándome al suelo —dijo ella con tristeza.

Turner asintió. Se lo habían explicado. Jaye tenía quemaduras de segundo grado en las manos. Una esquirla ardiente de metal que saltó del coche en llamas se le clavó en el extremo de la mano izquierda y le seccionó la punta del dedo meñique.

El médico afirmó que Jaye había tenido suerte. Le quedarían algunas cicatrices, pero aparte de la sección en el dedo meñique, no había sufrido heridas de consideración.

—¿Qué tal tu espalda? —le preguntó Turner, acariciándole los hombros.

—Igual que el resto —respondió Jaye—. Algunas quemaduras, casi todas de primer y de segundo grado. Otras que no son más intensas que una quemadura de sol. Algunos cortes. Sobreviviré.

—Bien —dijo Turner acariciándole nuevamente los hombros—. Muy bien.

—¿Y tú? —preguntó ella—, ¿no te hiciste daño?

Turner negó tristemente con la cabeza.

—No. Tú te llevaste todo el castigo. Has sido una chica muy valiente.

—No. Sólo estaba desesperada.

—A veces viene a ser lo mismo —dijo Turner.

Jaye paseó la mirada por la habitación.

—Me has enviado muchas flores —musitó.

—Me hubiera gustado traerte todos los campos de flores de California —dijo él—. Y todas las orquídeas de los trópicos. Todas las flores de cerezo de Japón.

Jaye no sonrió ante este despliegue de imaginación. Mirando las flores, murmuró:

—Le disparaste a LaBonny.

Turner suspiró.

—Sí, así es.

—Pero no le mataste.

—No.

—Ojalá le hubieras matado —dijo con voz llena de amargura.

Turner le apartó el pelo que le caía sobre la cara.

—Tengo la impresión de que el estado de Oklahoma se encargará de hacerte ese favor. —Hizo una pausa—. ¿Te has enterado de que han arrestado a Doll? Está acusada de complicidad. Ella no dirá nada, pero la chica ha hablado.

—¿Bright? —Jaye se quedó sorprendida.

—Le ha contado a la policía todo lo que sabía. La han llevado a un hogar de acogida. La adopción que su abuela había preparado no era exactamente legal. Las autoridades están estudiando el asunto.

—La pobre chiquilla —dijo Jaye—. Un hogar de acogida. Será mejor para ella.

Turner volvió a hacer una pausa.

—Han encontrado a Judy Sevenstar.

Jaye tragó saliva.

—¿Cuándo?

—Esta mañana.

—Es culpa nuestra —dijo entristecida—. No teníamos que haberla convencido para que hablara con nosotros.

Turner la agarró del hombro.

—La culpa es de Hunsinger, maldita sea. Y de LaBonny, y de Adon Mowbry. Ella no es la única que ha sido asesinada. Ya lo sabes, ¿no?

Jaye cerró los ojos y negó con la cabeza.

—Algunas cosas, no todo. A veces, cuando la gente me hablaba, yo estaba como ausente. Sé que había un tipo llamado Luther. Y también alguien llamado Hollis; querían matarle. Y hay algo acerca de una chica, hace muchos años… pero todo se me confunde en la mente. Son los analgésicos.

Turner le explicó en pocas palabras la historia de Hollis.

—Poco a poco, está contándolo todo —dijo.

Jaye arrugó el ceño.

—Pensaba que no podía hablar.

—No *quería* hablar, pero ahora está empezando a hacerlo. Habla con un psiquiatra y con una enfermera a la que tiene simpatía.

—¿Y se escapó? ¿Por mi culpa?

—Se escondió en el bosque, en una cueva. Fue allí donde quemaron el cadáver de la chica. Hollis se metió allí. LaBonny encontró una entrada, pero no sabía que había otra.

Jaye sacudió la cabeza con aire perplejo.

—Y ese… Hollis fue tan víctima como la pobre chica. ¿Se pondrá bien?

—Se pondrá mejor. Ahora está recibiendo los cuidados que tenía que haber recibido mucho tiempo atrás.

Jaye asintió, concentrada en sus pensamientos.

—Eso está bien.

—La policía envió el dedo a un laboratorio para que le hicieran la prueba del ADN. —dijo Turner con cautela. Y con el mismo cuidado le explicó a Jaye que una mujer se presentó diciendo que la chica podía ser su hermana.

Jaye se estremeció.

—Dios mío, qué horror. —Se miró la mano izquierda, la que tenía un vendaje más grueso—. Esa chica… me siento como conectada con ella. Se supone que me parezco a ella, y yo también he perdido un dedo meñique, o una parte. Es muy extraño. Es como si en cierta manera fuéramos parientes.

—Y lo sois —dijo Turner—. Era la hermana de tu madre.

Jaye le dirigió una penetrante mirada llena de incredulidad.

Turner le explicó la historia de Linda O'Halloran.

—La chica se llamaba Lisa —le dijo—. Y hubiera sido tía tuya.

El semblante de Jaye adoptó una expresión de extrañeza.

—¿Mi tía? Lo siento mucho, pero me parece sencillamente… incomprensible. Supongo que debería tener un sentimiento de pérdida o algo así. Pero la verdad es que no siento nada. Sin embargo, parece inhumano no sentir nada. —Se detuvo, como si no supiera qué añadir.

Turner le contestó lo mismo que le dijo cuando se conocieron.

—No hay nada correcto ni incorrecto en esto. Uno siente lo que siente.

Jaye se encogió de hombros, todavía confusa.

—Y por eso… ¿por eso nos perseguían? ¿Sabían que yo era pariente de la chica que murió? ¿Tenían miedo de que todo se destapara?

—Sí, pero ya no podrán hacerte daño. No podrán hacer daño a nadie más.

Jaye asintió en silencio.

—Me han contado lo de Adon Mobwry —dijo—. Es terrible. Pero me pasa lo mismo. No siento nada, como si no lo asimilara.

—Todavía no —dijo Turner—. Estas cosas… tardan un tiempo en asimilarse.

En los ojos de Jaye brilló una mirada severa.

—¿Pero Hunsinger nunca habló de los niños que había vendido?

—No —respondió él—. Nunca confesó nada.

A pesar de sus esfuerzos por reprimirlas, las lágrimas asomaron a los ojos de Jaye.

—Pero entonces, ¿cómo podré encontrar a la madre de Patrick? ¿Cómo sabré quién es?

Turner se metió la mano en el bolsillo interior de la chaqueta y sacó una fotocopia de los datos de Suzanne McCourt que figuraban en la lista de Juanita Bragg.

—La he encontrado —dijo.

Jaye se quedó con la boca abierta. No dijo nada. Se limitó a mirar a Turner con asombro.

Turner le habló de Juanita Bragg y de Suzanne McCourt. Su padre era soldado raso en la segunda guerra mundial.

—Su madre era japonesa, una novia de la guerra. Suzanne se quedó embarazada a los quince años. El padre tenía la misma edad. Los padres de Suzanne le dijeron que el bebé había nacido muerto y la mandaron a California para mantenerla alejada del chico. Pero cuando este cumplió los dieciocho años fue en su busca y se casó con ella. Todavía están juntos. Tienen dos hijas mayores y un niño.

—Oh, Turner —murmuró Jaye—. Así que Patrick tiene dos hermanas y un hermano de sus mismos padres.

—Están dispuestos a ayudar en todo lo posible —dijo Turner—. Esta misma tarde voy a ir a verlos. Si alguno de ellos puede ser donante de Patrick, me lo llevaré a Bélgica. Iré de acompañante, si eso hace que te sientas mejor.

—No —dijo Jaye con voz ahogada—. No puedo dejar que hagas eso. No está bien…

—No —dijo él—. Está bien. Metiste las manos en el fuego para salvarme la vida. Dios mío, hubiera querido ser yo quien se quemara, y no tú. Daría cualquier cosa por que hubiera sido así.

—No lo hice sólo por ti, ya lo sabes —protestó ella, pero había empezado a llorar. Intentó coger un pañuelo de papel con la mano vendada, pero le temblaba demasiado. La caja de pañuelos cayó al suelo, y Turner se agachó a recogerla. Sacó un par de pañuelos y le secó las lágrimas de los ojos. Luego le sonó la nariz como si fuera una niña pequeña.

—Vamos, deja ya de llorar —le dijo—. No eres muy buena en esto. Nunca has practicado lo suficiente. Vamos, ya está. Suénate otra vez.

Le ahuecó las almohadas y la ayudó a recostarse otra vez.

—Telefonea a Patrick y a Nona. Pídele a una enfermera que te marque los números. Diles que me he ido a California.

—No puedo permitir que hagas esto —protestó Jaye.

—Te lo debo —le dijo él llanamente—. Y me gustaría garantizarte que esto salvará a tu hermano, pero no te lo puedo prometer. Y mientras yo esté fuera, quiero que medites sobre un par de cosas.

Jaye se secó bruscamente una lágrima que le había caído en el antebrazo y le miró fijamente, sin decir una palabra. Turner nunca la había visto tan pálida.

—En primer lugar, quiero que pienses en tu madre, en todo lo que te ha dado y en lo que ha pasado por ti.

—He estado pensando —dijo Jaye—. Constantemente. Mañana viene para llevarme a casa. Tendré que quedarme un tiempo con ella a causa de esto —y agitó con exasperación una mano vendada—. Pero creo que Nona y yo nos llevaremos mejor a partir de ahora. Nunca me había dado cuenta de lo…

—No —dijo Turner con voz queda—. No me refería a esta madre, sino a la otra. A Linda O'Halloran. Ha leído acerca de ti en los periódicos. Ha visto tu fotografía. Quiere conocerte. Prométeme que lo pensarás.

La idea pareció aturdir y aterrorizar a Jaye, probablemente más de lo que ella misma era capaz de percibir.

Turner se sacó una tarjeta del bolsillo.

—Aquí están su número de teléfono y su dirección. Puedes telefonearla o escribirle una carta. O no hacer nada, si no quieres. Tú eliges.

Colocó la tarjeta junto a las flores de Patrick.

—No sé si seré capaz de hacerlo —dijo Jaye en un susurro—. No estoy preparada, y a lo mejor no lo estaré nunca.

—Lo entiendo —dijo Turner.

Jaye le miró directamente a los ojos.

—Parece… parece una mujer difícil.

—Ha tenido muchos problemas en el pasado. Y probablemente los tendrá en el futuro. Así son las cosas.

Jaye fijó la vista en sus manos vendadas. Turner comprendió que no tenía ganas de más complicaciones en su vida, y que esto incluía a Linda O'Halloran, y posiblemente también le incluía a él.

Turner, que normalmente tenía una gran facilidad de palabra, se quedó indeciso, buscando las palabras adecuadas. Finalmente, optó por olvidarse de todo lo que había ensayado y hablar con la mano en el corazón.

—También quería decirte que te engañé desde el primer momento. Hice mal. Pero te prometo que no soy un miembro de la mafia.

Jaye se encogió ligeramente de hombros, como si no quisiera hablar del asunto.

—He defendido a algunos gángsters, pero no soy uno de ellos. He defendido a asesinos, traficantes de droga y a estafadores, pero tampoco soy nada de eso. Te lo juro solemnemente. Quiero… que me perdones. Te aseguro que estoy haciendo todo lo posible por ganarme tu perdón.

Jaye observaba un caro ramo de tulipanes que le había enviado Turner.

—No necesitas ganártelo, Turner. Te he perdonado en el mismo momento en que has entrado en la habitación.

—Jaye —le dijo—. Durante unas horas…. en Mississippi, en Nueva Orleans, fue como… como si fueras mía. Te juro por Dios que yo era tuyo. ¿Crees que podemos vivir otra vez algo así?

Jaye podía haberle abierto los brazos con una sonrisa, pero no lo hizo. Se quedó mirando las margaritas que le había enviado Patrick.

—No lo sé.

—A lo mejor es cuestión de tiempo —dijo Turner.

—A lo mejor —dijo ella sin mirarle.

«Y a lo mejor no», pensó él.

—Te iré informando sobre Patrick —le dijo—. Y tú ya sabes cómo ponerte en contacto conmigo.

—Oh, si. Desde luego.

—¿Puedo darte un beso de despedida?

—Por supuesto.

Turner se inclinó y apretó los labios sobre la boca de Jaye, que estaba cálida. De algún modo, sin embargo, fue un beso teñido de pesar, con el sabor a sal de las lágrimas.

Turner se incorporó.

—Te quiero —dijo.

Jaye desvió la mirada y no respondió.

La segunda hija de Suzanne McCourt Alison se llamaba Tara, y su médula tenía las características apropiadas para donarla a Patrick. Así que viajó en avión a Bruselas en compañía de Jaye y Nona.

Jaye no invitó a Turner. Le dejó muy claro que su lugar no estaba allí, con ellos. Lo que estaba en juego era un problema de familia, y él no pertenecía a la familia.

Los médicos dijeron que el trasplante había sido un éxito. Ahora, se dijo Jaye, todo debería ser perfecto. Pero no lo era.

Jaye le dijo a Turner que le había perdonado. Sin embargo, se dio cuenta de que no era verdad. Él le había mentido, y por esa razón ella le temía. Le estaba agradecida, pero al mismo tiempo se resistía a sentir algo más que agradecimiento hacia él.

No se sentía capaz de contestar a sus cartas, y cuando él la llamó por teléfono, no se sintió capaz de hablarle.

—Lo siento mucho —le dijo—. Te agradezco todo lo que has hecho. Te lo agradezco con toda mi alma.

—¿Podemos vernos? —preguntó él.

Jaye contempló las marcas de quemaduras en sus manos. Pensó: «gato escaldado, del agua fría huye».

—Creo que no —le contestó.

—Es mejor que no me llames más —le dijo.

Eran demasiadas cosas las que Jaye había tenido que asimilar.

Patrick y Melinda volvieron a Estados Unidos y Melinda dio a luz un niño, Patrick Jr. Era clavado a su padre y a la familia de su padre, los Alison.

En los Alison, Patrick había encontrado una segunda familia. Tal como era, se llevó bien con ellos desde el principio, y lo adoraban. Nona, que nunca quería quedarse al margen, sólo tenía elogios para ellos, y empezó a comportarse como si fueran también sus parientes.

Jaye sabía que sólo Patrick era capaz de salir bien parado de una situación así. Mientras ella se sentía inquieta, sin saber cómo comportarse, Patrick podía manejar sin problemas una situación familiar tan compleja. Jaye se sentía tan inútil en comparación, que experimentó una punzada de envidia, y entonces se sintió despreciable.

Recibió una carta de Linda O'Halloran, pidiéndole que le hiciera una visita. Sin embargo, el tono era rígido y un tanto melodramático, y tal vez no totalmente sobrio. Era una carta que decía muy poco de Linda O'Halloran. Mas bien abundaba en divagaciones sobre Lisa, la chica que desapareció muchos años atrás.

—Cuando vi tu fotografía, el extraordinario parecido con ella hizo que se me parara el corazón. No podía respirar —le decía Linda O'Halloran en la carta—. He hablado con Turner Gibson y me dice que eres una mujer inteligente y maravillosa, la mujer que ella hubiera sido.

«No es a mí a quien quiere», pensó Jaye. «Quiere que Lisa vuelva de la tumba. Quiere que le devuelva lo que pudo haber sido, pero yo no puedo.» No se decidió a contestar aquella carta, y Linda O'Halloran no le escribió más.

Turner le escribía también, con bastante frecuencia. Le dijo que seguía en contacto con Linda O'Halloran, y que la mujer todavía albergaba la esperanza de tener noticias de Jaye. Le dijo que la mujer estaba intentando mejorar su estilo de vida, y que él también tenía ganas de ver a Jaye.

Jaye no se decidió a contestar de inmediato. Le escribió una nota dándole de nuevo las gracias por haber ayudado a Patrick, y le incluyó un talón con el importe del billete de avión a California. Turner nunca lo cobró.

Sin embargo, Jaye guardaba sus cartas. Por alguna razón, no se atrevía a tirarlas. Le parecía un gesto demasiado frío, demasiado ingrato. Y aunque fuera paradójico, tampoco se sentía con fuerzas para releerlas. Las guardaba en una caja metida en su armario, fuera de su vista.

Patrick quiere saber si ya te has puesto en contacto con ella —le dijo Nona—, con esa mujer de Oklahoma que te dio a luz.

—No —respondió Jaye. No tenía ganas de hablar de ello.

Era una resplandeciente tarde de septiembre. Aprovechando que el lunes era el Día del Trabajo[2], Jaye había ido hasta Hampshire a visitar a Nona. Sin embargo, la casa de Nona, abarrotada de fotografías y recuerdos, la deprimía.

—Deberías ir a verla de una vez —le dijo Nona—. Este asunto te está reconcomiendo, lo sé.

—Tal vez vaya a verla un día —dijo Jaye, para zanjar el asunto—. Todavía no me siento preparada.

—Reconozco que no parece una joya —dijo Nona—. Pero como mínimo te serviría para completar tu historial médico. Mira lo que le ha pasado a Patrick. Está preocupado por ti. ¿Qué pasará si un día tienes hijos y...?

—No tengo intención de ser madre —dijo Jaye—. De hecho, está empezando a ser un poco tarde para eso.

2. En Estados Unidos, el Día del Trabajo es el primer lunes de septiembre. (*N. de la T.*)

—Tonterías —dijo Nona—. Deberías conocer a un hombre bueno, casarte y tener hijos. —Era lo mismo que le decía siempre, pero esta vez Jaye detectó en su tono algo nuevo, algo que la sobresaltó.

—¿Por qué no tienes una relación con ese simpático abogado? —la pinchó Nona—. Esta loco por ti. Te daría una buena vida.

—Yo ya me gano muy bien la vida, muchas gracias —dijo Jaye.

Turner le envió flores a Patrick cuando estaba ingresado en el hospital, en Bélgica, y les envió ramos de flores a Nona y a Jaye cuando estaban en un hotel en Bruselas.

Cuando Nona y Jaye volvieron a Estados Unidos, Turner se dedicó a telefonear a Nona para preguntarle por Patrick. Desde luego, la cautivó totalmente, y le dijo que le gustaría tener noticias de Jaye. Desde entonces, Nona no paraba de insistirle, como sólo Nona podía hacerlo.

Jaye se había negado en redondo a tratar el asunto con Nona. ¿Cómo podían ella y Turner establecer una relación a partir de una semana llena de intensas emociones y de una terrible violencia? Y por supuesto, estaban las mentiras. Jaye ya había vivido la experiencia de estar con un hombre que le mentía, y se dijo que sería una tonta si caía otra vez en el mismo error.

—He leído en la prensa de Filadelfia que ahora está llevando un nuevo caso —dijo Nona.

—¿Desde cuándo lees la prensa de Filadelfia? —preguntó Jaye con recelo.

—Lo he leído en la biblioteca de la universidad —respondió Nona con aire inocente— Está defendiendo a ese hombre acusado de blanqueo de dinero, o de obligaciones basura o algo igualmente complicado.

Jaye no respondió.

—Tú crees que porque sea abogado criminalista, eso le convierte en un criminal —la regañó Nona—. Y eso no es así en absoluto. Es *necesario* que existan abogados criminalistas. Es una necesidad constitucional, uno de los pilares de la democracia. Eso es lo que dice Alan Dershowitz.

Jaye le lanzó una mirada de incredulidad.

—¿Y desde cuándo lees a Alan Dershowitz?

—Lo leí en un libro —dijo Nona con aire satisfecho—. He estado hablando de esto con el hermano Maynard. Él dice que sería criminal que no tuviéramos abogados que defendieran a los criminales. El hermano Maynard se interesa mucho por la justicia. Está muy informado sobre estos temas.

Jaye suspiró y miró por la ventana. El jardín estaba precioso con los primeros tonos otoñales de los arces. De repente deseó encontrarse paseando sola por las montañas, sin nada que hacer, dedicada únicamente a poner en orden sus confusos pensamientos.

—He hablado con Turner —dijo Nona con un retintín.

Jaye no respondió. «¿Por qué no pueden dejarme todos en paz?»

—Aquel hombre ha fallecido —dijo Nona—, aquel tal DelVechio. Murió de un ataque al corazón. Turner me dijo que querrías saberlo.

«DelVechio ha muerto», pensó Jaye. Las palabras resonaron en su mente con un sonido pétreo y pesado.

—Y no había encontrado a su hijo —dijo Nona—. Turner dice que ya no seguirá buscando, que probablemente haya sido mejor así. El dinero que DelVechio guardaba para su hijo irá a parar a una fundación para ayudar a otros niños de Hunsinger y a otros padres. Están creando una base de datos.

Jaye siguió contemplando las hojas rojas y doradas del jardín. No sabía qué decir.

—Ah —dijo Nona—, y me pidió que te dijera que tenía noticias de aquella chiquilla. La que estaba en la casa donde tú habías alquilado una habitación. ¿Cómo se llama? Es un nombre raro.

Jaye se volvió a mirar a Nona. El corazón empezó a latirle apresuradamente.

—¿Bright? ¿Sabe qué ha sido de ella?

—Sí —dijo Nona—. Ha hablado con ella. Todavía está en un hogar de acogida. Ha tenido una niña y la ha dado en adopción, pero es una adopción legal y abierta, porque dijo que no quería que la niña se encontrara un día en una situación como la tuya y la de Patrick.

Jaye sacudió la cabeza.

—No imaginé que le importara ni que se diera mucha cuenta. Una adopción abierta. Está bien, supongo.

—Es posible —dijo Nona—. En mi opinión, todo esto es un arma de doble filo. Me refiero al asunto de Hunsinger. El hombre se volvió malvado, pero no empezó siendo malvado. De hecho, ayudó a mucha gente, consiguió buenos hogares para los niños. Sin él, yo no os hubiera tenido a vosotros, a Patrick y a ti. Pero mantener en secreto esos nombres… bueno, la gente tiene derecho a mantener algunas cosas en secreto. Y algunas personas prefieren no saber. Mírate a ti. Y al hijo de DelVechio. Turner tiene razón, es mejor que ese hombre no sepa quién es su padre.

Nona siguió parloteando y defendiendo dos posturas contrarias a un tiempo. En realidad, nada de lo que decía tenía mucho sentido. Jaye seguía con la mirada puesta en las hojas otoñales, sin prestar atención a las palabras de Nona. Sólo oía el sonido de su voz, que le resultaba tan familiar y cercano como su propia memoria.

«La quiero», pensó. «Siempre la he querido, y ella me ha querido siempre, pero ha sido tan difícil demostrarlo.»

Percibió que algo en su interior había cambiado, como si por fin la última pieza del puzzle hubiera encajado en su sitio.

El parloteo de Nona estaba llegando a su fin.

—Bueno —dijo—, si voy a preparar la cena, será mejor que empiece ya. El hermano Maynard y el hermano Gerard tienen permiso para venir esta noche, y he hecho mi famoso pastel de ron. Entra conmigo en la cocina y me haces compañía.

Jaye apartó los ojos de la ventana.

—Madre —dijo—, tienes razón.

Nona la miró estupefacta. Hacía muchos años que Jaye no la llamaba «madre». Y también era muy raro que Jaye le dijera que tenía razón.

—Debería ir a ver a Linda O'Halloran —dijo Jaye—. A lo mejor es verdad que ya es hora.

Nona parecía desconcertada.

—Oh, claro. Siempre que no esperes demasiado.

Jaye se sintió de repente liberada, más ligera, como si se hubiera quitado un peso de encima.

—Me parece que no quiero ir sola…

—Bueno, yo estoy dispuesta a acompañarte —dijo Nona con aire afectado—. Por supuesto, no es que tenga muchas ganas. Sé que no es una mujer de la talla de Suzanne. Pero si me necesitas, desde luego…

—No —dijo Jaye—. A lo mejor en otra ocasión, si es que hay otra ocasión.

—Oh —exclamó Nona aliviada—. Te refieres a Patrick. Desde luego, Patrick sería el más indicado para acompañarte. Puede entender perfectamente cómo te sientes. Y además, ya sabes que él haría cualquier cosa por ti. No quiero que se agote, eso debes tenerlo en cuenta, pero...

No —dijo Jaye esbozando una sonrisa—. No me refiero a Patrick. Necesito a otra persona. ¿Te importa que haga una llamada de teléfono privada?

—¿Privada? —Nona pareció un poco molesta—. No entiendo por qué tienes que tener secretos conmigo, pero.... —De repente, se calló y se marchó.

Jaye entró en el dormitorio de Nona y dudó, conteniendo el aliento. Luego levantó el auricular y marcó un número. Todavía se lo sabía de memoria.

El teléfono sonó siete veces, ocho. Entonces él respondió.

Jaye inspiró profundamente.

—Ya sé que te encuentras en medio de un juicio —dijo, y se calló, buscando las palabras adecuadas.

El silencio entre ellos se prolongó unos instantes.

—¿Jaye? —dijo él.

—Sí.

—¿Me necesitas para algo?

—Sí —dijo ella—. Oh, sí. Te necesito.

Subieron los dos juntos por el camino que conducía al apartamento de Linda O'Halloran. Jaye estaba inquieta. Le dolía el estómago, y el corazón le latía con tanta fuerza que parecía que se le escapaba del pecho.

Habían hablado muy poco mientras se dirigían en coche hacia el lugar. Turner pareció entender el nerviosismo de Jaye y no la empujó a decir nada.

Frente a los apartamentos, un niño iba arriba y abajo en su triciclo, un chucho salió corriendo a escape y un hombre en camiseta estaba ocupado en reparar una ventana rota.

Linda O'Halloran vivía en el apartamento número uno. Frente a la puerta de entrada había un felpudo. No llevaba la palabra BIENVENIDO ni anunciaba su nombre. Era un felpudo viejo y gastado, sin adornos.

El nombre de Linda O'Halloran estaba escrito a mano en una tarjeta junto al timbre.

Turner miró a Jaye, que intentaba mostrarse digna y serena. Tenía los ojos secos.

—¿Estás bien? —le preguntó.

Jaye enderezó la espalda, deseando que no le temblaran las rodillas. Le costaba respirar con normalidad, pero dijo:

—Estoy bien. —A ella misma le sonó rara su voz.

—¿Quieres que lo haga? —preguntó Turner.

Jaye hizo un gesto de asentimiento.

«No sé adónde me conducirá esta puerta», se dijo. «Cuando se abra, no sé adónde me llevará.»

Turner le tomó de la mano y pulsó el timbre.

www.titania.org

Visite nuestro sitio web y descubra cómo ganar
premios leyendo fabulosas historias.

Además, sin salir de su casa, podrá conocer
las últimas novedades y escoger
sin compromiso y con tranquilidad,
la historia que más le seduzca
leyendo el primer capítulo de cualquier libro
de Titania.

También puede participar
en nuestra comunidad chateando,
o enviar postales con las portadas de los libros.

Vote por su historia preferida y envíe su opinión
para informar a otros lectores.

Y mucho más…